2023年"新时代中国法治文学精选"丛书

幸福里派出所

群众出版社
·北京·

图书在版编目（CIP）数据

幸福里派出所／中国社会主义文艺学会法治文艺专
业委员会编. -- 北京：群众出版社，2024. 12.
（2023年"新时代中国法治文学精选"丛书）. -- ISBN
978-7-5014-6446-3

Ⅰ. I247. 5

中国国家版本馆 CIP 数据核字第 2024Y7E648 号

2023年"新时代中国法治文学精选"丛书
幸福里派出所
中国社会主义文艺学会法治文艺专业委员会　编

责任编辑：关　欣
装帧设计：王紫华
责任印制：周振东

出版发行：群众出版社
地　　址：北京市丰台区方庄芳星园三区 15 号楼
邮政编码：100078
经　　销：新华书店
印　　刷：天津嘉恒印务有限公司

版　　次：2024 年 12 月第 1 版
印　　次：2024 年 12 月第 1 次
印　　张：12.25
开　　本：880 毫米×1230 毫米　1/32
字　　数：310 千字

书　　号：ISBN 978-7-5014-6446-3
定　　价：49.00 元

网　　址：www.qzcbs.com
电子邮箱：qzcbs@ sohu. com

营销中心电话：010-83903991
读者服务部电话（门市）：010-83903257
警官读者俱乐部电话（网购、邮购）：010-83901775
文艺分社电话：010-83901330　　010-83903973

前言

　　为认真贯彻习近平新时代中国特色社会主义思想，弘扬社会主义核心价值观，讲好中国法治故事，以法治文学的力量为实现以中国式现代化全面推进中华民族伟大复兴作出应有贡献，经中国社会主义文艺学会批准，中国社会主义文艺学会法治文艺专业委员会自 2021 年起开展"新时代中国法治文学精选"丛书征稿编选工作。迄今已连续成功举办了三届。中宣部原副部长、原文化部部长贺敬之同志担任编委会总顾问。此项活动的主要成果是，由群众出版社向全国公开出版发行 2021 年、2022 年、2023 年"新时代中国法治文学精选"丛书，收录长篇小说 14 部、中篇小说集 1 部、报告文学集 2 部、中短篇小说集 2 部、短篇小说与报告文学集 1 部。这是一年一度法治文学精选的征稿编选工作，对于推动中国法治小说、报告文学原创作品的发展，促进法治文学人才脱颖而出，起到了十分重要的积极作用。

2021 年入选的优秀作品，其中长篇小说 2 部（《山重水复》《弹壳》）、中短篇小说集 1 部（《疑似命案》）、报告文学集 1 部（《微尘鉴罪》），已收入 2021 年"新时代中国法治文学精选"丛书，由群众出版社出版发行。2022 年入选的优秀作品，其中长篇小说 6 部（《血案寻踪》《刑警一中队》《刑警的诺言》《越过陷阱》《虚拟诱惑》《刑侦女警》）、中短篇小说集 1 部（《诡异现场》）、报告文学集 1 部（《预审"工匠"》），已收入 2022 年"新时代中国法治文学精选"丛书，由群众出版社出版发行。

2023 年"新时代中国法治文学精选"丛书的征稿编选工作现已圆满结束。此次征稿，自 2023 年 1 月 1 日至 9 月 30 日，共收到作品 80 部（篇），其中长篇小说 11 部，中篇小说 18 篇，短篇小说 33 篇，报告文学 18 部（篇）。经中国社会主义文艺学会法治文艺专业委员会组织专家认真审读，最终确定 25 部（篇）作品入选 2023 年"新时代中国法治文学精选"丛书。凡入选作品的作者，均由中国社会主义文艺学会法治文艺专业委员会颁发"特约作家"证书，并在中国社会主义文艺学会网站公布。

2023 年"新时代中国法治文学精选"丛书继续由群众出版社出版发行，共 8 部，收录长篇小说 6 部、中篇小说集 1 部、短篇小说与报告文学集 1 部，并将所有入选作品名单收入附录。

中国社会主义文艺学会法治文艺专业委员会
2023 年 12 月 31 日

幸福里派出所

李 阳

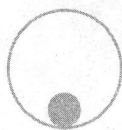

目录

引　子

　　从空中俯瞰，冀中平原腹地镶嵌着一颗巨大的蓝色宝石——"华北明珠"白洋淀，白洋淀的东南角有座状若莲花的小城，莲城南面与一座油田接壤。油田的最高行政管理机关最初叫油田指挥部，后改为油田管理局，新世纪后成为油田公司，下属有勘探、井下、炼油、供应、物探、研究院、设计院等二十多个二级单位，采油厂是其中之一。

　　采油厂在油田的西南端，二十世纪七十年代石油会战初期建成。采油厂方方正正，小而全，办公区、大礼堂、商业街、幼儿园、中小学校、卫生所、运输队应有尽有，容纳了上万名职工家属。它的住宅区名字起得很好听，叫幸福里。据说，当年一位著名的歌唱家到油田慰问石油工人时，声情并茂地演唱了一首词曲优美的《幸福在哪里》，一时间传遍大街小巷。恰逢油田各单位住宅区搞物业改革，采油厂家大业大贡献大，是二级单位里的龙头老大，于是乎，捷足先登就叫了幸福里。

　　采油厂辖区加上周边的治安管理和保卫工作，归幸福里派出所负责。幸福里派出所建在采油厂大院内的办公区和幸福里社区之间，独门独院，有一座白色刷着蓝道道的二层高办公楼。小院

内，车库、食堂、健身房、小浴室、小花园，一应俱全，整齐洁
净漂亮，它的上级机关是莲城公安局。

第一章　乍暖还寒

一、龙抬头

虽说刚出了正月，春寒料峭，按照节气来讲，毕竟立春已过。偶尔地，拂面的微风会带着那么一丝丝颇为含蓄的稍纵即逝的暖意，让捕捉到的人们忍不住驻足望向柳树梢、望向远方，尽管草色遥看近却无，却让人无时无刻不感觉到，春天，期盼已久的春天，已不远矣。

一大早，配合消防部门对采油厂各要害处进行每月的例行检查，溜溜忙乎了一整天，路过一楼大厅的那面巨大的警容镜时，路胜利的眼角余光瞥到一个毛乎乎的大脑袋，停下脚步定睛仔细一瞅，分明就是灰头土脸的自己嘛。

"还没理发去？"罗唆新理的小平头很干练，虽然有些稀疏，但毛发根根竖着，很坚挺的样子，配着他颀长的身形和一身笔挺的警服，看上去特别带劲儿。他左手端着一个有警徽标识的蓝色保温杯，右手揉着俩疙里疙瘩的核桃，乐呵呵提示道："二月二，龙抬头，今天。理发去吧，我替你值一会儿班。"

路胜利明白了，咧嘴一笑点点头，到二楼宿舍换了便装，下楼骑上他的飞鸽牌老自行车去了采油厂大院西侧。那里挨着幸福里社区，社区的西边有一条南北走向的商业街，由最早的地摊集市演变而来，后来商户们各显其能，用钻井队淘汰下来的铁皮房或是活动板房，搭建了两排对开的商铺，吃的、用的啥都有，基本能满足幸福里社区居民日常生活所需。

一圈转下来，几十家商铺只开张了一半，不及往年热闹，都是疫情闹的。还有几家转租不干了，门上贴着告示，上书"吉铺转让"及联系电话，白纸黑字，显眼刺目。

唯一的一家理发店"靓发"倒是开张了，门前的彩色霓虹灯兀自转悠着，就像一个孤独的舞者，为清冷的夜色平添了几许绚丽和暖色，从窗外一看，店里人满为患。

"人头攒动啊。"路胜利为自己脑海里蹦出的这个特别应景的成语，颇感得意。

忽听得远处传来一阵儿缈缈的音乐声，顺着声音骑过去，只见采油厂大礼堂前的广场上，一群穿红着绿的大妈们正伸胳膊踢腿在跳广场舞。大礼堂两侧挂的大红灯笼依然红红火火地亮着，年是过完了，余味尚存，气氛还有。

围观的人不少，老的少的，大部分都认识。看见路胜利了，有打招呼的，"吃了吗？小路""路警官好""路叔叔新年快乐"；有用眼神示意的。路胜利挨个点头、回复"耿大爷好""谢谢！我不抽烟""老铁叔最近好着呢？""小朋友新年快乐啊！"……

看一会儿热闹，再次转回商业街"靓发"理发店时，胖乎乎一脑袋发卷的女老板正好推门出来，看见了路胜利，热情招呼道："路警官，没找着理发地儿吧？进来进来，我这刚空出来一位理发师，不用等。"

女老板姓曲，四十岁左右，是老相识了。

路胜利应答着，停好老飞鸽，一撩棉门帘进去了，一股理发店特有的香喷喷的热浪迎面扑来，气味很好闻。

曲老板招呼一个大眼睛姑娘给路胜利洗头。

"新来的？叫啥？多大了？哪里人？"路胜利看着理发师眼生，他人躺下了，嘴也没闲着，职业病。

姑娘不搭腔，路胜利洗好头起身挪坐到理发椅上，从镜子里看着那姑娘，中等个头、头发很长、披着，染成了时髦的灰蓝色，脸色雪白，眼睛大大的，即使粘上了假睫毛，那双眼睛也是大大的。上身穿一件宽松的黑色 T 恤，下身是黑色打底裤，套着一条粉色超短裙，黑色运动板鞋。理发店暖气挺足，姑娘完全是夏季打扮。

路胜利不罢休，继续问，三问两问，问出来了。

姑娘的口音是标准的普通话，她说自己叫卓玛，二十三岁，刚来这个店不到一个月。

"卓玛？藏族姑娘？"路胜利的好奇心被勾起来。

"嗯。"

"西藏好啊，拉萨、布达拉宫、珠穆朗玛峰、哈达、康巴汉子、仓央嘉措。"路胜利搜肠刮肚找出几个跟西藏有关的词儿。

卓玛笑了，说："仓央嘉措有一首诗写的是：'住进布达拉宫，我是雪域最大的王；流浪在拉萨街头，我是世间最美的情郎。'不过我家不在西藏，在青海。"

"哦，青海也好。青海湖、茶卡盐湖、油菜花、蓝天白云、巴扎嘿……"对青海所知不多，仅有的一点儿知识也是不知不觉中积累的，路胜利一时词穷。

卓玛放松多了，脸上浮现出微笑，双颊还有些粉红色，很漂亮，就像一朵格桑花。

"会理发吗?"

"会。"卓玛说，她以前在北京望京的一家韩国美发店打工，已经学会了洗发、剪发、烫发、染发。

"怎么跑这儿来了?"

"一起打工的朋友家在莲城，就跟着来逛逛。"

"家里都有什么人?"

也许是路胜利太会聊天，卓玛的话匣子打开了，说家里有爸爸妈妈和两个弟弟，大弟弟比她小两岁，已结婚成家。她准备在这里再打一年工就回青海西宁去开店，到时候招几个学徒工，自己当老板。

"想法不错。有男朋友吗?"别看路胜利五大三粗的，也有一颗八卦的心呢。

她说还没有。家人不让她找外族男子，担心民族习俗、饮食和生活习惯不一样，将来日子过不到一起去。还说这个是要听家长的，交的男朋友只有家里同意了，她才会结婚。

还说有个画唐卡的工匠追求她，如果将来一起生活，那么丈夫可以画唐卡，她开个理发店，生意错不了，一年下来，收入几十万元不成问题。但卓玛觉得那个工匠年纪太大，比她大十几岁，她无法接受，而且太胖，她也不是很喜欢。

"所以，你就跑到北京，跑到这儿躲避?"

卓玛手里的活儿停下来，看着镜子里路胜利的眼睛，眼圈红了红，点点头。

"想家吗?"

"想，想吃妈妈做的糌粑。"卓玛说糌粑是炒熟的青稞面和酥油混合在一起的一种食物，很好吃的。

"嗡嗡嗡……"手机在裤兜里振动，路胜利掏出来接听，"啥?! 死人?!"

路胜利兀自坐直了身子仔细听。罗唆在电话里说，报警人在采油厂东大门外南侧的银行 ATM 机那发现一个死人! 他已经给公安局刑警一中队打了电话，估计苗得雨很快就到现场。

路胜利一把拽下脖子上的毛巾! 起身出门骑上老"飞鸽"就往现场跑，一套动作行云流水，只用了几秒钟。曲老板和卓玛俩人跟在后面"喂喂喂"喊，路胜利根本顾不上回应。

有命案! 他杀? 自杀? 暴病? ……路胜利人还没到，人是怎么"死"的，已经在他脑海里推理出好几个原因。

两分钟后，到达现场。要不说路胜利舍不得丢掉这辆骑了快十年的老"飞鸽"，还是很有优势的，穿街走巷就是比小汽车快，不只是他，派出所的人都喜欢骑自行车。

银行 ATM 机安装在一个小房子里。只见一群人围着玻璃门往里看，叽叽喳喳议论。眼尖的瞅着路胜利了，知道他是警察，高声道："警察来了，大家给警察让出一条道儿。"

"这发型? 是警察?"人群里有不认识他的人，看他没穿警服，嘀咕着。

路胜利脑袋一凉，捋了一下，头发刚理了一半，的确有碍观瞻，令人生疑。

顾不得解释，进了小房子，路胜利蹲下来，冲外面的人摆摆手，声音一时静下来。只见地上躺着的那人胸口起伏，再仔细听，有轻微的呼吸，活着呢。

路胜利长出一口气，"喂喂喂"叫几声，那人动起来。

外面的围观群众嚷嚷起来："没死没死！""哎妈呀，把我吓够呛！""流浪汉吧？""精神病走失？""警察来了就有办法了。"……

地上躺着的那人又动起来，一张满是胡须的消瘦的脸从长头发缝里露了出来，眼睛半睁着，盯住路胜利，张口说了几句什么话，路胜利没听清。

"哪儿人？怎么到这儿来了？叫什么名字？"

"……"

路胜利脑海里飘过了四川话、河南话、东北话、山东话、陕西话，甚至上海话、粤语，愣是没听出来地上这位是哪儿人。

"外语？外国人？少数民族？"路胜利心里"嗖嗖嗖"闪出三个问号，"我说的话能听懂吗？能，你就点点头。"

对方点点头。

"认识字吗？会写字吗？"

摇摇头，又点点头。

到底是会，还是不会？路胜利从衣兜里掏出随身带的工作笔记本和笔，递给那人。

那人画了几笔，路胜利拿起来一看，一个半圆的东西，旁边是两道等长的直线。

"这，要吃的吧？言简意赅。"路胜利乐了，抬头一看，在人群里瞧见一个熟人，是商业街"星星"饰品店的老板，便招呼道："小熊，帮我去老滕那端碗馄饨，再去烧饼崔那买仨烧饼，我刚才路过，他们都开着门呢。"

这时一辆警车开过来，刑警一中队的苗得雨赶到了。幸福里派出所辖区的刑事案件归苗得雨包片，有刑事案件发生他得第一时间到现场，负责侦查破案。

发现没有死人，苗得雨的紧张神情放松下来，顺嘴问："哪儿人？叫啥？"

叽里咕噜，咕噜叽里……还是听不懂。

"要不，你把你家画出来？"路胜利实在没法儿了。

"你这脑袋……"苗得雨看了一眼路胜利的头顶，这才得空问了一句。

"刚理一半。"路胜利说。

苗得雨顶着三七开的小分头，理解地点点脑袋。

画好了，白纸上有座山，上面飞着一只鸟，山脚下有座小房子，小房子前是几道曲线，波浪、大河还是湖泊？

拿着这幅画，路胜利的阴阳头和苗得雨的大脑袋凑在一起，使劲儿瞅、使劲儿猜，就跟破译密码似的，恨不得马上就知道答案。

围观群众跟着起急，都成了编外福尔摩斯，猜测道："新疆？""西藏？""黑龙江？""贵州、云南、内蒙古？"接着"泰国、新加坡、印度尼西亚……沙巴、芭堤雅，阳光热辣辣"……有起哄的歌声蹦了出来。

这时，小熊把馄饨、烧饼端来了。一通风卷残云，都吃完了，那人还是没站起来。

路胜利跟苗得雨看不出那幅画是哪儿，只能暂时确定眼前这位是流浪人员了，这归民政局管。路胜利去摸裤兜，想着掏手机给民政局打电话，却没摸着。一回想，肯定落在"靓发"理发店了。

借过苗得雨的手机，拨打自己的，马上就有人接听，是女声，卓玛。

"谢谢,那就麻烦你把手机送到采油厂东大门这儿,我站在银行 ATM 机门口等你,一群人呢,好找。"

卓玛气喘吁吁跑过来,把手机递给他,说:"刚才喊您,您没听见。"

"好,谢谢。"

苗得雨已经开始给民政局打电话,说发现流浪人员,请派人来接。

路胜利招呼围观人群中的小熊,用微信给他发了一个三十块钱的红包。小熊腼腆地笑笑,摆着手不要,嘴里说:"路警官,救人一命胜造七级浮屠,你让我积这个福吧。红包我不点,明天就退回去了。"

路胜利只好作罢:"那我就替这位哥们儿谢谢你了。"

地上那位,嘴里叽里咕噜,不知在说什么。"咦……"卓玛嘴里也开始叽里咕噜。

路胜利的眼睛来来回回扫视两人,愣住了,苗得雨也是,围观的吃瓜群众更是大气不敢出,神态跟路、苗一模一样。

"啥意思?说的藏语?"趁他俩的"叽里咕噜"好容易停顿下来,路胜利赶紧问卓玛。

"嗯,他叫多吉,家在西藏林芝市,跟朋友打赌自己独自出游,结果在山东登泰山时丢了背包,身份证手机都丢了。他不甘心没有看到北京天安门就回去,于是一路搭车到这儿了,打算去北京看一眼天安门,拍张照片,再回老家。"

嗬,够惊险曲折,还挺感人。

"他身份证号码多少?"路胜利问。

卓玛问过多吉，报出一串数字。

路胜利把号码发给罗唆，查了人口信息，确有其人；罗唆又把电话打到当地派出所，查询多吉，没有前科，当地派出所问了他的家人，回话确定多吉所言不假。

获悉这些信息后，路胜利放下心来。

"不会说汉语，敢自己跑出来玩，真行！""这算是励志故事吧？""雪花啤酒独闯天涯。"围观的吃瓜群众热闹起来。

从人群外挤进来俩人，是民政局的同志。弄清楚来龙去脉，民政局的同志问苗得雨和路胜利："这种情况，怎么办？"

路胜利跟卓玛说："你问问多吉，啥想法？"

叽里咕噜，咕噜叽里。

"多吉说，他还是要去北京，去天安门看升旗仪式，拍照。"

路胜利乐了，赞道："好，不忘初心，世上无难事，只要肯登攀。都到北京跟前了，咱们必须支持，让藏族同胞圆梦。"

民政局的同志走了，围观群众散了，苗得雨开着警车回局里汇报去了。

路胜利让卓玛跟着当翻译，带着多吉到所里，向罗唆做了汇报。听说了多吉的愿望，罗唆和路胜利同时在朋友圈发布信息，问谁第二天去北京，把多吉捎过去。

很快，小熊回信息了，说他第二天正好要去北京进货，可以带多吉去。

罗唆叮嘱路胜利给多吉开了临时身份证明，这样他出行住宿就畅通无阻了。

多吉家人加了卓玛的微信，给她转了钱。卓玛去银行 ATM 机取了足够多吉旅途支出的现金，然后才回店里去了。

11

　　路胜利带着多吉在所里的小浴室洗了澡，换身路胜利的旧衣服，再一看，眼睛黑亮亮、皮肤小麦色、头发浓密，一个精精神神的藏族小伙儿，安排他住在自己宿舍。

　　忙乎半天，事情总算都解决了，路胜利才想起来自己的"龙头"还没理完，再看时间，十一点多了，心想这会儿"靓发"应该打烊了吧？

　　"笃笃笃……"是卓玛，进来了笑着说，"您这二月二的龙头不能等到二月三再理啊。"

　　"你这是？"

　　"刚才送走最后一名顾客，曲老板叫我赶紧给您服务，还说您肯定还没睡。"说着卓玛把带来的小包袱打开，拿出了理发工具。

　　"嗨，我正发愁这阴阳头呢，太好了，听你的。"路胜利挺配合。

　　卓玛喊里咔嚓很快完活儿，拿出镜子冲他照着，路胜利挑了一下眉毛，浓眉大眼的，也是精神小伙儿呢。想起多吉的一头长发，干脆把他叫起来也理了个痛快。

　　送走卓玛，路胜利转身站在警容镜前咧嘴笑了，今天还多亏了这个小卓玛。

　　在工作笔记上画了一个圆圆的句号，困意立马袭上心头，路胜利倒在值班室的沙发上便睡，多日失眠，被忙忙碌碌的工作治愈了。

二、罗大所长

　　最近这段时间，路胜利的心情其实不咋地，甚至可以说相当不咋地了。

年前，顶头上司莲城公安局治安处就下派了一堆工作，防火、防盗、消防检查、疫情防控、反诈宣传、禁毒宣传、交通安全宣传、中小学生假期安全教育、严禁烟花爆竹、慰问社区孤寡老人、登记外来人口，每一项都得一一落实、反馈，马虎不得。加上派出所本身工作就很烦琐，一时间他忙得焦头烂额、脚打后脑勺，就连脸上久违的青春痘也开始蠢蠢欲动、此起彼伏，搞得他心情郁闷、茶饭不思。

但这不是重点，重点是路胜利的老婆大人蒋美好，卷着铺盖跑回她娘家去了，临走时瞪着丹凤眼，恶狠狠地扔下一句狠话："路胜利，我不跟你过了！"

说完，不等路胜利反应过来，就义无反顾地摔上房门，曼妙的身影立即从路胜利的眼前消失了。

唉，蒋美好临别的那句话，既刺激又伤人心。

自从蒋美好离家出走，路胜利每天下班回到家里，既看不见蒋美好的美丽身影，也听不见她银铃般的说话声音，屋子里丝毫不见往日的勃勃生气。宽宽敞敞的两居室，没有女主人打理，到处都是乱七八糟的。拖鞋跑到了厨房里，报纸躺在冰箱上，茶几上满是灰尘，每样东西都显得毫无缘由的颓废、沮丧和自由散漫，对路胜利这个正牌男主人完全视而不见。

路胜利原本就不是一个勤快的人，主要原因是他所有的气力和热情都在派出所耗尽了，而家里的摆设布置和卫生都由蒋美好负责。蒋美好不在家，路胜利一秒钟也不想待，也懒得收拾，免得想起以前和蒋美好在一起时卿卿我我、浓情蜜意的幸福生活，闹心啊。

家失去了吸引力和温暖，路胜利只好胡乱拿了几件洗换的衣服，去办公室住。住的问题解决了，又得面对吃饭的问题，回父母家混了两顿饭就不敢去了。

路妈老是追问，蒋美好怎么没有一起来吃饭？路胜利说她工作忙，在单位吃。路妈狐疑道，再忙也得吃饭呀，她们单位有食堂吗？

得，再问几句就露馅了。路胜利赶紧跑路，一日三餐还是在派出所小食堂解决。

感谢几年前派出所搞的"五小"工程，螺蛳壳里做道场。在巴掌大的小院子里，建了小健身房、小浴室、小洗衣房、小阅览室、小食堂，方便了全所民警，也使得暂时离家出走的路胜利的日常生活基本需求都能在派出所得以解决。

于是他干脆以所为家了，顺便承包了所里的夜班，替所长、老杜和钟必胜值班。不过老杜本来就常年住在所里，有啥事儿还是跟着一起处理，也不寂寞。

千万不要小瞧派出所的名字，那金闪闪的"幸福"二字能给路胜利同志些许安慰呢。

晚上，在值班室闲来无事，路胜利给蒋美好打电话，看她是否能网开一面，听他解释解释"犯错误"的缘由和来龙去脉。

蒋美好的手机铃声是《姐姐妹妹站起来》那首歌，没啥可说的，肯定是专门给路胜利设置的。那句"十个男人七个傻八个呆九个坏"在路胜利耳边萦绕了好几遍，别说还挺上头，整得路胜利甚至跟着哼哼了几句。不过蒋美好一直不接听，发微信，已被拉黑，看来她真是气得不轻。

而这个孤寂的夜晚，路胜利很想找个人聊聊。

给苗得雨打电话，半天没人接，只好作罢。

想了想，接着给严有智打电话。电话倒是接听了，但是还没容路胜利张口说一句话，严有智就跟机关枪似的抢先给了他一梭子。她说，没空，忙。至于忙啥，没说。只说她也有事正想找路胜利，但得等到她有空的时候才行。说完便挂了。啥时候有空也没说。

路胜利寻思半晌，这家伙的生活还真忙碌充实，反正听上去比自己强多了。

打开电视，是相亲节目，再换台，还是相亲节目。怎么都是相亲节目？好像全中国的单身男女，都打扮得新鲜靓丽，在电视里找对象。

手机忽然铃声大作，低头一看来电显示，是苗得雨。按下通话键，问他干啥呢。

苗得雨气喘吁吁地说，他在公安局的健身房跑步机上飞奔，问他有啥事。

俩人身心都不在一个频道上，不适合推心置腹地聊天。路胜利只好说没事，挂了电话。

瞧瞧，真是喝凉水都塞牙，关键时刻找个说话的知心人儿都没有。

这时，罗唆端着保温杯敲门闪进了值班室。晚上，他到局里参加了一个关于全国政法队伍教育整顿的会。去年年初，针对政法队伍存在的各种各样问题，在全国范围内开展了教育整顿工作，这是一场政法队伍刀刃向内的自我革命，目的是努力打造一支党和人民信得过靠得住能放心的政法铁军，为建设更高水平的平安中国、法治中国提供坚强组织保证，以优异成绩庆祝建党一百周年。

散会后，罗唆回家，路过派出所，又拐进来看看有啥事儿没有，这都是多年养成的职业习惯。

看路胜利百无聊赖地长吁短叹，罗唆把晚上的会议精神提前向他简单地进行了传达。他说，教育整顿这项工作没有结束，还将长期继续进行下去。

路胜利认真地点点头。

罗唆最后说，感谢路胜利同志代替弟兄们值了这么长时间的班，还眨巴着他的小眼睛，笑眯眯地说年底的先进可以考虑他。

听完罗唆说的最后一句话，路胜利才不相信呢，他已经被罗唆骗得有了心理障碍。

罗唆是罗坚强的外号。按照行内惯例，对上级领导的称呼是省略了最后一个字的，比如童局长、某局长，统称为童局、某局，因此，罗所长简称罗所。又因他说话、办事作风，一向婆婆妈妈、啰里啰唆，久而久之，罗所也就成了罗唆。

罗唆既是幸福里派出所的所长，同时也是路胜利读省警校时的师兄，不过，高十届。

当初路胜利警校毕业分配回到莲城，罗唆刚从小民警提拔成了幸福里派出所的副所长，要不是他三番五次跑到公安局要人，路胜利早就申请进了刑警队。

罗唆跟公安局人事处处长说，路胜利在警校时就是写各种材料的好手，这样的人应该当内勤，也适合当内勤。派出所对外的材料很多，各种汇报、总结，要是没个好内勤，工作辛辛苦苦干了，却宣传不出去，等于白干。

罗唆怎么知道路胜利的特长？他和路胜利的警校班主任是同

一位老师，罗唆经常给班主任老师打电话问候，有时去省城还会探望拜访，啥情况都了解了。

罗唆又反过来给路胜利做工作。说，现在是和平年代和谐社会，就咱们采油厂大院这一亩三分地，都是职工家属，素质高，历来民风淳朴、民众友善，发生大案、要案的概率不高，几乎为零。再环顾四周，即便是莲城和整个油田，治安环境都是不错的。刑警队的那帮家伙成天搞体能训练、测试、大比武，为什么？没有大案要案嘛，都闲着呢，不健身还能干什么？你路胜利要是进了刑警队，纯属浪费人才。好刑警有的是，好内勤可是百里挑一，不好找。

而路胜利，就是他千挑万选出来的一个当好内勤的材料，还说内勤能当所长半个家，将来仕途上提拔都占优势。

说心里话，其实路胜利想当刑警是有私心的。打中学时代起，他就立志当一名作家，尤其是写侦探小说的作家，做个中国的福尔摩斯，男版的阿加莎·克里斯蒂，是他的远大理想和志向。读警察学校、写侦探推理小说、当个刑警作家，是路胜利给自己设计的人生三部曲。

想起这些深埋在当年一个十几岁的少年心底的理想，真不好意思。可是燕雀安知鸿鹄之志哉？家雀怎么能明白雄鹰的志向啊。

可惜啊，由于他涉世不深、人微言轻，胳膊扭不过大腿，被罗唆凭借三寸不烂之舌游说到了幸福里派出所后，也不知道为啥时间那么不经过，一晃居然十年就过去了。如今，路胜利的确当了派出所的半个家，全所人员吃喝拉撒的世俗之事，都得管，平时还得参与调解一下辖区里婆媳不和、邻里纠纷、丢钥匙、猫上树狗打架、大水冲了龙王庙等事务。而所里每月填报治安报表、写大大小小的汇报材料这样高雅的事情，更是非路胜利莫属。真是上得厅堂、下得厨房，既下里巴人也阳春白雪。一年到头忙得鸡飞狗跳无比充实，不知不觉中路胜利也觉得所里离开自己就玩不转了。

这时的罗唆，倒是落个清闲，好比娶了个能干的媳妇回家，把家里的活儿全撂给了路胜利。还美其名曰培养锻炼人才，早晚要把家交给大内总管管理。他的精力和视线主要放在跟各级领导、各个部门搞好人际关系，协调难办棘手的事情，以及一院子的花花草草上了，院里的几棵槐树、柿子树、石榴树、香椿树、山楂树，在他的关照下，的确都长得生机盎然。尤其是那几棵石榴树，更是茂盛之极，都是罗唆的功劳和成绩。

罗唆说，种果树好，春天看花，秋后还可以摘果子吃，一举好几得。种那几棵槐树和石榴树时，罗唆作为党教育多年的干部居然说什么"院种一棵槐，迎来万贯财"，石榴则表示多子多福。

这都什么思想？这就是封建迷信思想，糟粕嘛。

尽管罗唆的言论不经推敲，可是经过他的辛勤耕耘和不懈努力，幸福里派出所一年四季都有绿色植物常青，各种鲜花还按照不同时节竞相盛开，一开就开它个姹紫嫣红，该结果时就结它个硕果累累，满园春色关也关不住。

但可气的是，罗唆同志在男卫生间里放了一个老式马桶，也不知道他从哪里淘换来的老古董。

他在全所会议上郑重其事地要求，每位幸福里派出所成员如厕时都要在老式马桶上出恭，小词儿整得挺文雅，其实就是大小便。说此举便于他收集肥料，用以滋养院子里的那些绿色植物。

女民警肖黎是个内向的人，加之年轻，是派出所年纪最小的，只能怯怯地小声提议说，还是买肥料吧，起码没有臭味。

罗唆不同意，说派出所的办公经费里没有买肥料这笔开支。不过，女同志例外，可以不按他的套路出牌。

情知说不过他，路胜利只好坐在角落里闷声闷气地提议，可以把所里卖废品的钱用来买肥料。

罗唆眨巴着他那两只亮晶晶的小眼睛，说，那钱是用来买茶叶的，茶叶是招待公安局上级领导来幸福里派出所视察时用的。专款专用，打醋的钱不能买酱油嘛。

老杜一贯的面无表情。钟必胜他们几个年轻人跟肖黎一样，人轻言微，即使心有不满，也只能集体闭上嘴。

不再有反对的声音，罗唆便道，"庄稼一枝花、全靠粪当家"，以后还是要用老式马桶积肥，环保。少用冲水马桶，还能节水呢，低碳。

要不是罗唆一身警服，光听他说话，还以为他是种庄稼的好把式。

从此以后，每次去厕所时，一看见那个暗戳戳蹲在厕所角落里的老式马桶，害得路胜利他们都犹豫半天，差点尿不出来，几乎有了心理障碍。

可再一看见院子里茂盛的花花草草，想到初春食堂的餐桌上出现一盆香椿炒鸡蛋或是秋天能吃到几个山楂、石榴、柿子，收获里好像也有自己一份功劳，大家便释然了。

罗唆喜欢摄影，省吃俭用一年多，跑到北京五棵松摄影器材城，花费巨资买了个单反照相机，继续省吃俭用，陆陆续续入手了长长短短好几个镜头。

没事时，罗唆就举着他的长枪短炮，弯着虾米腰，睁一只小

19

眼闭一只小眼,"咔嚓""咔嚓"拍派出所院子里那些花呀草呀、露珠呀、昆虫呀什么的,洗出来的照片一看,挺像模像样。选了满意的,装了镜框挂在楼道里,确实给派出所增添不少文化气息和艺术色彩,使得原本严肃的派出所显出那么一丝丝温情脉脉。

罗唆经常参加幸福里社区举办的书画摄影展览,说能和谐警民关系。公安局工会每年举办民警书画摄影展时,罗唆拿过几次奖。

看着干巴瘦的他,现在不是一手端着保温杯,就是端着相机四处"咔嚓咔嚓",谁能想到罗唆刚从警校毕业时,也曾是一个热血青年。当年他在刑警队实习时,莲城发生了一起因要赌账的劫持人质案,犯罪嫌疑人一手搂着人质的脖子,一手持菜刀抵在人质的脖颈上。按照抓捕方案,罗唆跟着他师父,一起匍匐前进,利用犯罪嫌疑人视野盲区,俩人一起冲了上去。没想到师父脚下被一块隐藏的石头绊倒了,罗唆顾不得拉他,一个箭步冲上去一把控制住犯罪嫌疑人握有凶器的手臂,推开人质,恍然间他看到了血迹,还以为是人质受伤了。突然犯罪嫌疑人手上的刀子又动了一下,罗唆这才感觉到疼,原来不是人质受伤,而是他手上的筋被划断了……

后来罗唆到了派出所,从片区民警干起,有声有色,很快被提拔为副所长、所长。用他的话说,当警察的谁还没有个刑警梦。个中滋味,你品,你细品。

而路胜利的刑警作家梦,就此断送在了罗唆的手里和琐琐碎碎的日常工作中了。

虽然从理论上讲,路胜利知道,不想当裁缝的司机不是好厨师,可一个工作上屡次出错散漫的小内勤民警还指望当什么年底的先进？那一个半个凤毛麟角的先进名额，早被机关一线科室队的业务骨干们瓜分了，他就别白日做梦了。

梦想和现实有距离，远得就像银河系。

有些感伤的味道呀，这是怎么了？乍暖还寒的缘故吗？难道说，没当成所谓的作家，还添了文人酸文假醋小资产阶级情调的毛病？

好在派出所干不完的工作，接不完的警情，让路胜利从那些无法释怀和解决的家事中暂时解脱出来。

三、命运多舛的肥肠面

按照公安局关于开展教育整顿工作的部署，大家早上一到所，如果别无他事，就先集中在会议室集体一起学习。学习材料人手一份，有《宪法》《党章》等一系列书籍，每个人的笔记本都有好几个，封皮颜色不一样，便于分门别类做笔记。

老杜别出心裁，拿出一管黑色的老钢笔，珍惜地摩挲半晌，又拿出一瓶英雄牌蓝黑墨水，煞有介事地拧开笔帽和墨水瓶，给钢笔吸满墨水，翻开笔记本，开始做笔记。

钟必胜好奇地问："杜师父，这钢笔有年头了吧？啥牌子的？我看看。"说着伸手就要去拿那支笔。

不料，老杜偏着头斜眼看着钟必胜的手，愣看得他把爪子缩了回去，尴尬地冲围观的肖黎吐吐舌头。

罗唆也瞅着新鲜，道："咋不用签字笔？"

"省笔，练字。"老杜惜字如金，头也不抬地写起来。

大家围观一会儿，看老杜一笔一画写得十分认真，是漂亮的楷体，纷纷咂嘴"啧啧啧"赞叹着，都回到自己的座位上，开始学习。

罗唆在自己办公桌子里翻出一支旧钢笔，去水房清洗干净，回到会议室，拿起老杜眼前的墨水瓶，也把钢笔吸满了，拿出一张废纸划拉几下，道："不赖。"

路胜利看了一会儿学习材料，画出几个要点做了笔记后，合上书本，叫上辅警郝国庆，两人骑车去了商业街。学习固然要紧，工作也不能耽误。

……

看着眼前直翻两只白眼的小井，路胜利笑问："还挺义气啊小井。这都打哪儿学的?"

"《三国演义》《水浒传》《七侠五义》《人间正道是沧桑》……"小井倒是不含糊，秃噜秃噜说出了一大串。

一旁的郝国庆也嘿嘿笑起来："知道的真不少。没看出来，小井肚里挺有货。"

"许你们有眼睛的看热闹，也得许我们有耳朵的会听故事。"小井继续翻着两只白眼。

听明白了，小井爱听书。也是，小井天生眼盲，不识字，有书也白搭，看不了，只能听书、听歌、听人说话了。

好在小井不仅是听书听歌听人说话，他还有手艺，嘛手艺?按摩。十多岁时，小井就被他爹老井送到保定盲人学校学按摩，几年下来，手艺学到手了。老井就在采油厂的商业街租了小门脸，办个营业执照，"井氏中医按摩"开了张。这也是当农民的老井有先见之明，否则，在农村，小井这样有生理缺陷的人，不能下地干农活，再没个手艺可咋养活自己?

别看"井氏中医按摩"门脸小,摆设简陋,但人家小井实诚、手把好,收费低廉,不惜力、不偷工减料,很快就聚拢了人气。

现在的人没有不得颈椎病的,没有颈椎病,偶尔闹个头疼、腰疼、腿脚疼都很正常。疼,怎么办?找小井,一个小时,四十块钱,保你龇牙咧嘴来、舒舒服服走。一次不见效?那就两次。这事儿不啰唆了,反正以此类推,小井总能让去找他按摩的男女老少满意就是了。

路胜利和郝国庆来找小井,不是来按摩的,有事儿。

前一段时间,采油厂大院内和商业街连续发生了五起电动车被盗案,这五起案件有个共同特点,那就是被盗的电动车都停在了街道拐角、楼梯下面等隐蔽角落里,都是监控看不到的地方。

路胜利带着郝国庆在采油厂各处查看,又去商业街探访,表面上看,各家各店井然有序,转一圈,没发现啥问题。准备回所时,看到薛老铁在商业街上慢悠悠地瞎转悠。

"老铁叔,不嫌冷啊,买啥啊?"路胜利上前打招呼道。

"不冷,不买啥。在家待着更心烦,还不如出来转转。"薛老铁拍拍轮椅的轱辘,"有它,想去哪儿就去哪儿。"

薛老铁原来是采油厂运输大队开油罐车的司机,临近退休那年,因为管闲事把自己整得坐上了轮椅。

那是夏天的一个傍晚,薛老铁的老伴儿不在家,去儿子家帮着带孙子去了,他自己独自在家喝酒。那时候,为了凉快通风,家家都开着木门、关着防盗门,防盗门的样式还不是现在的铁板一块,全是带着铁条有镂空的,在屋里说话一不小心全楼都能听见,相当于对外直播。

薛老铁他家对门邻居老马两口子拌嘴争吵几句，本来已经接近尾声了，薛老铁酒至酣处不知哪来一股邪火，起身抬脚奔了对门，拉开防盗门，就冲人家里去了。好嘛，二话不说一下子把老马推倒在地，骑上去就是一顿叮咣乱揍……

谁能料到，不等老马反应过来，薛老铁自己倒下了，脑溢血了！

那家女主人马姨先打 120 又打 110，幸亏送医院抢救及时，薛老铁捡回一条命，可惜的是支配左腿的神经受损，瘫了。

当时，是罗唆带着刚毕业没几天的路胜利出的警，一听原委都挠头，算谁的责任呢？

好在薛老铁酒醒后，后悔不已，老马两口子也很真诚，交了住院费还天天拎着一堆营养品往医院跑。出院后，医药费采油厂报销，腿瘫了没办法康复，薛老铁自认倒霉，倒是自此彻底戒了酒。他不愿意拄着拐棍，嫌麻烦也费劲儿，干脆坐上了轮椅，幸亏他家住在一楼，出入很方便。只是再也开不了油罐车了，他就提前办了退休手续。

发现藏族小伙多吉那天，报警人就是他，在一边唱"泰国新加坡印度尼西亚……什么什么热辣辣"的也是他。

"好吧，老铁叔，没啥事儿就早点回家去。"路胜利叮嘱道。

告别薛老铁，路胜利他们去采油厂保卫处，调出全厂各处的监控录像画面，各种分析、研判、加减乘除、计算，反正是语文、数学、推理那些知识都用上了，最终锁定了一个嫌疑目标，大庄！就是在商业街开"大庄小面馆"的小老板大庄，过程不必细说，免得泄露侦查手段。

总之，一看见路胜利和郝国庆骑着自行车在面馆前停下来，不等他俩撩门帘，大庄自己就先腿软了、蔫了，主动出来问干啥。

"你自己说，还是我们挤牙膏？自己选。"

对大庄，路胜利不陌生，有时外出或下片，忙得错过所里的饭点，不想再麻烦做饭的范师傅，就时常到大庄家面馆对付一顿。他家的面样数不多，牛肉面、臊子面、打卤面、刀削面，就那几种，不过料足、味道相当不错，尤其是肥肠面，回头客最多。

"每天，都得卤出五副猪肠子。"大庄经常对着点肥肠面的顾客伸出一只肥胖的大手，五根短胖的手指得意地晃一晃，像五根肉肠在摆动。

"勤劳致富"，是挂在店里墙上的一块牌匾，红底洒金纸上四个粗大的黑字，隶书。一进店就能看见，请幸福里社区的书法家季老先生写的，遒劲有力，好看。

"这是法宝。"大庄有时喝点小酒，指着牌匾给来店取"致富经"的老乡们传经送宝。不用大庄炫耀，他在村子里盖起的五间大瓦房，就是最硬实的广告，绝对属于中产阶级偏上。他们村在采油厂西侧，距离十来里。

大庄开的夫妻店，店里有个小隔间，平时夫妻两人就住在里面。老婆挺秀气，一个村里从小一起长大的，不爱说话，只知道干活，翻洗肠子、卤牛肉、炒臊子、和面、剥蒜、端碗、打扫卫生、收账，捡起啥活儿都能干，手脚利索。怀孕后也挺麻利，生完孩子没仨月就回到店里，闺女放在小隔间的摇篮里，方便照顾。

后来出现了一系列的变故，若是没发生那些变故，大庄还继续在自己规划好的致富路上狂奔呢。

事情就出在，大庄老婆生的二胎还是闺女上面了。第一胎闺女，大庄第一次当爹，兴奋啊激动啊，那些劲儿过去，更加努力耕耘,盼着第二胎是个小子,以后好继承"大庄小面馆"这个聚宝盆呢。二胎依旧是闺女,大庄有些泄气。尤其是回到村里,风凉话传到耳朵里就不那么好听了,说他费劲巴力没黑没白地干,最后那五间大瓦房和小面馆还不知道便宜了哪两家的秃小子呢。

公婆明确表态不管孩子,产妇心情很不好,身体跟着也不太好。老大得照顾,老二嗷嗷待哺,村里闲着五间大瓦房,全家人再挤住在面馆的小隔间里就没必要了。

于是,大庄让老婆在家照顾俩闺女,雇一个小伙计在店里帮忙。

小伙计毛手毛脚,没干长,就要去学修车技术。临走前,把自己的表姐小欣介绍给大庄了,求大庄收留,打个工。

小欣年纪不大,不过丧偶。新婚不久的丈夫外出跑运输,急着挣钱还结婚借的亏空,疲劳驾驶,撞树上了,车毁人亡,撂下新婚妻子奔赴黄泉。儿子因为急着还钱死的,婆家特别不待见儿媳妇,没几天小欣就被撵回娘家。娘家也待不住,小欣只能出来打工了。

结过婚的小欣和正当壮年的大庄,孤男寡女成天在一起,不是碰着胳膊就是蹭着腿了,不发生点儿故事才怪。果然,小欣毫无意外地怀了孕。

家里老婆和俩闺女得养,小欣和将来出生的孩子也要养。

小面馆的账,以前老婆管,现在小欣管。每月的家用从小欣手里要不出来,回村里时,看着老婆探寻的神情,大庄掏不出来钱,很尴尬。

钱,一下子成了大庄最需要的东西。

大庄摸不到现金,他只能另辟蹊径想办法,每天采购食材时,给小欣报假账，偷着存小金库；又冥思苦想开辟出另一个"致富"渠道——偷电动车卖。

说这么一大通，跟小井有啥关系？别急，马上就说到重点。

大庄处心积虑，积少成多、集腋成裘，藏起一笔钱。

那天一看见路胜利和郝国庆，大庄就知道事情败露了，跟着去了派出所，竹筒倒豆子，全交代了。

"赃款呢？"路胜利问。

"藏在'勤劳致富'牌匾后面的夹层里了。"大庄说。

"井氏中医按摩"开张时，作为邻居，大庄去求季老先生写了字，给小井送了一块一模一样的牌匾，挂在小井店里的墙上。

这个秘密只有大庄和小井知道。

路胜利带着大庄去小井店里起赃款，牌匾卸下来，一搜查，没有！

问小井，一概不承认！大庄提醒说，就是那笔钱。小井还是翻着白眼，一问三不知。

这事儿，蹊跷了。

路胜利只好把小井带回派出所，于是，路胜利又听到了一个故事。

当初大庄给小井钱时，当然不能说是偷卖电动车的钱了，只说是偷存的小金库，是给老婆和俩闺女的生活费。

大庄和小欣的事儿，小井知道，店里成天有人来按摩，商业街里发生点啥事立马就都传遍了，小井属于"秀才不出门，天下事全知"。

小井心里向着大庄老婆。大庄老婆厚道，她还在面馆时，时常给小井送一碗他最爱吃的肥肠面，小井每次吃到最后，都会发现碗底还藏着一大截肥肠，肥腻、过瘾、解馋，忒好吃。

眼睛看不见，但小井心里有数，尤其是谁对他好，特别明白，感情上就跟大庄老婆亲，虽然没有表达过，他也不善于表达。

大庄和小欣好上之后，小欣也给小井送过肥肠面。

吃到碗底时，没了那截肥肠。面条好像也没以前量大好吃了。小井很不开心，不止因为那一大截消失的卤肥肠。

左邻右舍来按摩，都说大庄家的面不但量小了，每碗还加价两元，"现在去吃的人都少了""大庄再不伸手说五副猪肠子了吧？""听猪肉西施说了，每天三副""面不香，贼咸""还不让喝免费的面汤，那娘们儿趁机推销啤酒和矿泉水，齁贵"……

听了大家的议论，大庄来按摩时，小井就不爱搭理他。

趁店里没人，大庄把自己的尴尬处境和无奈掰开了、揉碎了，一股脑倾倒给小井。

小井听大庄叨叨半天，不知道说啥好。他很愁，替大庄愁，可也没啥好办法帮大庄。就大庄那一团乱麻的现状，谁听了谁头疼，谁都帮不了他。只好给他按摩时多用点儿力气。

所以，当大庄说要把给老婆的私房钱藏在他店里时，小井觉得只有这个办法，能帮到给他碗底埋一大截卤肥肠的好嫂子和俩小侄女了，立马应允。

"那，赃款呢？"路胜利接着问。

"给嫂子和侄女了。"小井回答。

"不可能。他家大门冲哪儿开，你都不知道。你咋去的？咋给的？"郝国庆瞪眼问。

"我……爹。"小井勉强吐出俩字。

对啊！路胜利一拍脑门子，咋把老井忘了。

大庄的小面馆和小井的按摩店紧挨着，大庄那边一跟路胜利走了，听见声音的小井就摸索出手机给老井打了电话，随后转移了牌匾后面夹层里大庄的私房钱，藏在暖气片的后面，叫老井取了给大庄的老婆送去，她们住哪乡哪村，老井知道。

路胜利一听，禁不住笑起来："你咋知道我要找这赃款？"

"我听来店按摩的人说，采油厂大院和商业街丢了好几辆电动车了，放在犄角旮旯都能被偷走。我琢磨可能是特别熟悉内情的人干的。大庄哥呢，他从那女人每天给他的菜金里抠不出几个钱。他前几天到我店里藏私房钱，说找到了一条发财的道儿，但没告诉我是啥好办法。今天上午你去找他，我听见了，前后一联系，瞎猜的。"

"然后你就给你爹打了电话……"路胜利不笑了。

……

案子破了，收赃的窝点找到了，电动车追回来了，大庄被刑拘了，小面馆开不下去了，小欣把肚子里的孩子做掉后不知所踪了，据说去南方打工去了。

大庄老婆重新接手了小面馆，请自己爹妈在店里帮忙。俩闺女，公公婆婆帮忙给照看了。

最高兴的是小井，他又能吃到碗底埋着一大截卤肥肠的手擀面了，真香啊，找到了以前的味道。

看着小面馆里井井有条，每碗面的价格恢复了原价，面汤免费喝，管够，路胜利脸上浮上一抹微笑，热乎乎来了一碗肥肠面，抹完嘴，一边扫二维码付账，一边对大庄老婆说："有啥困难，找警察，给我打电话。"

四、误会就是这么产生的

照理说，作为内勤，路胜利可以既不出警、也不处警，但在派出所这种问题是不存在的，一警多能是基本要求，警力（包括辅警）不够是普遍现象。

就拿幸福里派出所来说，一位所长罗唆，一位教导员苏裕，他俩同龄，都是四十一岁，苏裕一年多前被省厅抽调去承德山区贫困县当第一书记，帮助脱贫去了；剩下仨男一女四个大头兵，内勤路胜利、社区民警老杜、钟必胜，女民警肖黎，加上郝国庆、朱大黑两个年轻辅警，说是八个人，其实是七个人，支撑起一个偌大的派出所，管辖万余人。除了两位所领导，就老杜年纪大一些，三十六岁，路胜利三十二岁，钟必胜二十六岁，肖黎二十四岁，郝国庆二十九岁，朱大黑二十五岁，这支队伍相比莲城的其他派出所，还是很年轻的。

罗唆说，纵观全局，哪个派出所人手够？人手不够，工作可不能不做。解决困难的唯一途径就是把大家都变成多面手，招之即来、来之能战、战之能胜。

路胜利刚到所里时，先下社区熟悉环境，锻炼了一年，老内勤退休前，才手把手把工作交接给了他。加上最近心情的确不好，出警一忙倒是可以暂时忘记烦恼，还助眠，那何乐而不为？因此一有报警需要出警，路胜利就抢着去现场。

罗唆倒是知道他的心病，也就放纵他去了。

至于内勤工作，耽误不了，不是还有一个女民警肖黎吗？警院毕业刚两年的新警员，正慢慢熟悉派出所的内勤工作。

按照公安局的统一要求，近几年的警院毕业生，一律先在基层派出所锻炼五年，再根据每个人的专业特长和喜好，二次分配充实到机关一线科室队，比如刑警大队、经侦处、技术处、法制处、治安处等，为一线输送新鲜血液。

路胜利是多年的媳妇熬成婆，他用当年罗唆忽悠他的话教育肖黎，三言两语就把肖黎带上道了。小姑娘认真负责，勤学好问，有不懂的地方再去问路师父，有问必答。路胜利有私心，他想把肖黎留在派出所，内勤工作有人接手了，他好脱身，他还做着刑警作家梦，虽然似乎、显然已经遥不可及了。但梦想还是要有的，万一实现了呢。

殊不知，罗唆的想法是，绝不能放路胜利走，他要培养路胜利成为能接他班的人，将来当幸福里派出所的所长。那老杜呢？他比路胜利还年长四岁，论资排辈应该先提拔他吧？罗唆不那么想，老杜有他自己的想法，俩人早就沟通过。

大家都同样长着一个鼻子俩眼睛，谁心里还没个小算盘小九九，各怀心思吧。

话说回来，路胜利和他老婆蒋美好之间的矛盾起因很简单。

幸福里社区有个精神失常的女青年，二十多岁，从远处打眼一看，身材修长，窈窕淑女；近处观察，皮肤细腻、唇红齿白，长得也不错。外号"马花痴"，她姓马。

据说这马姑娘上大学时谈个恋爱，可能是用情太深，失恋后深受刺激，就神经了，大学没读完，退学回家休养。

一次，马花痴在幸福里社区看见了路胜利，就主动上前说："警察同志，我有很重要的问题要反映。"

31

看马花痴的神情庄重，语速平缓，落落大方，好像挺正常的一个姑娘。路胜利就说请她去幸福里派出所说明情况吧，便于做工作记录。

到了派出所，马花痴坐在路胜利办公桌的对面。

以前虽然没有跟马花痴打过交道，但路胜利知道她有病。下幸福里社区了解居民家庭组成和个人职业状况，是幸福里派出所每个民警的必修课，这方面的基本功路胜利还是很扎实的，马花痴的基本情况他知道个大概。因此在跟马花痴聊天的过程中，他特别留意了一下，观察她神色平静，表述准确，没发现有什么不正常的。

马花痴说话有条有理，反映的问题也中肯。马花痴说，她家隔壁新搬来的一家租户，总是在半夜十二点以后唱歌，还只唱《忐忑》那一首歌，反复唱。搅扰得她睡不好觉，夜夜失眠，要犯心脏病了。请警察同志去解决。

半夜唱歌？还扰民？这问题是得解决。路胜利去了解了一下，那家租户说没有那事。还反问路胜利《忐忑》是个什么玩意儿？从来没听说过。

《忐忑》是首歌，有一阵儿很红，没有具体的歌词大意，音调忽高忽低，节奏不好掌握，不按照常理出牌，那声音一般人接受不了。尤其是反复听后，听了想死或是便秘，心脏感觉很不舒服。据说，唱了这首歌的人，能达到神清气爽、内练丹田之功效，但听的人若是犯了心脏病，那纯属内心不够强大，活该。网友评论，称之为神曲，据说半夜时演唱能吓退妖魔鬼怪，辟邪。

路胜利也有些疑惑，走访了租户周围楼上楼下几家邻居，都说没有听见那家租户半夜唱《忐忑》。路胜利专门去找了马花痴一趟，把调查结果反馈给她。哪知从那以后，马花痴天天来幸福里派出所找他，还打扮得花枝招展。

罗唆看见了几次，提醒路胜利要注意警民关系。

当时路胜利还很不屑，反问罗唆："注意什么？要搞好警民关系要搞好警民关系，这不是按照你所长大人平时口口声声的严格要求在做吗？"

罗唆睁大他的小眼睛，没再说什么。

每次到派出所找路胜利，马花痴都带些小水果、小糕点、小糖果包在一个花手绢里，拿出来自己吃。路胜利忙乎自己的工作，她也不打扰，吃完那些小零食就走，不闹事。

直到那天中午到了吃饭时间，马花痴的小零食几乎都吃完了，手里还有一根花里胡哨的棒棒糖，她笑眯眯地非要给路胜利吃，路胜利百般推托不掉，这才觉得她真不正常啊。

正想着怎么脱身呢，马花痴的母亲马姨找来了。马姨慈眉善目，总是面带微笑，从她脸上看不出有啥愁事儿，退休前是采油厂财务室的出纳。

马姨悄悄说，路胜利跟她女儿大学里的那个初恋又失恋的男同学长得特别像，刺激她的神经了。

嘿！这可真是邪门了。模样长得像，还招惹上了是非。

马姨留个手机号，说女儿再来骚扰，就让路胜利给她打电话。

路胜利说，那是病呀，得治。

马姨说，治了，光是吃的药加起来得有几十斤了，神经病没有治好，人快吃傻了。是药三分毒，常年吃药连带着胃也不好，肾也不好。那是心病，吃药不管用。

看着头发花白的马姨有些哽咽，路胜利也很同情，赶紧送马花痴和她妈离开派出所回家去。

路胜利的办公室里有一张沙发,有时候工作忙,中午来不及回家,在小食堂吃了饭,就躺在沙发上面休息一会儿。

有一天,马花痴又来了,还是反映问题。她说,隔壁租户半夜已经不唱《志忑》了,她表示感谢。但是,现在又出现了新问题,那家租户,每天半夜开始用电台给美帝国主义发信号,发信号时电磁波"吱吱啦啦"的响声,干扰她不能很好休息,夜夜失眠,又要犯心脏病了。请警察同志去抓那家租户,统统枪毙。

这不是凭空臆想,胡言乱语吗?但路胜利不能那么直说,他不能再刺激马花痴了。

于是劝道,请她放心,经过公安机关调查,那家租户是为孩子就近在油田一中上学,在幸福里社区租的房子。不可能有什么电台,也不会给美帝国主义发信号。

马花痴不干,说请路胜利半夜去她家实地考察,肯定能听到那家特务给美帝国主义发信号的声音。

听她这么说,路胜利实在无语。眼看快中午了,就起身请马花痴先回家。

哪知马花痴一把拽住路胜利,说她不回家,还非拉着路胜利跟她一起躺在沙发上,说是看星星!

谁能想到看似弱小纤细的马花痴会有那么大的手劲儿!路胜利被她一把拽住,跌坐在沙发上,惊得满眼冒金星。

路胜利一时挣脱不开,还不敢大声嚷嚷,害怕刺激了马花痴。他赶紧腾出一只手掏出手机,翻找马姨留下的电话号码,打过去求救。

那天也该着出事,很少到路胜利工作单位视察的蒋美好,趁年后工作不忙，百年不遇地突发奇想去幸福里派出所探望。哪知推门就看见路胜利正跟一颇有姿色的年轻女人坐在沙发上拉拉扯扯，好像路胜利要非礼那女人似的！

这一幕……真是黄泥掉进裤裆里，不是屎也是粑粑了。

蒋美好美丽的小瓜子脸登时气得煞白，气狠狠地说："路胜利呀路胜利！怪不得你中午不回家，原来是在这幸福里派出所又安了一个家呀！你可真幸福！"

不等路胜利开口，那女人紧紧抱住他的腰，冲蒋美好嚷嚷道："他是我的！他是我的！你不能把他抢走！"

这叫什么话?！越描越黑了。

"不是那样的，不是那样的！"路胜利就像一个被冤枉的女人一样哀求着，有气无力地对蒋美好说。

彼时，马花痴吊在他的肩膀上，脸紧紧地贴在他的胸口。

蒋美好用她那美丽的丹凤眼深深地看了路胜利一眼，那眼神说不清楚是愤怒恶毒还是绝望哀怨。

总之是看得路胜利同志汗毛耸立、不寒而栗！没想到，相识相知相亲相爱多年的蒋美好，还隐藏了这么深的力道和武功。路胜利一时不知是该高兴呢还是该激动。

蒋美好转身就走。

路胜利这边还没有挣脱那个惹事的马花痴，只好眼睁睁看着蒋美好跑了，留下纠缠在一起的俩人呆立在原地一阵儿凌乱。

担心蒋美好被气得神志不清，万一路上走神，再出个撞墙、撞电线杆子的事，那就麻烦大了。一想到这里，路胜利顾不上面子和凌乱了，赶紧喊老杜帮忙脱身。

老杜呆头呆脑地冲进路胜利的办公室，手忙脚乱地按住了马花痴。

路胜利挣脱后，赶紧骑上老"飞鸽"，出了幸福里派出所大门，正好看见马姨急匆匆迎面奔过来，他顾不上打招呼，一路狂追。

好容易在家楼下追上蒋美好，她也不理人。

从那时开始，路胜利一直给蒋美好讲述自己的清白，费尽了口舌，可惜解释好几天都不管用。

蒋美好采取"三不"政策——不理睬、不接话、不吭声，干脆就当一米八大个英俊潇洒的路胜利是空气。

更严重的是，蒋美好在家一遍遍播放《蓝色多瑙河圆舞曲》，这可是一个极其危险的信号。

路胜利想起当年他俩在省城上学。一次，蒋美好约路胜利去她们艺术学校大礼堂听音乐会，演奏这首世界名曲时，路胜利居然睡着了！还无耻地打起了响亮的呼噜！这不是明目张胆地亵渎艺术吗？

引起周围男女同学的各种侧目和哂笑，搞得蒋美好颜面扫地，很尴尬。

不是路胜利对高雅艺术视而不见，实在是事出有因。路胜利刚从警校组织的铁人三项赛赛场上下来，就赶到蒋美好的学校陪她。由于体力严重透支，只想倒下睡觉的小路同学，别说《蓝色多瑙河圆舞曲》，啥颜色的圆舞曲他也看不到，听不见了。

然而，从此蒋美好记住了这件事。

打那以后，只要对路胜利不满或是有什么意见，蒋美好就在房间里播放这首圆舞曲。一是表示她的严重不满；二是时刻提醒路胜利和她之间的云泥之别，巨大差距。

恰逢路胜利的丈母娘，蒋美好她妈病了，在莲城医院当医生的小舅子蒋正义和他媳妇，因疫情忙得不可开交，两人一时无法抽身，只好打电话让蒋美好去照看一下。

于是，蒋美好趁机借口回家照顾她妈，收拾了一大箱子的零零碎碎的东西和衣物，搬回她娘家去住了。

路胜利低眉顺眼地去请了好几回，蒋美好鼻孔朝天，不搭理他。

路胜利后来琢磨，任何一个人看见当时他和马花痴搂抱在一起的场景，都会觉得很暧昧、很是不清不楚，令人不能不往歪处想，更何况目击者是他的老婆蒋美好啊。

然而，谁能想到是人高马大的路胜利差点被瘦小枯干的马花痴非礼？朗朗乾坤昭昭日月，怎奈冬日惊雷、六月飞雪，他比窦娥还冤枉啊。

后方不稳定，前方军心大乱。路胜利怎么能干好幸福里派出所的工作？

公安局秘书处通知，各派出所的所长在某日下午到局里参加全省派出所所长电视电话工作会议。

当时路胜利心里不知在想什么，居然记错了时间，把 15 点记成了下午 5 点。此谬误造成的严重后果就是，罗唆同志没能按时参加全省派出所所长电视电话会议。等他掐着点来到公安局会议室时，赶上的是散会。罗唆在一群从会议室里蜂拥而出的警察同僚中逆流前进，顾长的身形显眼夺目，被主管副局长童局逮个正着，跟着去了童局办公室，劈头盖脸挨了一顿训。

路胜利把这个月的治安报表送给罗唆审核签字时，罗唆说数字不对，治安案件不是 11 起，要加上上个月遗留下来的 3 起积案，所以应该是 14 起。

罗唆让改完后，再找他签字，然后上报公安局治安处。

罗唆也是不认真，或许是对路胜利过于信任了。修改好的治安报表给他后，他也没有再审核，签了字就让路胜利上报了。

第二天，公安局治安处的内勤童警花打来电话问，幸福里派出所这个月的治安案件比起上个月的数字，有些高得离谱，比去年同期更是高得离谱，这是为什么？

报表是传真过去的，原件由内勤，也就是路胜利，归类存起来了，年终汇总后再装订，交公安局档案室统一保管的。

罗唆让他找出这个月的治安报表一看，俩人都大吃一惊！这个月的治安案件起数变成了 114 起！几乎是平时的十倍。

俩人面面相觑：问题出在哪里？

罗唆的两只小眼睛瞪得溜圆，死死地盯着路胜利的眼睛，路胜利不敢和他对视，只好左右躲闪，内心十分费解和郁闷。心知出了这么大的纰漏，难逃其责，也很内疚。回忆半晌，大约是心不在焉，修改数字 11 时，忘记去掉一个 1，而是直接在 11 后面加上了 4，从而使得原本的 14 起变成了 114 起。

童警花冷冷地说，出了这样大的失误，是要在全公安局月度例会上通报批评的！

这样一来，罗唆在幸福里派出所任上保持了八年的"优秀派出所"荣誉称号，就得花落别家了。这不是要了罗唆同志的命吗？

罗唆在电话里，低声下气地跟童警花说了半天好话，保证不再出类似的失误，才把这件事压下来。

罗唆还嬉皮笑脸地画饼，要请她吃饭。

童警花说，她才不去吃呢。还义正词严地警告罗唆，不要行贿，她不会受贿的。

路胜利斜眼看着罗唆假公济私，巴结治安处的那朵警花，觉得这家伙是不是在下一盘很大的棋呢？

多年前，罗唆因英勇事迹被一位采油厂的漂亮姑娘追求，成为夫妻。三年前，漂亮老婆带着罗唆的漂亮儿子，跟她父母一起出国到新加坡继承祖父母留下的遗产，过上了住别墅豪宅、坐宝马豪车的生活，多次让罗唆脱掉警服去新加坡找他们。在离开警队出国定居和留在国内生活的两难选择中，罗唆选择了留下。过程也是撕心裂肺、鲜血淋漓的，最终在今年他俩办了离婚手续。前妻带着儿子移了民，这对罗唆的打击可谓不小，近期才略微缓过气来。从前妻的朋友圈看出他们在异国他乡过得不错，尤其是儿子迅速地融入了当地生活，罗唆失落之余稍感欣慰，他自己孤家寡人的日子也更觉寂寥了。

唉，成年人的生活谁不是表面光鲜，背后千疮百孔、一地鸡毛，不足为外人道也而已。

话说回来，坊间传说之一，罗唆正在追童警花，看来有点儿苗头。据说童警花可是童局八竿子能打得着的亲戚，正宗嫡系。童警花，大名童锦华，被公安局的人按照谐音叫成了童警花，其实有些名不副实，但凡被叫成花，比如厂花、校花、系花、班花，肯定都得容貌出众、才艺双佳。尤其与罗唆漂亮的前妻比，童警花的长相的确有些不尽如人意。跟罗唆站在一起，一个白净瘦高，一个黑还矮胖，像一个"10"，不过童警花赢在老实本分、心地善良、踏实敬业。

坊间传说之二，治安处的处长明年就到点儿退居二线了，罗唆觊觎那个位置良久，巴结童警花是为了讨好主管治安处的副局长童局,走的是曲线救国的路线。

罗唆是想往上走一步,还是想往上走一步呢?

到底哪个坊间传说是真,哪个是假,都不可小觑。要知道,凭往日的经验来看,往往那些传说和小道消息都不是空穴来风,最终都会变成现实里的飓风暴雨的。

在路胜利手里连续出了两次事儿,不,是事故!罗唆有些急眼了,不再照看他的那些花花草草,两只小眼老是盯着路胜利,围着他转悠来、转悠去。

瞅得路胜利心里直发毛,只好投其所好,去商业街新疆烧烤店买了二十串羊肉串、两串羊腰子,让烤串的买买提师傅额外多加了孜然粉和辣椒面,请罗唆吃,谢罪。

工作上的失误,追根究底是由于后院起火,导致路胜利心神不宁。

罗唆嫌恶地把那两串羊腰子推给路胜利,其余的毫不客气,也没谦让,一气吃了十九串后,擦了擦满嘴的油光和满脑门辣椒辣出来的汗,举着最后一串羊肉,痛心疾首道:"你要是再这么心不在焉下去,后果将不堪设想。不但咱们幸福里派出所的先进牌子不保,你的工作也将不保。"

"难不成还能把我弄成'负民警'?"路胜利小声嘀咕。

这里有个典故,曾经有位老民警犯了对群众"吃拿卡要"的错误,领导批评教育他,他不服气反驳道,反正我也没职务,不能降职处理,吃群众一顿饭也够不上开除我,还能怎么样?难不成还把我弄成负民警?大家一时没明白,后来才恍然大悟,敢情老民警是用数学里的"负数"来做的比喻。从那以后,但凡局里有人低谷时,就会拿那句话调侃自己。

"态度还是不端正啊！同志！"罗唆把最后一串羊肉撸进肚，抹抹嘴。提出要求，要求路胜利在不能耽误手头工作的情况下，尽快安抚好蒋美好同志，处理好后院起火的问题，一大摊子事儿都等着去做呢，思想包袱背不得，要轻装上阵。

路胜利看着手里的两串羊腰子，略有些忧伤地道："唉，补半天有啥用……"

说完，在罗唆的瞪视下，没滋没味地啃起来。

五、幸福里的停车难题

幸福里社区是老社区，几年来私家车陆陆续续增加了两百多辆，停车位却没有那么多。不只是社区内所有通道两侧都密密麻麻地停满了车，绿化带、活动场地、门口处都随意停放。甚至摆着各种各样健身器材的便道上也停着车，居民们想健身都没办法进行，一不小心就蹭着车了。

更过分的是，有些车竟然停到了消防通道上。去年秋季天干物燥，熊孩子点火玩，引燃了居民晾晒在室外的被褥，一辆 SUV 车停在了路中间，消防通道被堵，消防车过不去，只能靠消防员背着水带近距离施救，才避免了一场火灾。

这样密集乱停，车子进出很不方便，还很容易发生剐蹭，增加居民之间的矛盾。为此，没少闹邻里纠纷。

比如，花蕊从北京回来看望她爸花伯伯，临走时发现汽车被另一辆车堵在里面出不来，也找不到车主，担心耽误第二天上班，只好坐火车回北京去上班。好在每天从凌晨到深夜，莲城与北京之间有十多列火车对开。至于丢在社区里的车，花蕊只好另找时

41

间回来取,劳民伤财。

比如,老耿叔的儿子因停车问题跟邻居邱大爷家的女儿吵架,彼此伤了和气,多年的好邻居互相都不来往了。

比如,熊孩子手欠掰车标玩,那可是一辆捷豹啊,两家为此打得不可开交。

比如,还是熊孩子,楼上熊孩子往楼下扔金属的玩具汽车,把楼下停靠的奔驰车天窗给砸出了一条裂纹,纠纷骤起。

还比如,算了算了,这要是举起例子来,可举不胜举。用居委会老白主任的话来说,那是三天三夜都说不完。大有罄竹难书之意。

罗唆很挠头,本来所里警力就极其有限,时常陷入这种没完没了的调解纠纷事件中,太牵扯警力和精力了。

他去找社区居委会协商,问怎么办。

居委会的同志们也很挠头,老白主任叹口气说,想解决停车难问题,只能增加车位、搞好管理。可社区就这么大点儿地方,增加车位几无可能。

罗唆眨眨眼睛,出主意道,还是那句话,众人拾柴火焰高。发动群众集思广益、一起出谋划策,广泛征求意见和建议。

这办法还真有效,要不怎么说高手在民间呢,办法很快收集上来了,可见居民也是苦于停车难久已。

罗唆他们精挑细选从中选出了六个切实可行的办法。

在社区门口设置挡车器,对幸福里社区进行规范化管理。此前,由于缺乏管理,本社区业主的车来了可以停,不是本社区业主的车也可以停。如果使用数字化监控系统,所有本社区的车辆都要刷卡才能出入,就能将外来车辆阻拦在外。

第二个办法是，在空地划出了专门的停车位，这也是规范管理的办法之一。停车难很大程度上是由于管理不规范、车主乱停乱放造成的。划定停车位，车主就明白哪些地方能停车，哪些地方不能停车了。

原来社区里道路两旁都是直上直下的马路牙子，便道闲置着，汽车却没法停上去。如果把马路牙子改成斜坡，汽车停放到便道就方便了，相应地也增加了停车位。但坏处是方便了停车，就不方便人行走了。

此外，把原来道路两旁的冬青树绿化带向后移动几米，就能移出一部分停车位。

还有一招，就是对停放在社区的车辆采取收费方式，车主长期占用公共土地停车的，每月收费三十元，临时车辆超过五小时，按照一小时两元钱收费。

以前停车不花钱，一旦要交停车费，业主会不会同意？

而且预算了一下，购买监控设备、移动绿化带、马路牙子改斜坡、铺设地面，整体改造，起码要花费二十多万元，这笔钱谁出？

预案形成书面材料，上报到采油厂厂办，很快，采油厂召集大家召开了听证会。

要说还是大厂有远见卓识，高瞻远瞩，主持会议的厂领导提出，是否可把大院西侧的商业街迁到院外去？如果可行，就能空出一大片场地作为幸福里社区的停车场，到时就按照当前最科学最先进的方式建成立体停车场，可以根据车辆的增加，往上方空间要车位，还不占用社区里挤牙膏似的挤出来的各种空地。

这思路，嘎嘎好！等于把派出所、社区居委会、物业管理公司三家绞尽脑汁收集整理出来的六个办法一下子都否定了，但否得大家都很高兴。也不对，还有一个没否定，就是停车收费问题，如果有车的业主们同意把车停到新式停车场，还支付一定的费用，那就皆大欢喜了。

参会者一时群情激动：那敢情好，老商业街空出来的面积起码能容纳上百辆车呢。老商业街存在三十多年，某些店铺私搭乱建，加之电线老化，存在坍塌、火灾隐患，这要是能一下子解决了，可是消除了一个大隐患。

可是问题马上又来了，把老商业街迁到哪里去？三十多年来，采油厂的老老少少们与老商业街休戚与共，极其方便生活购物，肯定是难以割舍的啊。如果搬迁得太远，居民们的日常生活就会大受影响。有车一族还好说，家里缺啥去趟采油厂大院外的商场超市，一溜烟就买回来了。没车的老年人呢？为一瓶醋或一根葱、一头蒜就得费劲儿巴力地跑老远去买，不仅仅时间成本高，最主要的问题还是太不方便了。

采油厂领导微微一笑，当场表态，将与有关部门交涉，把采油厂大院外北侧的荒树林砍伐掉，充分利用起来，建成一个全新的商业街。

那片荒树林原先并不荒，最早是采油厂的石油储备库所在地。后来为安全起见，在远离居住区的荒郊野外重新建起了更加现代化的储油基地后，就整个搬走了。留有的旧建筑物被拆除，仅仅剩下一段百余米长的铁轨，那是曾经用于从储备库往铁路运输石油的油罐火车行走的铁轨。那段铁轨原本与莲城西侧的京九铁路相连接，把石油或成品油运往祖国四面八方，曾经立下汗马功劳。随着莲城和油田的不断规划、扩建、发展，那段铁轨被一节节拆除，目前就剩下采油厂大院外北侧这一段百余米长的铁轨了，锈迹斑斑地隐藏在一片杂草丛生中，韬光养晦，好像把一段历史也隐藏了起来，只有知道那段历史的老石油人看到了，才会唏嘘感慨一番，或者给孙辈们讲讲自己年轻时曾经激情燃烧的岁月，再长叹一声，仅此而已。

野生野长的树林子非常原生态，虽然荒树林里曾经发生过一起放生蛇事件，经派出所查处是周边的一些善男信女所为，蒙头蒙脑的蛇们也被全部捉拿归案，但不影响那里始终是采油厂职工家属和周边居民最爱去遛弯的一个好去处。春天时挖野菜、摘野花，夏天时纳凉、捉知了、扑蝴蝶，秋冬两季更是挤满热爱拍照的人，尤其是婚纱摄影，原野风味十足。还有退休后，手脚勤快的人在里面开垦出一个个小菜园子，倒也不完全是为了吃菜，就是一个活计，没事找事干，免得浑身上下的关节都生了锈。这样的人都是不喜欢跳广场舞，也不会打太极、舞剑的主儿，每天去侍弄一下菜园子相当于锻炼身体了，还有收获，何乐不为。

采油厂领导答复说，不必担心失去了一个休闲遛弯的场所，按照莲城市政的规划，将在采油厂南边建一个大公园，步行十几分钟可达，方便周边人民群众游玩、嬉戏、健身，这是莲城三年内建设"花园式城市"的举措之一，已经列入市政规划，很快就会动工。未来还要把莲城建成"森林式城市"，与莲城西北方向的雄安新区遥遥相望、相互呼应。

那可太好了！如此一来，由财大气粗的采油厂牵头，大刀阔斧改建，目前因停车难引起的矛盾、积痾和所有问题都将全部迎刃而解。

很快，幸福里社区业主委员会把征求意见报给了采油厂，几乎所有有车的业主，都同意停车缴费，比照其他建有收费停车场的新社区或莲城的商品房小区，一个月几十块钱的停车费根本不在话下，九牛一毛嘛，采油厂人的腰包鼓着呢。

蓝图画好了，要把蓝图落实到现实中，还有待时日，需要实施以下这些步骤：

先把采油厂北侧的荒树林平整出来，把那段具有历史意义的代表物——铁轨，拆除，安放到莲城的矿山公园里去，让更多的莲城市民和油田职工家属们了解这座油田的发展历史。同时，开建新的商业街，并在莲城电视台、广播电台、《莲城日报》、媒体公众号上发布消息，招商引资；新商业街建好后，采油厂大院里的老商业街整体搬迁出来，全部安置在新商业街；拆除老商业街，在它的原有位置上建成一个现代化的立体式停车场。

同时，把它作为迎接年底北京召开盛会的献礼工程，必须保质保量按时交工。

六、苏裕揽了一件好事儿

"所以，在相当长的一段时间里，会有各种各样的施工单位和人员入驻，都属于咱们派出所管辖范围，负责治安防范、为各项工程顺利施工保驾护航，将来建成的新商业街和停车场也属于咱们所。咱们所即将面对一个全新的采油厂和新商业街。同志们，加油啊。"

罗唆在所务会上传达了他参加采油厂召开的会议精神。

每个人的精神都为之一振，各自脑海里不约而同都有了新画面。当然了，蓝图是美好的，落到实处的过程是曲折的，各种治安问题和压力也会随之接踵而至。

　　这期间，公安局工会开展"职工互助一日捐"活动，要求在职在编民警是工会会员的，捐出前一年十月份一天的基本工资。这是省工会为职工提供惠普服务的一项重要工作，由政府各部门配合工会组织具体承办，多渠道收集帮扶资金，为患有重大疾病、遭受重大意外事故等原因，造成家庭生活困难的职工提供帮助，缓解突出困难。

　　每人捐多少款已经算出数据，列出表格发给了各单位。

　　平时这些工作归教导员苏裕主管，他不在，罗唆兼任起来。

　　罗唆给苏裕去电，谈了一下最近所里的工作，传达队伍教育整顿内容要求以及"职工互助一日捐"活动具体内容，问问苏裕那边的工作开展得怎么样了，顺嘴把采油厂年内的各种基建规划介绍了一番。

　　电话那头的苏裕，一听罗唆的话，非常着急地问道："啊，能不能把荒树林的铲除工作交给崂峪沟村？包括老商业街的拆除工作。我们村里的青壮年可以立即组织起来，由村干部带队去，有组织、有纪律、有施工经验，非常可靠。"

　　苏裕在承德山里的崂峪沟村任第一书记，帮助村民脱贫奔小康，他也一直在帮着找寻各种各样村民们能做的致富项目，为他们牵线搭桥。

　　罗唆没想到自己的一番话会引起苏裕这么大的反应，态度严肃起来，他迅速地思考了一下，认真回答道："我看这件事得由公安局出面，动作还得快。你直接，哦，算了，我直接去找童局，把两边的情况说清楚，请他出面找采油厂的有关领导说情。这样胜算的概率还大一些。"

　　兵贵神速。亏着罗唆动作快、情况明，童局立即亲自出马，直接找到采油厂主管项目的领导说明情况，果然抢占了先机。

采油厂领导答复，铲除荒树林和拆除旧商业街，没有什么技术含量，可以交给崂峪沟村民施工队做，唯一的要求就是做好所有施工人员的安全防护，一定要确保不能出任何伤亡事故。

几乎一夜没睡的苏裕，第二天就赶回来了，带着村干部，也就是施工队队长康石头，与采油厂有关部门接洽，确定了何时开工铲除荒树林，以及报酬多少的问题，随后到现场实地勘察一番。

苏裕一脸疲惫，上衣是夹克衫，下身一条牛仔裤，足蹬运动鞋。也许是坐了好几个小时的车的缘故，衣服都皱皱巴巴的，与原先讲究仪表的样貌大相径庭，就连他原本白皙的脸都变得黝黑了，鬓角处隐隐约约有白发闪现，可见这扶贫的第一书记当得实在操心劳力。

一见罗唆，苏裕忽然一拍脑门，说了一句："差点忘了！"说着当面把"职工互助一日捐"的钱款转给了他。

康石头三十来岁，面皮白净，瘦小干练，一口纯正的普通话，当场便道："这工程好干，我们施工队都是壮劳力，有经验、有干劲儿、能吃苦，保证完成任务。"

罗唆私下问苏裕，这位山沟里出来的康石头，普通话咋说这么好？

苏裕悄声道，承德大部分方言属于北京官话，因此在语言和语法上与普通话较为接近，当地人说话没有口音。

罗唆点点头，恍然大悟。

施工合同签完了，罗唆叮嘱苏裕，选出来的施工队员一定要提前体检，有健康问题的人员抓紧治病，不能参加施工；还有一点是，要确保施工队员都无刑事、治安案件前科。

苏裕连连答应，他和康石头没有过多停留，当天就返回崂峪沟村了，召集组织施工队成员，为下一步开展工作做好战前动员和相应的简单培训。

余下的准备工作，由罗唆出面协调，包括铲除荒树林的工具和运输车辆等问题，等到施工队到位之后，暂时借住在采油厂大礼堂，一日三餐包给了老商业街的"大庄小面馆"和烧饼崔等几家物美价廉的小饭馆，吃喝拉撒问题就都解决了。

其间，很多人得到消息后，在荒树林铲除前纷纷跑去拍照留念，《莲城日报》发专版刊登图文，留下一些珍贵资料。

老商业街半年后就要拆除，大部分商铺是欢迎的，也有人很不高兴，谁？就是"正宗河间驴肉火烧"店的老板"老驴"很不高兴。

"老驴"姓吕，河间人，在商业街开了十多年驴肉火烧店，时间久了，大家就把老吕叫成了老驴，老吕也不生气，乐呵呵地答应。

他店里经营的食品种类很少，十根手指头就能数过来：干粮有纯驴肉火烧、驴板肠驴肉火烧、夹焖子驴肉火烧、大饼子；稀的有小米粥、鸡蛋紫菜汤、豆腐脑，外加不要钱随便吃的萝卜丝咸菜、醋、辣椒油，就这些，没了。

老驴的店一日三餐加上消夜都适合去吃，常常人满为患。

他为啥不高兴拆除？原因也简单，趁疫情期间不能堂食，他刚把驴肉火烧店给装修了，换了新匾额、灶台、餐桌、座椅加上碗筷等诸多什物全是新换的，新刷了墙壁，贴了一些与河间驴肉火烧有关的传说民俗画，给服务员们从头到脚换了统一的新衣裤鞋子，拢共花了一万五千元钱。堂食环境变洁净漂亮了，老驴这是打算涨价了。也不怪他，近一年来驴肉的价格节节攀升，成本提高了，驴肉火烧要是不跟着涨价，老驴的小本生意还有啥赚头？

多年的老铺子了，顾客群也是老主顾们，都熟悉，他也不好意思上来就涨价，于是想出一个"先装修、再涨价"的"好"办法。这要是拆迁，老驴投资在装修上的钱还没收回来就全毁掉了，他能高兴吗？

于是，老驴联合几家同样不愿意搬迁的店铺店主们，去采油厂机关静坐，阻止拆迁。罗唆被紧急叫到现场，做起了说服工作。

"账不能那么算，垒新灶台、刷墙是花了点钱，带不走，不假。那些贴画桌椅板凳和服务员身穿的衣裤鞋可以带到新店去，包括写着店名的匾额，摘下来就是了。你说是不是这个理儿？"罗唆苦口婆心道，"里外里损失并不大。"

他盯着老驴说："还有，老商业街私搭乱建，电线老化，坍塌和火灾两大隐患并存，住在店铺里，你们心里踏实吗？拆除后搬到新商业街，那些隐患都没有了，一切都是新崭崭的，多好啊……"

功夫不负有心人，煽动大家静坐的头目老驴的心理松动了，剩下的事情就好办了。罗唆加了最后一把火，他凑在老驴的耳边耳语了一番，直说得老驴连连点头，等罗唆语毕，老驴马上站起身，冲其他几家店铺的店主们一挥手，道："老少爷们儿，中午都到我店里吃饭，全驴宴，我请客！"

问题解决了。罗唆得胜回所，居委会老白主任追着问他跟老驴说啥了，罗唆小眼一眯、咧着嘴笑道："保密。"

第二章　草长莺飞

一、卤水点豆腐

罗唆让路胜利尽快"解决好后院起火的问题"还没落实，路胜利愁眉不展之际，老杜倒是交了"桃花运"，还两朵，老杜走哪儿跟哪儿。

说起来，老杜这人除了三十大几还单身没啥大毛病，长得不起眼，脾气温和，工作不积极也不落后，平时话也不多，四季换来换去就几身警服，还有个爱吃臭豆腐的习惯。

一到午饭时，就拿出他那个宝贝罐头瓶，打开盖儿，一股子臭气立即在十几平方米的小餐厅弥漫。夏天还好，大家可以站在院子里的槐树荫下端着餐盘吃，顺便聊聊天。冬天，再使这招就不行了，冷。

好在一天就一顿午饭大家聚在一起吃，要是一天三顿都在这种环境里就餐，谁受得了。尤其是肖黎，姑娘家更不喜欢那股子臭味。

老杜自己好像不觉得，抓起一个雪白的人馒头掰开，夹出一块灰绿色的臭豆腐往里一放一合，咧开大嘴，吧唧吧唧吃得挺香。

其余人则屏住呼吸麻溜吃完,赶紧拍屁股走人。留下老杜细嚼慢咽,独自享受。吃罢,宝贝罐头瓶揣进兜,回宿舍休息。

所里只要有人去外地出差或旅游,老杜得了信,一律求人家带些当地特产,具体说就是臭豆腐,还追着给人塞钱,每回都闹得跟要打起来似的。

没人要老杜的钱,不值仨瓜俩枣的东西,谁出门不得带些土特产回来给大家尝尝鲜,无非是给老杜的换成臭豆腐罢了。

肖黎忍不住噘着嘴向罗唆抱怨。罗唆嘿嘿一笑,端着他那个宝贝蓝色保温杯咻溜咻溜喝枸杞水,不说是管,还是不管。

路胜利作为师父,悄咪咪地告诉徒弟,老杜是罗唆的好基友、铁杆儿,向罗唆汇报老杜?纯属麻布片上绣花——白费劲嘛。再说了,千万别忘了罗唆那套粪当家的理论。

哼,怪不得呢,臭味相投啊。肖黎恍然大悟。再吃饭时,她只好端着餐盘离老杜和他的臭豆腐瓶远远地,耸着鼻子翻翻白眼。

就是这位嗜臭的老杜同志,还能交两朵"桃花运"?咋回事儿?这得从刘淑荣说起。

刘淑荣原先是莲城城中村的农妇,因家暴离婚后,经人介绍嫁给幸福里社区的一个病退的精神病患者。刘淑荣不知根底啊,那男人不犯病时,对她还挺好,刘淑荣以为嫁到城里后半辈子能享福了呢。

那位精神病患者的大姐,原先是他的监护人,等刘淑荣和她弟弟一成亲,就把监护人更改为刘淑荣了,也不再出钱接济弟弟。刘淑荣丈夫病退的那点工资不够干啥的,两张嘴要吃饭,刘淑荣没有一技之长,只好贴出广告,应招了给社区的几户人家做小时工的工作，打扫打扫卫生，做做饭啥的。累点倒不怕，就是丈夫的精神病有时会犯，一犯就得去莲城医院治疗，治病哪有不花钱的？刘淑荣挣那点辛苦钱捉襟见肘，去找大姑姐救急，一次就给个三百五百的，解决不了啥问题。

原本以为逃出了虎口，哪料又跳进了火坑，刘淑荣的日子过得苦不堪言，还没处诉说。

遥想当年，全村的大姑娘小媳妇中，刘淑荣是最漂亮的村花，嫁给了本村的老韩。老韩娶了村花自然春风得意，招人嫉恨。老韩会点建筑方面的手艺，长年在外打工。过年时回村就听到风言风语说刘淑荣招蜂引蝶不守妇道，村里村外有好几个相好。老韩一开始不信，听得多了起了疑心，喝点闷酒就控制不住那双满是老茧的大粗手，经常打刘淑荣。刘淑荣细皮嫩肉哪受得了？一来二去感情打没了，二人因此闹了离婚。

刘淑荣跟老韩有个闺女小韩，离婚后，小韩跟老韩过，长大后嫁在原村。

刘淑荣和小韩一直有来往，听小韩说原村拆迁，老韩得了一大笔钱。刘淑荣忽然想起当年判决离婚时，房子有一半属于她，只是当时老韩要孩子要房子，说手里没钱，有钱时再给她。这一拖十几年过去了，也没见老韩主动给她一个钢镚儿。

城中村拆迁，老韩的腰包鼓起来了，总得把属于刘淑荣的一半给她吧。况且刘淑荣目前很需要这笔钱，于是，她拿着法院判决书去索要自己应得部分。老韩一听坚决不答应，刘淑荣连老韩租住院子的门都没进去，只见两扇大铁门"啪嚓"一声就关上了！要不是刘淑荣往后退了一步，差点碰着她的鼻了。

刘淑荣做小时工的一户女主人是律师，业内尊称高老。高老得知她的情况，出主意让她到派出所找罗唆报警解决这个问题。

罗唆一听，那城中村不在幸福里派出所辖区，牵扯的方方面面太复杂，就跟刘淑荣说，等他想出万全之策再帮她解决问题。

时间就是金钱，刘淑荣着急啊不想等，又去找高老，说罗唆不管。高老让她去妇联告罗唆，理由是，不经刘淑荣允许，村子将属于她一半所有权的房子拆掉不说，拆迁款也没直接给到她手里。到派出所报警，罗唆作为一所所长，有责任却不作为。请妇联维权，派俩女同志找罗唆做工作。

罗唆一见这形势，立即把这棘手事儿交给了老杜，他推说要去局里开个重要的会，躲了。

老杜的"桃花运"就是这么交上的。俩女同志很是尽责，一上班就坐在老杜的办公室里，用眼神工作，还笑眯眯的。整得老杜手头一堆儿工作干不了，两只眼睛还没地方落，老看墙角的蜘蛛织网也不是事儿啊，赶紧想辙儿吧。

老杜起身去找刘淑荣前夫老韩所在村子的村主任。

村主任听了直嘬牙花子，说那钱是房地产开发商发放给老韩的，跟他没关系。

老杜说，那拆迁款里有刘淑荣的一份，不能都被老韩装进自己的腰包。现在刘淑荣日子过不下去，需要这笔钱生存保命呢。钱没给到刘淑荣手里，村主任失职，有责任。

村主任可不认这个账。

为此，老杜天天去找村主任磨叨，把他堵在家里不让出屋。到院子里喂猪？不行！上鸡窝捡鸡蛋？更不行！撒泡尿都得在老杜眼皮子底下，差点尿不出来。闹得村主任啥公也甭办了，啥活儿也甭干了。连带着气得村主任老婆回了娘家。

老杜一人来倒是好对付，问题是妇联那俩女同志也跟着，还自备干粮，一到饭点掏出面包火腿肠和水杯，自给自足！吃饱了继续盯着老杜。

被盯得浑身不自在的老杜，打起十二分的精神，继续缠着村主任磨叨。

村主任心知遇上硬茬儿了，只好去找房地产开发商，让他们多出一份钱给刘淑荣。

开发商哪能同意，说该给的都给了，咋还要多出一份钱？没这道理，抢劫啊。

村主任说，没道理那就想法儿补偿刘淑荣。否则开工的时候就组织全体村民一起躺地里，不让开工。到时候耽误打地基、盖楼、交工，看谁着急。

开发商觉着村主任说得出就做得出，工地毕竟是在村主任的一亩三分地上。只好硬着头皮去找老韩，让他退钱给刘淑荣。

老韩倔劲儿上来了，让他把吞到肚子里的大肥肉再吐出来？笑话！门儿都没有，窗户也没有。

其实，真相是老韩把拆迁费的一半给了女儿小韩，剩下的老韩留着自己养老用。老韩心里也一肚子委屈，刘淑荣早就改嫁了，当初虽然没从他手里拿到一分钱，可小韩的抚养费她也一分没掏过啊。

瓶颈！卡住了！老杜回所跟大家商量怎么办，集思广益出一个办法，让村主任要求开发商把给老韩的三套回迁房，留一套给刘淑荣，房产证写她的名字，不能都给那老韩了。

开发商一看，别无他法，赶紧同意。

房子的事情落实了，老韩气得鼓鼓地，一梗脖子，没再说啥。

看老杜马不扬鞭自奋蹄的架势，妇联的俩女同志乐呵呵打道回府了。

但刘淑荣要钱的事情还没落实。老杜得知老韩把拆迁费给了女儿小韩一半，有主意了。他去找小韩，让她给她母亲二十万，说母亲只有一个，老了病了她得养，天经地义。

小韩寻思半天答应了，但提出两个要求：一是她只养亲妈，不养神经病，那二十万花不完还得给她；二是让老杜去做老韩的工作，答应将来（就是老韩百年之后的意思）老韩的财产都得给小韩。

这小韩心眼也不少，但好在答应出钱了。老杜心说，这钱只要到了刘淑荣手里，小韩就管不了她妈给不给那神经病男人花的事儿了。

趁热打铁，老杜赶紧拉着村主任一起去找老韩。

一见面，老杜先声夺人："老韩啊，这些年你虽然没结婚，但花花事儿可不少啊。风流！"

老韩俩眼珠子差点蹦出来："哪个王八羔子造谣?！告诉我，老子撕烂他的嘴!"

老杜盯住老韩的眼睛，道："真没？我咋听说你最近跟一漂亮小寡妇整挺黏糊，还给人家买了一个大金镏子呢?"

"真没有！谁有这事让谁马上出门被车撞死！反正不是我!"老韩的表情就跟贞洁烈妇似的。

"那好，你得答应，你的钱将来……咳咳咳，你懂！将来都给小韩，不给外人。我才相信你。"

老韩立马点头，按老杜的要求写了保证书，一式三份，一份老韩自己留着，一份老杜留着，另一份给小韩。村主任和老杜都签了名，他俩是见证人。

"杜警官，你听谁说我给哪个漂亮小寡妇买金镏子了？"老韩收了笔后问。

"漂亮小寡妇？哪村的？不明白你说啥呢。"老杜一脸懵懂样儿，转身对村主任说："赶紧去买两瓶子好酒，到老丈人家接嫂子回来吧！"说完，拿着保证书骑上他那辆破自行车一溜烟跑了。

村主任笑骂道："呵呵！这老杜，蔫儿坏！"

老杜马不停蹄去做刘淑荣的工作，让她答应二十万花不完，还得还给小韩。

刘淑荣岂有不同意之理？并主动提出和小韩一起到公证处作公正，小韩心里不就踏实了吗？

公证处？老杜没想到刘淑荣还懂得挺多。刘淑荣说，都是高老教给她的。

老杜干脆好事做到底，陪着刘淑荣和小韩一起去公证处，一切顺利。

至此，刘淑荣得到二十万元钱和一套开发商许诺的房子，完胜！

老杜多嘴问了一句："以后会不会想离婚？"潜台词是跟一个精神病一起生活，还是很不靠谱的。

谁料刘淑荣红着眼圈道："他正常的时候对我可好了，知冷知热。当初我走投无路，人家收留了我，咱不能没良心……"

罗唆得知了事情经过，伸出大手掌一巴掌拍在老杜的肩膀上，道："干得漂亮！你办事我放心。好民警就是这么锻炼出来的。"

说来也怪，平时待在派所里，老杜就跟锯了嘴的葫芦似的，不多言不多语，但只要出警，处理起各种问题，总能脑洞大开，奇思妙想纷至沓来,话也稠密。

傍晚,坐在派出所小花园的葡萄架下,老杜拿着大茶缸子,喝着从罗峻办公室顺来的茉莉花茶高末,吹着惬意的小凉风,听着蛐蛐欢实地叫,忽然想起高老,立即掏出手机,找出号码打过去:"高老!您实在是高啊!"

"哈哈哈!谢谢小杜警官帮弱势妇女维权,刘淑荣得感谢你一辈子。"高老笑声真爽朗,哪像六十多岁的瘦老太太?!

老杜把手机拿离耳朵半尺远,恭敬地回答:"不敢当!您才是这场战役的总指挥!没您,我到哪儿长这见识。"

"办法总比困难多,有空看看《红楼梦》吧。"

"《红楼梦》?"

"嗯,'卤水点豆腐、一物降一物'出自《红楼梦》,里面学问大着呢。"

"好嘞!遵命!明天就到新华书店买《红楼梦》去。"

挂掉电话,老杜喜滋滋抿了一口香喷喷的高末,拿腔拿调哼了句:"天上掉下个林妹妹,似一朵轻云刚出岫……"

唱罢,不知想起了啥,两眼直了,定定看着虚无处,又"唉……"了一声,长叹一口气。

除了满院子的花草树木"哗哗"回应他,没人听见。

二、铲出一片新天地

春分刚过,精明能干的康石头带着崂峪沟村青壮年组成的一支施工队伍来到莲城,安排好食宿后,开工。

按照规划,荒树林里有些年头特别久的树木也不碍事,就地保留，有些花木跟着那节铁轨一起移植到莲城矿山公园里了。

罗唆提前圈定了三棵蜡梅花，小心翼翼地挖出来移植到幸福里派出所的小院子一角。

在荒树林的铲除过程中，挖到过几根白骨，经鉴定是狗骨头，估计有人曾把去世的狗狗埋在了荒树林里。在那之后的工程进行得很顺利。

薛老铁在采油厂大院拦住罗唆，问他发现狗骨头的位置在哪里？

罗唆说了大概方位。他几乎天天去现场，掌握各种情况。

薛老铁凝神道，那他知道是咋回事儿了。当年他开油罐车时，就是把从地下开采出来的石油从采油站送到储备库储存，储备库一直有养狗的习惯，主要作用是看家护院。那狗是条从公安局退役的德国黑贝，年纪大、老死的。储备库的管理员把它埋在储备库外的小树林里了，就是现在康石头他们铲除的荒树林。

居委会的老白主任去老商业街买菜，看到康石头的施工队的工人们分散在烧饼崔、"大庄小面馆""河间正宗驴肉火烧店""饺子馆"等几家小吃店就餐，忽然明白了罗唆那天说的"保密"是啥了，心里忍不住赞叹起来，老驴的堤内损失堤外补，罗唆做起群众工作还真是有一套的。

开弓没有回头箭，施工队动作神速，荒树林很快就被夷为平地。采油厂有关部门验收后很满意，随后把新商业街挖地基的工程和老商业街的拆除、为停车场挖地基等三项工程都交给了康石头他们，表态不再找其他工程队了。

做梦也没想到一个大馅饼，不对！好几个大馅饼从天而降，全砸在了康石头的大脑袋上，这可把康石头乐够呛，他立马打电话告诉了苏裕！苏裕更高兴了，娘家真给力啊，鼎力支持他的扶贫工作！于是，他千叮咛万嘱咐康石头"安全第一"。康石头连说三个"一定"，保证万无一失，眼见着腰包鼓起来，大家的干劲儿更足了。

挖地基时又出个小插曲。施工人员刨出来一个密封极好的黑色陶罐子，一开始得知消息康石头吓一跳，还以为是炸弹呢，再仔细一看，是个封口处被黑色塑料袋和黑色胶布包裹得严严实实的陶罐子。

罗唆接到康石头的电话，带着朱大黑赶到现场，围着那个罐子转了半天，心中也有疑虑：骨灰盒？确定没有危险时，才小心翼翼撕开封口处的胶布和塑料袋，打开一看，里面塞了几个包裹着什么东西的黑色塑料袋，倒在地上，一共十个，一个个揭开，居然露出十捆人民币！

"什么情况？"罗唆仔细查看一番，不是假币，他惊呆了，围观的施工人员也惊呆了。

十捆人民币，那就是十万元啊！谁能把十万元埋在荒树林里？赃款？私房钱？在场的每个人脑海里都是一堆的问号。

"康队长，罐子是在什么地方挖出来的？"罗唆的视线落在康石头的脸上。

"嗯，在那儿！"辨别了一下方位，康石头准确地指出了挖出陶罐的位置。

罗唆踱步过去，仔细查看那块土地，里面掺杂着石块和一些树根杂草，似乎并无特殊之处。

"这里原先好像是个小菜园子。"康石头在一旁说，铲除荒树林时，他就一直盯在工地上，对荒树林的整个布局十分了解。

"那就好办了!"罗唆道,掏出手机给居委会老白主任打过去,"白主任,您记不记得咱们社区有谁在荒树林这边种过小菜园子?知道几位?好好好,都打听清楚了告诉我。谢谢啊白主任。"

不多时,几位在荒树林开垦过小菜园子的老人们齐集工地,都摇头说那个黑陶罐子不是自己的。

"难不成是有人故意埋在这里的?搞忘了?"罗唆的眉头紧锁。

"罗所长,还有一位老秦头。他和老伴年前就回山东老家过年去了,没想到后来病了,就一直没回来。"从人群外挤进来一头汗的老白主任说,"他也在这里开垦过小菜园子。"

"老秦头?有他联系方式吗?"罗唆赶紧问。

"老秦头的没有。他儿子是咱们采油厂办公室的秦秘书,可以问他。"白主任提供了一条重要线索!

"秦秘书好。方便说话吗?好,有件事儿我打听一下……"罗唆一个电话打过去,把秦秘书整蒙了!

秦秘书再把电话打回老家去,问他老爹那一罐子的钱到底是咋回事儿。

终于捋清楚了,秦大爷是采油厂退休职工,早就在老家买好了养老房子,属于候鸟型的,在莲城和山东之间来回跑、住。油田很多家在外省的职工都是这样的,早早在老家买好了养老的房子,但儿女还在油田工作,就来来回回两边折腾,反正也有时间,退休金也宽裕,权当是溜达玩呗。

那个黑陶罐子的确是秦大爷埋的,是他用来存放退休金的。放银行,利息低,存啊取的他嫌麻烦;放家里,他怕被小偷给偷走了,放儿子手里又担心自己取用时不方便。有一次,看电视里的纪录片有人挖耗子洞,挖出许多耗子囤积的麦子、玉米,这画面给了他极大的启发。他早早就在荒树林子里开垦出了一块小菜园子，那个耗子囤积粮食的画面让他灵机一动，找出家中一个腌咸菜的黑陶罐子清洗干净，埋在了小菜园子里，从银行取了退休金，攒够一万块钱就包裹严实，存放在罐子里，埋在小菜园子的地下。

谁料，秦大爷回到山东老家就病倒了，采油厂这边铲除荒树林、挖地基、建新商业街一系列紧锣密鼓的操作，秦大爷根本不知情！若不是秦秘书打过去电话问他，他还想着等自己的病好了，清明节后就回莲城继续种他的小菜园呢。

"这这这……"这事儿闹的，秦秘书感觉既荒唐又丢人，简直都无语了，赶紧替老爹把钱存到银行里了事儿。

新商业街的地基终于挖好了，在莲城的工程暂告一段落，拿到足额的工程款后，康石头心里的一块大石头也落了地，他赶到幸福里派出所，豪爽地说要请全所的人下馆子。被罗唆拒绝了，反而请他在派出所小食堂吃了一顿范师傅做的拿手菜，大家以茶代酒，宾主尽欢。

按照跟采油厂签署的合同，等老商业街搬迁时，康石头将再次带队来莲城施工。

施工队里有个叫康壮的小伙子，二十一岁，是康石头的亲侄子，忽然提出不想回崂峪沟了，想在莲城找份工作或学个手艺。康石头问他有啥具体想法，他自己也说不清楚，反正就是不想回山沟里了，说他想在莲城待几个月，见见世面，等康石头带队伍再来时，再跟着干。

康石头无奈，只好把侄子康壮托付给罗唆，请他帮忙找个临时工做，年轻人想见世面可以理解，山沟里确实学不到啥东西。

罗唆犹豫了一下，给苏裕去电，说了这些情况。

苏裕非常高兴，能使崂峪沟村的集体和村民都增加一笔收入，也是他第一书记的业绩。至于康壮留在莲城一事儿，他是支持的，他跟康石头一个语气，说："康壮初中毕业，家里独生子，爹妈一直把他拴在身边，宝贝着呢。这次有机会跟着他叔叔出去开阔一下眼界，很难得。虽然咱们莲城也不大，但比崂峪沟村可是强多了，让康壮感受一下现代化城市的文明，长长见识学学手艺。再说了，把康壮放你那我也放心。"

既然如此，罗唆只好答应了。一开始之所以犹豫是觉得管一个大小伙子实在是责任重大，一来不了解康壮，什么脾气秉性、素质都未知；二来腿长在康壮身上，万一哪天走丢了，人家爹妈那儿怎么交代？

思来想去，罗唆把康壮安排给了派出所小食堂的范师傅，让他给范师傅打打下手，买买菜剥个蒜，如果再能跟一身好厨艺的范师傅学几招，就算没白待。这样安排，康壮就在罗唆眼皮子底下晃悠，方便他照看。

多个小帮手，范师傅很高兴，康壮跟他儿子范博一样大。

不过范博是高中毕业后不想读书的，他说要去读社会大学，就是四处打工，三天两头换工作，唯一一点就是不喜欢厨师工作。强扭的瓜不甜，范师傅对儿子没办法，只好托罗唆帮忙，把范博安排到采油厂当保安了。

范师傅一直盼望有谁能当他徒弟，好继承他的那把用了三十多年的锰钢老菜刀和油光锃亮的花梨擀面棍。现在有个现成的小伙子康壮在眼前晃来晃去听指挥，年轻力壮不惜力，范师傅就像有了盼头似的，对康壮特别好。

范师傅最早在莲城饭店工作，正儿八经在厨师学校学过三年，手艺相当好，白案红案都大拿。后来因腰肌劳损，术后在家休养康复训练了两年多，才慢慢恢复，不过主治医生叮嘱他说不建议他再干久站的工作。闲不住的他到处找了一圈，看是否有适合的活儿干干，大老爷们总在家待着不是事儿。一番市场调查后，他发现自己一没技术、二没钱投资，也不擅长玩嘴皮子，得了，还是干熟悉的老本行心里有底儿。于是就应聘到幸福里派出所食堂，这里工作量小，不到十个人的一日三餐，没那么多花样，很容易搞定，况且平时也没那么多人一起吃饭，这点工作量对他的老腰不会造成多大损伤。

范师傅对康壮尽心尽力，言传身教，话里话外都表明了收徒的愿望。康壮却三心二意，心不在焉，不接话。也是，现在的年轻人哪个喜欢烟熏火燎地围着锅台转？外面的世界多精彩呢。

正在这时，范博来找范师傅，说他不想当保安了，当了一年就那点业务早都学会了，现在他想学一门技术，最好是学开车。

范师傅面对所有鸡鸭鱼肉大米白面，都手到擒来、游刃有余、随便拿捏，就是拿这个宝贝儿子没办法。看他倔头倔脑不达目的誓不罢休的模样。无奈之下，范师傅只好去找罗唆。毕竟当初是求了罗唆出面帮忙找的保安工作，现在不想干了，总得跟罗唆说一下。

罗唆马上表态支持，说："保安工作看似没啥技术含量，但需要有一定责任心和警惕性的。如果不安心干保安工作，心散了，早晚得出事儿。小伙子既然有想法，学车是好事儿。范师傅，咱们做长辈的得支持。"

仨人坐在派出所小花园的石桌前聊天，也不用避人。

康壮坐在食堂门口听见了，立即放下手里正在择的韭菜，走过去说道，他想当保安。

罗唆和范师傅听了，都一愣。

"也罢，正好范博不干了，康壮顶上，我带你们去。"罗唆反应迅速。

三人说着说着，立即就开始行动，起身一抬脚出了派出所大门。

范师傅看着他们仨远去的背影，发了一阵儿呆，摇摇头捡起康壮丢下的韭菜，无精打采地继续择起来。

采油厂保安队的队长是老熟人，罗唆讲明了来意，事情很快就办妥了，范博离职，康壮补缺。

保安队长给康壮安排好食宿，领了保安服和大盖帽，简单的岗前培训后，康壮就站在了采油厂大门口。

穿着新保安服，康壮很高兴，掏出手机自拍一张照片，用微信发给了叔叔康石头，让他给自己爹妈看看，看看他的新形象。他爹有一部老手机，但不是智能的，没有微信。

这次罗唆先斩后奏，事情办妥后，他给苏裕去电讲明情况，最后说："强扭的瓜不甜，好在康壮还在我眼皮子底下，你就放心吧。"

反正木已成舟，苏裕山高皇帝远的，也没辙，只好任由罗唆做主了。

三、情路坎坷的女诗人

春天的气息，最早是由派出所小院子里的两棵迎春花带来的，先是一朵两朵的，怯怯的，嫩黄、娇艳，被其他灰头土脸的树木映衬着，简直好看得要命。大家围着左看右看，罗唆更是得意地举着他的大相机"咔嚓"来"咔嚓"去。后来，仿佛一夜之间，就开满了一树，散发出一阵阵清香。谁进了小院子，都先被它吸引着驻足观看半晌。

其至连范师傅都愿意坐在迎春花下做事，择一会儿菜，抬头看一眼花儿们，心情着实不错。

报警电话的铃声就是这时候响起来的。雁翎酒店经理报警，称有人在他们酒店客房服毒自杀！

怎么还闹出人命了？罗唆的视线从娇艳的迎春花上弹开，神经立即紧张起来，这事儿他得出马！他让路胜利在所里替他值班，带着辅警钟必胜和朱大黑火速赶往酒店。

酒店在采油厂东大门外的北侧，它的前身是采油厂招待所，承包给个人后重新装修了，改名雁翎酒店，可以吃住，承办会议、婚礼、聚会等。

白洋淀的雁翎游击队当年打日本鬼子神出鬼没，常胜，很有一套。以其名用于酒店，想必是寄予了诸多的美好愿望，常胜，谐音"昌盛"嘛。

罗唆他们赶到酒店门口时，正好看见医院的救护车刚在酒店门前紧急刹车，几个戴着口罩、穿白大褂的医护人员，抬着担架急匆匆进了酒店大门。

瞪着眼睛挖掌着两只手、惊慌失措的酒店经理，听随车的医生说自杀者还有呼吸，赶紧表态所有费用都由酒店出，派俩服务员跟着救护车一起去医院了。

这时，刑警一中队的苗得雨也赶到了。

酒店经理赶紧把苗得雨和罗唆他们引到会议室，介绍说，市文联节后组织研讨会，召集了莲城十几位小有名气的作家、诗人和文学爱好者，下榻在他们酒店，为期一天半，住宿一晚，今天上午的半天是去油田一口高产功勋井参观采风，上车前，发现少了一位女诗人，打她手机和房间座机都不接，于是便请服务员去房间叫，半天没人应答。服务员开门进去查看，发现女诗人仍旧昏睡中，面色苍白，床边滚落着一个安眠药瓶子，里面一粒药片也没有了，服务员觉得不对劲儿，连惊带吓大喊大叫起来……

出了这样的意外事情，参观活动只好取消了，大家都等在酒店，不知下一步怎么办。

"怎么判断的是自杀?"苗得雨表情严肃，冷静地问。

"难道是……他杀?"酒店经理惊魂未定，脸又"刷"地白了，瞪大眼睛，反问道。

"罗所长，你们先回去，这里交给我们了。有需要配合的事情，我再打电话麻烦你们。"说完，苗得雨让那经理带着去了女诗人住的房间，勘查现场。

下午，罗唆接到苗得雨的电话，说是虚惊一场，女诗人经抢救已转危为安，他们取了笔录，不是自杀，女诗人说自己严重失眠，安眠药吃过量了。至于为什么服务员看到安眠药瓶子都空了呢，那是因为本来就只剩下三片药。让服务员一嚷嚷，还以为女诗人吃了一整瓶药。于是报警人主观臆断女诗人是自杀。

苗得雨传真过来几张纸，是一份杂志刊登的一篇文章，肖黎装订好了，给大家传看：

……

他并不认识她，只是耳闻她是一个非常有才华的诗人。于是，他找到她的诗歌读,她似乎很擅长写情诗,笔下描摹的爱情都是唯美的、动人的、感伤的,他很喜欢。

在一次诗歌比赛中,他在参赛作品里发现了她的名字,认真品读后,觉得很好。评审时,作为专家组的成员,他对她的作品进行了中肯的讲评,说她具有超凡的想象力。

专家们所见略同,那次比赛,她的诗歌获得了一等奖。

作为新闻,比赛的全过程登载在《莲城日报》上,包括他对她的诗歌的评语。

奖状是邮寄给作者的,他们未能谋面。

在报纸上,有时他能看到关于她的消息,知道她进步很快,不时有新的诗作发表,特别欣慰。毕竟,莲城能出一个诗歌写作方面的人才,是件不容易的事。况且,他是欣赏她的。

那天,他去参加一个作品研讨会,在会务组发放的资料里,看到参加者的名单上有一个和她一模一样的名字,不知道是不是那个写诗歌的她。

会议室里,桌椅被摆成"口"字形状,东西相对,南北相望,每一个人都在大家的视线内。他扫视了一眼会场,看到了她的名牌,就在他对面那排桌椅的左边第一个,再抬眼去看名牌后面座位上的人。

怎么说呢,看到她的第一眼,他的心里一动,禁不住挺直了腰板。

那是一个干净的女子,穿着一件裁剪简单的洁白的衬衣,蓬松的袖子在手腕处收紧,V 形的领口开得恰到好处,一串碧绿的玉珠环绕着白玉似的脖颈,仿佛给洁白的衬衣镶嵌了一个水珠似的边儿。

　　她有一头卷曲的头发，俏皮，灵动；弯眉下的长睫毛遮住了一双怎样的眼睛，不得而知；小巧的鼻子下，抿着两片微红的唇，搭配在一张素净的鸭蛋形脸上，看上去如此明媚，就像走在春天的原野里，忽然看到草地上开放着一朵白色的花儿，赏心悦目。

　　研讨会开得热闹，气氛活泼。应主持人要求，他也积极地发言。不发言时，他的目光不时瞥向对面左前方处的那朵白花儿。

　　散会时，他故意慢慢收拾桌子上的资料，用眼角的余光看着她站起来，一袭洁白的裙子裹着她曼妙的身体，向会议室的大门飘去，往下望去，她穿着一双晶亮的绿色高跟皮鞋。

　　他的耳朵里满是"咯噔咯噔"的声音，绿色的皮鞋踩在长长的走廊里，敲出一串悦耳的音符。

　　走过她的座位，他隐约闻到一股清馨的栀子花香，真好，深呼吸一下，恨不得把香气全部吸入自己的身体。

　　晚宴上，他追逐着那朵栀子花的身影，周围的人仿佛不见了踪影，不知不觉中喝下许多杯红葡萄酒，感觉特别美妙。

　　再抬眼时，不见了那朵盛开的栀子花。

　　微醺中回到房间，他拉开厚重的落地窗帘，推开窗户，仰望着夜空里的星星，暗自有些惆怅，世间竟然真的有如诗如花的女子，那不是他一生都在寻觅的吗？今日得以一晤，是他三生有幸。

　　门上响起一阵儿"哒哒"敲门声。

　　拉开房门，没有想到，门外居然是她。

　　他定定神，微笑着，请她进屋。

　　原本幽静的房间，因着她的到来，立即变得生动起来，虽然两人一言未发。

　　不等他招呼，她便坐在了窗户边的沙发上。

"谢谢您。"她的声音轻柔甜蜜，随后说出自己的名字。看着他的目光有些不解。她微微地笑了。他忽然明白，她的感激，大概是因为他给她作品的赞誉被登载在报纸上的缘故。

"……总之，我没有辜负您的溢美之词，不会使您觉得夸赞错了人。"她说的都是这些年在诗歌方面取得的成绩，有些他知道，有些不知道。

"若不是您的鼓励，我几乎写不下去了。所以，谢谢您。"她又道。坐在那里安静的样子，就像一首婉约的诗。

他觉得那一刻，他爱上了她。她是他一生都在寻觅的那首诗啊！

"时间很晚了，谢谢您一直在听我的叙述。"说着，她站了起来，离他那么近，几乎唾手可得，栀子花香弥漫开来，一种不太真实的感觉使他有些疑惑。

"我可以拥抱你吗？"这句话不知怎么脱口而出，他被自己的"勇敢"吓了一跳，而双臂已经在大脑的指挥下，伸开去。

她不出声地看着他，向前一步，飘落在他的怀中。温热香软，他轻轻地抱住那朵栀子花，不想揉皱一叶花瓣，那感觉，既真实又虚幻。

世界安静下来，时间停滞，永恒。

他嗅着她发中的清香，感觉着她的温润，心潮澎湃。他俯下身去寻找她的面颊，她举起一只手，捂住了他的嘴。这几乎使他不能自已！

她用力地推开他，喃喃道："谢谢您。谢谢您。"

他一下子失去了怀中的温暖，一朵花儿向门口飘去……

一定是喝多了，眼前的空无一物，几乎使他以为自己出现了幻觉，她真的来过吗？他背靠着门，没有听到"咯噔咯噔"的脚步声。噢，走廊里铺着厚厚的地毯，它把所有的声音，包括心跳、脚步声，都吸纳得干干净净。

她回到自己的房间，打开卫生间的灯，抬眼去看镜子里的自己，面颊微红，年轻而又生动。

脱下绿色的鞋子和丝袜，倒在了床上，似乎疲倦极了。

她想起了很多年前，那是在上高中二年级，他比她高一届，是学校诗社的社长，才华横溢，神采飞扬，每期的校刊里都能看到他写的诗歌，他是全校女生目光追逐的焦点。

那时的她，站在人群之外，远远地望着玉树临风的他，她像一棵无助的小草，害羞，胆怯，不敢靠前。

他考上了一所重点大学，带走了很多女生的思念。

她拼命地学习，第二年考上了他所在的大学。

她看着他，搂着一个穿着一袭白色连衣裙的漂亮女孩子的肩膀，在校园里漫步，知道那个女孩子是个天才，天才的校园女诗人。她感觉，自己离他那么遥远。

后来，那女孩子得了绝症，离世，举校哗然。她看到他眼中的光彩不再，一下子就像失去了魂魄一样，形如枯槁。

担心他想不开，她经常跟踪他，过马路时，她被疾驶的车子撞倒过……

再后来，她开始写诗。直到有一天，在报纸上看到他对她的诗歌的评价时，她感到窒息似的幸福，觉得自己从来没有这样靠近过他，好像他的每一句话都是当面对她一个人说的。

……

想起刚刚他双手放在她肩膀上的温度和力量，还有他的气息，陌生而又亲切。她更加骄傲的是，自己终于像一株树一样，和他站在了一起。……

或者，是另一个场景：

她轻轻地敲门，拉开门的他依旧是那副忧郁的神情，他满头未老先衰的华发，让她痛心不已。

她介绍自己是谁，她感谢他的提携。

她伸出纤细的手臂，主动去握住他青筋毕露的手。

她定定地看着他，向前一步，靠在他并不坚实的臂膀上。

略微踮脚，就可以吻到他的左边面颊，再偏一偏，就可以、就可以吻到他的……唇了……

她开始瑟瑟发抖，她的双臂像两根青藤，缠绕在他的身上。

在还没有眩晕之前，她要说出一只蝉的故事，蛰伏在地下黑暗土层里十七年的暗恋，十七年的修炼，十七年的羽化……

他会迎合着，不早不晚，回吻她的心，这是她要的，平等的爱情，不是乞求和高攀。

或许，

就此，

把自己，交给他……

像她无数次、无数次幻想的那样，让灵魂燃烧，出窍，升腾，飞舞，涅槃……

想到这里，她站起身来，推开玻璃窗，坐在窗户下的沙发上，卸下左腿上的假肢放到另一只沙发上，然后望向窗外，想起很多年前，她跟在失魂落魄的他的身后，过马路，直到汽车急刹的刺耳声传来，直到她飞起来、倒下去，她的眼里心里都是他微驼的背影……

现在，此时，他就住在她房间的隔壁，想起他对她的评价：具有超凡的想象力。

完成了心愿，她拿出积攒了很久的安眠药，微笑着吃了下去。

……

文章传看完了，罗唆凝神道："情感问题，还是暗恋，暗恋不成，就……大家讨论一下吧。"罗唆好像整明白了，又好像更糊涂了，转转小眼珠子，摇摇脑袋，喝一口保温杯里的枸杞水，叹口气。

"看日期，这篇文章是一个月前发表的。难道女诗人早就预见了会有这么一次研讨会，并按照文章里所写的那样，准时服药？有这么设计自己的吗？"路胜利一脸困惑，"那句'拿出积攒了很久的安眠药，微笑着吃了下去'，明明就是自杀啊。"

肖黎咳嗽一声："这就是现实与幻想的区别。她幻想自己是男诗人的恋人，又想做一个完美的恋人，可惜身体的残缺让她自卑，面对暗恋的对象却什么也不敢说，什么也没做，就写文章幻想呗。文后不写了吗，她左腿是假肢，作为一个追求完美的女人来说，这样的现实属实残酷。"

"这就是想在一棵树上吊死的意思吧？"罗唆自言自语。

老杜也咳嗽一声，放下最近须臾不离手的《红楼梦》，闷声道："反正，我觉得好死不如赖活着。死都不怕，还怕活着？"

"困难像弹簧，你弱它就强，只要思想不滑坡，办法总比困难多吧。"老杜又破天荒地补充一句。

钟必胜一副皱眉凝神思考状，还有郝国庆、朱大黑，都没敢

73

吱声。女人心……哼，海底针，女人的心思很难猜的，尤其是有点才艺的文艺女青年，更甚。对此，他们更没发言权了，识时务者为俊杰嘛，集体闭嘴吧。

四、失而复得

古诗云："忽如一夜春风来，千树万树梨花开。"那是形容雪的。反之，派出所院子里的那棵梨树花开得一团雪白时，一阵微风吹过，随着淡雅的花香，满地撒落一片雪白的花瓣，就像下了一场雪似的。大家伙看见了，都不忍踏上一脚。

只见罗唆拿把扫帚，把花瓣们小心翼翼地扫到一张报纸上，再堆到梨树根下，那副蹑手蹑脚、格外怜惜的模样儿，堪比……堪比《红楼梦》里的林黛玉葬花了……

站在办公室里往窗外看的肖黎和钟必胜，先是目瞪口呆，继而俩人捂住嘴、身体呈振动模式，差点笑岔气儿……

"……我从宁城下了火车，转乘大巴，沿着山路穿行，一路颠簸了快一个小时，才到了那个叫云水的小镇。一进去，我发现满街都是各种各样的书法字画店。找位坐竹椅喝茶的大爷打听，敢情，那里几乎人人都做书法和字画生意……"

随着吹落梨花瓣的清风，飘进派出所的老杜，在罗唆办公室正说得口干舌燥。

罗唆落实公安局工会要求的优警政策，每名民警必须按照有关规定休假，覆盖率要求百分之百。所里就老杜一个人从来不休"年休假"，罗唆好说歹说逼着他必须休，老杜只好无奈地带上《红楼梦》那本书，出去转了一圈，回来立马给罗唆汇报工作。

听着怎么有些矛盾和别扭？老杜不是度假去了吗？咋又汇报工作了呢？他到底是干啥去了？

别急，这事儿得从一个星期前说起。季老到派出所报案，说他的二十幅书法作品被人骗走了，请警察帮忙追回来。

从采油厂科技处退休的高级工程师季老，年轻时就喜欢书法，工作之余多年来一直没断了练笔，经常在报纸上发表书法作品。退休后，季老既不喜欢唱歌也不喜欢跳舞，更不喜欢去开荒种什么小菜园子，就喜欢写书法，大把的时间全用在上面了，愈加痴迷。读大学的孙子教会他玩微信后，加了好几个书法爱好者群，天南海北一群有共同爱好的人聚在一起，欣赏作品、切磋技艺、交流心得，愉悦身心，季老的退休生活非常充实。

某一天，微信群里有位网名叫"大浪淘沙"的男子加季老为好友，自我介绍是中学语文老师，业余爱好书法，说在微信群里欣赏到季老的书法作品，行云流水、笔酣墨饱，非常喜欢，他想收购季老的作品。

多年来，季老在写书法方面很有造诣，投入更多，但对出售自己的作品并无经验，每幅定价几何？无参考数值。

老伴鼓励他，说这么多年，季老虽然不喝酒不抽烟，在笔墨纸砚上的开销却不菲。总算有人要收购了，一是说明季老的作品有价值，二是想看看到底能价值多少。不为钱，就为好玩。

老伴一番话，把季老的好奇心勾起来了。于是，在网上跟"大浪淘沙"聊起来。

"大浪淘沙"说，第一批先要季老一百幅作品，如果销路好，可以长期合作。

季老有些不放心把自己的作品全部交给"大浪淘沙",就商量说先给他二十幅,看看市场价格和销路,反应不错,再继续合作。

"大浪淘沙"没反对,要季老把四尺对开的二十幅作品快递给他。按照俩人在微信里商量好的价格,每幅先定价两百元,收到书法作品后,他就微信转账给季老。

季老按照"大浪淘沙"发给他的地址,把精心挑出来的二十幅书法作品快递给了宁城云水镇一名叫马千里的人。

过了一个多星期,问"大浪淘沙"收到没有,他说收到了。季老要求他按照事先商定的价格,微信转账四千元给自己。

这时"大浪淘沙"说,他找人对季老的作品做了估值,每幅可达万元。

乍一听,季老很高兴,没想到自己练笔多年,终于遇上伯乐了,应了那句话:守得云开见月明。

紧接着,"大浪淘沙"说,他要给季老汇款五万元,但前提是季老要先给他汇五千元的回扣。

四千元还没见影,凭什么汇给他五千元?季老有些纳闷,联想到听说过的一件事,有人收到短信,说抽到大奖,是辆价值几十万元的汽车,但提车之前,需要先缴纳好几万的啥啥税款。结果所谓的税款汇出去了,几十万的汽车也化为了泡影。

自己不会是遇到骗子了吧?

有了疑心,季老跟"大浪淘沙"说,不要那五万元,他只要四千元,既然收到了书法作品,"大浪淘沙"应该履约,微信转账给自己。

结果,对方好几天不回话。

如此一来，季老觉得有些不合常规了，书法市场如江湖，风云莫测，那不是季老能预知并掌控的。想到这儿，季老对自己的轻率行为后悔了，发微信要求"大浪淘沙"把自己的二十幅作品退回来，他来承担运费。

这次"大浪淘沙"回复了，说可以退回季老的作品，但要季老给他转账三千元，才退回。

这是什么道理?! 简直岂有此理?!

季老的忍耐是有限度的，终于出离愤怒。他按照发快递时"大浪淘沙"发给他的手机号打过去，是个南方口音的男子接的，季老问他是不是"大浪淘沙"，又叫马千里? 对方否认了，随后挂机，不再接季老的电话。

没办法，季老天天给"大浪淘沙"发微信要自己的作品，对方一概不回应。

季老在微信群里艾特"大浪淘沙"，很快发现"大浪淘沙"退群了。继续给他发微信，显示对方拒收! 季老竟然被拉黑了。

一怒之下，季老到了派出所，一五一十讲了自己书法作品被骗的经过，气得满脸通红，"岂有此理! 我都骂街了，实在是岂有此理! 罗所长，你看，这是我给他发的微信，他理亏啊，一个字也不敢回。"

罗唆拿过季老的手机，只见上面是季老和"大浪淘沙"的微信对话，季老发的是"早安分享: 一段非常有哲理，非常有内涵的话，供赏析。孔子说'人不敬我，是我无才; 我不敬人，是我无德; 人不容我，是我无能; 我不容人，是我无量; 人不助我，是我无为; 我不助人，是我无善!'……"

"瞧瞧，这个，秀才遇上兵，不对，简直就是土匪。不过，季老您千万别生气。放心吧,这事儿必须给您讨个公道!"

把季老送出派出所,"啪"一声,罗唆拍了桌子,"岂有此理,不能眼看着儒雅善良的季老这么被欺骗,立案!"

按照季老提供的宁城云水镇的地址、人名、手机号,给当地公安机关发函,查找那个叫"马千里"的人。很快收到回复,没有叫"马千里"的人,但查到了手机机主叫徐荒,是当地中学的语文老师。

这个信息很重要,"大浪淘沙"、马千里、徐荒,是不是一个人?需要去宁城实地调查。

罗唆为落实局工会的硬性要求,"逼迫"老杜外出旅个游,刚走了三天。目前所里警力紧张,一时间派不出人手去宁城出这个公差。

看着地图,罗唆忽然想起来,老杜去看油菜花的城市,从地图上看,似乎离宁城很近,脑海里灵光一闪,干脆,让老杜拐个小弯去一趟宁城,公私兼顾,两全其美嘛。

立马电联,给老杜打电话,说清楚了案子详情。

老杜那觉悟,真是没说的,立马欣然领命,道:"感谢组织信任,保证完成任务!说实在的,这游,旅得浑身没劲儿。罗唆大人,你这个电话总算是救了我。"

二话不说,老杜提前结束休假,拐了个大弯,去了宁城。

在云水镇当地派出所的配合下,老杜弄清楚了,"大浪淘沙"、徐荒是同一个人,"马千里"是徐荒老婆的网名。

罗唆笑起来:"哦,一个女人网名叫什么'马千里'?也够奇葩的,差点误导我们了。"

老杜说，去镇中学调查徐荒时，了解到一个情况，"校长说，那个徐荒有病"。

"啥病？"罗唆一愣。

"精神病。"老杜拿出一份资料，是宁城精神病医院开具的徐荒住院病例和出院小结的复印件，时间是五年前，住院二十天，并标明那已经是徐荒第四次住院了。

"精神病？那还能网上骗人？病，不是假的吧？"罗唆很疑惑。

"应该不是，校长不会骗人的。出院小结说，徐荒属于间歇性精神病。校长也说，徐荒清醒时，跟正常人一样，说的都是明白话；犯病时的表现，就是话多、反复说，情绪不稳，狂躁。现在徐荒因为身体缘故，不能正常讲课、上班，拿着病退工资在家休息。"

"他病退多长时间了？五年了？"罗唆两眼盯着徐荒的出院小结，心想，这个人跟刘淑荣的那位精神病丈夫是一个毛病啊。

"四年零五个月。徐荒出院后，好了一阵儿，但很快就犯病了。学校看他实在无法胜任教学任务，就把他调到后勤工作。可他经常不在岗，胡言乱语，满操场追着学生，要给人家讲课。一看这种情况，学校跟家属协商，这才让徐荒病退的。"老杜说。

"噢，人有病，也控制不了自己的行为，能理解。我还是想不通，他骗人时咋那么清醒？一步一步，还挺缜密。背后是否有人指使或者假冒他的身份？"罗唆问。

"目前看，没有，就是他本人在网上跟季老聊天。有个情况，刚才我说了，这个云水镇，几乎家家做书法字画生意。那个徐荒的老婆开个店，就是做书法字画生意的，收购书法字画，加价卖出去，挣差价。徐荒病退在家，清醒时就自己写写书法，或者帮他老婆看店，在网上混迹于各种圈子，找寻书法字画作品。他跟季老就是这么认识的。"老杜调查得很详细。

"季老的书法作品呢？"罗唆又问。

"带回来十五幅。另外五幅，追不回来了。据徐荒的老婆说，徐荒在季老的作品上描摹，那五幅全部作废了。按照每幅两百元的价格，徐荒老婆给我了一千元，赔偿给季老。"老杜拿出十张百元钞票递给罗唆。

"干得漂亮。"罗唆由衷赞叹道。

第二天，季老拿着一幅裱好的书法作品，送给幸福里派出所，上书"人民卫士"四个大字。钟必胜和郝国庆忙着把那幅字往派出所会议室的墙上挂。

"好，左边左边，左边再往上那么一丢丢儿。真好！笔走龙蛇，气势奔放。"罗唆满脸笑容，陪在季老身边，拍着手夸赞。

"嗯，不错不错。"老杜站在罗唆和季老身后，赶紧掏出手机，鼓捣几下，抬头接口道，"俊逸挺秀，雄浑苍茫。"

罗唆回头瞪着老杜说："看了油菜花，就有才华了？岂有此理。"

会议室里顿时响起一片哄笑声。没人看见老杜手机里留着一行字，"百度百科，如何优雅地夸奖别人的书法写得好"。

"的确，哪里有这种道理啊。"老杜一副很惭愧的样子，"对了，所长，我那本《红楼梦》完全是为了工作需要购置的，这是发票，啥时候给签个字，报个销？"

一下子把罗唆气乐了，道："等所里卖了废旧报纸和破烂，我特批给你报销。"

风吹过院子里的花花草草，发出一阵儿"刷啦啦啦"的声音，好像也在笑似的。

五、路警官闹心的家务事儿

所里接二连三接到各种报警，还要配合采油厂各部门做好疫情防控工作，每个人都很忙。为保证所里每晚有一半警力，路胜利连续值了一个多月的班，每每想到老婆大人蒋美好还在丈母娘家绷着劲儿呢，他满脑门子的糨糊。好不容易有点空闲正思考怎么去请蒋美好回家最有效时，小姑妈给路胜利打电话，让他关注一下严有智，说她最近不对劲儿。

严有智为啥不对劲儿，路胜利心里很明白，她和江左岸的婚姻出现了问题，其实两人早在一年前就不对劲儿了。

每年春节，采油厂工会和宣传处要组织一台文艺晚会自娱自乐。内容还很丰富，有大合唱、三句半、快板、舞蹈、相声、小品等。

去年春节前，采油厂领导要求来年的晚会要有新意。老是大合唱、三句半、快板啥的，虽然喜闻乐见，但没有新意，形式上太落俗套了，职工家属都不愿意看了。要创作出新品，创作属于采油人自己的作品。

于是，厂办秦秘书起草了一个通知，在全厂范围内搞了一个征文活动，选出其中一篇叫《芦苇荡里的宝石花》的稿子，内容健康向上，跟采油厂采油站的工作密切相关，很有生活。

找来基层作者一看，是个爱好文学写作的小伙子，姓田，小田是一线采油工，有生活。

采油厂工会、宣传处，组织厂子里的几个笔杆子，以《芦苇荡里的宝石花》为母本，集体创作出一部舞台剧。

采油厂领导审核后，大喜过望，要求工会和宣传处务必在春节前把《芦苇荡里的宝石花》排练出来，而且强调必须由采油人自己演，一定要在采油厂春节文艺晚会上作为压轴之作亮相。同时，争取参加油田公司正月十五元宵节那天的文艺汇演。

采油厂领导的肯定，大大鼓舞了士气。但是要求也高了，本子有了，还得物色演员呀。距离春节还有两个月的时间，可谓时间紧、任务急。

大家赶紧分工，分头忙乎。有的设计舞台背景，有的在全厂范围内找演员。

工会干部下基层，去了严有智她们采油站。恰逢正休育儿假的严有智带着三岁的儿子去看望几个姐妹，工会干部当时就看上了严有智。要她去演节目，扮演《芦苇荡里的宝石花》中采油小站的一个采油女工。

严有智打小就是她姥爷按照培养男孩的路子教大的，哪里会跳舞（五）呀，跳六还差不多。

工会干部非说严有智有跳舞的潜质和本钱，你看你看，严有智的身高、长腿、细腰、瓜子脸、大眼睛，严有智要是不去跳舞就屈才了、浪费了。

况且石油人就是要培养自己的文艺队伍，文艺队伍是不能缺少文艺人才的，而严有智就是文艺人才，是金子，金子就得发光。工会干部遇到了严有智，就等于伯乐遇到了千里马。

严有智禁不住几句夸赞，给个棒槌就当针了。回到自己家，抱着镜子左照右照，还真找到那么一丝丝文艺的感觉。

尤其是看了工会干部留给她的那个剧本——《芦苇荡里的宝石花》，不就是采油站采油女工的真实生活吗？不用演，严有智自己就是采油女工，她知道怎么办。

看完剧本，严有智有信心了，去采油厂找到工会干部，她答应去参加排练节目。

排练节目就顾不上照顾孩子，把儿子往娘家一放，投入到前所未有的文艺生活中去了。背剧本，设计舞蹈动作，举手投足都得演练。

江左岸在北京工作，周末回家找不到严有智，去丈母娘家才得知严有智在采油厂工会礼堂排练节目，抱起孩子就去找她。

严有智练习了好几天了，她的舞台感觉还是不错，一招一式很有模有样。

正沉浸在艺术表演之中的严有智，猛地听见台下有孩子"哇哇"大哭的声音，往下一看，江左岸抱着孩子，铁青个脸，看她呢！

严有智跑下台，兴奋地告诉江左岸是怎么回事，把参演的前因后果讲了一遍。

本以为江左岸会夸自己几句，可惜热脸贴个冷屁股。

江左岸鼻子不是鼻子脸不是脸，他很不高兴提出，严有智必须在儿子和演《芦苇荡里的宝石花》之间做个选择。而他的潜台词就是，不许严有智参演。

严有智没有想到江左岸是这个态度，本来还想夸耀一下自己的艺术潜质呢。但江左岸的强硬态度使她左右为难起来，节目排练了一半，换别人也来不及了。严有智不知道如何是好。

江左岸跑到派出所找路胜利，让他去说情，不让严有智参加演出。

路胜利不以为意，说，至于吗？不就是表演个节目，演完就完了,也是工作的一部分。

江左岸铁青着脸说,一个女人,还是一个生过儿子的女人,在台上蹦蹦跶跶,抛头露面,太丢人了!这要是在过去,就是戏子。他可不希望自己的老婆严有智当个戏子。

路胜利惊异道,说,你江左岸好歹也是八十年代生人,新中国培养的现代大学生,京城名校读研后供职外企,思想怎么不但没有进步,还退步了十万八千里?还一脑门子的封建思想?

江左岸摆着一张臭脸说,别人爱怎么在台上蹦来跳去他不管,反正自己的老婆就是不能上台丢人去!

听路胜利复述了江左岸的话,严有智的倔强劲头也上来了,说刚找到感觉,没想到自己身上还有艺术细胞潜伏着,原来没有发现,把个艺术人才差点埋没了!这个《芦苇荡里的宝石花》,她还非演不可了。

倔驴遇到杠头。两人僵持不下,路胜利两头劝。可是既劝不住江左岸也劝不住严有智,两夫妻闹个不欢而散。江左岸一甩手回北京了。

严有智没管那套,接着排练她的节目。舞蹈动作不到位的地方,就请蒋美好给她开小灶,儿子还是放在娘家。

路胜利和蒋美好去看了严有智的演出,只见舞台上穿着采油工工作服、边歌边舞的严有智,眼波流转,动作流畅,表演很自然,一个业余演员能演成这样就不错了。

蒋美好悄声在路胜利耳边说,严有智的舞蹈动作优美,跟她的亲自指导和严格要求密不可分呢。

路胜利也趁机恭维,都是她的功劳,没有好师父哪里带出来好徒弟呢。

《芦苇荡里的宝石花》被选到油田正月十五文艺汇演中，油田电视台天天播放，严有智大放异彩。

参加演出不过是一时的事情。正月十五过了，严有智产假休完了，也回到采油站上班，一切都貌似恢复了平静，其实暗流涌动。

春节时，江左岸没回莲城，打个电话说回老家石家庄过年了

再后来，众所周知，疫情严重了，江左岸过完年回了北京，却就此再没回过莲城。

两口子之间的裂缝越发宽了。都说小两口打架没有隔夜仇，床头吵架床尾和。可他俩不在一起，几个月不见面。之间再出现问题，更不好修补了。

路胜利抓耳挠腮想不出什么好办法。

"祸"不单行，严有智的事情还没处理好，路胜利又惹得蒋美好跑回了娘家。思来想去，路胜利把事情的来龙去脉打电话一五一十地告诉了小舅子蒋正义，求蒋正义帮忙，跟他姐姐蒋美好解释解释。否则，自己的工作事业前途都受影响了，连带着幸福里派出所的前景都不容乐观，还何谈什么幸福？

蒋正义一听，问题很严重，后果也很严重，他暗忖半晌说，让那个惹祸的马花痴的母亲去找蒋美好解释，最有说服力了。

对呀！路胜利怎么没有想到呢。按照蒋正义出的主意，赶紧去搬救兵。

马花痴的母亲是个好心人，一听说她女儿闹得路胜利和蒋美好夫妻不和、工作屡屡失误，立即道了歉，又专门去蒋美好工作的文化宫找她说明真相，蒋美好有些将信将疑。

路胜利的丈母娘，他读高中时那位可亲可敬的物理老师，还

偷偷打电话说，他们要是有个孩子就好了，女人有了孩子就会变得宽容和善解人意。

眼看僵局有了转机，坚冰有融化的迹象，路胜利当然是心领神会，他想下班后赶紧跑回家，找出卧室床头柜里存放的安全套，全部都用大头针扎上了小眼，一个都不遗漏，未雨绸缪，不打无准备之仗嘛。

至于严有智和江左岸之间的矛盾，还得抓紧时间调解。胡思乱想中，报警电话不识时务地响了起来……

六、一条水晶项链

苟富贵骑着三轮车，嘴里哼着"我美了美了美了，醉了醉了醉了，你是我这一辈子最美的……"，忽然看见面前站着一个人，是一身警服的路胜利，表情十分严肃，他立即停住了嘴也刹住了车。

"玫瑰。"路胜利忽地换个表情，笑眯眯地看着他，把苟富贵没唱出来的俩字吐了出来。

"啊，这不是路警官吗？我，我可……，咋在这儿看见您了？您，您路过？"苟富贵定住神，一双牛眼呆愣愣的，结巴起来。

"车上装的啥呀？"路胜利指了指车厢上盖着的一大块灰色的破苫布问。

"噢，那个，破、破烂儿。我出来后，自力更生，收点儿破烂，得糊口不是。"苟富贵还是结巴。

"打开。"

"都，都，都是破烂儿，臭烘烘的，别熏着您了。"

"打——开——"路胜利拉了长声，依旧笑眯眯的，看着苟富贵。

"唉，得。"

破苫布掀开了，一堆破纸板，再把破纸板掀开，露出三桶油，花生油，新崭崭的，就跟刚出锅似的。

"这是，破烂儿？够新的。"路胜利脸上笑着，目光冰冷。

苟富贵哆嗦一下，蔫了。

"老熟人了，不用我多说，知道咋说吧？"回到派出所，路胜利开始讯问。

"知道，知道。"苟富贵蔫头耷脑，"商业街'好邻居超市'的老板娘卖破烂，我去收，正赶上她家进货的车也到了，我就，就，就顺手拿了三桶油。"

"好个顺手。"

"唉，我这毛病，以后真改。路警官，我把油给好邻居送回去，行吧？下次再也不了。"

"送回去就行了？继续说。"

"真就是三桶油，您不是都看见了吗？别的啥也没拿。"苟富贵眨巴眨巴小眼睛，声音高起来。

"要我提醒你吗？"路胜利拿笔敲敲桌子。

"真没有！"苟富贵声嘶力竭了，"您不能因为那一次，就把人看扁了吧。"

"啪！"路胜利拿出几张照片丢在苟富贵眼前。

一张是一个男子推着一辆电动车，仔细看他一手提着后轮，一手推着前轮；一张是一个骑电动车的男子撞倒了一个老人；一

87

张是撞倒老人的男子没有理会老人，骑车跑了。

画面上的男子是同一人。

"这谁呀？认识不？"路胜利的声音不高，苟富贵脸上的汗下来了。

话说一个月前的一个下午，商业街卖肉的猪肉西施到幸福里派出所报案，路胜利接的警。

猪肉西施说，面馆的大庄头天跟她打了招呼，要五副猪下水。她一大早就骑着三轮车给送货，进了面馆跟大庄打了招呼，寒暄几句，就三两分钟的时间再出门去拿猪下水，不见了！

"大庄怀疑我作假，我是作假的人吗？别说是几副猪下水，就一整头猪送他我都不带眨眼的，我啥世面没见过？我还怀疑是大庄的人趁我进面馆那几分钟把猪下水偷走了呢！啥人啊都是！"猪肉西施说着说着，哭了起来。

路胜利去小面馆，问了大庄前因后果，证明猪肉西施所言不假。那时大庄还没因为盗窃电动车被刑拘。

"路警官，我也不是瞎说，她说猪下水拉来了，我出门一看，车上确实没有嘛。"大庄两只胖手一摊，一脸无辜。"这娘们儿，还好意思去找您告状！"

"不是告状，是报案。"路胜利纠正说，出了小面馆的门，转悠起来。

"我又没犯案啊！路警官。"大庄跟在路胜利身后大声嚷嚷道。

"住嘴，谁说你犯案了？我是查落那几副猪下水哪儿去了。"路胜利指着面馆门框子问道，"让你在门前安装的监视器呢？家雀儿叼走了？"

"这，这，我这不是看左右店都按了，就，就……"大庄自知理亏，话都说不圆全了。

"就什么就？就耍上小心眼了？人家安装是给人家自己看家护院的。你安装是给你自己上保险，说你几次了？"

按照治安防范要求，路胜利在商业街挨家挨户通知安装监控器，每次通知到小面馆，大庄都答应好好的，就是不落实。

"安，安，我马上就安。"

"早有这话，至于你俩今天互相怀疑吗？"路胜利说。

调监控，回放到猪肉西施说的那个时间段，画面显示，猪肉西施进大庄面馆后，从旁边过来一个骑着三轮车的男子，三十岁左右，下了车，抱起猪肉西施车上的一个黑色大塑料袋子就放在自己的三轮车上，用苫布盖着，跳上三轮车离开饭馆，冲西头骑着跑了。

再看时间，前后用了不到一分钟！

照片打印出来，是个穿着紫色阿迪达斯 T 恤衫和黑色牛仔裤的男子，粗壮，光头。

路胜利拿着照片骑着老"飞鸽"去了商业街，挨家问。问到"星星"饰品店，谢过老板小熊那天送藏族小伙子多吉去北京一事后，拿出照片问他："见过这个男人吗？"

小熊看了一眼，说见过。

"真见过？是他吗？"路胜利指着照片问。

"是，肯定是。那天他就穿着这件紫色衣服。"小熊回忆说，"前几天这男的进来问我有没有水晶项链，我给他拿了一串，六百块钱的，他嫌贵，跟我讨价还价半天。我看他挺有诚意的，就给

他打个折抹了零头，四百块钱，可他还是没买。所以我对他印象
比较深。"

"什么口音?"

"就咱们这儿的口音。"小熊说，"咋了路警官，这人犯事儿了?"

"嗯，有点事儿找他，哪串水晶项链? 我看看。"

路胜利拿过小熊递给他的项链，观看起来，项链在店里灯光
照应下流光溢彩，项链坠是个心形的水晶，非常漂亮。

"这串项链先收起来，别卖。我估计这两天没准这人还得来
买，到时候你如果再看见他，马上给我打电话。电话号码有吧?"

"有，有，有。"小熊有点儿紧张，嗓音低下来，"不是杀人
犯吧?"

"不是，不是，没那么严重。治安案件，别害怕。"

当时路胜利接了小熊的电话，带着郝国庆赶到商业街时，正
看到一个紫色的背影骑着三轮车出了采油厂西大门。

"就是他。"小熊指着那个紫色背影悄声说。

他俩赶紧骑上自行车，赶到上前去。

人抓住了，叫苟富贵，家在莲城边上村子里，好逸恶劳，惯
偷，偶尔打个零工，离过一次婚。最近刚谈一个对象，第二次见
面，女方说想要一个水晶项链。苟富贵兜里没有钱，在商业街
"星星"饰品店打听出水晶项链的价格后，动起了歪脑筋。

偷了猪肉西施三轮车上的猪下水后，卖了四百多块钱，苟富
贵去买了那串水晶项链。

得知了真相，猪肉西施和大庄在幸福里派出所握手言和。

水晶项链退回了"星星"饰品店，四百多块钱还给了猪肉西

施，苟富贵被治安拘留十五天。

你以为故事到这里就结束了？NO！

路胜利骑车去商业街检查走访，看到"大庄小面馆"的监控器安装上了，正"瞪着眼睛"工作呢，路胜利暗自点点头。

路过"星星"饰品店时，路胜利忽然想起，那苟富贵该出来了。心里盘算了一下，应该出来有三天了，十五天不就是一眨眼的工夫嘛。心里想着，一骗腿儿下了自行车，停好，抬脚进了店。

老板小熊见了，迎上来笑着问："路警官今天这么有空？"

"没事儿，来看看。嗯，那串项链还在吗？"

"哦，在，没人买。"小熊说着，指了指柜台里。

不等路胜利去找苟富贵，就连着接了两起报警：一起是丢了电动车，一起是被电动车撞了一位老人。调出监控录像一看，嘿，不是苟富贵那小子还能是谁！敢情这家伙一出来就没闲着！

路胜利这个气啊！这才出现了前文路胜利去找苟富贵的画面。

"加上刚才这起，三起了吧？"路胜利把苟富贵带回所里，对着低头不语的苟富贵道。

"嗯。"声音比蚊子还小。

"为啥呀？拘留所的伙食比家里好啊，还是床特别软乎，待着舒坦？还是别的什么原因？"路胜利问。

"唉，我被拘留了，以为对象肯定黄了，一出来就去找她，没想到人家等着我呢。人家没嫌咱。我就想着还把那串水晶项链给买下来……"

"嘿，你啊你，说你什么好呢。"路胜利恨铁不成钢，"升级了，还敢偷电动车了？大庄偷电动车还拘着呢，你可倒好，接班了，偷了车骑上就撞人，把你能耐的！电动车呢？卖了？才两百块？这三桶油呢，你打算卖多少钱？够买水晶项链吗？身强力壮的，干什么不能挣出个项链钱？靠偷能围住女人吗？第一次离婚为啥离，心里没点儿数？这要是再结婚，你还偷?！告诉你，这次严重了，刑拘。"

苟富贵光头上的汗跟下雨似的，顺着粗脖子哗哗往下流。

"路警官，求求你，能不能不刑拘？要是刑拘了，这次我对象准黄。"

"看看墙上写的啥？以事实为依据，以法律为准绳。你违法了，就得法律说了算。"

"那我彻底完了……"

"你看，这是啥?"路胜利从兜里掏出一个红色的锦面盒子，打开送到苟富贵眼前。

"啊……"一条漂亮的水晶项链映入苟富贵瞪大的两只牛眼里，"这……"

"项链我帮你买下来了，你对象我可以帮你去说说，继续等你。"路胜利说，"你进去老老实实改造，改掉小偷小摸的毛病。出来后，我给你找份厨师的工作，你学过厨师吧？因为偷牛肉被老板赶出来的，我都调查清楚了。有手艺就好，以后自食其力，幸福生活可不是靠偷得来的。不过说好了，买这条项链的钱，你得还我。"

"扑通"一声，苟富贵给路胜利跪了下来。

"嘿，别！男儿膝下有黄金。"路胜利赶紧把他扶起来，"记着，我等着你出来。"

"路警官，路哥，我要是不改偷东西的毛病，您就把我的手剁下来！"

……

"这事儿处理得不赖。"罗唆端着须臾不离手的保温杯，因路胜利的汇报，呵呵一笑，竖起大拇指夸了一句，"干得漂亮。"

七、曾经年少

迎春花落了，枝条上长出一层嫩绿的叶子，紧接着开的是紫李、连翘和桃花，派出所小院子里的色彩五颜六色丰富起来。

紧张的工作暂告一段落，稍稍得了空闲的路胜利忽然想起小姑妈吩咐的事情还没办成。

说起严有智，就是路胜利的表妹，比他小三岁，是小姑妈家的老大，老二也是表妹，叫严有慧，她俩是双棒儿。

双棒是莲城二十世纪八十年代出产的一种奶油冰棍，两根冻在一起，捆绑销售，一根四毛钱，比普通冰棍贵一倍。制作双棒时加了奶油，成本增高了，但味道的确不错，一般都是正在谈恋爱的男女才舍得花钱买。

所以，莲城人当时都把较为罕见的双胞胎，也叫成双棒儿了。

细说起来，小姑妈不是路胜利父亲的亲妹妹，而是路胜利的爷爷从大街上捡来的弃婴。但小姑妈不是亲生胜似亲生，她的各种待遇，从吃到穿，比爷爷奶奶亲生的几个儿子都要好，高出好几个档次。

小姑妈结婚时，爷爷奶奶把家里祖传的一对儿和田白玉手镯，给了小姑妈做陪嫁。那对和田白玉的手镯在儿子们分别结婚时，都没有拿出来送给儿媳妇们其中的任何一个人。由此可见,小姑妈在爷爷奶奶心里的地位有多重要了。

双棒儿一出生,到派出所上户口前,小姑父点灯熬蜡翻了好几晚上的《康熙字典》,给俩姑娘分别起名字叫有智、有慧。照顾俩孩子忙不过来,严有智就由路胜利的爷爷奶奶,也是严有智的姥爷姥姥一手带大,养得严有智像个男孩了,平日里,只要天气好,姥爷就领着她各处转悠,养鸟、遛狗、钓鱼、下棋、打太极拳。严有智打扮得也像个男孩子,短发,穿着跨栏背心、灯笼裤,成天拿着弹弓,遇鸟打鸟,遇狗踹狗。

严有智第一天上幼儿园就把一个粗壮的小男孩的耳朵咬了!第二天把阿姨的手咬了!! 第三天咬的居然是幼儿园园长的大腿!!!

这还了得? 这么顽劣的孩子,建园以来也是第一次出现,况且还是一个女孩。听说,那个女园长被严有智咬后,当场就毫不体面地"哇哇哇哇"大哭起来。

严有智小朋友立即被请家长,劝退! 回家自学去吧,幼儿园不收了。

严有智大获全胜,凯旋而归! 洋洋得意地直接跟着前来接应的姥爷回家去了。直到七岁时上了小学,她才回到自己父母家。即便是小学生了,严有智还是改不掉顽劣的秉性。上着课呢,趁老师在黑板上写板书,就从教室后门溜走,跑小卖部买冰棍吃去了。

吃完冰棍,严有智又被墙外的叫卖声吸引出了校门,看热闹去了。早把自己已经是个小学生还在上课的事情丢到九霄云外。

放学后,乖巧的严有慧帮她把书包拎回了家。

有一年过年，小姑妈忙着踩缝纫机给俩姑娘赶做新衣服，就把杀鸡这个重要任务交给了小姑父主刀。

大公鸡是小姑妈在莲城附近农村买的土鸡，很有血性，四五斤重呢。即使是被捆着两个爪子躺在厨房的地上，等待被宰杀的结局时，也是眼珠子滴溜乱转，气愤不已。

小姑父哪里干过这种高难度，又很有技术含量的工作？

他略微思考一下，拎起那只大公鸡直接丢在水池里。伸出两只平时只拿书本和粉笔的瘦弱白皙的双手，一手用擀面杖捶着大公鸡，一手拎起一瓶开水浇在大公鸡身上！

妈耶，开水！活公鸡！生往一起整，那还能有个好吗?! 大公鸡哪里受过这样的刺激和打击，只见它就跟打了兴奋剂似的，浑身一激灵，直接从水池里蹿出来！不知怎么挣脱了布条捆着的两只爪子，开始满厨房辗转腾挪，"扑棱扑棱"半天也不消停。

小姑父已然惊呆，躲在厨房角落里看着上蹿下跳的战斗鸡，束手无策。

已上初中的严有智正在里屋写作业，听出厨房声音异常。她从里屋冲出来，进了厨房，手疾眼快地把惊呆的小姑父拽出来！再冲进厨房，看准了大公鸡，一把薅住丢在地上。一脚踩住了惊慌失措的大公鸡，两手配合着把两个翅膀薅住，摁住鸡头别在翅膀里，用左手抓住了，腾出右手把脖子上的毛揪了几撮下来。镇定自若拿起菜刀，一刀抹在鸡脖子上，放了血用海碗接住，眼看大公鸡彻底玩完了，这才松手把它扔到开水盆里，利索地褪了毛，掏了膛，去了鸡肝上的苦胆！

动作流畅，干净利索，一气呵成，俨然是个杀鸡的老手！看得小姑父目瞪口呆，叹为观止。

一问，才知道严有智放学回家路过菜市场时，早就把卖鸡贩子给顾客杀鸡的整个流程看在眼里，牢记在心了。早就心存哪天实际操作的想法，如今总算如愿以偿。

"今天实地演练了一把。跟我想象的一样，没什么了不起的。"严有智满不在乎。

跟严有智相反，严有慧是个乖乖女。

这对双胞胎走在大街上，也不大相像。

严有智是短发，后脑勺的头发都是往上用推子推短了的那种。每次去理发店，严有智都要理发师严格按照她的要求理。就这发型，让人冷不丁一瞅，都以为严有智是个英俊小伙儿呢。严有智爱穿黑灰两种颜色的运动衣服裤子，足蹬当年莲城里最流行的回力球鞋，走路连蹦带跳、东张西望。有时还撮起嘴唇吹口哨！

严有慧则是长发，整齐光洁地扎成两条辫子，搭在后背上，辫梢上不是系着绸子做的小蝴蝶、小花朵、小糖果什么的，就是其他女孩子最喜欢的五颜六色的装饰物。总是穿着雪白或是小碎花的上衣和蓝裤子，脚上穿着坡跟的小皮鞋，擦得黑亮发光，稳稳当当地迈着小碎步，目不斜视。

严有慧长得很不错，修长的身材，姣好的面容，白白净净，长辫子耷拉在脑后。人长得漂亮，学习也好，是个德智体全面发展的"三好学生"。

莲城中心中学，那些处于青春期荷尔蒙多得无处发泄的男孩子们，无论是本班的、外班的、高年级的男生，有事没事都爱招惹严有慧同学。

严有慧走在教学楼的走廊里，男孩子们就排成两排站在走廊两边，等严有慧走过去时，大家都不吭声，两排贼亮的眼睛就像探照灯一样来回扫射着严有慧看。

看得严有慧心里直发毛！两眼惊慌，神色紧张，脚步凌乱。

男孩子们则在严有慧身后吹着轻浮的口哨，或是"哈哈哈哈"大笑起哄。

几次三番之后，严有智发现了这个问题，揪住一个男生，拷问出来是哪几个捣蛋分子经常欺负严有慧。

说到这里，几个重要人物陆续登场。路胜利与他们的关系就此难分难舍，一路相伴。

路胜利记得那是一个星期天，严有智带着一个粗壮的男孩子跑到他家，跟他说了严有慧在学校被欺负的过程，约着一起去给严有慧报仇。

"这是苗得雨，我同学。"严有智介绍了一句，冲那个粗壮的男孩说："这是我二哥路胜利，快叫二哥。"

苗得雨立即点头哈腰地喊道："二哥好！"

路胜利假装威严地点点头。

路胜利和严有智、严有慧，还有路胜利的弟弟路华北，都同在莲城中心中学读书，路胜利在高中部，路华北、严有智和严有慧在初中部。路华北上初三，书呆子一个。

表妹在学校里受了欺负，当表哥的也是相当没有面子的。尽管路胜利平时也不是爱惹事的人，但要是传出表妹被欺负了，自己还不出头，缩头乌龟的帽子肯定是戴上了。

是可忍，孰不可忍！所以，这个事情真不能忍。

三个人在莲城市里各个家属院、宿舍区转悠。

苗得雨背的书包里装着一份欺负过严有慧人员的详细名单，

上面姓名、班级、家庭住址都有。路胜利暗自思量，看来苗得雨的准备工作做得十分充足周密，这小子将来是块当警察的好材料呀。

那时候，路胜利正如火如荼地读着《霍桑探案集》《福尔摩斯探案集》，阿加莎·克里斯蒂的侦探小说，还有日本推理小说，对福尔摩斯、华生医生、波洛侦探迷恋不已！幻想自己有朝一日也成为一个神探或是写探案小说的作家，那多来劲。

路过一个建筑工地时，苗得雨停下来，说："二哥，你抓把沙子。"

路胜利不解地问："为什么？往人家眼睛里扬沙子？太、太、太恶劣了吧？"

苗得雨憨笑着连忙解释说："不是的，我看你也没有带什么工具。手掌糊上湿的沙子，往对方脸上扇巴掌时，你的手不疼，对方的脸疼！事半功倍。"

路胜利一想，是那么回事，不禁有些佩服苗得雨："你这是从哪里学来的招数？"

苗得雨得意地说："街上混混们之间打群架，看得多了，有很多心得。二哥要是有兴趣，哪天咱俩唠唠？"

严有智的两条眉毛一皱，瞪眼厉声道："就你那两下子花拳绣腿，还好意思显摆？先顾正事！"

苗得雨冲吐吐舌头，不再吭声。

路胜利冷眼观察一下，这个苗得雨对严有智还真是言听计从。

按图索骥，三个人很快就找到了第一个欺负过严有慧的男孩子蒋正义，一个满脸青春痘的家伙。

严有智上去跟人家说，我是严有慧的姐姐，你是不是叫蒋正义，初二四班的，欺负过严有慧。

蒋正义眼神躲避，但不承认。

严有智就拿出一个小笔记本翻开说，某年某月的某一日，严有慧路过初二四班走廊时，蒋正义揪了严有慧的小辫子。当时在场的某某某和某某某可以作证。

蒋正义还不承认。

严有智收起小本子说，没有证据我是不会找你对质的。如果你承认了揪严有慧小辫子的事情，并向严有慧认个错，我就不往你班主任那里捅了。否则，哼哼！

苗得雨往前一步，两只眼睛死死盯住蒋正义，把背着的军挎书包挪到胸前，掂掂军挎书包，拍拍上面虚拟的灰尘，主要是为了显示出书包里一块砖头的形状。

砖头，那是莲城的混混们打架时，随处唾手可得的最佳工具。

路胜利也立即往前一站，瞪住蒋正义。把两只糊满湿沙子的手交叉在一起，扭扭手腕子，满手的湿沙子直往脚下掉，弄出"嘎巴嘎巴"的声音，声势上镇住了那小子。

蒋正义的小脸眼瞅着就变白了，两腿立即开始筛糠，连连点头说："是我揪了严有慧的辫子。我错了，我错了，你们可别打我呀！"

看见这小子承认了，严有智还不罢休，从裤兜里拿出一本信纸和一支钢笔，递给蒋正义，说："写吧！"

蒋正义不明白啥意思，愣怔着问："写什么呀？姐姐。"

严有智厉声呵斥道："写什么？写保证书！写你再也不会欺负严有慧了，还要保护严有慧！"

"好，好，好！我写我写！"蒋正义唯有连连点头的份儿了。

写完不算，严有智又掏出来一个印泥盒，蒋正义得在保证书上自己签的名字上摁手印。

路胜利对这表妹佩服之极！她这都是从哪里学来的招数呀！可真长见识了。

说时迟那时快，这时从蒋正义家里冲出来一个女孩子，旋风般跑到蒋正义身前，挡住他，厉声嚷嚷道："干什么？干什么？你们是干什么的？"

路胜利一看，老天爷呀！这不是他们年级隔壁班的蒋美好同学吗？

蒋美好可绝对是校花啊，没有之一！蒋美好，颀长的身材，洁白的颈子，黑葡萄一般的大眼睛，走路轻盈，声音甜美，是全校女生中的一只骄傲的白天鹅。

而全体男生的梦中情人，就是蒋美好呀！

不好意思地讲，路胜利在梦里也对蒋美好很不理智过呢。在他的青春期很多幻想中，蒋美好都是当之无愧的女主角！无人能替代。

但蒋美好的母亲是路胜利他们高中部的物理老师。这无疑是在追求蒋美好的道路上竖起的高大屏障，几乎无法逾越。

上了高中后，路胜利最喜欢的课程就是物理了，不仅仅因为物理老师上课生动吸引人，主要原因还是因为她美丽动人的女儿，爱屋及乌，使得物理课也变得生动无比。

全班男生都热爱物理课，物理成绩在全年级遥遥领先。此事追根究底，到底应该归功于物理老师上课生动呢，还是她的女儿太美丽出色了呢？

因此，蒋美好在路胜利眼里，就好比清丽的荷花，是只可远观而不可亵玩焉。

现在突然看见蒋美好穿着一身家常衣服从天而降，平时被宽大的校服包裹着看不出曲线的美丽少女以最真实的另一面示人，并站在那里瞪着美丽的丹凤眼看着路胜利时，他顿时有些手足无措。

尤其是那两只糊了湿沙子的罪恶双手，更是不知道应该往哪里躲藏了。赶紧把两只手背在身后，挺挺胸膛。

严有智可不含糊，仿佛对蒋美好的美丽视而不见，听而不闻。她往前一步，对蒋美好说起她弟弟是如何如何欺负严有慧的"光荣"事迹。

严有智的小嘴"哒哒哒哒"一阵儿，就像机关枪放出了一梭子子弹，弹弹皆射向蒋美好的靶心，看得路胜利很是心疼。

他的阶级立场有些不稳了。

蒋美好也有些招架不住，回头问蒋正义是否有这样的事情。蒋正义羞答答地低着头，不敢看他姐姐瞪圆的美丽大眼睛。

看着蒋正义不吱声，蒋美好就算得到了蒋正义的肯定回答。

蒋美好只好对严有智说："我弟弟做的是有不对的地方，你们可以告诉我们做家长的教育，但是不能单独找他的麻烦。"

严有智丝毫没有给蒋美好面子，厉声道："关于你弟弟蒋正义欺负我妹妹严有慧的问题已经解决了。下次再有类似事情发生，我肯定会找你们的家长解决的，而不是你。"

看着蒋美好姣好的面容，路胜利不敢跟她对视，眼光往下一移又不小心扫着她起伏不平的前胸，那里就像藏着两只不安分的小兔子一样，闹得他脸"腾"地一下子烧红了，眼睛都不知道往哪里看了。

但不知道是错觉还是真相，路胜利觉得蒋美好再看他时，她的脸也有些微微的红。那真是路胜利人生经历中最为美好的时刻！让所有的花儿都开放吧，唱起最动听的情歌吧。

在他眼里，与在学校时的冷若冰霜比起来，蒋美好还是穿着合体的家常衣服好看。

蒋美好不再理睬他们，拉着蒋正义回了家。

在接下来的过程中，路胜利显得有些心不在焉，蒋美好的美好形象一直在眼前晃悠。他暗中祈祷，多想再次见到蒋美好，那是多么快乐和幸福的事情啊。

路胜利和苗得雨继续跟在严有智的身后，半天就转悠完了这个只有三条大街和十余个胡同的小小莲城，收了一摞按了红手印的保证书。

尽管苗得雨书包里的那块砖头一直没有机会拿出来，路胜利沾满湿沙子的双手也没有扇到任何一个人的脸上，他们还是大获全胜。

严有智拿着那摞保证书当扇子，在空气中呼扇着，得意扬扬地说："瞧瞧！这就是证据，铁证如山！看谁再敢欺负严有慧？我让他吃不了，兜着走！"

苗得雨这小子，立在一旁拍严有智的马屁，觍着脸竖起大拇指说道："严有智，你真高！实在是高！"满脸堆着恭维和谄媚。

旁观者路胜利觉得，这两个半斤八两的家伙，臭味相投的样子真是珠联璧合呢。

……

每次想起这段少年时的往事，忍俊不禁之余，路胜利就纳闷了，这么投缘的两个人咋就没婚姻方面的缘分呢？

第三章　柳暗花明

一、美好生活

来了！来了！它来了！路胜利期盼已久的好消息终于来了！蒋正义给路胜利打电话说，坚冰融化，蒋美好已经回心转意了，只是因为误会了路胜利，有些下不来台，不好意思自己主动回家，就看路胜利的表现了。

哇，这个小舅子还真贴心！看来平时没有白疼他。要不是操作起来有难度，路胜利恨不得顺着电话线跑到另一头去，使劲拥抱一下蒋正义，再在他的胖脸上亲几口。

最最最重要的是，亲爱的老婆大人蒋美好终于要回到自己的怀抱了！

喜不自禁的路胜利在办公室转起了圈圈，他得设计一个方案，好好表现一下。想起偷着存的小金库，有零有整的三千五百七十九元钱，这次可派上用场了。路胜利寻思，一会儿先去莲城商场珠宝店，把那枚心形的和田碧玉戒指买下来。以前每次和蒋美好去逛商场，蒋美好都去玉器店看看。看着那些闪闪发光的漂亮玉石，她总是一副恋恋不舍的样子。女人嘛，喜欢珠宝玉器饰品不为怪，就好比宝刀要配英雄一样。

还得提前回家准备几个硬菜，两支红蜡烛，再买一束玫瑰花，就去丈母娘家接老婆大人，搞个烛光晚餐，俩人重温一下久违的浪漫。

不容多想，路胜利得赶紧行动，先打扮一下自己，理理头发，再美容一下皮鞋。

仪表很重要呢，要知道，搞艺术的蒋美好同志是很注重这一点的。

离开幸福里派出所时，看到院子中心的花坛里各种颜色的太阳花竞相争艳，路胜利临时又改了主意，不买玫瑰花了！现成的太阳花开得正好，朵朵模样娇艳欲滴，那都是罗唆在办公室里培养好后挪到院子里的。路胜利盯着看了一会儿，把每种颜色都掐了好几棵，汇集在一起就成了一大把了。太阳花俗称"死不了"，寓意深刻呀。

路胜利想象着，蒋美好手捧路胜利送的"太阳花"，肯定会夸路胜利勤俭持家，会过日子。

一出幸福里派出所的大门，路胜利就看见马花痴，哦，不对，是马雯雅，正蹲在路边看蚂蚁，她母亲马姨站在一旁，看路胜利出来了，挡在马雯雅的身前，冲路胜利使个眼神，让他快走。

路胜利赶紧一低头，骑车躲开了。他现在理解实心眼的马雯雅了，爱情这东西是能要人命呢。蒋美好这两个多月没有搭理路胜利，路胜利都快成神经病了。

路胜利暗自心想，跟蒋美好和好后，赶紧帮助马雯雅找家专科医院好好看看。马雯雅要是治好了病，再找个好小伙子嫁出去，那多幸福美好。

蒋美好终于被路胜利接回了家。两口子和好之后闲聊天，路胜利才知道，蒋美好之所以跑回娘家，除了对他有误会外，还有另外一个重要的原因，那就是她对自己职业生涯的不自信与恐惧。

这可是少有的。再深问，路胜利总算明白了。

蒋美好的烦恼全部源于这两三年文化宫连续新分来几位艺校毕业的舞蹈老师，个个年轻漂亮。眼看着后浪马上就把她这前浪拍在了沙滩上，加上生孩子的压力，让她在无所适从之下，选择了逃避。那天去找路胜利，就是因为在文化宫卫生间上厕所时，无意听到新来的两位舞蹈老师在背后嘲笑她的动作僵硬，跳一会儿就气喘吁吁，还老黄瓜刷绿漆——装嫩。

她蹲在厕所隔间里既震惊又悲伤，震惊的是自己在她们眼里如此不堪，悲伤的是那的确是不争的事实，她们之间毕竟相差十多岁，想当年她刚进文化宫时，不也在心里嘲笑过当时三十多岁的女舞蹈老师，嘲笑她眼角细密的鱼尾纹，嘲笑她的四肢动作老套，嘲笑她的发式衣着过时，金玉其外败絮其中……

天道好轮回。没想到这么快就轮到她自己了，轮到她成为被嘲笑的对象。蹲久了，腿麻，站起来时差点晕倒！更严重的是脆弱的小心脏受到了重创。蒋美好躲着人，匆匆离开文化宫，去找路胜利寻求安慰，未料，却看见路胜利和一个比自己年轻的女青年搂抱在一起！心爱的事业走向末路，心爱的人也"背叛"了她，祸不单行啊，她能不绝望吗？

原来如此。路胜利搂着蒋美好的肩膀安慰道，很正常，时间使然，时间是最公平的，他这个前浪不也不断被后浪紧追慢赶吗？局里的童局那拨儿领导当初都是市警校毕业的中专生，比局里大部分从部队转业的人都懂专业；他和罗唆从省警校毕业时，是大专生，更专业了；现在所里的钟必胜、肖黎他们这拨儿年轻人，不是警官大学毕业的，就是 985、211 高校毕业生，本科生都不稀罕了，研究生比比皆是，省厅几个专业性特别强的部门都有博士生了呢。这就是历史趋势，不过不管怎么说，她在他心中永远是舞台上最美丽的白天鹅……

一番话听下来，蒋美好长叹一口气，神色稍缓，幽幽道："是啊，无可奈何花落去……"

路胜利接口道："似曾相识鹅归来！"

"鹅？什么鬼？"

"天鹅！美丽的白天鹅啊。来，老婆，让后浪们拍去吧，咱们前浪就干点前浪该干的事儿。"

"前浪该干啥事儿？"

"你说呢？制造后浪呗……"说着俩人嬉笑着滚作一团……

路胜利带着郝国庆去商业街，到"滕记百年馄饨"铺子吃馄饨。这儿的馄饨不仅仅皮薄馅大，那馄饨汤可是真鲜啊，用老滕他们上海人的话来讲，叫啥来着？对，"眉毛都要鲜掉了"。

喝完又续了一碗不要钱的鲜汤，白毛汗就从各个毛孔往外渗，小风一吹，那个舒坦。

趁着店里没有其他人，路胜利叫过老板老滕问道："老滕，在这儿开店多久了？"

"刚刚半年。"老滕道。

老滕是投奔亲戚来的，他大哥在采油厂机关工作。父母去世后，大哥提议，哥俩往一起凑凑，也好互相有个照应，反正在老家上海郊区，老滕就是开馄饨铺的自由人，在哪儿开不是开。于是，老滕拖家带口到了莲城。一开始在莲城商场地下一层美食城租的摊位，客源还不少。疫情一来，莲城商场把美食城关停了。老滕他大哥只好在采油厂的老商业街上，帮他租赁了一个小铺子，又开起来。

"开门见山吧，有人举报你这鸡汤里放了罂粟壳。"路胜利忽地严肃道，"所以鲜得吸引人来吃。"

白净斯文的老滕，穿着一身对襟中式衣裤，干净爽利，闻言一咧嘴，居然笑了，一口沪普，软绵婉转："阿拉有祖传秘方。阿拉家是海边的，阿拉爷娘都是渔民，阿拉那里的馄饨馅儿不放化学味精，放……"

事情整明白了，老滕的祖传秘方是，用虾子替代味精。老滕家在海边，有得天独厚的优势，在北方冀中平原腹地物以稀为贵的虾子，对于老滕来说是十分容易获取的原材料。

怪不得呢。

"馄饨店是从阿拉爷娘手里接过来的，阿拉真正开店不过十几年，就是想把它做成百年老店，实实在在，保质保量，物美价廉，是不敢坏掉自己招牌的。"老滕不笑了，样子颇深沉严肃。

"阿拉明白了，谢谢侬。"路胜利的沪普也很地道。

付完账，出了老滕的店门，郝国庆问去哪儿。

路胜利想了想，说："跟我走。"

郝国庆骑着自行车紧跟在路胜利的老"飞鸽"后面。直奔采油厂大礼堂前的广场，老远就听到舞曲高亢欢快，一群花枝招展的大妈跳得正欢。路胜利扫了一眼，看见几个熟人，有邱大妈、马姨、胡婶子、贾师母、季老夫人，都在队列里，按照音乐节奏一会儿伸胳膊一会儿踢腿，一会儿摆摆屁股扭扭腰，强身健体，不错。

踅摸一圈，路胜利在围观人群中看到目标后，走上前拍拍薛老铁的胳膊，把他招呼到一旁。

"老铁叔，搞清楚了，人家滕记馄饨可没放罂粟壳。再说了，那玩意儿现在可不好淘换，到哪儿找去。"

"我也是听别人说，火锅里放了罂粟壳，一吃就上瘾。我对那上海人的馄饨挺上瘾，每天不吃一碗就想得慌。就胡思乱想里面是不是有啥不可告人的秘密佐料。你不是说发现违法行为就赶紧向你报告吗，我这警惕性就上来了。"薛老铁嘴里说着话，眼睛没舍得离开大妈们舞动的身姿。

薛老铁的老伴前年因病去世了，儿子要接他去一起住。他不去，说自己生活更自在。私下里跟老伙计们说，儿媳妇有洁癖，做的饭菜也不对口，他可不去遭那洋罪。一人吃饱全家不愁，想做就做一口，想在外面吃就在外面吃，退休金一个人花，管够。他所谓的想吃啥就吃啥，也不是啥大菜，无非就是商业街那几家，肥肠面、馄饨、驴杂汤、驴肉火烧、饺子、炒饼啥的，没料到吃馄饨还吃出了警惕性，挺好，积极性不能打击。派出所警力不够，很多治安隐患和苗头不就得依赖群众雪亮的眼睛去发现么，比如名号响彻宇宙的著名北京朝阳群众，绝对是不可或缺的维护治安稳定的主力军。

"好，有警惕性好，但没有证据的话千万不能跟别人乱说，免得引起不必要的矛盾，悄悄告诉我就行。谢谢老铁叔，忙吧，我们走了，有事儿打我手机哈。拜拜了您嘞。"

"路哥，我就佩服你发动群众这招，真好使。"路上，郝国庆佩服道。

"不然怎么办？这是法宝。如果就靠咱所这几位，一个人即使长出八只眼睛、十只耳朵、三头六臂也忙不过来。"

二、一张缺角的老照片

一场期盼已久的春雨洋洋洒洒下了一天，原野上呈现出一片喜人的绿意，枝头树梢也纷纷睡醒了似的，长芽的、冒花骨朵儿的，大地换上了一件翠绿轻盈的春装。

清明节前，采油厂厂办秘书小秦通知罗唆，说油田公司要"征集纪念抗战胜利七十八周年物品"，收集上来交给他，油田公司要在工人文化宫办展览，网上有文字通知，不明之处可以再问他。

罗唆在所务会上讲了之后，钟必胜说他家有张老照片不知道是否符合征集要求。

"你先说说是啥东西。你爷爷打鬼子时缴获的战利品？"路胜利问。他知道钟必胜家几代人都生活在白洋淀旁的小村子，当年小兵张嘎还有雁翎队打鬼子的故事都发生在白洋淀。

钟必胜说："是一张老照片，是一个被我们家族隐藏了几十年的故事。"

大家一听，都来了精神，鼓动钟必胜讲讲。

……故事讲完了，钟必胜问大家："这照片算不算跟抗战有关的一个物品？"

大家不吭声，个个表情凝重，做沉思状。

罗唆思忖一番道："我给秦秘书打个电话问问。"

电话那头的秦秘书思考片刻后说道："怎么不算？算！"

……

那张老照片，原先一直挂在钟必胜姥爷乡下旧居堂屋墙上相框的右下角，很不起眼。

那是一张两寸的黑白照片，缺失右下角，泛出几十年岁月积淀下来的土黄色。照片上的女子梳着整齐的发髻，安静地微微笑着，细长的眉眼略微弯曲，眼神向下看去，似乎有些害羞；穿着白色的上衣，样式已经看不出来，也有些泛黄，一团模糊。

老钟和老毕是一个警察局的，老钟是户籍警，老毕是巡警。警察局在冀中平原的一个小镇上，说起来，那都是七十多年前的事情了。

老钟和老毕挺有缘分，他俩的老家是邻村，两个村子都在白洋淀边上，从老钟家走到老毕家，一袋烟的工夫。

他俩打小就认识，都是一个白洋淀泡大的嘎小子。夏天时，下淀游泳、摸鱼，到淀里的岛上捡拾野鸭蛋，割芦苇；冬天，在结冰的白洋淀上滑冰，凿冰窟窿钓鱼，俩人没少打照面，时间一长，成了好伙伴。

一年的一个夏季里，恰逢两人的假期轮到一起休，于是他俩脱下警服、换上便装，相伴着一起回家探亲。

那时节，自行车是可望而不可即的奢侈品，更别提汽车了。没有任何交通工具，走着回，小半天时间就到了。

快到傍晚时，俩人走得气喘吁吁，眼看远处村庄隐隐约约掩映在一片树林之中，家就在眼前了，他们心里踏实下来，一路马不停蹄赶路，忽觉得腿脚乏得厉害。老毕建议歇一会儿，老钟表示同意，俩人一起坐在一片玉米地的地头上。背靠青纱帐，老毕掏出荷包里自己卷的烟卷，递给老钟一颗，点燃，吞云吐雾一番解解乏。

一阵儿微风吹过来，带着青草和农作物的芳香，还有一股子水乡特有的气味，拂过俩人的面颊，感觉很惬意。

忽然，他们身后的玉米地里"唰啦唰啦"一阵响，不等俩人反应过来，只见爬出一个人来！

老钟和老毕吓了一跳！一起从地头上蹦了起来！定睛一瞅，啊！这可不是一般的人，是个日本鬼子！身上还穿着日本军装呢！以前有日本鬼子的队伍从镇上经过，他们见过的。

这鬼子打哪儿来的？老钟和老毕的眼神定住了，手里捏着的烟卷，一起掉在了地上。

怪得很，鬼子没有站起来，还是继续趴在地埂上。

再仔细一瞅，那日本鬼子脸色可不怎么样，蜡黄，汗液混合着泥土，在脸上留下左一道泥，右一道泥的，还有一些血痕，像被硬挺的玉米叶子拉破的。

鬼子黯淡无光的眼睛，从地上看着站在一起的老钟和老毕，须臾，那日本鬼子闭上眼睛歇息一会儿。

他俩一愣神工夫，那日本鬼子又睁开眼睛，"哇啦哇啦"说起话来。

老钟和老毕紧张地互相看看，不知所云，日本话？根本听不懂。

估计那日本鬼子也看出老钟和老毕听不明白他在说什么，于是停住嘴，歪在地上，又闭上了眼睛，看样子很虚弱，说句话都累够呛。

老钟看着老毕，老毕也看着老钟，俩人默不作声，身子都有些微微地发抖。

刚才吹在身上的微风似乎有些凉，老钟和老毕身上的热汗变成了冷汗，落在地上的两根烟卷，冒了一会儿青烟，熄灭了。

不一会儿，那匍匐在地的日本鬼子大约有些力气了，他重新睁开眼睛，艰难地从上衣口袋里拽出一个纸包来，向老钟和老毕示意一下，丢在地上，"叽里咕噜"说了一句日本话，脑袋一歪，再次晕了过去，日本鬼子的脸色和老钟老毕脚下的泥土成一个颜色了。

身后的玉米叶子唰啦唰啦响，头顶飞过一群燕子，又一阵微风吹过来，老钟身上的冷汗也下去了，他定定神，冲老毕示意一下。

老毕弯下腰去捡起纸包，递给老钟。

从小，老钟仗着比老毕大一岁，就爱指挥老毕。到镇上警察局共事，老钟还是仗着自己是巡逻警，没事就指挥老毕这样或那样。老毕脾气好，反正他没啥主意，老钟说了算。

老钟接过老毕递过来的纸包，打开一看，是一张女人的照片，他很惊异地看了看，把照片递给了老毕。

老毕接过来一看，惊呆了！这不是他媳妇的照片吗?! 老毕跟媳妇是一个村子的，打小一起在白洋淀的水里泡大的，感情很好，长大后明媒正娶成了两口子。只可惜好日子没过几天，老毕的媳妇生下闺女就得产后风死了，没留下过照片。老毕虽然没再娶新媳妇，但也顾不上养闺女，闺女跟着爷爷奶奶生活，学会说话没多久，就管老毕要"娘"。闺女稚嫩的声音脆脆的，就跟嫩藕咬在嘴里的声音一样，每次听到闺女叫"娘"时，老毕的心都碎了。

如今看到照片上的女人和自己媳妇长得一模一样，老毕能不发呆吗。

老毕结婚时，老钟去喝过喜酒，见过老毕媳妇。

老钟比老毕早结婚两年，媳妇给生了一个大胖小子。老毕的媳妇生了闺女后，老钟抱着胖小子，带着媳妇去老毕家送了一篮子红皮大鸡蛋，老钟媳妇还给闺女绣了一个肚兜和小布鞋，上面满是荷花。

老钟刚才乍一看照片，有些发愣。再看老毕的神情，呆头呆脑的，死盯着照片。

还是老钟反应得快，他对直眉瞪眼的老毕小声说："这是鬼子媳妇的照片。"

老钟一把把照片从老毕手里拽出来！老毕眼珠子转动起来，视线紧盯着那张照片，一声未吭，扑上前去抢照片。

虽然老钟捏得紧，还是没抢过老毕。老钟手里留着照片上撕下来的一角。

老毕抢过照片，紧紧握在手心里，攥紧拳头，再不松开了。

地上的鬼子忽然抽搐一下，俩人暂时忘记照片一事，不约而同地一起望向躺在地上的日本鬼子，没啥声息。

老毕趁老钟转移了注意力，抽空赶紧把捏在手心里的照片塞进装烟叶的荷包里。那个绣着荷花的荷包，是老毕媳妇送给老毕的信物，老毕随身戴着，从不离身。

他俩彻底镇定下来，前后张望一番，土路上没有人影，近处的原野一片寂静，庄稼们静悄悄地生长着；远处的村庄被白洋淀升腾起的一层薄雾包围起来，炊烟袅袅，有些人家已经开始点火做晚饭了。

俩人很默契地一起动手，弯下腰把日本鬼子拖回到玉米地里。

老钟脱下日本鬼子身上穿的军装，捂在日本鬼子的脸上，一屁股坐了上去！

老毕见状，也立即坐在了日本鬼子的身上，和老钟背靠背。只见那鬼子蹬了几下腿，一会儿工夫，不动弹了。

确定身下的鬼子已经断气，老钟立即站起来，老毕赶紧起身。

他俩钻出玉米地，四周依旧寂静。

老钟低头踅摸一番，捡起两根半截烟卷和那张包裹过小照片的纸片，放进嘴里嚼嚼，咽了下去。

没捞着烟卷和纸片嚼一嚼的老毕，喉结上下滑动一番，咽口唾沫。他按了按挂在腰间的那个荷包，心里踏实不少，顺脚把地上几乎看不清楚的烟灰踢散，跟周围的泥土混合在一起。

他们拍拍屁股，一口气走到白洋淀边上，坐下。

白洋淀的水面上泛起了涟漪，向他俩涌过来，快到脚边时又退了下去，如此反复。一阵风吹过来，特别凉爽，俩人发现浑身再次湿透，这时候，要是下淀扑腾扑腾畅游一番，肯定舒服极了，解暑。

彼时，西边的日头，大半个身子都已经淹没在了白洋淀里，露出淀面的一部分被摇曳的芦苇半遮半掩着，远处的淀里起的薄雾，给白洋淀蒙上了一层若有若无的面纱，真是一幅人间美景。

老毕的腰间热乎乎的，他按按贴身的荷包。没有按捺住，解下荷包，老毕抖着手掏出碎烟叶和烟纸，卷了两根烟卷，点着了，递给老钟，再给自己点一根，随后把荷包紧紧地系在腰带上。

抽着烟，看着眼前的白洋淀，老钟默不作声，老毕也不吭气。

一直等到天黑透了，伸手看不见了五指。俩人悄悄回到那片玉米地，钻进去，轮换着把鬼子尸体背到白洋淀边上。

老钟家里有条木船，他悄悄回到村子家中，摸黑找把铁锹，把停靠在淀边的自家船划出来，接了老毕和鬼子尸体，趁着雾色，把船划到白洋淀深处一个无人居住的小岛边。

小岛多蛇，一般没人去。老钟和老毕在白洋淀里从小扑腾到大，对淀里大大小小的岛子比自己家还熟悉。

他俩把鬼子尸体拽上岛，剥光，挖坑深埋了。再另外挖一个坑，把扒下来的鬼子军装扔里面。老毕从荷包里掏出火柴，点着了鬼子的军装，眼看着烧成灰，填土埋上。

傍晚时堆积起来的薄雾，深夜时已经变得厚重许多，就像一床厚厚的棉被，盖在白洋淀上了……

天蒙蒙亮时，老钟划着木船靠在离自家不远的淀边，俩人拎着几条用青色的芦苇秆串着的鲫鱼、鲢鱼和鲤鱼登岸，披着满身的雾气，各自回家。

其间，老钟带着媳妇和胖小子去看过老毕一次，老钟媳妇给老毕闺女做了几件小衣服、花蕊裤、小鞋子。

老毕转身下淀摸了一篮子螺蛳，顺便把前一夜放的虾篓收了，挑了一只肥鸭子宰了炖上。螺蛳和虾用花椒盐水煮了，留老钟一家吃饭，一起喝了一顿高粱烧酒。

老毕的闺女，穿上老钟媳妇做的新衣服和新鞋子，可高兴了，跟在老钟的胖小子屁股后面满院子追着鸭子跑，俩小人小脸红扑扑的，咯咯直笑。

老钟和老毕喝得满脸通红，看着老毕家闺女像一朵荷花似的在眼前飘过来飘过去，老钟家的胖小子已经滚成泥球，俩大老爷们粗着嗓子嘎嘎直笑，鸭子们也跟着嘎嘎叫。

休假还没结束，老钟和老毕被紧急召回警察局。

镇上贴出告示，说皇军的队伍打从旁边的镇子过时，落下一个拉痢疾的士兵，走失了，望知其下落者提供线索，云云。

告示是老毕按照上面的指示，起草誊写的。老钟是巡警，他拿着老毕写好的一摞告示到处张贴，给围观的人群讲解告示内容。

下了几场雨后，告示被雨水一淋，墨汁写的字变得模糊不清。有风吹过时，告示挣扎一番，离开墙面，飘落在地，被路过的人脚、马蹄踏过，谁也看不出来它的本来面目是什么了。

休假时间再轮到一起时，老钟和老毕还是一起换了便装，相伴着回村子里。路过那片玉米地，他们不再逗留休憩，一鼓作气走回家。

老毕的闺女，已经会自己到村头迎接老毕回家了。

又过了一阵子，老钟和老毕从警察局先后辞职，不干了。老钟去了镇上一家工厂，当打更的；老毕回了村子，春天种地，平时养鸭子、打鱼，冬天下淀挖藕，割芦苇。

有时，老钟带着儿子来串门，一进门就嚷嚷着，把荷叶包的一只烧鸡递给老毕的闺女。

老毕赶紧吩咐闺女煮两个咸鸭蛋，煎两条鲫鱼，他拎着瓶子去村里的烧酒坊打两斤酒。

咸鸭蛋煮熟，一切两半，金色的鸭蛋黄一下子就冒出黄澄澄的油来，两条两面煎熟的鲫鱼散发出诱人的鱼香味儿。老钟掰下烧鸡的爪子、翅膀和鸡头脖子，剩下的烧鸡一撕两半，递给俩孩子吃。

老钟和老毕坐在院子里的槐树下，听着树上的知了叫，喝顿高粱烧酒，舒坦啊。

屋子里，老毕家闺女指着挂在墙上相框里的一张女人的小照片，跟老钟儿子说，那是她娘的照片。

槐树上的知了忽然不叫了，老毕闺女的声音脆生生的。

屋子外的老钟和老毕静默片刻，老钟举起酒杯对老毕说："喝！"老毕赶紧举起酒杯对老钟说："喝。"

日子一天天的就那么过去了，老毕这辈子没再娶媳妇。

老钟的儿子和老毕的闺女在一个镇中学上学，是同班同学。每月他们都相约着一起回家，老钟的儿子把老毕的闺女送到村头，再回自己家。

返校时，老钟的儿子早早就等在老毕家村头的老槐树下，和老毕家闺女会合后，一起回学校。

老钟和老毕看在眼里，都没说啥，两家来往得更密切了。

到了孩子们能结婚的年龄，老钟找个媒人，带着儿子，到老毕家提亲。

小钟和小毕结婚后，生下了一个大胖小子。

当了爷爷的老钟琢磨半天，给起个名字，叫钟必胜。

当了姥爷的老毕，毫不犹豫地点点头，说，好！这名起得好。

钟必胜高考完，就要填报志愿了，那可是一件非同小可的大事。

一家三代围坐一团，主要是家里的男人们，有爷爷老钟、姥爷老毕、父亲和钟必胜。

作为主持会议的父亲还未开口，也不等钟必胜表态，爷爷老钟和姥爷老毕，互相谁也没看谁，异口同声道："警校！就报警校。"

钟必胜的父亲，瞅一眼亲爹老钟，又瞄一眼岳父老毕，看着自己的鼻尖嗫嚅道："这个，那个，老师说了，以钟必胜的成绩来看，报清华北大也没啥问题……"

"警校！就报警校！"老钟和老毕一起吹胡子瞪眼了！

钟必胜收到警校录取通知书那天，老钟和老毕两个老家伙喝得酩酊大醉……

警校学员钟必胜放寒假回家第一天，老钟和老毕围着钟必胜转悠半天，轮流穿着钟必胜的警服分别照张相片，俩人那神情，严肃极了，那照片放地里估计都能把偷食的家雀们全吓跑了。

生前，老钟和老毕有个约定，谁最后死，谁来告诉钟必胜这个秘密。

直到今年钟必胜的母亲也过世了，她始终不知道那张照片上的女人是个日本人，而不是她的亲娘。

……

故事讲完了，但还没结束，钟必胜把它写成了一篇名叫《一张缺角的老照片》的文章，投稿给《莲城》杂志，发表后又被省刊转载。

钟必胜拿着杂志去找路胜利，请他批评指正。

捧着那本崭新的杂志，认真拜读之后，路胜利心里说不出来是喜悦还是哀伤，哪还敢批评指正，只剩百感交集和艳羡了。自己想当刑警作家的梦做了很多年，可惜一直以来只是想想，却从未付出过具体行动，还抱怨是罗唆断送了自己的梦想，都是借口。再看看小自己十几岁的钟必胜，一声不吭，洋洋洒洒几千字就变成了铅字，出手就赢在了起跑线上。有的人出生是骡马，有的人一出生就在罗马。唉，这就是差距，除了一声叹息，路胜利只能是佩服，后浪的确来势汹汹，不可等闲视之啊。

三、得雨未得智

遥想自己当年，高中毕业考上警察学校，去省城读书了。因心中的女神蒋美好同学，考上了省城的艺术学校，学习舞蹈。在路胜利看来，美丽的姑娘就应该去跳舞，穿着美丽的衣裳在舞台上像花儿一样绽放，继续展示她们的美丽。

而且，更为重要的是，同在省城读书也给了路胜利很多接触蒋美好的机会。恋爱脑上头，作家梦后退。

那时每学期回家后或是归校前，路胜利都冠冕堂皇地去他的物理老师家里拜访。美其名曰探望老师，汇报在警校的学习情况，主要是为了见蒋美好，并讲述一下警校生活，借以吸引蒋美好，心生对未来侦查英雄的仰慕之情。

而每次在物理老师的嘱托下，接送蒋美好去省城艺术学校，路胜利从来都是责无旁贷，乐不可支。

功夫不负有心人呀！路胜利应邀在蒋美好所在艺校大礼堂观看芭蕾舞时，舞台上的那些舞步轻盈，蹦来跳去的男生，穿着他看了都脸红的紧身裤，还有那矫揉造作的姿态，实在不敢恭维。

只见路胜利一身笔挺的警服，皮鞋锃亮，腰板笔直，一股英气十分逼人，小伙子简直帅呆酷毙了。路胜利的英武阳刚，很好地衬托出艺校男生们的娘娘腔和脂粉气。

在艺校女生们艳羡的目光中，他瞥见蒋美好脸上的红晕，水蜜桃一样可爱。

路胜利又趁机给蒋美好灌输了警察是人民卫士，而蒋美好是最需要卫士保卫的人民这一理念，直到深入蒋美好的内心。临别时，再在蒋美好温暖的小手里塞上一张纸条，上面用刚劲有力的钢笔字写着：美好，今夜不想人类，只想你。

由此，路胜利塑造的刚柔并济、文武双全的人民警察形象，在蒋美好面前得以完全展示。在追求蒋美好的过程中，路胜利是多么有智慧呀。这智慧全用于追求蒋美好了，他的刑警作家梦成了仅仅偶然想起的一个梦想，"以后，以后，以后还有大把的时间"，路胜利每每想起那个瑰丽梦想就会这样安慰自己。

路胜利家是哥仨，名字分别是大庆、胜利、华北，完全按照当时全国排名前三的油田的名字起的，而且按照路爸当年那句"好男儿志在四方，石油人的后代必须接着做石油人"的指示，哥哥路大庆石油专科学校毕业后去了新疆油田工作；弟弟路华北，按照路爸的指示，高考后填志愿只填写了跟石油有关的院校，结果如愿以偿考上了石油学院。

就路胜利一个异类，偷偷报考了警察学校，等路爸发现后，档案已经被警校招生的老师胜利地调走了。

路胜利毕业后，回到莲城在幸福里派出所工作，彻底守在家里了，路胜利愿意，因为蒋美好也回到了莲城，在文化宫工作。

这样一来，家里有什么事全是路胜利一个人担着。路大庆和路华北离得远，逢年过节回家看看，都成了座上贵客，被好吃好喝招待着。休假结束，俩人都拍拍屁股，拎起行李箱就走。一个回学校，一个回新疆。平时家里有啥事都指望不上他俩。

路胜利上警校那年，两个表妹初中毕业，严有慧上了卫生学校。严有智由于在体育课上跳高失误，导致左腿小腿骨折，在家休学了两个月，中考差几分没能考上石油专科学校，只好上了石油技工学校。

要知道，这可是天壤之别啊，上了石油专科学校，毕业出来就是中专生，属于国家干部。而石油技校毕业分配工作，岗位百分之百是工人。一个单位里，国家干部和工人的地位以及各种待遇，区别那是很大的。

从上小学到初中就一直在一个学校的双棒儿，这下算是分开了。

几年的技工学校学习和生活下来，总体来讲是有惊无险，严有智既无恋爱经历，也没出什么大格。技工学校毕业后，被分配在采油厂下属的一个采油站工作，成了光荣的石油工人。

严有慧毕业后被分到油田职工医院化验室工作。

有一次，省公安厅举办业务培训班，罗唆派路胜利去学习两个月。

在此期间，路爸病了，路妈又不敢告诉他，怕耽误培训学习，更不能告诉路大庆和路华北，天高皇帝远的，怕他们不但帮不上忙，还跟着瞎着急。

严有智和严有慧跟着忙乎起来。严有慧在化验室上班，把路爸托付给了神经外科的同事，忙完自己的工作就过来帮忙。严有智向单位请了年休假，在医院全力以赴照顾。住同一病房的病友，都以为严有智是路爸的亲闺女呢，直夸严有智心细、孝顺。

等路胜利参加完省公安厅的业务培训回到莲城，路爸已经出院回家休养了。家里堆着一堆水果、点心、营养品，厨房里地上还有两只甲鱼和两只白条鸡。

路妈说，这些东西都是严有智送来的。还夸严有智仁义、善良，说将来不知道哪家人幸运，能娶了严有智做儿媳妇，那可是烧了高香。

路胜利明白路妈的心思。小姑妈透露过,有想把严有智给路家做儿媳妇的念头。说白了,也就是给路胜利做媳妇。老话讲,亲上加亲。

那哪行呀!太可怕了!路胜利这辈子只喜欢蒋美好!打十六岁时第一次在学校的操场上见到蒋美好,就心跳加快、血脉偾张,夜不成眠,前所未有的感觉击倒了他,他绝不可能背叛蒋美好和爱情。

转眼,严有智和严有慧也是二十岁左右的人了,到了谈婚论嫁的年纪,可谓是"一家女,百家求"。

老严家的双胞胎姑娘,在莲城还是较有名气的。一是都是莲城的老户了,知根知底,家风严谨;二是俩姑娘都长得周正漂亮,还有体面的正式工作。娶媳妇,这两点都是很重要的。小姑妈家的门槛都快被前来提亲的人踩平了。对于所有上门提亲的,严有智和严有慧倒是意见一致,姐俩一律不参加任何形式的相亲。

严有智不相亲,一开始路胜利还以为是因为她那个初中时的同班同学苗得雨。

因为,苗得雨是喜欢严有智的。

别看苗得雨粗壮,但还有点内秀,他很喜欢篆刻。初中毕业时,苗得雨跑白洋淀边上捡了一块手掌大小的鹅卵石,用钢锯锯开,一劈两半。在其中的半块鹅卵石的平面上,刻了隶书的"友谊常青"四个字,精美别致,送给严有智留念。

严有智不知道,苗得雨在另一半鹅卵石的平面上刻了"得雨得智人生幸事"。

一块石头,一锯两半,一人一半,就像相认或接头时的信物,浪漫啊,有那么点儿意思。

路胜利请苗得雨刻了一枚"路胜利藏书"的章子，去他家取时，无意之间发现了那枚刻着"得雨得智人生幸事"的石头。

虽然苗得雨刻的是复杂的篆字，路胜利还是看得懂的。

基于以上原因，他去问严有智，是不是因为喜欢苗得雨，才不去相亲的？

严有智连忙否认，还说苗得雨就是一小屁孩，是哥们儿，他懂什么呀？

江左岸就是在这种情况下适时冒出来的，他跟严有智是在采油厂团委组织的青年交谊舞舞会上认识的。

采油厂里的年轻人多，婚恋问题很重要。采油厂团委责无旁贷，积极组织各种活动，与友邻单位搞联谊活动，还是很有成效的，促成了很多对儿佳偶。

交谊舞刚流行时，采油厂的大礼堂每周六晚上都请乐队来演奏，组织青年交谊舞舞会，而采油厂下属采油站的男女青工们则都是舞会上的主角。

严有智被工友拉来看热闹，不会跳舞，只好坐在舞池边上的圆桌旁喝一种叫北冰洋的汽水。

江左岸也不会跳舞，也坐在那里喝北冰洋汽水。

团委干事看见了，赶忙给他俩互相介绍，硬是让江左岸带着严有智下到舞池里去跳舞，还说那是政治任务，必须完成。

就这样，严有智和江左岸认识了。

俩人一聊起来，才知道他们都在采油厂工作。只不过江左岸在另一个采油站，离严有智所在的采油站有二十多公里的路程。

刚分配到采油厂时，严有智在采油厂的厂区分了一间单身宿舍，江左岸也住在同一栋单身楼里。但因为严有智从采油站下班后，都是直接回莲城的父母家的，从没有在单身宿舍住过，所以就没有见过江左岸。

第二个星期天一早，江左岸就骑着自行车跑到严有智所在的采油站找她来了，说要练习跳交谊舞，完成采油厂团委干事交办的工作任务。

这借口冠冕堂皇，严有智没办法推托。

江左岸拿来了一个录音机，俩人放着舞曲，在采油站里练习起交谊舞。

这个江左岸，貌似忠厚老实，实则狡猾奸诈。拉着严有智的手，搂着严有智的腰，打着采油厂团委布置的学跳什么交谊舞的旗号，一下子就把俩人的距离拉近了！

要知道，路胜利从中学开始喜欢蒋美好，到第一次颤抖着拉上她的雪白的小手，中间可用了三四年的时间呢。

江左岸比严有智大一岁，石油大学毕业，大高个子，浓眉大眼，家是省内农村的，在莲城里没有任何亲友和根基。一来二去，俩人还真的谈起了恋爱。

最令人惊异的是，恋爱中的严有智居然性情大变！开始走淑女路线了，她留起了长发，穿起有些色彩的衣服，但还是不喜欢穿裙装。

有一天，在莲城的大街上看见严有智和江左岸逛商店，路胜利差点认不出眼前的严有智了。

只见她穿着雪白的亚麻休闲裤和同面料的橘红色短款蝙蝠衫，白色的半高跟皮鞋，半长的头发修剪得很时髦，披在肩膀上，跟那个大高个子江左岸走在一起，颇有些小鸟依人的味道。

看来恋爱中的女孩子是有些与平时不一样。

想起当年，严有智领着苗得雨和路胜利，去收拾那些欺负严有慧的坏小子们时，飞扬跋扈、气焰嚣张的样子，与眼前恋爱中温婉可人的严有智两厢一比较，完全就是两个人嘛。

路胜利不想打扰他们，就没打照面，趁俩人没看见他，骑着自行车绕到另一条街上，走了。

严有慧按部就班，有条不紊。她跟那个揪过她的小辫子，后改邪归正的蒋正义谈上了恋爱。蒋正义读的医学院，毕业回到莲城市医院上班。因业务精湛，工作成绩突出，被选出来派到京城的大医院进修，读研究生，师从有名的一个老中医。学成后又回到莲城，跟严有慧同在莲城医院工作。

针对社会上婚礼大操大办愈演愈烈的风气，采油厂团委向全厂青年人发出勤俭节约移风易俗的号召，并决定以后每年"五四"青年节都举办集体婚礼，欢迎到法定结婚年龄的佳偶们踊跃报名。

严有智和江左岸报名参加。那时，路胜利和蒋美好的恋爱已修成正果，严有慧跟蒋正义的恋爱水到渠成，三对新人一起参加了集体婚礼。

婚后，三个小家庭各自过起了小日子，逢年过节时有聚会。一开始看不出来三对儿有啥差别，时间一长就显示出来了。路胜利和蒋美好不用说，恩恩爱爱；蒋正义和严有慧呢，俩人在一家医院工作，按部就班；严有智和江左岸就不是那么回事儿了，江左岸仗着自己是大学毕业，在众人面前对严有智时不时就呼来喝去，其他人看在眼里，只用眼神交流，却都没说什么。再聚会时，就感到严有智的脸色一次比一次差。

对此，作为表哥的路胜利，对这位表妹夫江左岸很有些意见，但他啥也没说,蒋美好提醒他别管人家的家务事,他也觉得新婚夫妇需要磨合,也许过着过着俩人就磨合好了。

没完没了的工作,琐碎的家务事儿,充斥着路胜利的生活,他哪有时间思考并拿起笔写作?理由千万条,都是借口,就是不怪自己不动笔。活该!

四、老杜和菩提籽手串

网上购物成了现代生活的潮流和一种生活方式,年轻人几乎天天都离不开网购,肖黎也不例外,日常穿的用的吃的都从网上买。

老杜替她收了几次快递,有些不明就里。在小食堂吃午饭时,向肖黎请教。肖黎端着餐盘离老杜八丈远,解释一番。

"全国各地?犄角旮旯儿?啥都有?"老杜对网络不陌生,搞过网上追逃,但网购不会。

"嗯嗯嗯。"肖黎应付着,想赶紧吃完,臭豆腐味儿闹得她连最喜欢的鱼香肉丝都没心思细品,更担心那股味道钻进衣服里去。

"那,那臭豆腐能网购吗?"老杜满脸谦逊,追着问。

肖黎无处躲藏,只好圆眼一瞪,推托道:"这?真不知道。"

"帮我看看呗。"老杜难得笑了一下,比哭还难看。

"那,那,那行吧。"肖黎回办公室上网一查,嘿,还真别说,花样百出的臭豆腐立即霸了屏!随即告知老杜。

得,老杜激动了!站在肖黎身后,指着她手机屏幕上的各地臭豆腐,挨个戳:"要,要,要!统统要!"

肖黎雪白的小手噼里啪啦不停地往购物车里丢臭豆腐,然后一起结算。老杜掏钱给肖黎时，那副财大气粗样儿很罕见。

几天后，臭豆腐们随着顺丰、韵达、邮政、申通等快递蜂拥而至，肖黎陆续给老杜送去，他收得眉开眼笑。

一到食堂吃饭时，肖黎只能继续躲得远远的。

看着敲门进来的大眼睛女子，老杜道："你咋来了？这回家里又丢什么人了？"

"不是丢人，这次更要命，我爸的宝贝手串丢了。"

"哦，先坐下，慢慢说。"

按照花蕊的说法，两天前的上午，花伯伯吃了早饭，在采油厂大院里遛弯，跟几个老家伙打一通太极拳，觉得身体活动开了，就拐回商业街买菜。

这一大圈溜达下来，大概两个小时。回到家，把几棵小白菜、一块豆腐和半斤虾放到厨房，回到客厅泡壶茶，这才坐下。

屋子里很静，花伯母的照片挂在客厅墙上，笑眯眯地看着花伯伯呢。

花伯伯叹口气，伸手去摸上衣口袋，嗯？硬硬的不在，再摸，依旧，不可能啊，又翻开左边衣袋，除了一块蓝色的手帕，那啥不见了！再翻开右边衣袋，除了几块零钱，空空如也。

这下子花伯伯可坐不住了，站起来，脱掉上衣，掏、抖、捋，还是没有。啊，朝夕相伴的手串不见了，跟老伴唯一摸得着、看得见的联系，不见了！

确认手串真的丢了，这下可不得了了，花伯伯的两条腿立即软了，悲伤一股脑涌上来，抱着花伯母的照片，躺倒了。

隔了一天，双休日女儿花蕊从北京回来看望花伯伯，发现了异常，知道缘由后，心里也很不好受，再听花伯伯说，找不到手串就不想活了，"你妈这是想我了，想让我去陪她。我可真没用，干脆随你妈去了得了，呜呜呜……"

本来丧母之痛还没过去，一见之下，想起平日老两口的恩爱，花蕊悲从心来，跟着花伯伯哭一通。哭完了，收声，问题还是没解决，咋办？老爸不吃饭，这得想办法啊。手串是关键，是寄托情感的重要媒介。找！

咋找？

看见餐桌上的台历，上面印着警民和谐的图片，"有困难找警察"。这是过年时幸福里派出所出动全体民警，挨家挨户送的。

看到台历，花蕊有了主意，赶紧出家门。

听明原委，老杜上门了，先让花伯伯平复一下悲痛，脑子清醒清醒。

花伯伯这才放下花伯母的照片，要起床下地。

老杜赶紧上前一步按住："躺着躺着，咱们慢慢说。"

提起手串，花蕊和花伯伯一起说起来，你一句我一句的，老杜没打断，边听边记。

整明白了，那手串是花伯伯买给花伯母的，花伯母身体不好，去世的前六七年，得过一次脑血栓，左手受影响，手指僵硬，不甚灵活。为了恢复和锻炼左手，一开始花伯伯买了两个核桃，让花伯母握着，却老掉地上，不可心。见状，花伯伯千挑万选买了一串寓意吉祥的菩提籽手串，套在花伯母的手腕上，这下不怕掉了，平时总盘着玩。几年下来，左手灵活不少，手串也盘出了感情，每粒菩提籽都亮油油的有了包浆，很漂亮，成了花伯母最喜欢的一个物件，一天二十四个小时几乎不离手。

半年前，花伯母因病去世，按照风俗，花伯母平常用的物品都得烧了，花伯伯悲痛之余，特意把花伯母的手串留了下来，天天看着、摸着，不离手，就好像跟花伯母有了联系，"前天早上出门时，我把手串放到上衣口袋里。打完太极拳，摸摸还在呢。唉……"

"啥样的手串？有照片吗？"老杜好奇地问。

"你看，这样儿的。"花蕊掏出手机，找出一张照片，屏幕冲着老杜。

老杜仔细瞅了瞅，看得出来，这手串对于花伯伯来说太重要了，是个念想。

念想丢了，靠啥想念？的确是个严重问题。

"明白了，花伯伯您放心，手串一定给您找到。"老杜表了态，起身告辞。

在门外，花蕊红着眼圈低声问："真能找到？"

"我试试吧，实在不行，还有一招。"老杜低声回答。

"杜警官，我老爸全指着那手串活着呢……"

"我懂，我懂。"

"杜警官，我刚没了妈，不能再……"花蕊说着，眼圈又红了。

"别说了，我懂，我懂。"老杜面色凝重，连连点头。

出了单元门，老杜推着自行车，准备顺着花伯伯说的路线走一遍，既然花伯伯说进商业街时，手串还在兜里，那就重点围绕商业街走访。

走到集中卖蔬菜那里看，那环境，乌泱泱都是人，老杜长出一口气，心想：时隔两天，无疑是大海捞针了。但，那也得捞。

来来回回"捞"了半晌，没啥效果，几个商户跟他打招呼，也没心思闲唠嗑。

回到所里，老杜忙碌起来，按照花伯伯说的那天早上出门后溜达的路线画了一张图，调取监控，画面上，的确是花伯伯说的那样，他在广场打完太极拳，就奔了商业街菜市场，先买了虾，拎着去了蔬菜扎堆的摊点店铺走走看看，大概是遇到一个熟人，站着聊了几句，又在各个菜摊前，有时停留、有时不停。

画面上，花伯伯站在一个蔬菜摊点前，左手伸进上衣的左口袋掏出了什么东西，随后又有什么东西掉了出来。

停！画面静止了。拉近！的确是有东西从花伯伯的左衣口袋里掉了出来，花伯伯一点也没发现，也难怪，他的衣兜是斜式的，加之是冲锋衣，面料滑溜，没发现掉了东西很正常。

掉地上的是不是那手串？画面上看不出来。

接着看，花伯伯在这个摊位买了几棵小白菜，拎着去了豆腐摊，买了一块豆腐，随后走出了商业街。

老杜继续往后看录像，一个男人进入画面，在那个蔬菜摊前俯身捡起什么东西，没有买菜，走出了蔬菜大棚。

截图，打印。照片上的人物影像大概模样有了，是个六十岁左右的男子，衣着很普通，面目略有些模糊。

老杜拿着打印出来的照片，到商业街挨个摊点问："这人，见过没有？"

大家看一眼照片，都摇头。

一个星期后，老杜再次走进商业街，卖大葱的大哥拦住他说："杜警官，来捆大葱呗，山东的，嫩脆不辣还甜。"

"见过这个人没有？"老杜下意识地掏出照片竖在卖葱大哥眼前。

"嗯，我就要说这事儿。"卖葱大哥压低嗓门说，"一直想跟你说呢，见过。"

"哪儿见的？这是谁？哪儿人？认识？"老杜的嗓门也低下来。

"你去卖水果的摊点找那个卖香蕉的女人，这人是她丈夫，有时来，帮她卖卖货。我不认识。"

"确认？"

"确认。看你来来回回跑了七八次了，才想告诉你。"

"早知道，那不早……"话没说完，老杜咽了回去，不能打击卖葱大哥的积极性。

"这大葱真不错呢。"老杜掏钱买了两根，拎着去了水果摊。

"没有，俺没见过你说的啥行子手串。"卖香蕉的女人五十多岁，一问三不知。

侧面一了解，老杜才明白问题的症结所在。

最近老杜天天跑商业街找手串，一看这架势，大家私下悄悄议论，都说那丢了的手串价值几千块。如此一来，一传十，不用十传百就传到了卖香蕉女人的耳朵里，她知道是谁捡的啊，加上手串被盘得油光可鉴，两口子越发以为捡到了宝贝。

得知了手串的下落，几乎成功了一半，老杜脑海浮现出花伯伯悲伤的样子，心里替他高兴。

但手串没拿到手，工作还得反复做，最后老杜说："非常感谢两位替失主保管，不过真不是啥值钱的东西，千把块钱，而且用过的人已经去世了，再戴在手上，不吉利。"

大概是这句话起了作用，两人终于松口了，但要两百块钱感谢费。

"那没问题。"老杜说，旋即松了一口气，"还可以送你们两根大葱。"

菩提籽手串失而复得，皆大欢喜，花蕊再次从北京回到家，立即去商业街的"星星"饰品店，请小熊给手串换了一根结实的绳子。花伯伯拿在手里，爱不释手，说以后出门就放在家里，再也不往外拿了。

花蕊送老杜出家门，一直跟在后面说感谢的话。想起第一次见老杜，就是花伯母去世后，广西老家的二舅来吊唁，吃完晚饭自己外出散心，看着一模一样的居民楼，居然走丢了。初来乍到，人生地不熟，语言又不通，还没带手机，二舅急够呛。

家里面呢，好几个小时不见二舅回来，花蕊着了慌，赶紧报警。

老杜接警后，根据花蕊说的二舅特征，告知公安局的交巡警，请求查找，老杜也骑上自行车带着手电筒走街串巷，终于找到了蹲在商业街一家店铺屋檐下的二舅。老杜看看手表，午夜 12 点整。

这就是前文为什么老杜一见花蕊，就问她是不是家里丢人的缘由。

"杜警官，我记得你说如果找不回来，还有一招。我一直想问，是什么招？"

"哈，这个啊。"老杜一听问话，笑了，从裤兜里拿出一串菩提籽手串，递给花蕊。

花蕊接过手一瞅，跟老爸的那串真的很像。

看花蕊满眼疑问，老杜拿回手串道："我看过你家手串的照片，咱们辖区也有文玩饰品店，我去商业街找'星星'饰品店的老板小熊，让他帮忙做了一条。嘿嘿，明白了吧？"

"噢，你是说，万一找不到……"

"嘘，你懂。"老杜竖起一根手指放在嘴唇上，呵呵笑了起来。

"杜警官，你真有心，谢谢啊。"花蕊的眼神闪烁。

"甭客气，回去吧，给花伯伯做顿好吃的。"老杜说完，忽然又想起一件事儿，"哎，花蕊，商量个事儿，咱们幸福里社区有位叫刘淑荣的，你得叫大姐，在做钟点工，挺可靠。你在北京工作，平时回不来，可以找她上门为花伯伯做顿饭啥的，按钟点工时价照付给她报酬就行，怎么样？"

"那可太好了，杜警官，你把刘大姐的联系方式给我，我自己找她。"花蕊很高兴，边说边掏出手机。

能帮刘淑荣多得一份收入，老杜也挺高兴，告别花蕊，下得楼来，骑上自行车，开心地回所里去了。至于他自己掏兜花了那两百块钱，早就忘了。

五、走出婚姻泥淖

按照省公安厅的统一要求，全省范围内的民警都要参加网上的《宪法》答题考试，总共一百道题，限时一个小时。

这几天大家工作之余，都忙着刷题库，看题、背题，就连走路吃饭，心里都默记着，嘴里叨叨咕咕的。远在承德的苏裕也不能免，罗唆远程遥控他赶紧抓紧时间学习。

好不容易在规定的时间里上网答题，按时交卷，结果出来，谁也没想到看上去挺聪明的路胜利居然不及格！其余人，连同苏裕的成绩都是优秀。

路胜利也郁闷，省厅要求两个月后不及格者补考。看着题库里的几百道题，就像一群小蚂蚁在眼前爬来爬去，他心里乱哄哄的，索性关闭电脑，专心想严有智和江左岸的问题，忧心忡忡中回忆起严有智和江左岸两地分居后，两人关系越来越不好，也越来越难以愈合了。

路胜利总觉得他俩关系不好，自己负有一定的责任。若是当初不找苗得雨给江左岸开出病假条，江左岸去不了北京，也许两人就不会走到这一步。

记得婚后的严有智，不再像谈恋爱时那样打扮自己了，一直穿着单位发的工作服。一年四季，给江左岸里外三新的衣服，可是早早就准备好了。

严有智有时候拉着蒋美好去逛街，说蒋美好学舞蹈搞艺术的，眼光好，会买衣服。

自从严有慧嫁给了蒋正义，蒋美好嫁给了路胜利，严有智和蒋美好就尽弃前嫌，成了好朋友了。每次提起当年严有智领着苗得雨和路胜利去找蒋正义算账的事，俩人都笑得花枝乱颤、上气不接下气，一笑，前嫌尽弃，泯了恩仇。

江左岸心思活泛，不甘心一辈子待在采油厂当个小技术员。

尤其是江左岸去北京出差，见了一个他的大学同学后。回到家就长吁短叹，感慨都是同样的同学，分在大城市的出入有车，工资高，待遇又好，前途无量。

而自己呢，流落在采油厂偏远的采油站。出了采油站的门就是一望无际的原野，去趟县城就像刘姥姥进了大观园，瞅啥都新鲜。怀才不遇呀，啥时才是出头之日呢?

看着江左岸躺在床上唉声叹气，茶不思饭不想，严有智也发愁。想起自己的妹夫蒋正义，是考上研究生后，留在京城工作的。她就给江左岸出主意，说，考研吧，那才有机会去大城市。

听严有智这么一说，江左岸一个鲤鱼打挺起来了，两眼直放光，精神了！立即找来资料点灯熬蜡地学习，啥家务严有智也不用江左岸干了。

连换液化气罐这样的事，都是严有智自己雇附近的农民工扛上楼，其余的事情更是全都自己弄，都快生孩子了也不得闲！

路胜利实在看不过眼，就说了严有智几句："江左岸都被你惯坏了，到底是谁怀孕呢？看你把他照顾的，油瓶子倒了都不扶一下。"

严有智笑着说："没事的，二哥。你放心吧，家里的事我自己都能处理。快考试了，江左岸要抓紧一切时间学习，不能耽搁了。"

路胜利是拿严有智没办法，鬼迷心窍的样子，看来谁说也没用。

严有智生完孩子，是个男孩，江左岸也考上了京城某大学的研究生。

江左岸拿着录取通知书到采油厂人事科请假，说要去上学。人事科说不让去，一是江左岸毕业分配到采油厂时，是签了用工合同的，工作未满五年不能单方违约；二是不能开这个口子，都走考学这条道跑了，采油厂留不住大学生的名声传出去了，以后还怎么管上级部门要人？

江左岸没有了主意，也不想去上班，躺在家里闹情绪。

严有智一看马上就开学了，老这么僵持着也不是办法，就请严有慧帮忙从医院给江左岸弄张病假条。

严有慧不同意，说江左岸去了大城市就等于是放虎归山，以后恐怕是不会回来了。万一严有智的婚姻再出了问题，她可担当不起。

严有智只好来找路胜利想办法。

路胜利也没有这方面的关系，就想到了苗得雨。

苗得雨高中毕业没考上心仪的军校，就去当兵了，在部队锻炼了几年，通过自学考试拿到了大专文凭。他转业回来后，经过全省统一考试，被招录进了莲城公安局。区别是，路胜利是基层派出所内勤，苗得雨是公安局一线刑警队的刑警。

记得苗得雨刚转业回来，找路胜利打听出来严有智已经结婚的消息后，长吁短叹一阵儿也就罢了。

这小子可跟小时候不一样了，不但个头长高了一大截，人也英俊不少，尤其是穿上警服，那小样儿真是英俊潇洒至极。

苗得雨在一次执行抓捕偷油盗电犯罪嫌疑人的任务时受了伤，住进了医院。

路胜利听说后，买了慰问品去看望他时，发现好几个小护士都眉开眼笑地围着他转悠，看来都对他有意思呢。

最重要的是，那个负责苗得雨病房的年轻女医生，好像也对俊朗的苗得雨动心了。

路胜利当时打趣苗得雨说，趁在医院恢复治疗之机，干脆把自己的人生大事顺便解决了算了，一举两得。

苗得雨这小子还一副油盐不进的样子，说："我心里已经有人了。"

路胜利问他是哪家的姑娘这么有福气？苗得雨就不再吭声了。

因此，路胜利估计开病假条这种小事情，是难不住他的。

果然不出所料，苗得雨第二天就把江左岸的病假条弄来了！

江左岸拿着病假条往采油厂人事科一递。人家明知是江左岸在做假，居然默许了他所谓的休病假。

也是采油厂人事科宽厚，能考上京城名牌大学的研究生，也不是人人都行的，那得有点真本事。

江左岸高高兴兴去上学了。在京城读研究生，无论衣食住行还是交际费用，都比在莲城的支出高出一大截子，江左岸的工资不够自己花销。

一到发工资的日子，严有智除了留下的日常花销，剩余的工资全给江左岸汇过去，就怕委屈了江左岸。

儿子一岁多时，严有智既当妈又当爹，劳碌但很快乐。另一个重要的收获，就是彻底恢复了身材。

每年春节回到小姑家里聚会，严有智跟严有慧站在一起一比较，哪儿还像双胞胎？严有慧养尊处优，细皮嫩肉的，发型衣着也华丽得体。严有智无论从哪个角度看，都明显比严有慧苍老一大截子。

其间，读了两年研究生的江左岸毕业了，应聘到京城一家外企工作，工资、待遇都比在采油厂时高出一大截子，他回采油厂辞了职。

严有智感谢苗得雨这两年帮助开病假条，请他吃饭，苗得雨不去。

没多久，江左岸让严有智辞职，去北京生活。

但严有智的工作问题没法解决。一个采油女工去北京能干啥？既无专业也无其他特长。只能辞职在家，当家庭妇女了。

严有智坚决反对。她说，去了北京，一没有房子，二没有了工作，三口人住哪里？就指望江左岸那点工资生活？万一家里有个大事小情，连个退路都没有了。

那时，采油厂的工资待遇已经不错了，在油田各单位中算是老大。也不怪严有智舍不得辞职，这事搁在谁身上都得三思。

两人常年分居，江左岸假借工作忙，不怎么回家。

有一次，路胜利去北京出差，顺便去看江左岸，把严有智给他带的冬天用的衣物送过去。

他租住的屋子里，路胜利看见很多女人用的物品。卫生间里摆放的化妆品很高档，都是外国品牌的。阳台上晾晒的衣物也花哨得很，还有裙子什么的，一看就不是严有智用的东西。

问江左岸是怎么回事？

一开始江左岸还说，都是严有智的东西。

路胜利说，我了解，严有智就不爱用，也不可能用那些花里胡哨的化妆品和衣物。

江左岸没话说了。

路胜利说，你一人在外打拼，也不容易，要自重。

江左岸不爱听，冷漠地说，男人嘛，好理解，生理需要。

路胜利说，严有智在家里又上班，又带孩子，那么辛苦，你在外面逍遥自在，心里过得去吗？对得起严有智和孩子吗？

江左岸硬气地说，我给严有智大把的钱，还给她买小轿车，我很对得起她。让她来北京，是她自己不愿意来，这事不怪我。再说了，别以为我是傻子，啥也不知道。她心里不是还有一个青梅竹马的苗得雨吗？

江左岸的话真噎人！

路胜利说，那都是没影的事儿，你简直就是强词夺理！

江左岸铁青着脸，不搭理路胜利。

时间一长，严有智觉出不对劲儿了，利用休假时间赶去京城，找到江左岸租住的房子，跟他大吵一顿！

江左岸鄙夷地说，严有智！你就是采油厂最底层的一个小工人，素质太差！言谈粗俗，就像个泼妇！我跟你没有共同语言！

严有智回来后躺在家里，不吃不喝。

路胜利和蒋美好赶到严有智家，问她和江左岸到底怎么办？

严有智眼睛红肿着，语气平缓地说："我要和江左岸分开。"

路胜利说："你俩一起走过风风雨雨，不容易，千万不要轻易说出分开的话。肯定是江左岸对不起你，我去找江左岸算账！"

严有智立即说："二哥，江左岸千不对万不是，你也不要说了。莲城是我的家，有生我养我的父母，还有你们大家，有我的根，我是不会离开这里的。江左岸不是咱们这个莲城里的人，他有自己的志向。我们分开，未必不是一件好事。"

蒋美好恨恨地说："你的好日子才过了几天？你不能轻易饶了他。"

严有智说："不是我不想留他，心留不住了，留个人也没有用。再说了，我一个技校毕业的工人和他一个研究生也没什么共同语言。不管怎么说，他好歹还是儿子的亲爹吧。看在我和你外甥的面子上，不要跟他计较了。"

严有智非要离婚，江左岸回到莲城处理这事。

江左岸说，家里的房子他不要，但儿子他得带走！严有智不同意。

江左岸态度很强硬，他说儿子必须跟他，原因有三：一是他江左岸是重点大学毕业的研究生，学问好、智商高，辅导儿子比严有智这个技工学校毕业的采油工靠谱。

二是江左岸在京城生活和工作，那里的教学质量也高，儿子在大城市受的教育更好。

三是江左岸现在一家美国公司工作，收入高，可以给儿子提供更好的生活条件和学习环境。

听完这三条，严有智没话了，想想是，自己的条件论哪点，都不如江左岸，儿子跟着江左岸，不遭罪呀。

于是，在儿子的问题上达成了一致，严有智和江左岸顺利离婚。

这都是严有智背着家人做的，等到她和江左岸的离婚事宜全部处理完了，才告诉大家！那时江左岸已经在京城按揭买了房子，把他父母和儿子都接过去了，没多久他再次结婚。

很久不见外孙子，小姑妈问严有智怎么不把孩子带回家去。严有智搪塞道，孩子被江左岸接北京去了，有他爷爷奶奶帮着照看，因为疫情，不方便来回走动。

时间一长，小姑妈还是起了疑心。打电话问路胜利是不是有啥问题。路胜利只好说，没啥问题，都是疫情闹的，等缓解了，就会回来看姥爷姥姥。

但世上没有不透风的墙。那个曾经找严有智演出《芦苇荡里的宝石花》的采油厂工会干部，把自己弄得油头粉面，总是去找严有智。不是请她吃饭，就是去歌厅唱歌、跳舞。工会干部说，他跟自己的老婆没有共同语言，希望严有智做他的红颜知己和知音。

严有智很反感，立即从通信录里将其拉黑。

事已至此，总不能一个人单着吧，蒋美好鼓动路胜利给严有智介绍个对象，开始新生活。

路胜利把周围的单身汉扒拉一下：首先想到了苗得雨，可人家正跟一个小学语文老师谈着呢，不合适。

钟必胜太年轻，二十多岁，也不合适。

罗唆倒是合适，年龄虽然大一些，人品不错，靠谱。

路胜利先跟严有智通气，把罗唆的情况介绍一番。严有智立马说不见，她还没有那个心情。

她和江左岸离婚的事儿，路胜利还没敢跟小姑妈他们透露，这时候给严有智找对象是不妥。真是应了那句话，一个谎言需要一百个谎言来应对。可摆在眼前的这一堆问题总得解决啊，怎么办？路胜利都快愁死了。

六、一波三折辨真假

晚上通宵背题库，早起错过了小食堂的早餐，路胜利去商业街，到"滕记百年馄饨铺"吃馄饨，刚端起碗就接到报警电话，在商业街"甄珍珠"店有人闹事儿。他三口两口不顾烫赶紧吃完抬脚赶过去时，"甄珍珠"店已被围成铁桶。一群人伸长脖子往里看，还有人嚷着"咋了咋了"一个劲儿往里涌，不明真相的吃瓜群众还以为抢购啥便宜玩意儿呢。

"一大早的，整挺热闹。各位让让。"路胜利好容易扒开一道缝，总算挤了进去。

"路警官来了。"有人小声嘀咕，一时间静下来。

"甄珍珠"老板个头不高，站在柜台里，油头粉面一如既往，小眼睛直眨巴，浙江人，来冀中莲城开店十多年。路胜利打过交道，本分商人。这时看见路胜利，就跟溺水人见着救命稻草，一双手隔着柜台伸出来。

路胜利顾不上握，眼前还站着一位白脸紫衣女郎，一袭真丝紫裙，足蹬紫色高跟鞋，拎着紫色小皮包，猛一瞅，就像一朵巨型紫喇叭花。

"有人报警聚众斗殴。谁？"看两人身上、脸上齐齐整整，没啥伤，路胜利放下心，问。

"警察同志，是……"甄老板温柔的浙普，被紫衣女打断，"警察同志，来得正好。"

巴啦巴啦，伶牙俐齿。

路胜利明白了，周围人也听个满耳。

原来，上周五紫衣女在"甄珍珠"看中一条白色珍珠项链，很喜欢，当场买下，兴冲冲戴上走了。

今早甄老板刚开店门，紫衣女冲进来，说那珠链是假的，昨晚戴着参加同学聚会，被识货的女同学当场戳破，颜面尽失，"毕业五年首次同学聚会，大家都衣着光鲜。这条假珠链，害得我好像过得弄虚作假似的，脸都丢没了。"紫衣女一脸沮丧。

"您冤枉我们'甄珍珠'。大家往这看。"好容易逮个空儿，甄老板赶紧伸胳膊往身后指。

路胜利加上围观群众眼光齐刷刷被引到墙面红纸黑字条幅上的"诚信经商，童叟无欺；如有假货，假一赔十"。

"项链呢？发票呢？"收回目光，路胜利转向紫衣女。

"假链给他了。"紫衣女指指甄老板，"发票在我包里。"

"哎呀妈呀，咋的了?!"半空中轰隆隆炸响一口东北话，不等众人反应过来，一大高个女人挤到柜台前，唇红齿白，一条红绸裙紧箍住圆滚滚的身子，往那稳当一站，大号二踢脚嘛。

"老板娘。"有人小声嘀咕，"有热闹瞧了。"

"呦嗬，狐狸精打上门了?"两条文过的柳叶眉竖起来，趴在一张银盘大脸的额头上，不怒自威。

"胡说八道你！"甄老板急得甩出东北腔，差点从柜台里蹦出来。

"你们，你……"紫衣女有些发抖，话说不囫囵了。

"嘿，谍中谍戏中戏。"又有人嘀咕。

"驴肉火烧还堵不上嘴？大热天找地凉快去。"情况复杂了，路胜利冲甄老板道："别跟这儿理论了，咱们进屋子去说。"

四个人在甄老板办公室中式红木椅上落座，脸色都不咋地。

发票的确是"甄珍珠"开出去的，上面盖着章呢，错不了。

"链呢？"旧话重提。

甄老板从裤线笔直的西裤兜里拽出一条，递过来。路胜利动作慢半拍，半路被老板娘截了。

"呸！呸！呸！真是假货，不是俺家的。"鉴定结果掷地有声。

路胜利接过手，翻来覆去没看明白，"这，假在哪儿？"

"珠子是硬塑料镀膜，搭扣，银的，锆石。不过很逼真。"看来甄老板心里明镜似的。

"警察同志你看他们自己都承认是假的！还骗我说是诸暨淡水养殖珍珠！白金镶碎钻石搭扣！三千八啊！假一赔十！"一串惊叹号射出。

"准是你自己把真链掉了包，嫁祸俺们。"老板娘两眼瞪得不比乒乓球小。

"你，你，你……"紫衣女的脸更白了。

"你俩，少安毋躁。"路胜利道，"这链儿哪进的？"

甄老板没多言语，打开保险柜，搬出一摞进货记录本摊桌上，边翻边说："货都从老家诸暨进，供货商是亲戚，合作多年未出过任何问题。"

"哐当!"一声,门开了,进来一男一女俩年轻人。

"爸,那链是我换的。"小伙子二十左右,高个,比甄老板壮实。

"咋回事?儿子,你咋跑来了?看这满头汗。"当妈的反应快,纸巾掏出来、递过去。

甄老板从记录本上抬起头,疑惑地看着儿子。

"是这么回事,我……"小伙子忽然嗫嚅起来。

"儿子不怕,说。"老板娘道。

"我,我把真链换成假的,想等有钱再买下来。不承想被卖掉了,才闹出今天的误会。"

屋里几位大眼瞪小眼,没听明白。

"那天这位小姐姐来买,我不卖,推荐别的,可她就喜欢那假的。没办法,我只能假借以后有了新货及时通知小姐姐,加了她微信。想等大江筹够钱再找她说清楚,退钱。没想到今早事儿发了,只好把大江叫来。"小伙子旁边那位鸭蛋脸姑娘开了口。

"你是?"路胜利问。

"俺店服务员。"老板娘抢答。

"假链就是她卖给我的!"

"跟她没关系,我是主犯。"小伙子挺起胸,"我喜欢一个女孩,前几天看到她在柜台前盯着那条珠链瞅半天,特别喜欢的样子,但没买。我本来想拿了珠链送给她,又不敢跟爸妈说,就拍了珠链照片发给一家网上饰品店,请他们仿制。然后串通服务员把真链换出来,假链摆到柜台最下面,等过几天我有了钱,再请哥们帮忙把假链买走。原以为瞒着爸妈很快就摆平这事儿,没想到还是出了岔子。小姐姐，我赔你。"

"儿子有喜欢的姑娘了？莲城的？谁家的？"不等路胜利开口，老板娘有些迫不及待。

"这，先保密。"

"真链给了那女孩？"路胜利问。

"没好意思当面给，快递到她家的。"小伙子声音低下来，两朵红晕漫上双颊。

"好个主犯，不过我不能听你一面之词。如果店里出售假货，不但要整顿，还得按有关条例被查封、处罚。"路胜利嗓音不高，但很严厉。

"我发誓自己说的都是真话。"小伙子脸上红晕退下去，双拳紧握。

"那好，带我去找真链。"路胜利站起身来。

"这个……先打个电话，行吗？"

"行，当着大家面打。"路胜利允诺。

"喂，洪心吧，你好。我，我是莲城一中你隔壁班同学，甄大江，一直暗恋你没敢表白，原本想今年暑假找你表白，咳咳，先不说了。对不起，我另外有一事儿，前几天快递给你一条珍珠项链，收到了吧？对，是我干的，那个，那个，这里面出点差错，得去找你说清楚，行吗？怎么知道你手机号？哦，你班有我哥们。噢？莲城医院？住院部三楼313房间？一会儿见。"

"洪心说她妈住院了，让去医院找她。"甄大江望着路胜利。

"走。"

病房里，见到女孩洪心，白净苗条，扎根马尾辫，穿条淡绿色裙子，像一株河边青柳。

甄大江把一篮五颜六色的康乃馨摆在床头柜上。

路胜利瞅一眼熟睡的病人,只见一条白色珍珠项链从她病号服衣领处露半截,散发出一股柔光。和甄大江对视一下,小伙子红脸点点头。

示意洪心出病房,走到楼道尽头,刚要问询,路胜利瞥到环卫工人老洪伛偻着背拎俩保温桶进了 313。

路胜利心里一动,转脸细看洪心,左眼眉梢有颗黑痣。

"谢谢你,甄大江同学。那条珠链帮了我大忙,我尽快凑出钱给你。"洪心大眼睛里含着一层泪光。

"不,不,不是那意思。真心送你的。'甄珍珠'店是我家开的,从小我妈教我理财,过几天有笔钱到期,我就还上了。"

"不行,我不能白拿别人东西。"

"你把珠链送给你妈了?"路胜利柔声问。

"嗯。爸妈今年结婚三十年,书上说结婚三十年是珍珠婚,我就想买一条珍珠项链替爸送给省吃俭用辛苦半辈子的妈妈。看中一条但钱不够。前几天不知谁快递了一条一模一样的珠链,帮我实现了心愿。唉,可妈又病了,盼她赶快好起来……"

……

老洪有过一儿,三岁得病没了,老婆身体差没再生育。十九年前老洪捡到一弃婴,左眼眉梢有颗黑痣,找民政部门办理了收养手续。

洪心小时就知自己身世,特懂事。

一眨眼洪心都成了医大一年级学生,白驹过隙啊,这家人不易。路胜利暗自感慨。

真、假珍珠项链的来龙去脉搞清了。得知偷梁换柱原委,各方猜忌解除，老板娘真心实意挑条品质上乘的珠链赔给紫衣女。人家没提"假一赔十"，兴冲冲戴上走了。

洪心没答应做甄大江女友，说等她攒够珠链钱还给"甄珍珠"后再说。不过，俩人已加微信好友。

忙乎了一整天，回到派出所小院子，一股幽香入鼻，路胜利忽然发现院角那丛月季开了，一朵白二朵黄三朵红六朵粉。

学着老杜的样子，给自己泡了一杯茉莉花茶高末，心情相当舒畅，就想抒个情，道了一句"看那姹紫嫣红开遍"，只一句，戛然而止，下一句是啥，忘了。咳，半瓶子醋。

"咕呱咕呱……"一只躲在院子角落里的蛤蟆，跟着应和了两声。

呷口茶，香。脑子一清醒，忽然想起《宪法》考试还得补考，严有智的事情还得解决，他的心情又抑郁起来。

七、虚惊一场

"报警！报警！报警！疑似命案，都臭了！"

"啊?!"路胜利撂下值班室的报警电话筒，赶紧给刑警一中队打电话，随后带着郝国庆骑自行车火速赶到幸福里社区26号楼三单元，跑上四楼时，物业公司的一男一女两位同志捂着鼻子，面色惨白，站在楼道里。

"怎么回事儿？谁……"路胜利瞥他俩一眼，紧张地问，不等他说完，一股子说不清道不明的臭味扑面而来！路胜利皱皱眉头、抽抽鼻子，判断出臭味是从西门门缝里冲出来的，明白了那俩人不进去的原因。

大门一推开,嚯!臭味就像一只强劲有力的手掌,迎面袭来,幸亏路胜利和郝国庆站得稳,好悬没被臭味推个大跟头。

哎哟,这,这,这一屋子什么啊黑乎乎的?!路胜利迅速地扫了一眼客厅,从兜里掏出鞋套套上,巧妙地绕开堆在地板上的破东烂西,还是被一把瘸腿的破木头椅子硬生生地撞了一下。顾不得其他,他一个箭步冲到窗户边,"刷刷"两下拉开窗帘,"啪啪"两下推开窗户,大口吸进一口新鲜的空气,呼出一股浊气,活过来了。

活过来的路胜利赶紧从兜里掏出两张卫生纸,团成两个纸塞塞住了鼻孔,顺手递给郝国庆一张,暂时解决了呼吸问题,这才顾得上看一眼眼前的情景。

什么玩意儿?楼中楼?玩具屋?路胜利心里打出三个大问号。

只见眼前戳着一个破纸壳子烂家具搭起的一米来高的小屋,倚着西墙立在客厅的中央。再看屋子周围,地上、桌子上全是破烂,破衣服烂鞋、报纸杂志、水果篮、烂白菜帮子、一捆干枯的大葱、三个长毛的土豆……充斥了整个空间。

路胜利他俩披荆斩棘绕开脚下的一堆破筐和掉底儿的烂水壶,伸头往"小屋"里面看,只见一位老妇女端坐在一堆破烂中,瞪着眼睛看着他们呢,一股浓重的臭味涌了出来。

臭源找到了,就是从这"小屋"里冲出来的。

"老人家,这是你家吗?"

问两句,老妇人不搭话。路胜利各屋转一圈,都是破烂,稍微好的一间屋子里摆着一张双人床。

"人呢?哪儿呢?"冲进来几位警察,都是刑警一中队的,其中有苗得雨。

"几位，误会，误会。"路胜利赶紧解释。

"怎么回事儿啊？说那么邪乎。"苗得雨一脸严肃。

"别急，马上就知道答案。这家户主姓田，在一个边远采油站工作，手机号，我存了。"路胜利掏出手机，"喂，小田。我，路胜利，幸福里派出所的。你家房子卖了？噢，没卖？那住着谁啊？噢，你爸你妈……"

三句两句问明白了，小田是单身，买了房子却常年不在家，就把陕西农村老家的爹妈接过来住。他妈有老年痴呆症，不敢让她自己外出，怕丢了。他爸闲不住，喜欢捡破烂，觉得能挣几个钱就挣几个，给儿子减轻负担。

换了新地方，他妈不适应，糊涂时不闹，有点清醒就嚷着要回老家的窑洞。他爸没办法，自己鼓捣鼓捣，在客厅里搭了一间小屋，骗老伴说那就是老家的窑洞。这下可好，老伴钻进去就不出来了，吃喝拉撒全在里面。时间一长，那气味，别提了。

这次小田离家时间长了一些，因为疫情防控，两个月没回来，家里的情况一概不知。

"我马上请假回去。"小田说。

既然不是命案，苗得雨跟路胜利和郝国庆打声招呼，带队先撤了。

路胜利站在门口，跟两位物业的同志聊起来，这才明白原委。原来，为了一对一、点对点服务业主，辖区物业公司推行管家管理的方式，每位管家负责四栋楼，对自己负责的业主摸清底数，收集信息登记造册，建立业主档案。这次登门就是为了摸清业主底数，互相认识，介绍管家的作用。

来到这家发现门半掩着，臭味从里面冲出来，就没敢进去，以为里面发生了命案呢,赶紧打了报警电话。

"放心了哈,幸亏不是。不过这家的老人平时没人照顾,是个大问题。"路胜利说,"这种情况怎么办呢?单靠咱们也顾不过来啊。"

"是啊,是啊,我们每天都入户不现实,还得依靠各方力量。"

说着话,只见一个老男人背着一个鼓鼓囊囊的大蛇皮袋上了楼。

"您就是老田吧?"路胜利迎上去,郝国庆帮他拿下肩上的大袋子。

看着门口的一堆人,满脸皱纹的老田有些发蒙,没说话。

"我是咱们幸福里社区幸福里派出所的片警路胜利,这两位是负责咱们这栋楼的管家。今天我们到这里来,发现你们家里存在的问题。刚才呢,我已经给小田同志打了电话,他这两天就能赶回来。"

"说甚呢,额听不明白。"老田一张口,一股浓重的陕西腔,硬邦邦地直冲耳膜。

"额,额的意思是所(说),额是警察,为民服务地,为你、为你家里头解决困难地。"路胜利话音变得快,眨眼就成了陕西口音,站在楼道里的郝国庆和两位管家捂嘴笑了起来。

老田浑浊的眼神一亮,问:"乡党?"

"嗯,就算是吧。"

交流的障碍问题解决了,路胜利和老田沟通很顺利。

家里太乱了,不能等小田回来再处理,路胜利叫来辖区废品收购站的工作人员,他和郝国庆一起帮着清理了老田家的破烂,拆除了客厅里的"小屋",破烂卖了一百多块钱。

物业保洁公司派人来做了清扫工作，一百多块钱正好买了清洁剂，"人工费，就算了。我们学雷锋，义务劳动。"物业经理说。

小田风尘仆仆进家门时，家里已经窗明几净、焕然一新。

"你总不在家，你母亲这样待在家里是不行的，你父亲对你母亲照顾不周，在这里人生地不熟，还总去外面捡破烂，万一走丢了呢？依靠物业管家和派出所时不时来看看，可以，但有限，这些都不是长久之计。咱们商量一下今后怎么办。"路胜利说。

"路警官，你看，原本想让父母跟着我享福，没想到成了现在的局面。你知道，我还单着身，长年在野外，不好找对象，但就是找着对象了，也不能指望人家帮我照看父母。眼下就需要人手，短时间内怎么解决这个问题呢？挠头啊。"小田叹口气，捂住眼睛，说不下去了。

"你看我有个办法，行不行？"

"您快说吧，我实在没主意了。"

"如果从老家请人来照顾你母亲呢，管吃管住发工资，开支也不小。咱们社区养老中心可以入住，负责人戴主任，我很熟悉，我去帮你联系。那里每天有护士检查身体，食堂营养配餐、送饭，你母亲的衣食住行问题都能解决。你也没有了后顾之忧，你看行不？"

"可以的！"小田一听路胜利的办法，眼睛亮起来，那神态，跟老田一模一样。

"还有，你听我说，你的收入，我知道，如果全拿出来给你母亲缴纳在养老中心每月的费用没问题，但这样一来，你就所剩无几了。"路胜利算过账，如果小田月月光，手里没积蓄，下一步娶媳妇还是个问题。

"没事儿，路警官，我也是个爷们儿，爹妈能养我，我就能养爹妈。"小田气粗起来。

"是，你是孝顺儿子，我相信。但咱们不得往远处想想吗，你还得成家立业呢。"路胜利拍拍小田的肩膀说，"我的意见是，你把你这三室一厅的房子租出去两间，留一间给你和老爹住。反正你也不常在家，每月的租金收入可以贴补一部分家用支出。等你找到对象，确定关系了，再把出租的房间收回来就行了。"

"这个办法好！"小田高兴得差点跳起来，但随后又有了疑虑，"这租客的问题怎么办？"

"包在我身上。你这房附近幼儿园、小学、中学都齐全，属于学区房呢，特别紧俏。咱们商业街有个'吉屋'房屋中介，我把你的出租信息放进去，很快就会有租客上门。放心吧。"路胜利说着就掏出手机给房屋中介打电话。

小田家里的问题三下五除二解决了，没了后顾之忧，他高高兴兴回了采油站。

路胜利随后找到物业公司，说："这种管家管理社区的方法不错，管家们的工作很细致，都加个好友，我建个微信群，业主有啥事儿，管家们第一时间就知道了。跟我们派出所业务有关的事情，就请各位马上转告我。用微信传递信息，快捷便利，省时省力。"

说着话，"幸福里社区管家片警工作群"不到十分钟就建起来了。

其中一位管家问："路警官，你是陕西人？"

"不是啊。咱们油田本来就哪儿的人都有，幸福里社区有一部分勘探公司的回迁户，那都是当年油田会战时从玉门油田调过来的。总跟他们打交道，不知不觉就会说几句了。油田人来自全国各地，乡音未改，弄得我哪儿的话都能整几句。"路胜利呵呵笑了。

"幸福里社区管家片警工作群"建好，群里一片问好声，路胜利忙着回复，发红包抢红包一阵儿忙乎。好不容易消停了，路胜利把手机放回衣袋，忽然觉得衣袋沉甸甸的，但心里却很轻松。

八、老房子失火

路胜利正看小田给他推送的一个采油站公众号里的文章，夸路胜利是群众的贴心人，是好警察，文笔很好，是小田写的。往前搜搜，就看到《芦苇荡里的宝石花》那篇文章了，作者署着小田的名字，想起严有智参演的那个舞蹈剧，这才明白小田是采油站的才子呢。心里琢磨这个没对象的小田和严有智倒是一对儿，可是严有智结过婚，还有一个大儿子，年纪也大几岁，似乎不合适……胡思乱想之际，又有人来了。

是刚退休没多久的贾校长和他老婆贾师母打起来了，俩人一路吵吵嚷嚷，撕巴着闹到派出所，令人肉眼可见的是，贾校长脸上已经被挠了好几道血口子，颇为刺目。

听到院子里的人声，路胜利站在办公室的窗户前往外一看，身子一缩，躲了。他读中学时，贾校长还不是校长，是学校的教务主任，不管怎么说，要是看到当年的学生给他们老两口调解矛盾纠纷，的确还是相当尴尬的。

"斯文扫地！简直是斯文扫地！"贾校长显然气得不轻，一进楼道就直着嗓子喊，"离婚，必须离婚！"

"就不离，就不离！气死你！"同来的贾师母腰上还系着一条花围裙，显然是气头上忘了解下来。

"怎么回事儿？哦，是贾校长啊，什么风把您吹来了？来，来，来，到我办公室坐。朱大黑，沏杯热茶。"罗唆闻声迎出来，把贾校长他们夫妻引过去。

"副校长。"贾校长不忘更正。

"好的，贾副校长。"罗唆赶紧改口。

贾师母被老杜接到他办公室，把老两口分开，免得他们之间再发生冲突。

"她没文化，邋遢，脾气不好，小气、小心眼，我忍了半辈子，不想再忍了！"贾副校长对罗唆道。

"您消消气，老两口有啥解不开的结儿，可别气坏了身子。"罗唆笑眯眯地劝慰道。

"你不知道，死老婆子就知道省钱，卫生间里的灯泡只有三瓦，啥也看不清楚。"贾副校长余怒未消道，"我的假牙放在刷牙缸子里泡着，她当脏水给我泼马桶里了！气得我呀，这死老婆子！"

罗唆这才发现贾副校长的下牙果然少了两颗，露出两个黑洞，于是说："节省是美德，我父母也一样。那赶紧去医院牙科补上吧，咋还打起来了呢？"

"不行，这事儿得离婚！"说话还真有些漏风。

"哈哈，贾副校长，不至于的，把牙补上就没事儿了，旧的不去新的不来嘛。"罗唆觉得贾副校长两口子为这事儿闹离婚还打起来，实在不值当的，有点像小孩子闹着玩似的。

"对，对，对，旧的不去新的不来！"贾副校长恨恨道。

另一间办公室里，贾师母哭得一把鼻涕一把泪，老杜有些束手无策，只好一个劲儿地给贾师母递卫生纸。

"什么假牙被我泼马桶里了?! 那都是借口,是导火索!"贾师母忽然放低声音,"死老头子有外心了!"

"啥?!"老杜一惊,手里拿着正要递过去的卫生纸差点掉在地上。再问到底是咋回事儿,贾师母却一言不发了。

……

前前后后调解了三次,还是不奏效,贾副校长就是要离婚,贾师母先是哭,后来不哭了,变成了冷笑,挺瘆人。

罗唆、老杜、路胜利三人凑一起,大眼瞪小眼,不知道能不能顶个诸葛亮。

"贾副校长夫妇有个儿子,在上海工作。能联系上吗?"罗唆说。

路胜利说:"小意思啊,我手里有各家各户的人口信息登记表。"

这下好了,找到手机号,罗唆一个电话打过去,听小贾说了另一个版本的故事:

……

她精神失常了,他不相信。

他怎么能相信呢,她是那么健康活泼,爱说爱笑,是班里的开心果。他清楚地记得和她在一起读书时的四年美好时光,那么多往事,忘也忘不掉。

多少年来,他经常回忆起她的笑容,天真灿烂,她就像一轮太阳,时常在他的心里冉冉升起。

那是多么快乐的四年啊,同学们大部分才十八九岁,从天南海北考到这所师范学院,开始集体生活,一切都是新鲜好玩的。

现在看来,当时虽然离开了父母,可完全都是孩子呢。

她是他第一个认识的女生。班里排队伍,她的个子高高的,被排在了他的身后。

在此后的四年里，无论是做操跑步还是排队吃饭，她都紧跟在他的后面。

她的气味，她的一举一动，他都可以感受得到。虽然他并不回头，还是知道她哪天特别高兴，哪天收到家里的信了，哪天有些不舒服，好像他的后脑勺上长了一双眼睛。

她家里经常给她邮寄包裹，每次她都央求他去帮她取包裹，拎回学校，当他面打开，发现食物后就硬塞给他一部分，是一些他从来没有见过和吃过的食物。

吃多了她的东西，他想着回报。

他的家就在城市周边的农村。周末回家时，他去采摘了新鲜的香椿芽，笨手笨脚地用开水烫过，再用盐腌上，装在瓶子里，带到学校。

那是春天，香椿芽最嫩的时候。

她收了礼物，特别高兴，捧着跑回宿舍，招呼女生们一起吃。

大家边吃，边嚷嚷着口渴，嘴里却还是停不下来。不到一会儿的工夫，那瓶鲜嫩的腌香椿，就被女生们吃光了。

她又捧着空瓶子，乐呵呵地还给他。

再下个礼拜天返校，他带来母亲做的醪糟，给她。她一如既往，分给宿舍里的女生们一起吃。

他想提醒她，又怕她嫌他小气，所以只好什么也不说。再下个礼拜，还给她带母亲做的其他吃的东西。

元旦，班里举办联欢会，她表演的节目是背诵《桃花源记》。

看着她面色潮红，深情地朗诵，他想起来了，刚入学参加军训时，休息的间隙，她坐在他的身后，给旁边的女生讲，她的理想生活是，做一个乡村女教师，自己再有一个种满鲜花的院子，背靠青山，面朝大海，那是世上最幸福的人生了。

他们都是定向委培的师范生，也就是说，毕业后他们都要回到各自家乡的学校，参加工作。

毕业时，她把所有的被褥和衣物，电炉子，录音机等，都留给了他。轻轻挥一挥手，登上南下的列车，嘴里喊着："再见！我们很快就会相——见的！"

开始，他们还在通信，介绍各自的新单位情况，一起回忆在学校时的点点滴滴，通报所知道的每个同学的信息。

后来信件渐渐少了，都有了手机，偶尔打个电话，似乎也没什么话说。于是，几年也不联系一次。

再后来，他们断了音信，各自结婚成家。他娶了母亲看中的姑娘，是个没啥文化的售货员，日子过得平平淡淡。

得知她病了时，已经是毕业三十多年后的事情了。据说她的丈夫和孩子外出旅游，因游轮失事，全部遇难。那本来是一次全家一起出门的旅游。出行前，她不小心摔了一跤，崴了脚，所以没有跟随他们一起出发。得知噩耗后，她精神失常了。

那时，他刚从油田一中校领导的岗位退休。他立即通知所有的同学，组织大家聚到了一起，来到她所在的城市。

那些曾经朝气蓬勃的少年们，都已有了很大的变化，瘦了，老了，胖了，头发白了、秃了，岁月在人身上雕刻的痕迹是多么无情。

医院里，看见了她，她似乎没有怎么变化，比起读书时，身材略微丰满了一些，眼神还是那么清亮和真诚。

他觉得她根本就没有病。他走上前去，她看着他，笑了，说："我记得你。但是，你叫什么来着？"

他的心揪成了一团，微笑着回答："我叫贾某某。"

她望着他，摇摇头，说："不对。我记得你叫赵某某。"

他知道，那是她丈夫的名字。

经过医生的允许，大家把她从医院里接出来。去的是郊区的一个农家院，靠山，面对一个大湖，是他选出来的聚会地点。

那晚，同学们喝了不少的酒，三三两两地在院子里聚集着，聊天。

他的目光，一直没有离开她的左右。

突然，他在她身后喊道："××，我爱你。"他不在乎让同学们听到，他心里埋藏着一份爱，再不说出来，他会憋死的。

她回眸一笑，道："赵某某，我也爱你。"她喊的还是她丈夫的名字。好几个女同学都在悄悄擦拭眼角。

那一刻，他的泪水涌出了眼眶，汹涌至极。

他大声地宣布说，要在这里租下一套院子，照顾她一辈子！

同学们鼓起掌来，纷纷解囊捐款。

……他回到家，跟妻子讲了她的故事，说她是他的亲人。妻子毫不犹豫地支持他的决定。

他们一起来到她所在的城市，重新开始安排生活。很快就选好了符合他要求的农家院，交了十年的租金。院子被他收拾得妥妥帖帖，前后都开辟出一大片园子。

他和妻子把她从医院里接出来，住在院子里。

他锄地时，她坐在一旁笑。他教她撒花种，等到花儿开了，他就给坐在花丛中的她拍照。

每天早上和傍晚，妻子都和他一起牵着她的手，去院子前面不远处的湖边坐坐，看太阳升起，瞅夕阳晚霞。

一天，她忽然望着他说，你不是我的丈夫，你是"假正经"。

那是上学时，她给他起的外号！

她居然叫出了他的外号！他笑了。

他的妻子站在一旁，听到了她说的话，也笑了。

一阵儿风吹过，满院子的花香四处飘散……

半夜，他从那个梦中醒来，恨不能留在梦里。

他隔着病房门上那块玻璃望进去，护士给她服下药，扶着她躺下，她呆望着病房的天花板，一脸的茫然，乖乖的，任人摆布。

这不是她！绝对不是她，她不应该是这副样子。

他在心里咆哮！满脑子都是一座世外桃源。他要建造一个桃花源，他一定能做到，一定要做到。

他想看到的是，灿烂的笑容在她的脸上重新绽放……

于是，他隔着玻璃，冲她喊道："等着我！一定要等着我！"

巨大的声音，在医院的走廊里回响着，久久没有散去。

……

"这就是贾副校长闹离婚的真正原因？"听完罗唆转述小贾讲的故事，路胜利皱着眉头，有些不相信。

"嗯，是的。他儿子说，事前贾副校长给他打电话说了想离婚，以及什么原因，但他儿子没当真，以为老爹刚退休不适应，没事找事儿。没想到贾副校长还真要去民政局办手续，贾师母也震惊了，坚决不同意，俩人这就闹起来了。"罗唆道。

"感情问题处理不好，真是个难题。"老杜也很发愁。

"居委会不能出面给调解一下吗？"路胜利想不出有什么好办法劝阻这老两口。

"问题的症结在于，贾副校长想去把他那位有病的女同学从医

159

院接出来，他亲自照顾。这，这，这，太不现实了吧。"罗唆说。

"没看出来，我们的贾副校长还是个痴情人。"路胜利呆呆地说。

"人不就讲个'情'字吗? 亲情、友情、爱情、同学情、战友情、同事情，等等，人要是没有了'情'，就完蛋了，活着还有什么意思。"老杜幽幽道。

没几日。贾副校长到派出所报警，说家里被盗了，现金、存折，还有贾师母的一些金银首饰都不见了。

罗唆带着钟必胜去看了现场，门窗没有被撬，装现金、存折、首饰的柜子也没有被撬的痕迹。

贾师母冷冰冰地站在一旁，背着贾副校长直冲罗唆使眼色、摆手。罗唆读懂了贾师母的微表情，于是提出请贾副校长去派出所做笔录。

"贾校长，请坐。"到了所里，罗唆拉开椅子让座。

"副校长。"

"对，对，贾副校长。"罗唆赶紧纠正，直接进入主题，"我估计是贾师母藏起来了。您是怎么想的?"

"我要钱，我要出门远行。"

"去看您那位女同学?"

"嗯呢。"

罗唆掩饰地喝了一口枸杞水，费尽心思想出一个词，道："精神可嘉。"

"嗯呢。"

"但不可取啊，贾副校长同志。"罗唆总算搜肠刮肚想出一句合适的话，说，"您不能因为一个破碎的家庭，再让一个家庭破碎吧？"

贾副校长不吭声。

"贾师母说您在家搞冷暴力，逼迫她在离婚协议书上签字。有这事儿？"

"嗯呢。"看来贾副校长对这俩字情有独钟。

"事情不能这么办。医院的条件好，医生和护士都专业，有利于您那位女同学的治疗和康复。"

"不一定，你看咱们社区的那个女人刘淑荣，就把她的神经病男人伺候得很好，那男人看上去就跟正常人一样。"

好家伙，真是好家伙，贾副校长举的例子确实真实存在，罗唆一时还真无法驳斥。忍不住咳嗽一声，他被一口枸杞水呛住了。

"况且，她那天还叫了我一声'假正经'，她认出我了。"

贾副校长皱皱巴巴的老脸上浮现出一层红晕，那副陷入美好回忆的神态，还着实有那么一丝丝可爱呢。

这可咋办？鬼迷心窍？钻牛角尖？情圣？老房子失火？真愁人啊。

贾副校长坚持离，贾师母坚持不离。万不得已，只好请他们的儿子小贾请假，从上海赶回来劝解，依旧不奏效。

"王八吃秤砣——铁了心了？"虽然这个比喻实在是有些冒犯为人师表的贾副校长，路胜利还是暗戳戳地说了出来。

最后的结果是，没离成婚的贾副校长义无反顾地离家出走了，带着好不容易从贾师母手里要出来的工资卡。贾师母呢，"哼，哼，哼"地冷笑了三声，去"靓发"店把头发烫成大波浪状，还染成了酒红色，随后把大门二门一锁，到北京潇洒了几天，买了一张头等舱的飞机票，"呼扇呼扇" 翅膀飞到上海的儿子家去了。

幸福里社区再没看到贾副校长和贾师母的身影，至于贾副校长和他的那位女同学到底会是个啥结局，贾副校长最终用 "情" 医治好女同学的病没有？没人知晓答案。

对于贾副校长的离家出走，在幸福里社区引起一个小地震，知道的人们心里都打着问号，也都无法预料结局是啥。

倒是社区的各位大妈们，对节省了半辈子的贾师母突然 180 度大转弯的豪横做派大加赞赏。就是，省吃俭用有啥用？还不知道最终便宜了谁呢？与其这样，那不如用在自己身上舒坦！花钱谁不会？大妈们一拍即合，都涌到商业街 "靓发" 店排着队烫头、染色，一个个顶着一脑袋黑的、红的、棕色的大菊花，又结伙去莲城商场买了一堆花花绿绿的大丝巾，标价都不看了，也不讲价了，爱多少多少，一人两条围上，跳起广场舞更来劲儿了。

看得围观的大爷们目不暇接、眼花缭乱。

坐在轮椅里的薛老铁，两只眼睛都看直了，放着光道："这群傻老娘们儿疯了？要作死啊！好，我喜欢！" 说完咧着大嘴笑，没注意一只昆虫误飞入口，"啊！呸！呸呸呸！" 他连连吐起口水。

惹得旁边呆立的大爷们纷纷侧目，搞不明白薛老铁到底是啥意思了。

第四章　浮瓜沉李

一、不宁静的夏夜

冀中平原的夏季是很不好过的，一个字——热；两个字——很热；三个字——忒热了。就连派出所小院子里的花花草草们都热得有些蔫头耷脑。

商业街，夜深人静，百无聊赖的摄像头转着脑袋坚守岗位，忽然看见一个不明物体晃晃悠悠从天而降，"啪嗒"一声落到了马路上。不等摄像头反应过来，只见从不远处射来两道光，一辆小汽车驶过来"嘎吱"一下压在了那个不明物体上。嘿！真够巧的。

司机赶紧刹车，下来一看，好嘛，眼瞅着"哧哧"几声，左侧前胎瘪了！

还没整明白咋回事，路边树丛后跳出来一个穿短袖短裤运动服的小伙子，一见之下，嚷嚷起来："你赔我！你赔我！"

司机恼了："赔啥赔？你谁呀？谁赔我？"

运动服急了眼："你压着我的航模了！好几百块钱呢！"

"航模？敢情是你的航模扎破了我的轮胎！我还说哪个缺德玩

163

意儿往马路上乱丢东西呢！正好，你自己找上门了……"

说完，撸胳膊挽袖子一把揪住了运动服。

一小伙儿夜跑路过，边跑边问："嘿！哥们儿，我雷锋。报警不？"

"报！报！报！"他俩扭着脖子一迭声地嚷嚷着。

说时迟那时快，双方僵持不下之际，路胜利骑着老"飞鸽"急匆匆赶到，"先松手，有话好好说"。

站稳了定睛一瞅，其中一位是老相识！"大庄小面馆"的老板大庄。这家伙出了拘留所后，真心悔改，让老婆回家照顾俩姑娘和公婆去了。小面馆雇了两个小伙计在店里帮忙，除了堂食，还可以外卖，生意不错。

见了路胜利，两人松开了对方，争着给路胜利讲自己怎么怎么有理，都说自己是遵纪守法的公民。

路胜利说："遵纪守法还撕巴？大热天的，不赶紧回家凉快去！"

"鸟枪换炮了。B—Y……，你这车啥牌子的？白洋淀？"路胜利围着大庄的那辆车子转了一圈。

"'比亚迪'。"

"我说嘛，寻思咱白洋淀不产红心咸鸭蛋产汽车了呢。最近生意怎么样？"

大庄龇牙一笑，举起一只胖手，伸开五指翻动一下，得意道："一天十副猪大肠，忙啊。"

"哎哟，不错呀。咳咳！闲话少说。这白洋淀，啊，你这'比亚迪'一条轮胎多少钱？"路胜利问大庄。

"七百。"

"你这航模呢？自己买零件攒的吧？多少钱？实话实说，我要看发票的。"路胜利转身问那穿着短袖短裤运动服的小伙子，"哎，你不是那个'甄珍珠'家的儿子，甄啥来着？"

"大江。"运动服道。

"对，甄大江，你这航模多少钱？"

"嗯……我加加。"甄大江转转眼珠子，掐着手指头算了一会儿报价，"七白。"

"这不结了，俩好合一好嘛。"路胜利笑起来，拊掌道。

"路警官，啥叫俩好合一好？我才不和他和好呢。"大庄急赤白脸地。

"我也是！"甄大江赶紧表明立场。

"你俩别急，听我说。"路胜利转向大庄道："你这白洋淀，啊，'比亚迪'，这名怪拗口的。你的'比亚迪'轮胎价值七百，我让他赔给你。"

说完又转向甄大江："你这航模价值七百，我让他赔给你。"

"瞧见没有，你俩互相赔给对方七百元，其实谁都不用掏一分钱。这不就结了。"路胜利面向俩人一摊手，那意思就是这么简单的数学题都不会，难不成你俩的数学课是体育老师教的？

大庄和甄大江互相看一眼，再一起看向路胜利，没吱声。

"无巧不成书嘛。你俩也算有缘分，咋那么寸劲儿？你的'比亚迪'轱辘就压着他的航模。你的航模咋就那么正好掉他的车轱辘下，还都是七百。"路胜利就跟说绕口令似的。

"不行！"

"不同意！"

"不服？那好，公事公办了！"路胜利收起笑脸，严肃起来。

"你!" 路胜利看着大庄说,"开车不好好看路,那要是个孩子,还真往上压啊! 你反思反思,开车技术是不是有问题! 再说了,非正常停车,要开启危险报警闪光灯,在车后面的来车方向五十米处立警告牌,警示后来车辆,以免再次发生交通事故。你看看你是怎么停的? 站一边去,学学《中华人民共和国道路交通安全法》。"

"你!" 路胜利指着甄大江,"你不在宽阔的场地试飞航模,让它飞到人员密集的公共场所,违反了有关规定,要接受治安处罚。"

"人员密集? 这哪儿有人啊? 我违反哪条了?" 甄大江年轻气盛,梗着脖子不服。

"别嘴硬。这会儿是不密集,白天呢? 你等着。" 路胜利掏出手机,找出航空体育运动管理相关规定指给甄大江,招呼大庄过来,一起看。

"来,拿出手机,都有微信吧? 咱们加个好友,我把跟你俩有关的条例发给你们。"

三个脑袋挤在一起,一阵儿鼓捣,互相扫二维码啥的。

"两条路摆在你们面前,给你们五分钟时间学条例,考虑清楚给我回话。我等着,快点啊! 我咋有你俩这样的好友呢! 唉。" 路胜利叹口气,看一眼手腕子上的手环计步器,开始围着他俩绕圈圈,"今天的两万步任务还没完成,正好。"

这哥俩低着头各自看自己的手机,看完后大眼瞪小眼互相用眼神交流。

路胜利围着他俩不停地转悠。

那个夜跑的 "雷锋" 又转回来了,敢情是 "星星" 饰品店的小熊，熊老板："路哥，干啥呢？孙猴子给唐僧画圈？"

"嗯，大半夜跑啥呢你？"

"备战白洋淀秋季马拉松！"小熊嘴里说着还是没停步，说完跑得不见了踪影。

"注意安全！"路胜利身后追一句。

"路哥，路哥，路大警官，别绕圈了，俺都眼晕了。"大庄首先告饶，"俺媳妇怀孕了，高龄，第三胎，反应可大了，这回估计是小子。我这着急回家呢。就听你的吧。"

"三胎了？恭喜。不急，我这才……"路胜利没停脚，抬起手腕子，瞄一眼，"我这还差 1988 步到两万。这大热天闷的，也不刮点儿风。还有人夜跑，值得学习啊。"

"警察叔叔，我想整点科技与狠活儿，用航模给女朋友送情书，结果操作不熟练演砸了。我就是偷懒，嫌体育场远，寻思三更半夜在家附近练习，方便。以后我一定去体育场练习。这次我错了，也想通了。"甄大江挠挠脑袋，不好意思地开口道。

"还科技与狠活儿？是给洪心姑娘送情书吧？挺浪漫嘛。"路胜利想起这小子给洪心送珍珠项链闹误会那桩事儿，嘴里叨咕着，脚下没停，甚至开始哼上了"夜色多么好……"

"真的！真的！我俩都听你的。"

"嗯，那好，说好了，都听我的，都得心服口服。"路胜利总算停了下来，"你，一会儿帮大庄哥哥换轱辘，以后不准再在公共场所飞航模了。你，开车可得多几个心眼，眼观六路耳听八方，眼神必须跟上啊！都快是仨娃的爹了，稳重一点儿好不好？"

"嗯嗯，嗯嗯！"大庄和甄大江频频点头，脑袋点得就跟小鸡叨米似的。

三人齐动手。取出后备厢里的备胎、千斤顶等，卸下被扎的轱辘安上备胎，都整一身汗。

"OK 了！赶紧的吧，各回各家！"路胜利骑上他的老"飞鸽"，一条腿支在地上说。见俩人不动弹，直眉瞪眼看他，"咋的？不走等我请你俩消夜撸串去啊？"

"不是，不是那个意思。真没事儿了？咱们还是好友吧？"俩人眼巴巴地瞅着路胜利。

"哼，只要你俩遵纪守法，就是我的好友。"路胜利拍着胸脯说，拍出一巴掌水，警服都被汗液浸湿了。

"欧了，回头生了儿子请你俩喝酒！"大庄高兴地上了车。

"生闺女也得喝，三件小棉袄还不把你美死！"

"好嘞！"

"等我求婚成功了，准保请两位撸串去，商业街的'买买提师傅'的新疆碳烤、麻辣大腰子可劲儿造。"甄大江喜滋滋地说完，收起破碎的航模走了。大庄发动着他的"白洋淀"一溜烟不见了踪影。

再看马路，干干净净，就像啥都没发生过似的。

"嘎吱嘎吱"一阵儿响，路胜利哼着"夜色多么好，心儿多爽朗，在这迷人的晚上……"，骑上老"飞鸽"回所。

路胜利哼歌，不能仔细听，八个调能跑七个。

不过，除了悬挂在半空坚守岗位的摄像头，没人听见。

回到所里还没坐稳，报警电话又响了起来！

先是接群众报警说，采油厂广场有一群小伙子裸奔，倏尔就不见了，比闪电还快！有腿快的跟着，说是出采油厂东大门，往北跑进了油田一中的大门。油田一中是省重点中学。

　　路胜利追到油田一中,大门紧闭,门卫大爷黑着灯看电视剧呢。叫开门,一问三不知。路胜利只好挥挥手,自己绕过教学楼,往男生宿舍溜达。

　　还真被路胜利逮个正着。二楼的水房里,动静不小。路胜利循声进去时,几个光不出溜的家伙,一人手里拿着一个洗脸盆,正在过泼水节。

　　忽然看见门口站着穿警服的路胜利,几个臭小子赶紧拿洗脸盆遮住紧要处,站着不敢动弹了。

　　一问,果然是这几个家伙,都是高二的学生,期末考试成绩不错,一激动想庆祝一下,其中一个嘎小子想出裸奔的馊主意!十七八岁的年纪啥不敢干啊?谁怕谁?裸就裸,奔就奔,刺激。

　　不过几个人还是留条短裤在身上,趁门卫大爷不注意,溜出校门,跑采油厂院里狂奔一圈,又回来了。

　　激动劲儿没过去,正分享呢,忽然发现水房门口立一警察,傻眼了。

　　路胜利问明原委,还是严厉批评了几句。不遵守校纪班规,擅自外出裸奔,万一撞树上呢?万一被狗咬了呢?鉴于学习成绩不错(都在班里前十名以内),第一次裸奔,这次就不向校长和班主任汇报了,下不为例。

　　要出油田一中大门时,发现门卫大爷已经打起了呼噜,大门紧锁。路胜利只好翻大门而出,身手还算敏捷。

　　回到派出所喝口水,消停一会儿,报警电话"叮铃铃"响起来。

　　"啥?!又出来裸奔了?"路胜利眼里冒了火,戴上警帽,赶紧出警。

这回可不能放过他们了！跟警察逗闷子玩儿？这次抓住绝对不能轻饶，必须向学校汇报。

路胜利赶到商业街，正看见一个身影往油田一中那条街上跑呢！

两边的路灯不甚明亮，远远看上去好像是没穿衣服。路胜利脚下加快步伐，警校时好歹拿过男子长跑第二名的成绩，不信追不上。

跑过油田一中大门，那个裸体人没停住，继续往前跑。路胜利盯紧了跟上，一阵儿猛追！

往渤海路拐时，路胜利一个箭步冲上去，一把揪住那裸体人的胳膊，死死掐住了。定睛一瞅，嘿，还真一丝不挂啊；路胜利赶紧脱了警服，围在那小伙子下半身，当场询问。

这位倒也痛快，告诉路胜利说自己是学画画的，美院毕业后在北京宋庄待了一年多，学了不少艺术方面的知识。前几天因母亲病了，回莲城探亲，发现小城死气沉沉的，小城青年们的生活比起京城来太逊色了。于是，决定来一场说裸就裸的裸奔，搅和一下莲城不开化的凝滞空气。

"没有艺术的生活是可怕的！"小伙子声嘶力竭。

定睛一瞅，眼前这哥们儿小白脸胡子拉碴，一头飘逸的长发，三十来岁的模样，这位跟那帮子捣蛋的高中学生们肯定不是一伙儿的，路胜利放下心来。

"别看了，别看了，赶紧回家睡觉去"！一边驱散不明真相的围观群众，一边劝慰小伙子还是别用裸奔刺激十八线小城人的脆弱神经了，这跟说走就走的旅行不是一码子事，别看天热，万一感冒了呢？得不偿失啊。

"我这是行为艺术！牺牲自己唤醒人们心中沉睡的艺术细胞。"小伙子义愤填膺。

"好好好，想法挺好挺好，真挺好。"

"我这么做是为了增加每个油田人的艺术修养和艺术细胞，生活不止眼前的苟且和一地鸡毛。"

"对，艺术鸡毛。不对！是艺术细胞。"路胜利的脑子尽力跟上艺术家的节拍，出谋划策道，"这要是在油田文化宫举办一场你的画展，岂不是更能为莲城增添艺术氛围？"

"嗯？好主意！"小伙子眼睛一亮，立即同意了路胜利的建议，"警察同志，你能帮我联系一下吗？"

"没问题。只要你的美术作品是艺术的，是美的，肯定行。"油田文化宫就在派出所辖区，公安局借用文化宫开办过法制大讲堂，当时还是路胜利去跟文化宫的主任联系的呢，因此觉得自己还是有些把握的。

好不容易把这位艺术家送回家，路胜利回所的路上又碰上一对吵架的。老远就听见男声女声喊声一片。

等路胜利气喘吁吁赶到跟前，男的忽然停住口，转身跑了。

眼看男的跑远了，路胜利这一晚上尽急行军了，忽然感觉腿软，干脆不去追了。路胜利想问问女的咋回事，转眼一看，嗬！女的已经半裸，上衣脱了丢在地上乱踩呢！

路胜利赶紧奔过去，再次脱下警服扭着脖子给那姑娘围上！心里暗忖，今晚这是咋了？真是撞了邪了，咋都不想穿衣裳呢！流行？热的？不至于啊。亏着自己里面还穿着跨栏背心，否则也得半裸。

路胜利干着嗓子，继续路边办公。

女的哭哭啼啼说，她跟刚才跑掉的男青年是同一炼油厂的，两人是恋人关系。恋爱谈了半年多，不小心怀了孕。今晚上本来是第一次上门到男方家，没想到男方母亲没看上她，嫌弃她长得个子矮，娘家还是外地的。尤其听说她怀孕后，更不待见了，说她不自重。

俩人别别扭扭地出了男方家的门，原本信誓旦旦的男朋友眼看自己母亲不愿意，就有些动摇，两人三句话不合站在路边吵了起来。

女的怀着孕，身体本来就不舒服，被准婆婆嫌弃，心情特别不好。一闹之下，看见男朋友跑了更加急火攻心，不知如何是好，慌乱中脱了衣服，有些歇斯底里。

路胜利听了，很同情眼前这个精神快崩溃的女青年，于是问清了男青年的手机号，打过去。

接通后，路胜利苦口婆心，耐心劝慰。终于说动了他来接女朋友。

见了面，男青年已经冷静下来，向路胜利保证不再刺激女朋友，想办法说服自己母亲接受她。

女青年见到男朋友，情绪逐渐稳定，把脚底下踩脏的衣服捡起来，穿上了。

路胜利赶紧穿上警服，见两人都趋于理智，记下他们的电话和单位住址，说第二天要跟踪回访，这才放他们走。

回到派出所，写完出警记录，已经下半夜了。

想着第二天得到油田一中去跟学校反映学生裸奔的事儿，正确引导学生减压；联系油田文化宫主任，给艺术家办个画展；回访那对男女青年……

这一晚上，可把路胜利折腾够呛，不过也够开眼的。疲惫不堪的路胜利倒在值班室床上，回忆刚出的三次警，寻思，裸奔就那么好玩吗？

路胜利被自己一身臭汗熏得睡不着，悄不出溜地爬起来，趁黑三下五除二脱了，裸奔到水房，迅速冲个凉……

随后他着装整齐躺在床上，手里紧握着手机，报警电话放在耳边，呼噜声打得震天响，传出去老远，这是真累坏了。

好在后半夜报警电话再没响起，让路胜利睡了一个囫囵觉。

二、创业还得脚踏实地

早起给文化宫主任去电，路胜利说了昨晚遇到的那位艺术家的情况。

主任一听艺术家的名字，便欣然道："我知道这位聂丹青，是近年在京城较有名气的青年画家。他想办展一事儿没问题，年初就列在文化宫全年工作计划之中了，我们计划多位书画艺术家一起参加展览，百花齐放。观众观展不会产生审美疲劳，不枯燥。到时候可以邀请这位画家聂丹青参展。"

"那可太好了，谢谢主任。"路胜利很开心。

"不过现在不行，可以先做一些准备工作。等疫情过去，可以聚集时，适时开展。把这位聂丹青的联系方式告诉我，我跟他说具体要求。"宫主道。

"好咧！"

剩下的事儿也办得很顺畅，路胜利挺开心。

这时，有人来所里报警，路胜利一看那张娃娃脸，疑惑道："怎么了？你又犯啥事儿了？"

来人是季节同学，书法家季老先生的孙子，正在省城读大二。

要说这季节命挺苦，三岁时父母感情不和离了婚，爸爸另娶，到另一个城市生活去了。妈妈虽然在身边，但没正式工作，四处打工，今天在饭店打扫卫生，明天在药店导购，后天去当月嫂，加之文化水平不高，生活上照顾不了季节，学习上也辅导不了他。

好在爷爷奶奶通情达理，很早把季节接到自己家里生活，直到他上了大学。

其间，一年见不了几次爸爸和妈妈的面，没在一起生活，互相了解不多，见了面也不知道聊些什么，渐渐地，感情都疏远了。

季节也不缺爱，爷爷奶奶把所有的爱都倾注到他身上了。要不说呢，谁带大的跟谁有感情，季节就跟爷爷奶奶亲。

至于父母离婚的内情，季节考上大学的那个暑假，爷爷和奶奶跟他郑重其事地谈了一次话，才知道了真相。

爸爸大季读初中时，喜欢上同班同学小董，一个漂亮的女孩子，俩人偷偷谈恋爱。那时候祁红和他们是同学，还是小董的好朋友。后来，大季和小董一起考上了高中，又考上了大学。祁红读的技校，毕业后就工作了。三个人依旧是好朋友。

有一年放暑假，三人一起玩。已经工作的祁红就趁家里大人外出不在，请两个好朋友到家里聚会，做了几个菜，还喝了酒。因为家里没有大人的缘故，三个人敞开了喝，都喝多了。

第二天小董先醒过来，发现大季跟祁红搂抱在一起，睡得还挺香。一气之下，跟大季断绝了关系。

无奈，大季大学一毕业就跟祁红结了婚。

婚后感情淡薄，即使有了儿子季节，俩人的关系也没有改观，甚至发展到冷战，久而久之，终以离婚收场。

大季后来得知小董一直未婚，就去找她，最终还是他俩结婚了，在另一个城市生活。

祁红离婚后又遭遇下岗，生活得不如意，使她心情很不好，没再成家。自顾不暇，对季节自然照顾不周。

得知大人们的恩恩怨怨，季节知道自己无力回天。是啊，他能怎么办呢？顾好眼前最重要。

爷爷奶奶年纪大了，虽然每月爸爸都给他生活费，他还是想自己创业，争取早日财务自由，到时候一是可以回报爷爷奶奶的养育之恩，二是想帮助妈妈渡过难关。

别的孩子考上大学，就像自由的小鸟，快乐地展翅飞翔。基于以上诸多家庭因素，季节却没心思玩乐，他一心琢磨怎么挣钱。

路胜利第一次跟季节打交道，就是因为他不懂法，犯了事儿。

季节的大学在省城，读的石油专业，他的高中同学，也是好朋友在一个三线城市读医学院，解剖课挂科，跟季节微信聊天，请他帮忙在省城书店买一些解剖方面的书籍。季节那时已经学会在网上购物，或者把自己和同学闲置不用的书籍、电子用品、生活用品等挂网上卖出去，挣点零花钱。既然是好朋友求助，季节第一时间想的是上网查找，浏览时无意间发现网上有卖解剖人体的视频，季节觉得这比买书看更直观，就去网店买了一个短视频，上传给了医学院的同学。

结果被公安机关查到，按照《反恐怖主义法》的规定，季节这么做属于"制作、传播、非法持有宣扬恐怖主义、极端主义物品"，是违法。

当时临近寒假,季老先生接到学校电话,直接发蒙了,醒过神后,赶紧到派出所找到路胜利咨询。

路胜利查看了有关法律条文,季节的行为的确触犯了法律,按照规定会被处以十五天行政拘留。

"学校也是这么说的,目前尚在讯问阶段。这可怎么办?"季老先生七十多岁的人了,面对孙子的变故,束手无策。

"季老,您别急,我陪您去一趟省城,把情况了解清楚了。但违法了就得接受惩罚,这是每位公民都应知的。"

"明白,我明白。"季老点点头,一脑袋的花白头发跟着颤悠。

去一趟省城,于事无补,季节依法被拘留了。念其初犯,态度良好,而且的确不知道传播此类视频属于违法,学校没对季节作出处理,表态"开学后我们要聘请法学专家,到校给大学生们普及法律知识"。

其实去省城之前,路胜利心里就知道会是这样的结果,只是为了安慰季老和老伴,也让他们明白孙子的确是违法了。

"出来后,咱们一起督促季节加强对法律知识的学习。"

"是,是。法治社会哪能不懂法?不能成法盲啊。"季老满脑袋的花白头发继续颤悠。

季节拘留期满,出来时是路胜利去接的,送给他几本法律方面的书。定期给季节打电话,了解他的学习情况,让路胜利比较满意。

消停了半个学期,季节同学的辅导员反馈,这孩子老老实实,好好学习,没犯错误。

这会儿刚放暑假,咋就跑来报警了呢?

"路叔叔,我投资的钱追不回来了。"季节打开随身携带的书包，拿出一摞装订好的 A4 纸。

路胜利打开一看，是一份合同的复印件。封皮上印着南方某城"企业管理有限公司"，下方括号里标明"创业型"三个字，最下方是甲方公司和乙方季节的签名，甲方的名称上盖着公司的合同专用章。

翻开一看，双方的权利和义务都有详细的条款、规定。有一张内页是"南方网店服务表格"，写着"创业型网店托管"，托管明细列出"信誉、会员等级、店铺客服、装修宣传、货源、利润保证、订单额外补贴……"十几项。

瞅到这儿，路胜利脑海闪过一个词，接着继续往下看：

……创业基金，要求：经营期限内满 1000 个订单，公司给予创业基金 3000 元；

年终奖励，条件：年销售额 10 万元以上或 800 件订单公司给予返利 6000 元；

销售返利：5%；

服务时间：两年；

押金费用：5980 元；

费用返还：满 300 个订单，一次性返还押金 5980 元（七天内返还，达到订单量无时间限制）。

几张纸翻来覆去瞅半天，没看出来这家公司到底卖的是啥产品。

路胜利问季节。

"啥都有。"季节的胖脸上一片愁容，"路叔叔，您知道我家的情况，我一直想自己创业挣钱。后来在网上找到这家公司，说只要交五千九百八十元押金,我需要什么他们就给我发什么货。"

按照季节的说法,这家公司许诺,他只要开个网店,在学生中发广告,需要的任何物品,如电脑、手机、自行车、衣服等,公司全部以低于市场的价格发给季节,他再卖给同学。以订单数量为标准,给他提供创业基金和奖励。

听上去很美。

季节之前就有在网上买卖的小经验,不用做市场调查就知道周围人都在网购,吃喝用品都直接快递送到宿舍,很便利。经过一段时间考虑,他觉得仅在自己所在城市的大学里就很有市场,开这样的网店很适合自己,除了给公司缴纳五千九百八十元的押金,不用囤货,他只需要收集买主所需物品的信息,发给公司,由公司直接给买主发货。而订单积累到一定数量,他就能得到创业基金了。

"我把爷爷奶奶给我的压岁钱、零花钱,都取出来了,微信转给了公司财务,拿到这份合同,成为公司旗下华北地区代理商。"

"嗯,然后呢?"路胜利看着季节,心里叹口气。

"然后……就没有然后了。他们收了我的押金就不搭理我了,原先有个专属客服,问她啥都不回答。我们学校很多同学想要各种东西,我把信息发给公司了,也不见回话。我就要求退押金,不创业了,给客服发了无数信息,根本没人搭理我。打合同上印有的电话号码,也没人接,昨天再打,就说是空号了。"

路胜利心里明白,季节遭遇的是一种变相的诈骗,他脑海里刚才闪过的就是"诈骗"那个词。而骗子呢,骗的就是他这样涉世不深、手里没有多少钱的年轻人,抓住了他们急于创业的心理,尤其是在校生,下套,行骗。

立案，写了案件纪要，发到刑警队。苗得雨回复，按照季节提供的材料追查，网上已找不到这家公司了，只能期望这家公司换个包装再在网上出现时追查，或者以后查处类似案件时，通过串并案，看是否能把季节涉及的案件带出来。

至于何时有结果，未知。

路胜利骑着老"飞鸽"去了季老家，把案件查处经过告知了季老和季节。

"你创业心切，能理解，但不是你作为学生的主业。目前你的主业是，学好、学通你选择的石油专业。"路胜利和季老口径一致。

"否则，在校期间专业没学好，很难就业，加上创业失败，那就两败俱伤，得不偿失。"路胜利说。

"现在暑假刚开始吧。我可以给你提供一个暑期岗位，到商业街'大庄小面馆'打工，老板大庄贴出告示招小工呢，提供三餐，月薪二千五起，干得好有提成。让你知道知道什么是'勤劳致富'，也算社会实践吧。行不行？"

路胜利的建议，季老举双手赞成。

季节问："能挣出来五千九百八十元吗？"

"不是不可以。但脑子里不能光装着钱和异想天开，要脚踏实地。"路胜利道，"噢，对了，季老，咱们社区的养老中心常年在招护理人员，不知道季节他妈祁红想不想去？不会没关系，都会岗前培训的。"

"哎呀，谢谢路警官惦记。这个问题我们自己家解决，我和老伴年纪大了，身体都不太好，身边离不开人，现在让祁红照顾我们呢，我们老两口的退休金都归祁红管。将来这三室一厅的房子都给他们娘俩,大季不管我们,我们也不用他管。"

季老说着,神色有些落寞,但态度凛然。

"那就好,有事儿您说话。小伙子,跟我走吧。"路胜利拍着季节并不厚实的肩膀,"叔叔带你去商业街'大庄小面馆'应聘。"

三、深埋在地下的冤魂

按照一季度的规划,采油厂大院北侧的新商业街终于建起来了。

那是一条东西走向整齐划一的商业街,南北各建有一栋两层楼的商铺,面对面,可容纳百余家,面积较之以前扩大了三倍。更令人欣喜的是,鉴于疫情干扰等因素,市场办对所有承租的商家都给予了免租一年的优惠政策。

新的商业街起名"幸福大街",四个遒劲有力的金色大字显然出自书法家季老之手,镶嵌在商业街东西两侧入口处的穹庐状铁艺雕花大门之上,阳光照射下,熠熠生辉。

由此,在采油厂大院里服务三十年之久的商业街,整体迁出,搬入新家,随后各家各户紧锣密鼓地开始装修,一个月后陆陆续续全部开张。

苏裕带着崂峪沟村的康石头以及村里的施工队,再次来到莲城,按照当初签订的合同,将旧商业街完全拆除干净。

铲除老商业街的工程比较复杂。推翻各种材质的房屋,运输建筑垃圾,找填埋场,费了一番周折。更惊悚的是,在挖地基的过程中,竟然发现了一具白骨!这回绝对不是什么狗狗的白骨,也不是其他动物的白骨,肉眼可见是人的骨架子!哎呀妈呀,着实把没见过大世面的现场施工人员吓个半死，谁见过这么大阵仗啊。

苗得雨接到幸福里派出所的报警电话后，带着刑警队员、刑事技术员小乔和舒法医赶到现场，发现白骨的周边已经被警戒带围了起来，把围观群众挡在百十米以外。

按照发现白骨的位置来看，那里原来是一家四川人开的火锅店，春节过后，一直没有开门。

路胜利记得那时店铺的玻璃门上贴着一张"吉铺转让"的白纸，铲除前已经被雨淋日晒得发黄破烂了。

罗唆让路胜利找到房东徐老头和当初登记外来人口的台账，查出"小四川火锅鸡"的店主是董老板（男，三十九岁，四川宜宾人）。

案情分析会上，舒法医说，根据土壤的成分和湿度，对死者的死亡时间进行了推断，得出的结论是至少死了五年以上，否则不会白骨化。经对白骨测试，推断出是女性，二十岁左右，颅骨有三处凹陷，疑似钝器击打所致。

苗得雨补充说："现场没有发现任何有价值的物品，如衣物、首饰、手机等物。有可能死的时候是裸体的。"

"如果是五年以上，那时候好像不是'小四川火锅鸡'。"罗唆对路胜利道，"你再往前查。"

"查到了，是'铁锅炖大鹅'，东北人开的，乔老五，男，黑龙江佳木斯人，当时是二十五岁。后来乔老五不干了，四川人董老板租下来开了'小四川火锅鸡'。"路胜利回答。

在房东徐老头那里也得到印证，在董老板之前的确是乔老五租用的，"租用时间是一年零八个月"。徐老头手里有一个记事本，上面记录了"铁锅炖大鹅"的起租和终结时间。

苗得雨问："乔老五是外号还是本名？有他的电话吗？或者身份证号码？"

"是本名。有。"路胜利道。

不出所料，乔老五的手机号已停机，身份证号码经查询，显示的是失踪人口。苗得雨与佳木斯当地警方取得联系，答复，乔老五自从十年前离开佳木斯后，一直没有回去过，他的父母早逝，有两个姐姐在当地，两个姐姐对他的行踪概不知情，没有任何联系。

"店里肯定有雇佣人员，他们的信息有没有记录？"苗得雨看着罗唆问。

罗唆没回答，他看着路胜利。

"有，有，有。"路胜利忙不迭道。

三个雇员，一个女的，俩男的。女的，安某玲，陕西宝鸡人，登记信息时是十八岁。俩男的，一个是山东淄博人，吴某超，二十三岁；一个是河北邯郸人，于某强，二十一岁。

苗得雨迅速与三地警方联系，并获取了他们的联系方式。苗得雨得知，安某玲和吴某超已结婚，在吴某超的老家淄博落了户，问他们乔老五的去向时，说不知道，他们俩偷偷谈恋爱，安某玲发现自己怀孕后，俩人就一起辞工走了。

于某强目前在深圳打工，苗得雨问他是否与乔老五有联系时，他说乔老五死了！这倒是令人没想到。

苗得雨问他怎么知道的。

于某强说，安某玲和吴某超辞工以后，乔老五的店就不想开下去了，后来他俩一起到深圳打工。乔老五有一次喝多了，不小心摔个大跟头，头破血流，最后死于家族遗传病。

"什么病？"苗得雨惊异地问。

"好像是叫血友病。"于某强在电话里说，"乔老五曾经跟我说过，他的家族病，传男不传女，严重者很小就得死，轻者即使活下来，也得时刻小心翼翼。"

"还有这种事情？"苗得雨立即与佳木斯警方联系，请他们调查一下，乔家是否真有传男不传女的家族遗传病。信息很快反馈回来了，果然如于某强所言，乔家有隐性遗传病——血友病，由女性传递，男性发病，只要身体受伤就会血流不止，而且只传男不传女，乔老五曾经有过两个哥哥，都在未成年时死于此病。

怪不得他叫乔老五，家里排行老五。

苗得雨查阅了一下有关资料，血友病指由于人体内缺乏抑制因子 VII 凝血成分，导致血液不能凝结的症状，这种患者只要有轻微的损伤，就会出现凝血功能障碍，即使体表没有外伤，体内也会流血不止。

"乔老五有没有对象？"苗得雨分别问了吴某超、安某玲和于某强，他们都说没有，从来没见过乔老五跟哪个女性有来往。

"他说，不能害人家姑娘，他不知道自己什么时候就得死了。"于某强说，"乔老五说他只想多走几个地方，多见见世面，死了也值。"

苗得雨查找了五年前的莲城失踪人口信息，没有发现与白骨有关的失踪女性。

"会不会是咱们舒法医研判有误？"罗唆问苗得雨，"死者死亡时间会不会更早或是更晚？有必要查一下那个'小四川火锅鸡'的董老板吗？"

苗得雨拿不准，请示刑警一中队领导后，经主管刑侦的汪副局长同意，请来省厅的法医专家研判死者的死亡时间，最终结果与舒法医的判断一致。

案件又一次陷入僵局。

房东徐老头忽然到派出所找罗唆，一进门就跪下了，哆哆嗦嗦哭着说："人是我杀死的！"

"啥?!"罗唆吓一跳。

眼前的徐老头，六十五岁，个子不高，瘦小枯干，一副老实巴交的模样。他最早是莲城附近农村的菜农，在采油厂商业街摆摊卖菜，蔬菜品种多品质不错，物美价廉；后来找关系弄了一个井队淘汰下来的铁皮房当菜店；再后来铁皮房也被淘汰了，在原地盖起了二层小楼，楼上住人，楼下是菜店，菜品一如既往地好，生意很不错；再再后来，徐老头在采油厂幸福里社区买了一套房子，带着老伴和儿子住，他把菜店出租出去了，当起了房东，不管菜店后来如何演变，是否盈利，徐老头的收入是稳定的，在采油厂一住也有小二十年了，不知真相的后来者，还以为他是采油厂的退休职工呢。

他咋成了杀人犯?!

"我糊涂啊！"据徐老头交代，那女孩是远房亲戚，父母双亡后投奔他来的，在他家住下来，准备找点事儿做，没想到徐老头的儿子看上了那个女孩子。

当时徐老头的儿子徐百强，已经结婚成家，有一个十几岁的女儿，但他就想要个儿子，可是他老婆身体不好，不能再生了。徐百强就想养个小三，让那女孩子给他生个儿子。有一天，徐百强到徐老头家吃饭，酒后胆大包天抱住那个女孩子求欢。徐老头看儿子欲行不轨，恨儿子不争气，一怒之下进厨房操起擀面棍就冲儿子的胳膊打去，想让他松开紧紧搂着那女孩子的手。谁料徐百强他妈见儿子要吃亏，就推了徐老头一把。徐老头的擀面棍一偏，狠狠地打在了那女孩子的脑袋上，致使其当场昏厥过去……

"后来呢？"见徐老头不再往下说，苗得雨皱着眉头追问道。

一见徐老头来投案自首，罗唆立即打电话请苗得雨到派出所。

"后来……"徐老头长叹一声，道，"后来，我儿子酒醒了，担心那闺女清醒过来去公安局告他，就抢过我手里的擀面棍，又冲她脑袋打了两下，就把人打死了。"

原来如此，白骨颅骨上的三处凹陷就是这么来的。怪不得没人报人口失踪，那可怜的女孩子是个孤儿啊。

"那女孩子怎么埋在了'小四川火锅鸡'店里地下？徐百强现在在哪里?!"苗得雨焦急地问道。

"那个店是我盖的，有个地窖，原先用来存放蔬菜的。但我没有告诉后来的租户，他们不知道有个地窖在那个店的把角处。"徐老头的述说从容了许多，他说，"那个闺女死在我家，不能放着啊，我就想到了那个地窖。当时正好是乔老五租店之前的一个空档期，我就让我儿子把那闺女的尸体转移到店里，埋在了地窖中，然后就把那个地窖填埋了，之后又租给了乔老五。"

"徐百强现在在哪里?!"苗得雨大喝一声。

"他，他跑了。"徐老头的声音低下来，"我觉得这件事早晚逃不过去的，这些年我几乎天天做噩梦，梦里那闺女一头一脸的血，哭着问我为什么杀死她……啊！老天爷啊，让我去死吧！"

根据徐老头提供的线索，得知徐百强已经携款逃至广西某边境城市隐匿下来，随时有逃往东南亚某个国家的可能。

苗得雨迅速行动，获取了徐百强的联系方式后，立即与广西某边境城市的当地警方联系，利用技术手段，准确定位了徐百强的住处，立即带队前往广西将其抓捕归案。

案子破了，萦绕于采油厂上空多日的阴云终于下了一场大雨，似乎为那个冤死的女孩子痛哭了一场，放晴后，采油厂很多人前去发现白骨的地方烧纸祭奠一番。

拆除老商业街和为停车场挖地基的过程虽然有波折，但侦破了一起大案子后，后面的工程开展得十分顺利，直到圆满结束没再发生其他变故。

康石头怀揣着一笔巨款，带着他的施工队高高兴兴回崂峪沟村了。

随后，由采油厂选定的另一家有资质的施工队入驻，在老商业街原址上建设立体式停车场，预计建成后可以停靠四百余辆车，不但将彻底解决幸福里社区停车难的问题，还能满足周边人民群众的停车需求。

四、干戈化玉帛

幸福大街上，老商业街搬迁过来的店铺加上招商引资新开张的店铺，各种商品更齐全了，购物环境更没得说，整洁、宽敞、漂亮，一切都是新崭崭的，非常好。

即便如此，还是有矛盾出现，要不怎么说有人的地方就有江湖，有江湖的地方就有纷争。

这次闹矛盾的是烧饼崔和牛奶宋。要说烧饼崔和牛奶宋，都是在采油厂老商业街经商多年的生意人，两家一直挨着，关系处得还不错。有时饭口上犯懒，不想外出买，就互相送个烧饼或是一袋牛奶，一顿饭就解决了。搬到新商业街，就是"幸福大街"后，两家还是挨着，习惯了嘛。

老杜也跟这两位分别打过交道。

有一天，烧饼崔觉得自己之前办理的手机套餐不合适，打算办理转套餐业务，来到营业厅后，才被告知他的身份证名下一共登记了 18 个号码。这些号码中有一部分因为欠费已被强制停机，而他自己也被列入了"黑名单"。

"怎么会有 18 个号码都用我的身份证登记呢？"烧饼崔十分纳闷，担心会有经济损失，他要求营业厅工作人员打出了这些号码的清单。

他拿着那份清单到幸福里派出所报警，跟老杜说："吓死我了，这些号码要是欠费的话，是不是都得算到我头上？"

老杜随机拨打了这 18 个手机号码中的 10 个号码，其中只有 2 个号码有人接听。这 2 个号码的使用者均表示，购买电话卡时并未做身份证登记，而自己已使用该号码好几年了。其余的 8 个号码或无人接听，或关机，或是空号。

老杜带着烧饼崔去了营业厅。

工作人员称，在系统上的确查询到了有 18 个号码是用烧饼崔的身份证登记的，这 18 个号码中，有两个号码是通过身份证开户办理的，而剩下的 16 个号码则是进行了身份证实名登记。

"不是说一个身份证最多只能绑定 10 个手机号码吗？"老杜问。

面对老杜的质疑，工作人员解释，采用身份证开户或是对预付费号码进行身份证确认时，每个身份证最多只能关联 10 个手机号码。烧饼崔名下只有 2 个号码是通过身份证开户的,没有超出范围。而其余 16 个号码所采用的身份证实名登记只是作为密码重置的条件,并不受"每个身份证最多只能关联 10 个手机号码"的限制。身份证实名登记的话,只要对方知道了烧饼崔的姓名和身份证号,就可以通过发送短信来完成。

烧饼崔惊讶地说:"我的身份证没有离开过身边,想不通怎么会被别人拿去办理手机开户。"

对此,工作人员表示要进一步调查才能知道原因。同时,她称这些号码都是预付费性质,一旦欠费便会停机,烧饼崔之前担心会因他人拖欠话费造成经济损失的可能性几乎不存在。

她可以先将烧饼崔拉出"黑名单"。但这起事件的具体原因必须等公司查实后才能确定。她建议烧饼崔先凭户口簿、身份证等相关材料办理否认开户证明,即证明另外 17 个号码与烧饼崔无关,同时进行自身身份保护。

后来在老杜与营业厅不屈不挠地来回工作下,最终将其余 17 个与烧饼崔无关的手机号码都解除了捆绑。

"以后千万不要随意泄露自己的身份证号码和其他信息。"老杜叮嘱道。

烧饼崔连连点头。

至于牛奶宋呢,她有严重的妇科病,在采油厂卫生所就诊一直不见好转,就去莲城医院检查治疗。那天,牛奶宋在莲城医院挂完号,乘电梯上楼的过程中,一个中年女子主动和她说起话。得知牛奶宋的病情后,该女子说,她过去也得过这种病,也是来莲城医院找专家看的,朋友又给介绍了莲城医院专家陈主任的私人诊所,吃了几服中药以后就痊愈了,"陈主任的私人诊所,比在莲城医院看病药费便宜很多，而且一般没有熟悉的朋友介绍，陈主任是不给别人看病的。我这次是来医院复查的，复查显示已痊愈了"。

牛奶宋听到这话后，被妇科病折磨得苦不堪言的她以为遇到了好人，尤其是那句"药费便宜很多"更打动她了。于是，她立即请求那中年女子带她去陈主任的私人诊所看病。随后，中年女子带着牛奶宋到了"陈主任"家中进行"私人会诊"。

在莲城一家民房内，牛奶宋见到了一位七十多岁穿白大褂的老太太——"陈主任"，"陈主任"给牛奶宋把了把脉，就开出了药方。牛奶宋花了八百元买了一个疗程的"草药"，"陈主任"态度坚定地说："保证药到病除。"

回家的路上，牛奶宋忽然觉得自己的病看得太顺利了，有些不对劲儿，怎么就随便相信了一个陌生人呢？她有些懊悔，又到莲城医院找到问诊台，询问医院的专家陈主任给人看病水平如何。万万没想到她得到的回答竟然是，医院根本没有此人，肯定是遇到医托，被骗了。

牛奶宋立即跑到派出所报警，老杜带着钟必胜跟着牛奶宋来到专家"陈主任"的诊所。询问发现，坐堂老中医"陈主任"根本不姓陈，她是来自河南的无业人员赵某，根本不会看病，诊所也没有相关手续。之前拉牛奶宋来看病的那个中年女子是医托，也是来自河南的无业人员。而"黑诊所"的老板陈某（女，四十一岁，河南人，冒充专家的赵老太太是她的母亲，七十岁）被老杜当场抓获，所谓的私人诊所是她们租借的。

就在老杜他们办案过程中，来自临城的王先生正好来这家"私人诊所"复诊。经询问，之前王先生手脚麻木，到莲城医院看病，被医托骗到这里花了六千八百元，吃了"陈主任"开出的两个疗程六十天的中药，不见好转，来复诊时，这才知道上当受骗了。

据老杜了解，三名嫌疑人利用"黑诊所"进行诈骗已经半年多，但报案的人只有牛奶宋一个人。老杜立即打电话告知苗得雨，将四名犯罪嫌疑人抓捕归案，苗得雨将在出租房中缴获的大量"名贵中药"送有关部门鉴定，得出的结论是："名贵中药"全是普通树叶或树枝制成，没有一丝药性。最终，骗子们退赔了牛奶宋和其他受害人的被骗资金，也受到了应有的法律制裁。

那么烧饼崔和牛奶宋他俩之间的矛盾出在哪儿？一棵白杨树。树？碍啥事儿了？

砍伐荒树林时，保留了一些粗壮的大树，点缀在幸福大街内，既美观又能遮阳蔽日，很是不错。

烧饼崔和牛奶宋的铺子之间就有一棵高大的白杨树。规划时，为了保护这棵白杨树，就没像其他店铺似的紧挨着了，两家空出了一米来宽的距离。

这一米的距离，要说也不大，烧饼崔放一张能折叠的行军床就占去一半，中午可以借着树荫午休一下。

牛奶宋呢，是个女人，午休时趴在柜台上眯一会儿就行。不过有时牛奶周转慢时，送来的货店里就摆不下了，只好占用两家的公共空间，一箱子一箱子摞在那，有了空箱子也堆在那里。

时间一长，烧饼崔就觉得牛奶宋这女人小心眼，大量的牛奶箱子挤得那张行军床勉强放下，躺在上面看着一人多高的箱子，总是担心倒塌砸着自己。

牛奶宋呢，也觉得烧饼崔不地道。有天中午给他送袋奶，有心换个烧饼吃。路过中间地带时，无意中看见烧饼崔在摆他的行军床，恶狠狠地踹了她的牛奶箱子一脚。箱子是纸壳子的，立马瘪进去一块！

"啥意思啊你?!"牛奶宋不干了，嚷嚷起来。

"啥意思？早就看这堆箱子不顺眼了！挤得人没法休息!"烧饼崔干脆就势也把多天来的不满发泄出来了。

一来二去，两家有了嫌隙，谁也不搭理谁了。

这天一早，奶站来送货，牛奶宋指挥卸在了店铺门口，占用了烧饼崔门前一块地方，挡着他家的一部分橱窗。

烧饼崔刚开门营业，一看，嗬！这老娘儿们不是挑衅吗？不但占用公共空间，还入侵自己领地了！想着，火就蹿上来了。出门一把推倒那摞挡着自家橱窗的牛奶箱子，转身回铺子里了。

牛奶宋是谁？市场上做生意这么些年啥人没见过？现如今居然被个蔫不出溜的烧饼崔骑在脖子上撒欢！奶奶个腿滴，不给他点颜色瞧瞧，老娘没法在市场混了！

……

接了报警的老杜赶到现场时，情景是这样的：

烧饼崔举着一把菜刀对着牛奶宋怒目而视，后衣襟被他老婆死死拽着！

牛奶宋面色惨白，披头散发倒在烧饼铺子前，左手捂着右胳膊，鲜血直流……

场面太火爆了！Stop！停！快快快，老杜赶紧给120打电话，这会儿先救人要紧！

驱散吃着饼喝着水举手机拍照的围观群众，市场恢复正常营业，老杜现场办公。

事情来龙去脉很快就弄明白了。老杜围着白杨树转了好几圈,脚下磕磕绊绊的不是牛奶箱子就是行军床,摆放得乱七八糟。

老杜叫来市场管理员,让立即恢复原状。

牛奶宋不在,她家的箱子什物先堆着。烧饼崔负责把自家的锅碗瓢盆和行军床都收拾利索了。

拿刀砍人的问题必须严肃处理,拘留!

"冤枉!她那胳臂是自己杵到我家玻璃橱窗里,被玻璃割破的。我可没砍她!"烧饼崔这会儿蔫了。

"真的?"

"真的!不信您看!"

老杜仔细检查了一地的破碎玻璃,上面还有点点滴滴的鲜血,明白烧饼崔没有撒谎。

走访了周围几家店铺,都给烧饼崔作证,是牛奶宋自己受的伤,看得真真的。不信,有手机视频为证。老杜点点头。

不过,不管怎么说也是烧饼崔家的玻璃割伤了牛奶宋,况且牛奶宋是个女人家,明显是吃亏了。烧饼崔呢,得有个服软的态度,大丈夫嘛,能屈能伸。两家的矛盾必须得解决,要不以后相邻着怎么处呢?老杜细声慢语地做起烧饼崔的工作。

"那我家的玻璃咋办?"烧饼崔闷声闷气地说。

"不是事儿。前一阵所里装修,库房里还有换下来的玻璃,照着你家的尺寸,去割一块补上不就行了。"

烧饼崔点点头。

"你现在就买点水果去医院看一下牛奶宋。估计医药费也没多少,顺便给她出了。消消气,远亲不如近邻,以后还得互相照应呢。"老杜安排得井井有条。

"不拘留我了?"烧饼崔心有疑虑。

"拘留?拘啥留?"老杜反问道,"小纠纷,我给调解了。放一百个心,耽误不了你卖烧饼。"

"还有,这块空地谁都不能占了啊。"老杜严肃起来,叮嘱市场管理员。

多年的老相识,各退一步说开就得,和气生财嘛,烧饼崔和牛奶宋和解了。烧饼崔看牛奶宋胳膊裹着纱布,帮着把牛奶箱子归置好,叫奶站赶紧回收了。

老杜推着一车土过来,垫在两家之间的空地上,均匀地撒了种子,说是太阳花,好养活。责成牛奶宋和烧饼崔负责浇水施肥,老杜要不定期监督和检查的。

很快,太阳花就破土长了出来,碧绿的一片嫩芽很招人喜爱。

现在没事时,牛奶宋和烧饼崔轮番去给太阳花浇浇水、除除草,盼着早点开花呢。

有时,老杜从幸福大街路过,牛奶宋和烧饼崔就笑着招呼他,问,太阳花都是啥颜色的?

老杜瞥一眼那棵枝繁叶茂的白杨树,正是一场雨后,一道五颜六色的彩虹挂在树梢上,非常漂亮。再看看树荫下那片碧绿,眉毛一挑,道:"猜。"

说完,骑上自行车不紧不慢地走了。

五、出租屋里的狗事儿

站在窗边望着外面的小花园,路胜利喝着茶水想蒋美好的话,说他最近说话办事都很啰唆,是不是受了罗坚强所长的影响?

俗话说，兵熊熊一个，将熊熊一窝。路胜利暗自给自己打了预防针，一定要像朵白莲花，出淤泥而不染，时刻保持警惕，万万不能跟罗唆似的，即使是常在河边走，也不能湿了鞋。

正想着，一个窈窕的身影跨进派出所大门，路胜利一瞅，是严有智！他赶紧打起十二分的精神接待严有智的光临。想起小姑妈的嘱托，他顾不上听严有智说她在忙什么重要的事情，先关心起她的个人问题，于是对刚落座的严有智道："严有智，说个严肃的事情。你到底想找个什么样的男人呀？说个标准，也好让二哥帮你满世界踅摸去。"

严有智寻思半晌说："二哥，我说了你可别笑话我。"

路胜利赶紧表态说："哪能笑话你呢？快说说吧。"

严有智这才说道："我想找的男人得高大威猛，相貌英俊、气宇轩昂……"

听了严有智的描述，路胜利的脑海里马上浮现出江左岸那副人高马大的人模狗样。

于是，他忍不住打断严有智，低下声音，期期艾艾地说道："这，这个，这个不还是老标准吗？"

严有智瞪着大眼睛严肃地说："这是硬指标，绝对不能变的。"

路胜利只好无奈地说："那好吧，其余条件呢？"

严有智继续道："他还得有颗金子般的心，善良、有担当，有自己的事业和追求。还一定得是一个诗歌爱好者，爱读诗、会写诗，懂浪漫。"

看着严有智眼睛里闪亮的光芒，一副痴傻呆茶的样子！明显是有病嘛，而且病得不轻。

他心说，这样的男人哪里还是人呀？现实生活里要有这样的男人，不是妖魔鬼怪就是神了！

这个严有智，又犯迷糊了！但他不敢打断严有智，继续听她说。

"最重要的是他得包容我的一切，全心全意只爱我一个人。我在他心目中一定是最美的，一直到老，满脸皱纹、白发苍苍、牙齿脱落，都得是最美的。"

这可要了命了！都说夫妻相处时间久了都会审美疲劳，就算是娶了世界上最美丽的女人奥黛丽·赫本的那个幸运的男人，不也一再出轨吗？况且什么满脸皱纹、牙齿脱落，还得让男人说她美？见鬼去吧。

路胜利敢保证，符合严有智标准的男人，肯定不在这个星球上，也不在其他星球上，不存在的人，是没办法去给她找出来了。

这个话题没法继续下去，看来小姑妈交代的任务很有难度。

忽然想起严有智说最近正在忙乎重要事儿，只好转换话题，就问她是啥事。

严有智咧嘴一笑，很神秘地说："我在读诗……"

这更让路胜利颇为纳闷和摸不着头脑了，瞬间想起那位在酒店吃安眠药闹自杀的女诗人了，只好说："现在有人读诗吗？你什么时候开始喜欢这玩意儿了？"

"现实生活对我很残酷，有时让我很悲观绝望。无意中读到这句诗歌：即使生活让你遍体鳞伤，你也要从伤口里开出花朵。这太震撼了，就像醍醐灌顶，一下子让我看到了生活的美好。最近我读了很多诗歌，虽然是虚幻的，但给我很多美好的遐想，让我静心，让我对未来重新燃起了希望。"

诗歌能给人带来这么大的改变，路胜利真没有想到，不禁鼓掌道: "这个想法好! 那你就读吧。我记得刷微信看到莲城有个诗友微信群, 我再找找, 找到后推给你, 他们时常举办一些线上线下的活动, 你可以参加一下, 多交几个朋友, 一起分享你读诗带来的体会, 挺好的。"

"那可太好了。" 严有智高兴道, "我告诉你这些, 也是为了让你和嫂子放心, 我走出来了。"

说完, 严有智眨巴眨巴眼睛, 挥挥左手, 戴在左手腕上的白玉手镯在路胜利眼前闪过一道光。那可是路家祖传的, 被小姑妈送给了两个女儿。

看着严有智一袭雾霾蓝色的衣裙飘出办公室的背影, 路胜利颇感惊异。打他记事起, 印象中这个严有智就是不穿花衣服和裙装的, 现在破天荒地改头换面, 不知道她以后还会整出什么出人意料的动静来。

从背影看, 严有智绝对是个韵味十足的美女, 只是刚才临别时的一笑, 才显出一丝她过去的顽皮。

罗唆一手端着保温杯, 一手搓着俩核桃, 慢悠悠踱步进了值班室, 搭讪道: "你表妹严有智吧, 最近越变越好看了哈。"

"打住! 不许吃着碗里瞧着锅里, 脚踩两只船。渣男。" 路胜利严肃道。

"我, 我怎么就渣男了?" 罗唆一下子被噎住了, 感觉自己很冤枉。

手机响了, 是小舅子蒋正义来电, 问路胜利跟他姐和好没有。

路胜利瞥了罗唆一眼, 吭哧一声: "涛, 涛, 涛声依旧了呗。"

对方 "啪" 的一声挂掉了电话。

"涛声? 暗号?" 罗唆满眼疑惑, 手里搓着的核桃声没了。

路胜利没接话。

"丁零零……丁零零……"报警电话骤然响起,路胜利不再搭理罗唆,立即换副面孔拿起电话筒,"喂,您好,这里是幸福里派出所,我是值班民警路胜利,您请讲……"

两女三男一只狗,满满当当挤了一办公室。

其中两男是路胜利和郝国庆。路胜利坐在办公桌前离狗最远,小时候被狗追出十里地屁股又被咬过一口的恐怖记忆犹在,看着那只庞然大物有些心悸,让把狗带到院子里去。谁承想,那黄毛大狗似乎听明白了路胜利的话,居然哆嗦上了,眼泪汪汪的,一副受了莫大委屈的熊样儿。

更奇葩的是,只见牵着它的那凤眼金发女蹲下来小声耳语道:"宝贝儿,别怕。爸爸妈妈都在这儿呢。"说着,金发挨着黄毛,那张粉白的小脸跟毛茸茸的狗脸贴了贴!还,还,还嘟嘟嘴,作,作,作出了亲吻状……

这?!咳咳,这画面路胜利看得直呛嗓子、辣眼睛还差点结巴了,觉得脸上都痒痒,挠挠,不忍直视了。

"呦!瞧见没有?还装可怜呢。警察同志,就是这破狗瞎闹腾,害得我家楼下老爷子心脏病都犯了。"出声的是另一女子,中年肥胖短腿妇女窦。

"不过话说回来,你俩谁啊?"短腿妇女窦问。

"我们还想问呢,你是谁啊?"屋里的另一小眼寸头男,狗爸问。

"连我是谁都不知道,还敢住我家!还撒野!了得!"妇女窦气愤了,嗓音陡然间高了八度半。

"我们有租房合同，交了一年的房租，一万四千四百元钱呢，有房东打的收条。合理合法，走哪儿都不怕。"粉脸狗妈撇嘴道。

"合同？跟谁签的？拿出来瞅瞅。我是房主都不知道，你们就是非法闯入民宅，还有理了。"妇女窦气不打一处来。

哇啦哇啦……

"都别激动，冷静！分别说。"路胜利皱眉，揉下太阳穴。

叽喳叽喳……

路胜利听明白了，捋捋：

首先，妇女窦在幸福里社区有一处闲房，通过原商业街的"吉屋"房屋中介，以每月一千元的房价出租给了俩姑娘，租期一年。俩姑娘是从沧州到莲城商场卖服装的，其中白姑娘的男朋友黄某，是莲城的。

然后，不到半年工夫，俩姑娘闹了矛盾，撤摊、散伙，前后脚回了沧州。

彼时，房子还没到期，白姑娘的男朋友黄某打起了自己的小算盘，当了二房东，以每月一千二百元钱的租金，在房东妇女窦不知情的情况下，把她的房子转租给了眼前的狗爸狗妈，租期一年。为不引起妇女窦的怀疑，在与妇女窦签订的一年租期到期时，黄某积极主动与妇女窦联系并续交了半年的租金。算算，黄某前后获得现金二千四百元，揣自己兜里了。

而狗爸和狗妈呢，属于非法同居。狗爸已婚，狗妈是狗爸的情人。狗爸不经常回出租屋，给狗妈养只狗解闷。

昨晚，好几天不见踪影的狗爸，在外喝了酒后，到出租屋看狗妈，钥匙却打不开门。那是狗妈生闷气耍脾气，在里面反锁了。

一来二去，俩人较上了劲，这就闹起来了。狗爸借着酒劲在外踹门，狗儿子在屋里配合着叫唤，一时间"叮叮咣咣""汪汪汪汪"三更半夜折腾得沸反盈天，住在楼下的花伯伯受不了了，心脏本来就不好，被头顶的踹门声、狗叫声闹得直心慌。一着急，给居委会打电话反映情况。

居委会查出房主是妇女窦，又给她打电话。

妇女窦不在莲城，在临城帮女儿带外孙子。她以为还是白姑娘她们租住呢，立即打白姑娘手机，关机。再打另一位姑娘的电话，说"您所拨打的号码是空号"！

蒙了！妇女窦蒙了。忽然想起当时留了白姑娘男朋友黄某的电话，立即找出来，拨过去。这次打通了。问，咋回事？

黄某说，他也不清楚。等他打听明白了，再告知妇女窦。

妇女窦不放心，半宿没睡好觉，一大早起来乘第一班车赶回莲城到自己的房子查看。

这一看不打紧，好悬没气晕过去。

敲开防盗门，是一个不认识的凤眼金发姑娘开的。

妇女窦一眼就看见里面原来好好的木门下半截出现一个大窟窿，再抬眼一瞅，房间里乱七八糟，地中央放着一个直径大约一米的充气的小水池，屋子里飘着一股异味。阳台上焊着一个巨大的狗笼子，一只身躯庞大的黄毛狗卧在其中，喉咙里发出"呼隆隆"的声响，两只放出凶光的眼睛对妇女窦怒目而视！……

哎呀妈呀！这，这，这，还是自己家吗?！报警！报警！报警！……

路胜利眨巴眨巴眼，拿笔敲着桌子，转脸问小眼寸头男，也就是狗爸："你是怎么得知黄某出租房屋信息的?"

"我俩在一个酒场上认识的。黄某说自己有套房要出租，我正好想给她找间房子安置,一拍即合。就这么回事。"狗爸冲狗妈一努嘴道。

"没看房产证、身份证?没确定黄某是不是房主,就敢租?"路胜利瞪眼问。

"没有,没想那么多。谁知道他是在撒谎,骗子。"偷情的狗爸好像还很委屈。

找黄某,关机。查手机号,没有机主登记信息。

哼!小儿科嘛,这难不倒路胜利,把白姑娘的手机号码发给沧州的同行,查出她的个人信息。

路胜利找到白姑娘询问。她说已和黄某分手。

"分了?分得好,点赞。不过恋半天爱,他家住哪儿总知道吧?"

"嗯,知道个大概。"

"大概"就行!路胜利马不停蹄连夜排查,找寻到黄某在莲城某镇的住址,堵!

"邦邦邦"敲门!

"谁呀?"

"居委会。"

"啥事?"

"发耗子药!"

开门的正是拎着箱子准备外出打工的黄某,被路胜利堵个正着。

派出所询问室里,黄某一开始还抵赖,梗着小细脖子死不认账。

这小子不见棺材不落泪啊!路胜利让郝国庆招呼妇女窦和狗

爸狗妈进来，三方对证，黄某哑口无言，蔫了。

事实清楚，谁惹的事谁负责。路胜利三下五除二，拿出处理结果，狗爸狗妈赔偿被踹坏房门的损失，拆除狗笼子，屋里消毒，限期搬出出租屋。

另外，路胜利提醒两位，赶紧结束不正当男女关系，该回归家庭的赶紧回，该寻找真爱的立马去找。树立正确的三观，一别两宽，各自欢喜。

"咳咳，对了，问一句，那个充气的小水池是干吗的?"路胜利说出心里的疑惑。

"噢，给狗宝宝洗澡用的。"

"给狗……真行，有这爱心和工夫以后多往人身上使使，比如自己的父母老人。"路胜利嫌恶地冲金发狗妈挥挥手。"哎，还有，赶紧给那狗打疫苗建户口档案，明天我们要上门检查落实情况。"

黄某的问题严重。一是退赔狗爸狗妈房租；二是向妇女窦赔礼道歉；三是耍小聪明冒充房东，批评教育之外罚款若干，必须彻底认识错误永不再犯。对，也要树立正确的三观。

妇女窦一旁直笑，大嘴叉子都咧到耳根子了，竖起大拇指夸路胜利公正公平。

"别乐，你就没责任? NO! 对自己的出租房监管不力惹出一堆麻烦，差点出了人命啊! 不过念你初犯不是故意，吸取教训下不为例，当务之急是赶紧去医院探望住院的花伯伯，道歉! 诚挚道歉并安慰其家人。睦邻友好是幸福里社区的基本原则，知道吗?"路胜利一口气念叨完毕，对自己没打磕巴很满意。

总算圆满处理完这起民事纠纷，路胜利托腮反思一下，总结了几点赶紧记在工作日志上,随即打电话召集辖区所有房屋中介的负责人,立即麻溜到幸福里派出所来开会。就拿这次"妇女窦出租房屋"离奇经历为例,举一反三,防微杜渐,决不允许类似事件再次发生。同时建立幸福里社区宠物犬台账,对宠物犬的种类、颜色、体型、是否注射疫苗、是否办理许可证,以及犬主的姓名、住址、手机号,进行登记。

"嗯,咱们还得定期到辖区所有出租屋入户走访!"路胜利对郝国庆说完,在工作日志上又记了一笔,后面画的那个巨大惊叹号,用红墨水描了。加粗,又描。猛一看,就像孙猴子那根打妖怪的金箍棒。

这一天天的……

六、兜兜转转

暑假结束前,路胜利骑着老"飞鸽"去了幸福大街的"大庄小面馆"。

在店里打工的季节,打扫卫生、跑堂兼送外卖,干得不错,小伙子的圆脸变瘦了,身体健壮了许多。

两个月的暑假工资,大庄给季节的报酬除了五千元工资,还额外奖励了三千元,大庄说:"小伙子很机灵,点子多。把面馆加到咱们莲城深夜食堂网站去了,外卖订单大增,我现在一天得卖二十副猪大肠才能满足顾客需要。"

"这么多啊?忙得过来吗?"路胜利惊异道。

"忙得过来。我们老板现在主要做卤猪肠和猪肉臊子,连汤带料外卖,快递小哥送到家门口,顾客只需自己在家煮面条,煮熟后把卤猪肠或猪肉臊子往上一倒就成，操作简单。不出家门就能享受美食。"季节开心道。

"那堂食咋办？"路胜利问。

"疫情闹得堂食客人几乎没有了，等疫情过去了，堂食照开。"大庄信心满满，"面馆的名声已经打出去了，顾客比起现在肯定只多不少。"

路胜利听了，很满意。他转头问季节，还想不想一夜暴富了？

"劳动才能致富，没有捷径。"季节道。

"好小伙子，这就对了。一心不能二用，尤其是正读大学的你，回学校好好学习，把真本事学到手。"

季节高高兴兴回家做准备去了，不日即回省城大学报到，开学了。

蒋美好她妈，路胜利丈母娘过生日那天，恰巧赶上公安局组织全体民警分期分批到白洋淀一日游。已经去过两批了，这是第三批，也是最后一批，轮到路胜利参加。按要求，每个民警可以带一个家属。

蒋正义说要举办家宴。路胜利跟罗唆请假，罗唆不同意。

罗唆说，这是公安局对基层民警的关心，必须参加。况且，还可以借机跟其他兄弟单位的同事们联络感情，平时哪有这机会？一举两得，何乐不为？不准假。

路胜利跟蒋美好一商量，干脆两好合一好得了，请全家人去白洋淀，也搞个"一日游"。中午就在荷花岛一起吃全鱼宴，既给老人庆生了，也没耽误公安局组织的活动。

跟蒋正义一说。蒋正义举双手赞成，他说，好几年没去白洋淀看看了，正好调个班去故地重游。

全家七八口子人，租了一辆依维柯面包车到达白洋淀，包了一艘游艇进淀。严有智休假呢，跟着一起参加。

莲城守在白洋淀旁边，路胜利他们这些在莲城出生长大的人，几乎每年都到白洋淀畅游一番。

想当年十几岁时，是骑车到白洋淀游玩。

那时的白洋淀干涸得厉害，淀底的泥土干裂。曾经烟波浩渺之处，不见清波，种上了小麦、玉米、豆类等庄稼，而一艘艘穿梭荡漾在白洋淀的木船，因白洋淀无水，倒扣在渔家的场院里、淀畔上。

一个著名的诗人看到昔日"华北之肾"的萧索，痛心疾首，写过一首名为《船坟》的诗歌，诗中写道："所有的船栽跌下来，三百里淀场都是坟场。""船，死了。安葬在淀底！"

直到南水北调、上游水库注水，白洋淀多年不见的景象重新出现，华北明珠终不负她的盛名，美丽的风景，富饶的水产，迎来八方来客。

现在的白洋淀浩浩荡荡，碧绿的芦苇一望无际，千百条水路就像城市里的大街小巷，一片片红的、粉的荷花千娇百媚。

相传很久以前，独自居住在广寒宫的嫦娥偷吃了仙药，身不由己飘飘然离开广寒宫向人间跌落。

就在她跌入凡间的瞬间，猛然惊醒。自己当初不就是因为向往长生不老，才偷吃了仙丹离开人间，怎么又下凡了呢?

她这一惊，惊落随身携带的宝镜，落地后摔成了大小一百四十三块，形成了组成白洋淀的一百四十三个水泊。

一群群雪白的鸭子畅游其中，摇船的老汉皮肤黝黑，手臂上青筋毕露，干瘦的双腿稳稳地站在船头上。

岸边摆着几个大木盆，里面摆放着扎成小捆的莲蓬，和煮熟的菱角。壮实的渔村大嫂，皮肤粗糙，穿着背心短裤，打着蒲扇，满脸笑容，招呼游船上的人购买品尝。

这时的莲子最好吃了。掰开莲蓬抠出里面的莲子，一个个碧绿饱满，只有小手指肚那么大，剥开包裹在外面的一层绿皮，露出里面雪白的莲子肉，放到嘴里，上下牙轻轻一咬，脆脆的、嫩嫩的，留在嘴里有些微微的甜和清香。

而且这时莲子中间的碧绿的莲子芯还不那么苦，很鲜嫩。

不时可以看见成群游泳的孩子，赤裸着身体出没于白洋淀的水中。黑黝黝的皮肤，晶亮的眼睛，只有开口笑时才露出一口的雪白牙齿，个个都像白洋淀里的水精灵。

中午上了荷花岛，上百种来自世界各地各种颜色的荷花开得正旺，阵阵荷花清香气味扑面而来，沁人心脾，涤荡污浊。

大家都散开了，忙着欣赏荷花。

罗唆脖子上挎着他的那个宝贝相机，"咔嚓""咔嚓"紧忙乎，热情地给大家照相。

路胜利搭眼一瞄，看见他给治安处的童警花拍照时，一脸媚笑，嘴里还说着什么"人面荷花相映红"。这就是罗唆说的跟兄弟单位联络感情吧？

路胜利打手机跟蒋美好联系。她说一家人已经上了荷花岛，正在观赏荷花。

中午，就在荷花岛上的渔家傲酒家吃全鱼宴。路胜利坐在公安局预订的饭桌旁，跟弟兄们推杯换盏一番。

申明一下，这是在休假，大家没有穿警察制服，穿的都是便装。

组织这次活动的公安局工会干事说,可以喝酒,一人一瓶啤酒,不能超量。否则严惩不贷!这是高压线,不能碰!警钟长鸣。

吃到一半,路胜利跟罗唆说家人也来了,得过去招呼。

罗唆还忙着拍照呢,叮嘱他不能喝多了,不能在全局弟兄面前丢他的脸。这才放他过去和家人团聚。

蒋正义也在渔家傲订的桌,酒水是不限量的,居然还有衡水老白干。

路胜利端了啤酒先祝贺丈母娘生日快乐!再换成雪碧汽水接着跟其他人喝。

蒋美好作为警察家属,对大家说了禁酒令,全家人都给予理解。

罗唆端着啤酒过来敬酒,邀请蒋美好这个警察家属去公安局那边和弟兄们一起见个面。

蒋美好不好意思过去,只好推托。罗唆不依不饶。

严有智喝多了,一把揪住罗唆,说她代替蒋美好去给敬酒,不要为难蒋美好了。

路胜利一看严有智粉面桃腮眼神迷离,就知道她喝了不少,赶紧拦住她。罗唆不知是什么用意,推开路胜利,他没有拦住严有智。

严有智一手拿着一瓶衡水老白干,一手端着一口杯酒,跟着罗唆来到便衣警察们的队列里。

彼时,局里安排的每个人就一瓶啤酒的定量,早就被喝完了。

看着严有智的架势,罗唆开腔说,喝可以,但只能拿白开水跟严有智喝。

严有智坚决不同意,说她一个女同志都喝白酒,人民警察怎么连啤酒都不端起来呢？还用白开水糊弄，简直就是在破坏警民关系嘛！这样就严重伤害了人民群众对人民警察的感情嘛。

这个阵势颇有挑衅的意思。

说起来，就严有智那点酒量，是不能跟一群着便装的老爷们比的，要是平时不上班还好，那就比试比试。

可是现在不行！虽然说是白洋淀"一日游"，但禁酒规定就像悬在每个民警头顶的高压线，谁敢应战，就立即让他触电"身亡"。

严有智举着酒杯，满脸不屑的样子，场面颇为尴尬。

路胜利正寻思怎么给严有智台阶下呢，谁想到这时苗得雨跳了出来！他一把夺过严有智手里的杯子，一仰脖子把那杯衡水老白干倒进了自己的嘴里。

这个情景，出乎路胜利的意料，也让所有在场的人惊讶不已。

一早在公安局大门口集合，统一上大轿子车时，路胜利就看见苗得雨带个妙龄女郎一起上的车，估计是他新谈的那个小学语文老师女朋友吧。

这时，苗得雨的举动显然很不合时宜。

路胜利偷眼看了跟苗得雨一起来的那位姑娘一眼。她没抬头看苗得雨，但脸色很不好看，肃穆悲壮。

路胜利心想，要坏菜！赶紧把严有智拽回蒋美好那桌。

苗得雨也被惹祸的罗唆拽着，出了渔家傲酒家。

白洋淀"一日游"很快收场，总体来讲还是很成功的。

倒霉的是苗得雨。回到局里，苗得雨就被刑警一中队的领导找去喝茶，接着是政治处领导找他谈话，要严肃处理。

尽管事出有因，但未能幸免。政治处的解释是，解救酒醉的人民群众，是人民警察义不容辞的职责。但是，那酒怎么能往自己的喉咙里灌下去呢？完全可以倒在地上嘛。

为此，苗得雨背了一个处分。新谈的那位小学语文老师，成功告吹。

严有智酒醒后，在"相亲相爱的一家人"微信群里宣布，彻底戒酒！彻底戒酒！彻底戒酒！！！重要的事情说了三遍，后缀好几个感叹号，显然决心很大。

目睹了这一切变故的路胜利，脑袋瓜子嗡嗡的。现在可好，苗得雨又单身了，他和严有智到底有没有戏啊。

七、百万富婆邱大妈

"小路，路警官，我丢了一百万元，你可得帮我找回来！"

"一百万？这么多？咋丢的？"路胜利一听，吓一跳，看不出来啊，平时看着挺朴素的邱大妈居然能有一百万元的存款。

"唉，别提了……"邱大妈坐在路胜利办公室的沙发上，拍着自个的老粗腿，连声"唉唉"叹上了气。

"您别急，邱大妈，慢慢说。"路胜利用一次性纸杯接杯热水，放在邱大妈手边上，摊开了工作笔记本。

"以后别叫我邱大妈了，我姓白。"

"喔，那，白？乍一改，我还不习惯了呢。大妈，您就说咋回事吧。"

"前一阵儿，我回老家云南一趟，那里也没啥亲人了，就是想回去看看，结果遇到当年一起下乡的同学……"

听了半晌，路胜利整明白了。邱大妈老家是云南某个小城的，初中毕业后响应号召下乡去了，在农村广阔天地大有作为几年，又按照政策回了城。作为知青，一直没有安置工作，待业。那时，亲戚给介绍个对象，是石油工人，俩人见个面就成了，结婚后跟着丈夫到了华北油田。生儿育女，忙不过来，写信让父母也到了油田。一晃四十年过去了，其间父母相继去世，骨灰安置在陵园里，想着离得近，祭奠起来方便。后来因为各种各样的原因，都没回老家去看看。儿女成家后，又帮着看孩子，第三代也都上了学，忙乎了一辈子的邱大妈总算消停了。

儿女孝顺，鼓动邱大妈回云南老家看看，三说两说，邱大妈动了心，原本淡忘的记忆浮现出来，这才下决心跟着老伴整了一次"南巡"。

"啥都变了，哪儿哪儿都认不出来了。"邱大妈说，回去后，就连当地话她都听不懂了。说来也巧，居然在老街见到了当初一起下乡的知青战友，一把把邱大妈拉住，喊了一声"白桂芝"！邱大妈都蒙了，白桂芝是谁？再一想，身份证上写着呢嘛，自己就是白桂芝啊。

老乡相见，分外眼红，又哭又笑就不放手了，立即召集了一群老知青们搞起了聚会。

邱大妈激动啊兴奋啊，没想到竟然能见到老朋友，还能叫出自己的名字"白桂芝"！这么多年跟着邱大爷过日子，差点儿都不知道自己姓啥了。真是不虚此行。

更让邱大妈没想到的是，当年她结婚后到了北方，没多久，留在小城的知青们陆陆续续都被安置了工作。当年通信不发达，邱大妈从来不知道这个消息。要不是这次省亲，邱大妈还不知道呢。

餐桌上，有人问邱大妈在油田干啥工作，是不是采油？或者炼油?"我当个石油工人多荣耀……"当场还有人唱了起来。

"这个……"邱大妈不知如何开口了,说自己当了一辈子家属?唉,真窝囊。可事实又如此啊,没办法,只好实话实说了。

这一下,就跟水滴掉进滚开的油里似的,炸了锅。

"你一走,没多久,你父母就走了。我们没有你的地址,也不知道怎么告诉你。"

"我们知道你去了油田,那里缺人,还以为你早就被安排工作了呢。"

"当年能嫁给石油工人,多光荣啊。"

"你要是不结婚,肯定跟我们一样,有了工作,现在拿着退休金。"

……

叽叽喳喳,议论纷纷啊。邱大妈两只耳朵嗡嗡的,就像有一群蜜蜂在那里开会似的。

回到北方,邱大妈就病了,在床上躺了半个月,爬起来就到派出所报案来了。

"这个……"莫名其妙的,路胜利的后槽牙开始疼,捂着腮帮子直吸冷气。心里琢磨,这可咋办好呢?

"大妈,您这一百万元,是打哪儿算出来的呢?"

"这问题问得好!"邱大妈精神一振,站了起来。

路胜利一只手往下按,示意邱大妈坐下来说。邱大妈又坐下。

"你看啊小路,四十年,前十年按照每月六十元算,十年七千二百元;第二个十年,每月按照一百五十元算,十年一万八千元;第三个十年,工资都涨起来了,每月按照一千元算,十年十二万元；后十年，每月按照三千元算，十年合计三十六万元，四十年一百万元。"

"等等，等等，停。大妈，我算大概五十万元吧，剩下的五十万元哪儿来的?"

"耽误我工作，耽误我为国家做贡献，他们得赔偿我吧? 不多要，跟工资一样就行。"邱大妈的两个嘴角已经冒出了白沫，额头上钻出一层细密的汗珠。

"他们? 他们是谁? ……"

"咣当"一声，门被推开了，一个老头闯了进来，"嘿，你这老太婆，还真跑这儿来了，快回家吧，孙子闹着找你呢"。

路胜利一瞅，邱大爷，救星啊。赶紧起来让座。

"我不坐，给你添麻烦了，小路。我这就把她领回去。"邱大爷冲着邱大妈说，"走啊。别给人小路添乱了，派出所不管你这事儿。"

"都是你这破老头子，要不是你，我也是国家工作人员，每月领工资的人。我这辈子就是毁在你手里了，伺候你邱家老老少少的，差点都不知道自己姓啥了。"说着邱大妈号啕大哭起来。

"嗨，来劲儿了还! 快走吧，别在这儿丢人现眼了。"邱大爷就去拽大妈的胳膊。

"不，就不! 今天不解决我的问题，我就在这儿住下了。你们谁都别想拦着我成为'百万富婆'，我以后再也不伺候你们老邱家人了。"邱大妈抹了一把脸上的泪水，神态凛然了。

"百万富婆? 哼哼。"邱大爷翻着白眼哼哼两声，很是不屑。

"要不是你，我就是百万富婆! 小路刚才还帮我算了账呢。是不是小路?"

"这个，怎么说呢，还得仔细算一下才能确定。"路胜利一看火要烧到自己这儿了，赶紧打圆场，"这么着大妈，我这里吃住也不方便不是？您还是先跟我邱大爷回去。您的事儿我记着，给您打听打听，一有准信马上告诉您。您看，这样儿成不？"

邱大妈半天没吭声，想了一会儿说："行，小路，大妈就指望你了。大妈后半辈子过得幸福不幸福，全靠这一百万了。"

听邱大妈这么说，邱大爷的俩眼珠子好悬没瞪出来。

好不容易劝走了二位，临别邱大妈丢下一句话，路胜利心里一咯噔，赶紧去跟罗唆汇报。

"这打哪儿说起呢？"罗唆喝口保温杯里的枸杞水，也犯了难。

"要说，冤有头债有主。这事儿没个办法。找谁去吧？不现实啊。"路胜利的后槽牙还是隐隐约约的疼。

"哎，对了，这不属于咱们派出所业务范围啊。咱哥俩跟着瞎起什么哄？"

"还真属于。"路胜利眉头紧皱，"那邱大妈临走时说了，问题解决不了，她就去北京上访，她说总能找着说理的地方。"

"噢，那得重视。咱们辖区绝不能出现上访人员。再做做家属的工作，看行不行。"

"行。目前来看，邱大爷是反对的，我再找一下子女。"路胜利说。

邱大妈子女的工作不用做就通，全家，背着邱大妈，都说邱大妈没道理。

"虽然我妈没工作，但照顾我们一家老小，贡献大着呢。"女儿对她妈的付出是肯定的。

"是啊，即使当年通知到我妈了，她也不可能回云南工作啊。

她回去了，我爸回不去，我们一家非得乱了套。"儿子分析道。

"她这是看见老同学了，心里不平衡。其实，打结婚起，我每月的工资都给她，还不是相当于给她发工资了。人心不足蛇吞象。"嘿，邱大爷最后一句说得漂亮。

"既然各位的思想高度统一了，就得想法儿做通大妈的工作。大妈心里的疙瘩不解开，人是看不住的，腿长在大妈身上，还不是想往哪儿去就往哪儿去？"邱大妈家人的工作做通了，只能说成功了一半，另一半工作才是难点所在，路胜利悬着的心还是没放下来。

方案旋即制定出来了。女儿打头阵，说，马上向单位请年休假，带邱大妈去旅游，边玩边做工作。核心思想是"这好日子还不抓紧时间好好过？别浪费精力整那些没用的"。

十天后，大家碰头，有点儿效果，邱大妈不再说自己是个被耽误的"百万富婆"啥啥的话了。

紧接着，儿子撸起袖子上阵，请邱大妈和邱大爷到自己家住，一个孙子一个孙女，一大一小俩萌娃，甭提多可爱了，成天逗老两口开心，一时半会儿哪还顾得上折腾。

时间一晃一个月过去了。

"情况怎么样？"路胜利压低嗓音给邱大爷打电话，跟地下党接头似的。

"间歇性发作，间隔时间越来越长。目前情绪稳定。"邱大爷的嗓音更低。

"没张罗去北京上访啥的吧？"

"没有。"

"革命尚未成功，大爷您还需要努力啊。加油！"

"放心，你大爷永远是你大爷。加油……"

过了一段时间，看见邱大妈在跳广场舞，邱大爷端着一个红色的大号保温杯在一旁候着。

看见路胜利了，老两口一起过来打招呼："小路，大妈想通了，我这儿女双全，第三代也挺好，你邱大爷对我这辈子没啥说的。这不比当个'百万富婆'强啊。"

"再说了，你就是货真价实的'百万富婆'。咱家的房子一百多平方米，挨着雄安新区，市价早就一百多万了。"邱大爷冲路胜利眨眨眼。

"还别说，邱大爷这话没毛病。"路胜利乐了，由衷赞叹道，"我大爷就是我大爷。"

手机响起来，是罗唆，接了，"咋样儿?"罗唆也学会压低嗓音了。

"一切，欧了。"说着，路胜利用手比画了一个"OK"的手势，这时他忽然发现，疼了一个月的后槽牙不治而愈了。

八、亲，哪是好相的

小警花肖黎，幸福里派出所唯一的女民警，最近一直比较沉闷，工作忙是一方面。稍微注意一下她的脸色和神态，其实就能看出来，她很不开心。但一则各位警官工作都忙，二则女同志的心思，好了坏了也不能多问，男女有别嘛，文明距离还是要保持的。

说白了，原因倒是不复杂，就是家里又要让肖黎去相亲。男方是父亲同事的儿子，在油田研究院工作，是助理工程师。

在所里，罗唆和路胜利的父辈都是石油人，他俩属于油二代。

肖黎更胜一筹，她是油三代，也就是说她爷爷奶奶那辈儿就是老石油人，她父母是石油学院毕业的，在油田研究院工作，都是高级工程师。如果肖黎按照父母的设想，本来她也应当是一个石油人，可她却没按父母的设计走下去，半路改道了。这里有个原因。

一个人的记忆是从什么时候开始的？有早有晚，肖黎却清楚地记得，她的人生记忆是从三岁开始的。

那年去爷爷奶奶家玩儿，父母带着她去附近公园看梨花，她妈摆姿势，他爸拍照，俩人一时忘我，沉浸其中，竟然都没去注意肖黎。小家伙晃晃悠悠迈着两条小短腿，揪了一朵草地上的小野花，不一会儿又发现一只花蝴蝶，她大概以为那是一朵会飞的花呢，一步一趔趄地跟着那只漂亮的花蝴蝶慢慢跑远了。渐渐跑出了父母的视线，等到她想起来父母时，张目四望，早就看不见了他们的踪影。

她也不知道急，慢慢跟着人群溜达出了公园，不知不觉走到了大街上。也不知走了多久，被一位警察阿姨看到了，发现没有大人领着她，就大声问是谁家的孩子，周围的人纷纷摇头。警察阿姨俯下身问她家的住址，她也说不清楚，警察阿姨笑眯眯地，抱着她一路问，一路找，终于有一位奶奶认出她，知道她是谁家的孙女，警察阿姨这才把她顺利送到爷爷奶奶家。

等到父母拍完照，发现她不见了之后，极度惊慌，四处找不到人赶紧去派出所报了警。等他们疲惫不堪回到爷爷奶奶家时，才发现她正稳稳当当坐在桌子旁吃东西呢。母亲刺耳的惊呼声，在她的脑海里留下了不可磨灭的印记。长大后，回忆起自己是从什么时候有了记忆时，总是从一声"哎呀妈呀"的尖叫开始，那年她三岁。

从那时起，那位穿着一身橄榄绿的警察阿姨的形象就深植于她的心目中，崇高、伟大、正直、善良、无所不能等，所有美好的词语似乎都无法表达她的崇拜和敬意。任何时候见到了任何一位女警察，她都感到无比亲切。

高考前，填报志愿时，她义无反顾地填写了警察学院。潜意识里，她希望有一天自己也会成为某一个小女孩心中的英雄，这是她的梦想。四年警院学习生活，她努力让自己成为一名合格的警察，青春的萌动也曾经让她陷入一种情感的旋涡，是暗恋也是单恋。

上刑事侦查课后，为了理论结合实践，任课老师让他们分作两派，一派是被跟踪对象，另一派是侦查员。她和那位男生假扮一对情侣，互相协作，一路东躲西藏机智地甩掉了跟踪他们的同学，两个年轻的身体紧挨着躲在暗处，那时他的呼吸可闻就在她的耳边，她的发丝拂过他的面颊，有些痒有股清香，特殊的环境让两颗年轻的心加速跳动。在那之后，他们的眼神互相躲避着，却又忍不住互相找寻，在教室里，在走廊上，在操场上，在食堂里。后来，后来……

回忆到此戛然而止，肖黎不再去想那段青葱岁月的情窦初开，清纯美好。可惜时光不能倒流……

回到莲城工作后，一直不谈恋爱的肖黎，开始让父母担心。虽说现在很多大龄青年男女流行不婚，可那毕竟仅出现在北上广一线国际大都市，那里的女性学历高、房价高、结婚成本高，因此恐婚、不婚尚可理解。而莲城是城乡加一起不到百万人的小城市，是本地人口中的"十八线小城"，物价不高、房价比起百余公里外的京城更是低到尘埃里去了，似乎根本不存在能阻碍婚姻的不可逾越的屏障，那么正值青春华年的肖黎为什么不谈恋爱，眼光高？没人追？没开窍？性冷淡？一连串的揣测，让她的身为高级工程师的父母寝食不安了。四处请同事或朋友帮忙介绍优秀男青年，并且想方设法打听每年油田研究院新分配来的男大学生们有无女朋友。如果没有，就请人介绍给肖黎。即便如此，肖黎丝毫不为所动。只用轻轻两个字便回绝了所有的相亲："不见。"

贾副校长对女同学的深情与对妻子的绝情和离家出走，那位女诗人为得不到爱恋的人痛不欲生，这些身边人发生的真实故事，让肖黎的内心翻江倒海，为什么不能跟最喜欢的人在一起？为什么不能等呢？如果两人相爱，因某种原因暂时不能在一起，不可以互相等着吗？即使白发苍苍满面皱纹时才能再次相遇，你未婚我未嫁，多好啊，为此大半辈子都是孤独的又能怎样……

没有爱情的婚姻，她不要；若非两情相悦，她也不要。

肖黎的婚恋观，父母哪里能同意啊？现在的年轻人多幸福，国家二胎都放开了，他们那辈人没赶上的好政策，这代年轻人唾手可得，肖黎却不屑，父母怎能不着急？

还有一点，是他们之间无法逾越的鸿沟。父母要求肖黎的另一半必须是学石油专业的，其他职业不行。

这要求，对于肖黎来说，简直太匪夷所思了。爱情来了，爱上了一个人，首先是视觉感受、心理感觉、甚至嗓音、个人魅力等，职业绝非第一要素。父母把他们的理想强加给肖黎，强人所难，也是她不能接受的。

不忍看着父亲叹气和母亲流泪，肖黎稍有妥协，相亲对象纷至沓来。

父亲同事的儿子说，他除了是助理工程师，还是斜杠青年，"斜杠青年，懂吗？"

他们坐在一家奶茶店的卡座上，肖黎点点头："懂。"

"我有驾驶证、英语六级证、钢琴八级、硕士研究生毕业证、二级建造师证、二级运动员证……"

"青年才俊。"肖黎想想自己从小到大那几张可怜的证书，禁不住手动点赞，心里暗想，跟自己聊天会不会耽误他拿证啊？

"我喜欢爬山、户外运动、露营、打羽毛球。"

肖黎捧着奶茶，点点头，这些爱好不错，起码说明不是宅男。

"我喜欢听音乐，种植花花草草。"

嗯，热爱生活，肖黎喜欢多肉植物，家里卧室的窗台上摆满了盆盆瓶瓶罐罐，肉肉乎乎，可可爱爱。

"我爱好爬行类动物，养了一条蜥蜴、两条蛇，给你看看我的宝贝儿小青青和小白白吧。"斜杠青年一脸蜜汁微笑，说着立即打开随身携带的包包，要去取里面的什么东西。

"嗷"一嗓子，可怜的肖黎当场被吓得花容失色，喷出一口奶茶，下雨一般散落在桌面上，她顾不得体面与礼貌，起身拔腿落荒而逃。

"警察还怕这个吗？……"那斜杠青年斜眼盯着肖黎慌慌张张的苗条背影，不解地自言自语道，"哦，小青青小白白不怕不怕啦，爸爸带你们回家家。"

青白个屁！你死不死啊！

母亲精心挑选出来的那位男青年，周末到家里做客，放下手里拎着的一把香蕉和四个苹果，四处打量房间的布局，赞叹高工楼果然又大又气派。

俩人外出在小区花园溜达。男青年说，他就喜欢书香门第家出身的女孩子，知书达理，有气质。他跟肖黎谈恋爱，是奔着结婚去的。他的想法是，结婚后就把他的父母从农村接出来一起生活："老少三代，同一屋檐，父慈子孝，其乐融融。"

这是他勾画出的美好家庭画面。

见肖黎不吭声，继续描绘道："你是独生子女，以后多生几个孩子，不发愁不好养，你父母和我父母都可以帮着带。"

典型的凤凰男。

"再见。再也不见。"肖黎转身往家走去。

"哎，像我这样的人类高质量男……"

呸！普信男吧。

还有一位在北京某个石油单位工作，但没有北京户口，他父母的意思是在莲城找对象，这样可以把他拽回来，车房都是现成的，在北京打拼，想过上有房有车的日子太难了。

微信互加了，互相之间一句问候都没有。过了一个星期，肖黎把他从自己的微信通信录里删除了。

另一位更是离了大谱，明确表示他是同性恋，可以和她结婚，生孩子，但都是为了他父母，他是不会真的和她生活在一起的。

这都是些什么鬼啊！

魑魅魍魉见了一堆，原本就怀着戏谑心理的肖黎，再也不敢去相亲了。

这么多人为了自己的个性和想法去生活，不委屈自己，不迁就别人，活得理直气壮，肖黎为什么不行？适合自己的优秀男青年肯定有，没遇见就当是缘分没到，那就顺其自然，什么时候出现再说。"你不要去找，你要等"，这是一位著名的女作家告诫未婚女青年的话，不一定百分百准确。肖黎可不想瞎子摸象般去找，她等得起。

父母认为把她嫁出去，是责任也是任务，似乎并不在乎那个人和她是否心灵契合。

关于婚恋问题，两代人之间的分歧越来越大，肖黎更加抵触相亲了。

"咻"一声提示音，肖黎的手机微信收到一条信息：

"你总有一天将爱我，我能等

你的爱情慢慢地成长

像你手里的这把花

经历了四月的播种和六月的滋养

今天我播下满怀的种子

至少有几颗会扎下根

结出的果尽管你不肯采摘

……

我坟前的一朵紫罗兰

……

死有何妨？你总有爱我的一天"

怎么还"坟前""死有何妨"了？要死还是怎么着？再仔细一看，是那位"人类高质量男"发来的。肖黎吓得差点把手机丢了出去，赶紧删除联系人！当时怎么忘了拉黑啊，微信一删，一别两宽。

"咻"一声又进来一条微信，点开一看，是路胜利发来的："肖黎，师父的《宪法》考试过了！哈哈哈！"

可以想象师父那副大嘴叉子咧到耳朵根的开心模样，肖黎的嘴角一弯，也笑了，暂时忘却了自己的烦恼。

第五章　叠翠流金

一、青杧果

眼瞅着挂在夜空上的月牙越变越圆，即将满月时的中秋节前，派出所收到一个大包裹。

路胜利一见快递小哥，乐了，是老相识苟富贵，看上去清瘦利落，便问："怎么，干起快递了？"

"路警官好。是的，现在快递业最发达，也缺人。"苟富贵说着，从兜里掏出几张百元纸币递给路胜利，"一直说来还，一直没得空，谢谢路警官了。"

"噢？噢，想起来了。"路胜利呵呵一笑，"水晶项链，对吧。你送女朋友礼物，这钱得你自己掏。好吧，我就收起来了。"

说着接过纸币一看，是五张，立即退回给苟富贵一张："利息没那么高。"剩下的四张揣到了兜里，道："收入怎么样？"

"只要能吃苦，勤快点，一个月上万没问题，在咱们莲城属于高收入了。"苟富贵很高兴，"路警官，加一下我的微信，你要发快递就找我，上门取件，不收费。"

"好啊，不过得收费，否则我就不叫你了。"

"好的,路警官再见。"

包裹打开了,是一大包杏仁、苹果干、桃干、枣干、干蘑菇啥的,这是苏裕从承德邮寄来的,他打电话告诉罗唆说,这些有的是他抽空上山采摘、晒出来的,有些是康壮爹妈和乡亲们送的,山沟里的特产就是这些,不是什么值钱的东西,但绝对确保是无污染的纯绿色食品。过团圆节了,他也回不来,给弟兄们尝尝鲜。

罗唆给大家分了分,留一些干蘑菇,给食堂的范师傅,中午做个蘑菇汤。打电话把康壮叫到所里,每样给他一些,说里面有他爹妈送的,让他拿回去给保安队的同事们尝尝。其余的,让老杜去社区养老中心送月饼时,顺便带去,让老人们都尝尝大山馈赠的绿色食品。

中秋节这天,是罗唆和钟必胜的班,肖黎申请在所里值班,罗唆有些纳闷,但还是答应她了。

晚上,坐在院里的小花园中的石桌子旁,秋风微凉,很舒爽,肖黎望着天上的圆月,发呆。

不一会儿,钟必胜也来到院子里,递给她一瓶绿茶,颇为知心道:"别憋着了,小肖同学,说说你的故事吧?"

……

当年在一起读警校时,肖黎是班里的通讯员,负责去收发室取信。拿到手后,就跑到教室里,欢快地发到每一个收信人的手里。

每次肖黎递给他那封落款是某市医学院的信时,他都默不作声接过去,装进衣袋里。

他们同是班级干部,他是纪律委员,肖黎是宣传委员。肖黎喜欢写文章,他的书法很好。

　　于是，每周的班级黑板报上，都是他用各种美术字抄写的肖黎的文章，有时要在教室里加班干到很晚。大多数的时候，肖黎都是陪着他，在一旁看书。等他出完黑板报，肖黎第一个欣赏，有时发现一个错别字，肖黎会拿起一块湿润的白布擦去错别字，由他补写上正确的字。

　　直到找不出错误，他再摆好黑板报，然后他们一起离开教室。

　　他送肖黎到女生宿舍的楼下，一直看到肖黎住的第三层楼道的感应灯亮了起来，他才转身回自己的宿舍。

　　那时，每一天每一天，都那么美好，都以为永远不会结束。

　　中秋节，大部分本市的同学都回家过节去了。他有亲戚在本市，被邀请去过节。他把亲戚家的电话号码告诉了肖黎，说有事可以打给他。

　　肖黎留在校园，独自坐在紫藤花廊的阴影里，看一轮圆月从天边缓缓升起。肖黎跑到收发室给他打电话，问他，如果此时一起望向天上的月亮，是不是就算一起过节了呢?

　　他没想过这个问题，但也觉得似乎不错，便回答道，大概是吧。肖黎不再说话。

　　挂掉电话，他想，肖黎一定是想家了。第一次独自在外过这个团圆的节日，心里肯定是不好受的。

　　那晚，他赶回学校，大门已经锁上，他是翻墙进去的。

　　女生宿舍楼黑暗寂静，他不敢去喊肖黎的名字。只好在月光下踱步到紫藤花廊，坐在那里，抬头静静地看着天上的圆月，手里攥着一颗散发出幽香的青杜果。

　　第二天，课间，趁大家不注意，他把青杜果偷偷放到肖黎的书桌里。

肖黎拿到青杜果后，回头看了他一眼。

他假装望着黑板做思考状，没有和肖黎对视。

日子继续风平浪静地过着，班里每期的黑板报依旧由他俩配合着完成。而余下的几个中秋节，他没再去亲戚家，都是留在校园里和同学们一起吃月饼，赏月。

毕业以后他们通了一年多的信，渐渐地就不来往了。每年的中秋节夜里，他都会找几分钟空闲时间，静静地，独自仰望一会儿月亮。开始几年是在农场的场院里，后来是在家里的阳台上，有时在路边，有时在山里，有时在海上，还有一次是在肖黎家乡的城市里……

毕业三周年时，正值校庆四十周年，班长说要组织同学聚会，在他们曾经一起读警校的城市。大家四处联系，都忙，有时间聚的同学只有十几个。

他去了，肖黎也去了。

肖黎很激动，说火车上的十几个小时，一点东西也吃不下。肖黎空腹喝了酒，敬所有在座和没到场的同学。

他看着肖黎脚步跟跄，跑去卫生间。他跟出去，守在卫生间的门口，等肖黎出来。

肖黎收拾好自己的妆容，走出卫生间的门，一抬眼就看见了他。肖黎大着胆子走到他面前，很近的距离，问，是在等我?

他说，是的。

肖黎的喉咙哽住了，说，以前为什么不等?

他无言以对。

肖黎笑了，说，我过得特别好，充实，成功，未来阳光灿烂。

他说，好。

肖黎忽然抓起他的一只右手，狠狠地咬了一口。

他心里一凛，很想拥抱一下肖黎，没等动作，肖黎已经放下了他的手。他看着手背上的牙印，一直疼到心里去。

他跟在肖黎的身后回到雅间，就像什么也没发生一样。肖黎左顾右盼，妙语连珠，巧笑含羞，齿如编贝。

他捕捉肖黎的眼神，却发现肖黎再也没有看他一眼。

又过了几年，他去南方出差，回家时，高铁路过肖黎的城市。临上高铁前，他买了一箱青杜果，又给肖黎打了一个电话，说了自己到站的时间。

一出高铁站，他就看见了肖黎。

他们在候车室找了一家咖啡厅里落座，他问肖黎过得好不好。

肖黎说我们还是谈谈天气吧。他不再说话，不自觉地抚摸自己的右手，当年肖黎咬的牙印早已不见，但却隐隐作痛起来。

当然了，肖黎也没有谈起天气。像在一起读书时，每次递给他信件那样，默不作声。

换乘的高铁很快就到了，他把一箱子青杜果递给肖黎。

肖黎拎起来就走，没有回头，肖黎知道他一定会望着自己的背影。虽然肖黎想走得从容优雅，心里却感觉自己狼狈不堪。

高铁上，他回忆起这么多年是怎么度过的。

当年毕业后，他去了一个农场公安局，肖黎则回到了莲城，两地相距两千多公里。

他们开始电话通信，还没有聊到未来怎样生活的时候，那个经常给他写信的医学院女生大学毕业了，那是他的高中同学。大学毕业后原本可以留在省会城市的大医院里，但那女孩子申请去了他所在的农场医院工作。

农场的人都觉得，女医生是奔着他来的。

那时，他想起肖黎，他觉得自己一辈子或许就在农场了，不敢去追求肖黎，让肖黎这个独生女离开父母到千里之外，和自己一起在艰苦的地方生活，他不忍心。

一年后，他和女医生结了婚，生活一直很平静，那就是所谓的幸福吧。

而肖黎收到他结婚的请柬，抚摸着烫金的"囍"字，心里一下子空了，她刚刚说服父母，说她爱着那个同班同学，她要去找他。书桌上摆着一封手写的信，是肖黎羞涩的表白和对未来幸福生活的畅想，刚刚糊上胶水，刚刚贴好邮票，练了很久的钢笔字非常工整漂亮。这一切，都烟消云散了。

……

回到家，肖黎把青杧果摆了一窗台，清香四下弥漫，好闻极了。肖黎想象着剥开青杧果厚厚的皮，里面是微黄或淡白色的果肉，酸甜可口。

记起大二时收到的那颗心脏形状的青杧果，肖黎以为是未成熟的杧果。因为那时候，在北方超市的水果摊上看到的杧果，几乎都是金黄色的表皮。

那颗心脏形状的青杧果，在宿舍肖黎的床头枕旁放了很久，睡梦中都有一股淡淡的酸甜的味道。

直到青杧果发黑了，肖黎也没舍得剥开，直到它变成一颗干瘪的干果，肖黎还是保存了许久。

过了许久，肖黎才知道，那颗青杧果其实已经成熟，是可以吃的。

肖黎在网上搜索了一下，"未成熟的青杧果被称为情人果。是集色香味和营养于一身的果中佳品，含有大量的营养元素。那酸酸甜甜的味道，犹如恋爱中的感觉，使人怦然心动，又别具浪漫的热带风情"。

肖黎把他送的那些青杧果，按照网上教的步骤去皮、切条、搓盐、腌制、脱水后，放进广口玻璃瓶里，码一层青杧果，撒一层白糖。盖好盖子，放到冰箱里冷藏。

二十四小时后取出来，用水晶的碟子盛了，坐在夕阳的余晖中，用闪着银光的果叉，取一块心状的青杧果果肉，对着夕阳看，像一颗闪光的绿宝石。

放到嘴里，细细品尝。酸甜的汁液在口腔里扩散开来，眼前慢慢升腾起了一层雾气……

青杧果的味道，真好。

想起那年的中秋节，当肖黎一路风雨兼程赶到那个农场时，看到满地还没有清扫的鞭炮纸屑，他家那栋楼单元大门上的对联，贴在门中央巨大的"囍"字，一切都是鲜红的、刺目的，所有的鲜红都在不停地提示肖黎，一场热闹的婚礼刚刚结束。

肖黎风尘仆仆的背包里，装着他寄给肖黎的请柬，和肖黎写给他的表白信。

这变幻莫测的人生，哪里出了偏差？

怎么就错过了呢？肖黎一直想不明白，一直一直，想不明白。

……

肖黎的故事讲完了，这是她从未示人的一面，说出来，似乎感觉好一些。抬眼望去，夜空中挂着一轮稍有残缺的月亮，这一年的中秋节，又在眼前了。但心里感觉空落落的……

钟必胜沉默良久，道："公平起见，我也给你讲一个自己的恋爱故事吧。"

……

二、十五的月亮十六圆

中秋节一早，老耿叔就打电话叫罗唆晚上到他家去吃饭。

罗唆值班，原本想推托，后来一想，大过节的不去不妥，于是就跟老杜换了个班。

自从老驴的"河间正宗驴肉火烧店"在幸福大街重新装修后，开张时，店里售出的食品增加了几样，有驴肉火锅、凉拌驴皮冻、菠菜花生豆、豆芽豆腐丝、尖椒皮蛋、糖醋萝卜丝；喝的方面，增加了啤酒、高粱烧和几样汽水、果汁；荤素搭配，都是家常菜，老少咸宜。客人来了，丰俭由己，仅为果腹也行，约三五好友小酌一顿亦可，生意着实不错。

为了感谢罗唆对他的关照，老驴特意选中秋节这天上午到所里，请罗唆晚上去他的店里吃饭。罗唆那能去吗？必须拒绝啊。老驴却不答应，说罗唆不去，就是瞧不起他是小商贩，罗唆是穿官衣的大所长云云。

说得罗唆笑起来："你这张嘴啊。哪有的事儿？我们有纪律，不能接受宴请、在外吃喝，你要是想让我把这身警服脱了，那我就去。"

"这么严重？就是一顿便饭，店里现成的，花不了我几个钱。"老驴道。

"不是钱的事儿，这是铁律。"罗唆正色道。

老驴见请不动罗唆，还是不甘心，回到店里包装了十斤熟驴肉和其他一些熟食，回到派出所，直接进了小食堂，跟范师傅说那些驴肉都是罗所长订的。

午饭时，罗唆见餐桌上多了一大盘凉拌驴肉、驴筋、驴板肠、驴闷子，不解地问范师傅是咋回事儿。

范师傅不解道："不是你订的吗？老驴说的。还有一大堆呢。"

"行吧。"罗唆见大家盯着那一大盘子的驴肉拼盘都快流下口水了，只好道，"最近各位都很劳累，我请客犒劳大家。"

吃完午饭，罗唆叫上朱大黑，把剩下的驴肉等熟食包好，送到社区养老中心，交给戴主任，道："这些食品是咱们幸福大街热心商户老吕同志送来的，可以再加工一下，加上白菜豆角茄子土豆，炖烂一点给老人们吃。"

戴主任有些奇怪，罗唆把他拉到一旁说明真相，又掏出一沓钞票递给戴主任，戴主任点点头收下了。

快晚饭点时，罗唆和戴主任一起去了幸福大街的"河间正宗驴肉火烧店"，见到老驴，戴主任一把握住老驴的手道："我代表社区养老中心的老人们，对吕老板的关爱表示衷心的感谢！"

糊里糊涂的老驴，莫名其妙地看着他俩道："罗所长好，戴主任好。怎么回事儿？我不明白。"

"感谢吕老板对社区养老中心老人们的关心。你送去的驴肉，非常好吃又有营养，老人们吃了都很喜欢，有些老人食欲大增，都多吃了一碗饭呢。"罗唆环顾一下店里的客人，继续道，"吕老板发财不忘回馈社会，是我们学习的好榜样。"

老驴恍然大悟，表情复杂地望着罗唆和戴主任，不知道说什么好。

戴主任掏出一沓钞票，递到老驴手里，笑着道："我们不能白吃吕老板的驴肉，你这也是小本经营，这是按市价给你的报酬，给我开一个收据。以后我们养老中心会不定时到你店里购买驴肉，为老人们改善伙食。"

店里的食客们看到这一幕，都纷纷鼓起掌来，闹得老驴满脸通红。

戴主任和罗唆出了老驴的店，两人分手后，罗唆去超市买了两盒无糖月饼和一篮子时令水果，赶去老耿叔家赴宴。

原以为就老耿叔和保姆俩人在家，敲开门，罗唆发现，居然坐了一屋子人。

打眼一扫，都认识，老耿叔的三个儿子俩闺女嘛。加上老耿叔，六个人十二只眼睛，齐刷刷地射向罗唆。

屋子里很安静，罗唆有些不自然了，"各位都在呢，中秋快乐！"说着把月饼盒子和水果放在鞋柜上，自己找拖鞋换。

客厅中央的餐桌上已经摆好了六凉六热，十二盘菜，外加一盆汤。厨房里传来几声"乒乒乓乓"，不知保姆在鼓捣啥。

"来，来，来，坐。"老耿叔招呼罗唆。

"我先去洗个手。"罗唆一猛子扎到卫生间里，寻思有些不对劲儿，至于哪儿不对劲儿，还没明白。

一落座，大家依旧鸦雀无声。罗唆也没敢动筷子。

"玉芬，你也来。"还是老耿叔先开了口。

玉芬？罗唆记得老耿叔俩闺女，一个叫耿欢欢，一个叫耿乐乐，玉芬是谁？

"哦，来了。"话音未落，保姆胡婶子从厨房出来了，头脸和身上都焕然一新，六十多岁的人看上去挺精神，胡婶子叫胡玉芬。

　　罗唆仔细一看，胡婶子的脚上连皮鞋都穿上了，一尘不染，也是新的。怎么个意思？再扫一眼各位，除了老耿叔一脸红晕，其他人面色都极其难看。

　　"坐下，坐下，都是一家人。"老耿叔继续招呼。

　　胡婶子挨着老耿叔坐下，跟罗唆面对面，脸对脸。

　　罗唆知道，这胡婶子是从保定农村来油田打工的，一来就给老耿叔当保姆，说是一辈子没生养，男人病死了，就出来打工了。刚来油田时，她的暂住证还是罗唆上门给办的呢。

　　老耿叔老伴去世十多年了，老耿叔一个人拉扯大五个孩子不容易，孩子一大，就跟长大的小鸟似的，扑棱扑棱翅膀全飞出窝去了，剩下一只老鸟独守空房。

　　几个孩子一合计，给老耿叔雇了保姆，一来是照顾老耿叔饮食起居，二来也怕家里没人，万一老耿叔有啥事，有个人在身边还能打个电话啥的。挺好的事情。

　　"今天过节，我宣布一件事。"老耿叔发话了。

　　五个儿女的眼神齐刷刷射向老耿叔。

　　"我已经和玉芬同志领了结婚证，以后就是合法夫妻……"

　　话音未落，罗唆心里一惊，不等他反应过来，一片呼声骤起："什么？""疯了吗？""是不是这女人要挟您？""这么大岁数还结什么婚？发昏吧？""您不要脸我们还要呢！""以后让您孙子孙女怎么看您？"……

　　我的个天啊，平地起惊雷啊，犹如爆竹一般噼里啪啦，那些话就像无数发子弹，啪啪啪从几张嘴里射出来，一时间屋子里硝烟弥漫。

　　这顿团圆饭是没法吃了。有些发蒙的罗唆这时候忽然明白过来刚进屋时的不对劲儿是啥了，这五个都结婚的人，既没带家属也没带孩子来吃团圆饭，看来都是早有预知啊。

怎么办？罗唆的脑子里转了八个圈儿。

"我说两句。"女声，保定口音，罗唆抬头一看，是胡婶子，站了起来。

"来你们家这些年，老耿大哥对我很好，你们对我也好，我是享着福了，吃得好穿戴好，比在家里强。我知足。"说完鞠了三个躬。

"老耿大哥，我知道你是担心我无家可归，才那么说的。没事儿，我还有个侄女，可以投奔她。"说完，又冲老耿叔鞠了三个躬。

起身往厨房走去，进去后拎出一个旅行箱，一个网兜，里面装着一个洗脸盆和杂物。

一屋子人呆立住了，一时间鸦雀无声。

"玉芬，你不能……"话没说完就没了音，再一瞅，老耿叔一激动背过气去了！胡婶子动作快，丢下行李箱一个箭步冲过去右手一把托住老耿叔，左手掐住了老耿叔的人中。

不到一分钟的时间，剧情就反转好几次，这形势变化太快，罗唆和其余几个人都呆住了。

"帮把手，扶里屋去！"

"你！打电话叫救护车啊！"

"其余人，再不许吵吵啊！"

还是罗唆反应快，一迭声吩咐下去，那五个人这次听懂了，立马行动。

不一会儿，外面就"呜哩哇啦"传来一阵儿鸣叫，救护车到

得挺快，大家伙手忙脚乱把老耿叔弄上救护车，车上留下胡婶子
和老大老二两个儿子，呼啸而去。

"剩下的人，赶紧收拾洗脸盆、被褥啥的，打车去医院。钱，
钱带上没？卡？行。要是不够，我这微信里有钱。"罗唆指挥剩余
人员。

"我有车，我有车，坐我车去。"耿欢欢赶紧说。

"你们都多大了？老爷子把你们拉扯大容易吗？你们自己心里
没数啊？一个个小日子过得热热乎乎，辛苦了一辈子的老爷子就
非得孤家寡人？想想你们自己老的时候，都换位思考一下。"去医
院路上，罗唆嘴上没停。

"是，罗哥。我错了。"老三先表了态。

"这次老爷子要是有个三长两短，看你们到哪儿找亲爹去。"

"唉，我检讨，是我私心太重。"耿欢欢开了口，"我儿子明
年九月份就要上高中了，我想搬回老爹这住，这里是学区房，离
油田一中近。我打听了，幸福社区住户的第三代可以入学。可老
爹不同意，问为啥，老爹也不说。"

"既然是附近的第三代可以入学，你就来回接送呗，这不是你
家车吗？来回开着多方便。干吗非得住进来？打扰老爷子的清静
生活。"

"这事儿我也有责任。我担心我家老爷子被保姆迷惑，干出傻
事儿来。这种例子也不是没有，我就鼓动我姐搬回来住，还鼓动
我三个哥哥站我们这边。"最小的老五耿乐乐带着哭腔说。

"迷惑？胡婶子在你家十多年了，你们见过六十多岁的老狐狸
精啊？"罗唆从后视镜里瞪了耿乐乐一眼，"就算是，你们也得
认。照顾老爷子十多年，里里外外一把手，老爷子没病没灾的，

233

这是你们的福气。二老长年相处，有了感情也没毛病。结了婚，名正言顺，我看行。"

"是，是，是，只要这次老爷子没事，我们都认。"老三带头说。

"你俩呢?"罗唆问。

"我俩没意见，咋说也不能没了爹啊。"

"那就好，三票了。还有老大老二的工作必须做通。"罗唆说。

"没问题，没问题。"三人异口同声。

到了医院，老耿叔在急诊室躺着，闭着眼睛，紧紧拉着胡婶子的手，没松。

医生说没太大问题，急火攻心，血压骤然上升引起的晕厥，已经服用了降压药，打了一针安神的药，观察一夜指标正常没啥事儿就可以回家了。

经过这一通折腾，几个人都老实了。

第二天回到家，老耿叔拿出遗嘱，说自己百年之后房屋归胡婶子，是住是卖由她处置。

"你们每家都有两套房，我得让你们胡婶子有个安身之处。"老耿叔说，"其实我们没领证，你们胡婶子不让。但咱做人不能没良心，得知道感恩。"

接着胡婶子拿出一份文件，递给罗唆。罗唆翻开一看，是公证书，上面写着胡婶子百年之后，房屋归耿家五个子女。

"我叫你来，就是想让你做个见证人。"

"我懂，我懂。"罗唆连连点头。

"跟你爸妈认识几十年了，我家情况你都知道，我信任你，你是咱们幸福里社区的警察，你负责监督执行。"

罗唆环顾周围的几双眼睛，冲着老耿叔道："这您就放心吧，您自己的孩子还不知道，个顶个都是大孝子。"

"好，中秋节没吃成的团圆饭，今天吃。把儿媳妇、女婿们，还有孙子孙女、外孙子外孙女们都叫来。"来了精神的老耿叔招呼着，满脸喜气，"咱们去饭店，我请客。"

看这场面，罗唆乐了："老耿叔说得对，十五的月亮十六圆，咱们今天来个大团圆。"

三、终于开窍了

范师傅最近心情不错，他儿子范博学车很顺利，科目一二三一路顺畅，直到拿到了嘎嘎新的汽车驾驶本，喜不自胜的范师傅带着儿子去见罗唆。

"罗所长，这孩子又有了新想法，不知当说不当说？"范师傅接过罗唆递给他的一杯白开水道。

"范师傅坐，范博你也坐下。怎么回事儿？"罗唆看着父子俩，不明来意。

范博没有坐下，挺直腰板站在房间中央，道："爸，让我自己来说吧。罗叔叔，是这样的，我想当辅警。我查看了公安局招聘辅警的要求和条件，我都符合。"

"噢，你是怎么想的？"罗唆感兴趣道。

"在社会上闯荡了这几年，我在建筑工地搬砖、健身房发传单、歌厅看场子、服装销售、房屋中介、保安，见识增加不少，可是越混越没底气，很后悔在学校时没有好好学习，多读几年书。通过观察和接触，我觉得罗叔叔您和派出所的警察们，都是我的偶像,我想成为像你们这样的人。我知道很难,但我愿意在你们中间工作,时刻向你们学习,做一个遵纪守法正直正派的人,多为他人着想,为大家服务。别的话,我,我,我也不会说,就是这个意思。"

范博一口气说完,低下头看着自己的脚尖,不吭声了。范师傅看着长大懂事的儿子,眼圈有些发红,也没吭声。

这儿子比老子强,有口才。

"嗯,这是你自己从闯荡社会的实践中悟出来的,很好,我支持你。"罗唆站起来拍拍范博的后背,"这身板,小伙子结结实实的,好。我给你拿几本法律方面的书还有招聘辅警的要求和条件,你回家好好看看,机会都是留给有准备的人的,公安局再招聘辅警时,我通知你。"

采油厂职工每年都组织体检。严有智的左腿小腿上发现一个鸽子蛋大小的肿瘤,就在原来骨折的部位,严有智说摸上去不痛不痒。

医生问严有智,她左小腿上的旧伤是怎么回事。

严有智回忆半晌说,当年中考前,上体育课跳高时,摔过一跤,为此还休学了两个月。

好在肿瘤切片结果出来了,良性的,切除!

赶过去看她的路胜利和蒋美好都长舒一口气,提着的心终于放下来了。

病床上的严有智很乐观,反过来还劝慰他们:"从小到大,我跌倒了不是一次两次了。跌倒了,再爬起来就行了,别为我担心。"

严有智出院后,被严有慧接到家里照顾。严有智的身体创伤逐渐恢复，面色红润，心情开朗起来。

路胜利对这个既倔强又好强，同时自强不息的表妹，又有了重新的认识。

路胜利给苗得雨打电话，说要给他介绍对象，他说没兴趣。路胜利说是公安局里新分配来的姑娘，长得可漂亮了，对他有意思。

苗得雨挂了路胜利的电话！这小子！我本将心向明月，奈何明月照沟渠！

没办法，路胜利锲而不舍地又打通了苗得雨的手机："这次是真的，你的机会来了。"

苗得雨用鼻音哼着，问路胜利啥意思。

路胜利说："你是傻还是呆呀？小时候的机灵劲儿都哪里去了？"

苗得雨还在电话里啰里啰嗦，说："二哥，你说我和严有智，到底有没有缘分呀？"

这个苗得雨，平时看着也挺聪明的人，那脑袋简直就是榆木疙瘩做的。

路胜利实在生气了，于是对着电话吼起来道："苗得雨！严有智打从三岁在幼儿园就咬了你的耳朵和你妈的大腿，被你妈直接开除，结束了三天的幼儿园生涯。直到你上初中，跟在严有智屁股后头去收拾欺负严有慧的那些坏小子，到现在，她离异单身，你也闪过婚。你说，你到底谈了多少女朋友了？一到真格谈婚论嫁时，你就撤退！你这些年是在等谁呢？你自己说，你俩有没有缘分？！"

路胜利说的一点儿也不过分，这些年苗得雨可是没少相亲恋爱，各行各业都有。

苗得雨跟医院的护士谈恋爱时，身上总是一股来苏水味；跟商场售货员谈恋爱时，满身都是出厂价的名牌；跟理发员谈恋爱时，那发型十天半个月就换个花样。这么多姑娘谈下来，可没有一个修成正果。好不容易谈个网友，都跟人家闪了婚，不知怎么又撤退了！问他原因，说不合适。

不合适还领什么结婚证？领了证再散伙那就叫离婚！

这年头的人都是怎么了？对自己，对别人都太不负责了。不是路胜利不明白，这世界变化也太快了！

苗得雨说："二哥，闪婚的事我得给你解释解释。那是人家的前男友找来了，女方反悔，非要跟我离婚的，这可不是我的原因。这一点我已经跟局里政治处都说明了，就是没给你汇报。"

路胜利说："即便是女方的原因，那你小子也不咋地。对象谈了好几箩筐，没有一个靠谱的。你就不能像我似的，十几年如一日只爱蒋美好，从一而终。你都三十好几的人了，对待婚姻问题要严肃，不要像小孩子过家家。"

苗得雨嬉皮笑脸学路胜利的话，说："我也想像你似的，十几年如一日，只爱蒋美好，从一而终。"

路胜利被气乐了："别学舌，别打岔。你今天必须给我表个态，你到底是怎么想的？"

苗得雨的口气急促起来，只听见电话里苗得雨赶紧说："我明白了明白了！二哥，改天请你喝酒呀！"

看来这小子的心火被煽呼起来了，路胜利嗔怪道："谁跟你喝酒？就知道喝！没空跟你喝酒，我得抓紧时间传宗接代呢。"

苗得雨笑呵呵地说："收到！祝二哥和嫂子早生贵子！我现在

就去找严有智!"

不行!路胜利还得追问几句,便道:"苗得雨,你老老实实回答,要是严有智变得白发苍苍、牙齿脱落、满脸皱纹,你还会像现在一样爱她吗?"

"严有智变成你说的那模样时,那时的我也好不到哪里去!我就是为她而生的!告诉你,我也是文艺青年呢。从明天开始,我也要开始劈柴、喂马、关心粮食问题,面朝白洋淀,春暖荷花开!"

路胜利看着手机,心想,不管这次结局如何,苗得雨总算鼓起勇气去找严有智了,迈出了这一步就算成功了一半。

"那好,是个爷们儿,你就不要让我再继续侮辱你的智商了。把你藏着的那块刻着'得雨得智人生幸事'的石头带上。看能不能给你加点儿分!"路胜利冲着电话那头的苗得雨吼道。

苦恼已久的一个问题总算落实了一半,是否成功就等苗得雨的好消息了。想到这里,路胜利心情大好,感觉院子里石榴树上结的石榴们,都咧着嘴冲自己笑呢。

路胜利猛然想起坊间传说,童警花最爱吃石榴了,有人看见罗唆和她一起躲躲闪闪地去电影院看电影了。

再回想起公安局工会组织的那次白洋淀"一日游"后,罗唆洗了一大堆照片,放在一个牛皮纸袋里。

路胜利见了就对罗唆说,把他的照片挑出来。

罗唆闪烁其词,说什么没有给路胜利拍照。

这家伙!什么情况?路胜利明明看见他举着那宝贝单反照相机对着自己一通"咔嚓""咔嚓"嘛!

路胜利只好改口说欣赏一下他的作品,罗唆却藏在身后不给路胜利看。

路胜利趁罗唆不备,一把抢过来那个牛皮纸袋子!打开一看,几十张照片上果然不见路胜利的身影,也不见局里其他弟兄们的模样,全是治安处内勤的倩影!

路胜利把照片还给罗唆时,罗唆略微不好意思地说,其余照得不好,都照虚了,就没有洗出来。

都照虚了?就剩童警花的照片没有虚?呵呵,真神了,哼。

罗唆果然在下一盘很大的棋呀。

现在,路胜利看着那些石榴,好像纷纷在对他说:"把我摘下来吧!把我摘下来带走吧!"好吧,恭敬不如从命,路胜利只好挑了六只最大最红最漂亮的石榴摘下来,放进老"飞鸽"的筐里,都给蒋美好带去。

罗唆端着保温杯,跟在路胜利身后,道:"咱俩的徒弟一个郎才,一个女貌,是不是在那个啊?"

"不可能。"路胜利秒懂,不容罗唆反驳道,"他俩互相看时,彼此眼里都不发光。"

"发光?来电了呗?"罗唆凝神揣摩。

"你来人间一趟,你要看看太阳;和你的心上人,一起走在大街上。"路胜利想起严有智在朋友圈发的这首诗,读一遍就背会了,这是诗人海子写的一首诗中的四句,"送给你,共勉。"

"哦……"罗唆愣住了,"我的心上人?大街……"

"只可意会,不可言传哦。"路胜利顽皮地举起食指竖在唇边道。

四、"人财两空"

钟必胜的脑子最近大概被开了光，国庆节一过，又发表了一篇小说，这次是直接刊登在《莲城日报》副刊"国庆特稿"栏目上的，不但是头题，还足足占了半个版面，同时在《莲城日报》的公众号刊出，阅读量很快就过万了，还被油田媒体的公众号转发。

这篇小说的素材是郝国庆提供的，都是他自己的真实经历。

……

一想到很快就能看见分别三个月的老婆，郝国庆的心里那个美啊，要不是坐在长途大客车上，他都能高声唱出"咱老百姓啊今儿真高兴啊"……

时不时摸摸抱在怀里一直没离手的双肩背包，硬硬的还在。他恨不得那包就是老婆，紧紧搂着不松手。他都想好了，跟老婆一见面，就亲她脸一口，管他别人看没看见呢，然后……然后，然后就不继续往下想喽，他得留着见到老婆的面，再抒情。

跳下长途大客车，拐上一条土路，再走上二十多分钟丈母娘家就到了。天高云淡，秋高气爽，路两边的玉米棒子已经掰干净了，剩下光秃秃的秆儿在地里戳着，叶子焦黄，回头一收割，堆院子里晒干，就是烧火做饭的好燃料。

眼瞅着没几步就到村东边了，远望那里围着一群人吵吵嚷嚷的，路上停着不少大卡车。丈母娘家的院子就在最东头，那群人好像就是站在丈母娘家大门口。

咋回事儿？郝国庆有些纳闷。将一把新理的平头，抻抻新 T

恤衫的下摆,大步流星走过去。

"国庆,你可回来了,就等你给咱家撑腰呢。"路中央破躺椅上的丈母娘,一眼瞅见从人群中挤过来的女婿,拽住他的裤腿不松手了,冲着周围人说:"我女婿,可是警察呢。"

郝国庆叫声妈。紧接着环视一眼,大部分是村里人,有两个文绉绉的陌生年轻男人被围在人群里,其中一位戴着黑框眼镜。

他低头问道:"咋了?"

"咱家的小卖店,被震坏了,他们不赔。"丈母娘躺着说,没起来。

"大娘,不是不赔,是您要价太高。"眼镜男道。

"两万还高?老葛头家的猪圈,你们都赔了两万。我这可是小卖店,住人的房子啊。人还没猪金贵?"个子矮小的丈母娘,嗓音不高,有理有据。

"大娘,那不一样。"站在眼镜男旁边的白脸小伙子道。

"小葛助理,你也不用拉偏架,谁不知道葛老头是你亲大爷。"丈母娘翻翻白眼,撇嘴道。

"就是就是。""亲帮亲。""没处说理了。"……围着的人,东一嘴西一嘴。

郝国庆还是没听明白咋回事,但这些乡亲显然是偏向丈母娘的。

"妈,我渴了,咱们进屋说吧。"郝国庆去拽丈母娘起来。

"你瞧我。"丈母娘借着手劲儿正要起身,忽然又躺下了,"嗐,不行,你自己进屋找水喝。"

两瓢井水下肚，郝国庆整明白了事情的原委。

前阵儿出了一件大事儿，离村子三里远的那块盐碱地，勘探出石油了。村支书喇叭里喊了，开村民大会也说了，这是一件好事，石油是好东西，能提炼出汽油、柴油、沥青啥的，到处都用得上。

闻讯，丈母娘很高兴，如果石油人来了，就能多一些买东西的人，她的小卖店生意还能红火起来呢。

紧接着石油公司要搭井架子、钻井、采油。许多拉设备的大车，要通过丈母娘家门前的土路，往盐碱地里送井架、钻杆、铁皮房啥的。来人一测量，土路过大车，窄，立马出钱扩路。

老葛头家前院的猪圈在土路旁，碍事。人家石油公司测算之后，啥话没说痛痛快快出了两万块钱，把猪圈给挪后院去了。

"这真说理。你说人家是不是说理?"老葛头乐得合不拢嘴，见人就咧咧。

众人附和："太说理了。"

砂石铺就的路扩建好了，大车们来来往往一个多星期，还不见消停。

昨天早上，丈母娘开门营业，刚伸脚进屋，忽然看见地上躺着四分五裂的钟，稀碎。抬头一瞅，墙上裂个缝! 挂钟的那根铁钉子，大头冲外歪在裂缝里，耷拉着，要掉不掉的，它自己都待不住，何况那有点分量的钟了。

"咋回事儿? 裂缝哪来的?"丈母娘心里正犯嘀咕呢，外面轰隆隆开过去一辆大车。

"啪嗒!"钉子掉下来了!

"妈呀!"丈母娘后退一步，出了屋，轰隆隆又过去一辆大车，"哎呀妈呀，大车把俺家墙震裂了！"

……有人出主意，石油公司有钱，多要点，老葛头家的猪圈是例子。丈母娘点点头。

你没儿子，只能指望姑娘女婿养老了，给自己要出个体己钱，小卖店每天能挣几个？丈母娘点点头。

尽量往多里要，富余出他们拦腰砍的那部分。丈母娘点点头。

拦住一辆大车，司机打电话叫来眼镜男，眼镜男打电话叫来镇长助理小葛，一起解决问题。

几个人围着裂缝，研究半天，虽然有些疑惑，依然承认是来来往往的大车震裂的。下一步，谈咋赔偿。

三说两说，丈母娘看着那道尺把长的裂缝，一咬牙，铆着劲儿说："两万。"

"大娘，墙被震裂缝我们认。您家这是盖了十多年的老房子了，我们找人补上裂缝，再给您三千块钱，怎么样？"眼镜男说。

上次给老葛头家迁猪圈时，大家就知道了，眼镜男是石油公司的员工，负责对外协调工作的。

三千？就算是拦腰砍，离自己想要的一万元钱，还差七千呢。丈母娘不答应，搬张破躺椅坐路中央，挡着不让大车通行，说啥时候石油公司给两万元，啥时候才让大车过。这也是有人出主意。

事情僵持住了，被堵的大车停下一溜儿，钻采进度、生产都耽搁了，耽搁一天损失不少钱呢。

现场保护挺好，碎钟还躺着呢。裂缝，郝国庆看见了，旧房子的墙上，别处也有。这事儿搁平时，别说是三千了，一分钱不给也没毛病。话又说回来，前有路、后有辙，还是老葛头家的猪圈得了赔偿，助长了丈母娘的歪风邪气。

自己人怎么也得帮自己人，况且是老婆大人的亲妈。老丈人去世得早，丈母娘独自拉扯独生女长大，日子过得仔细，又没嫌弃自己没钱，把闺女嫁给自己，真不容易。

"妈，这么的，换我躺着，您老受累给我弄口吃的。"郝国庆回屋换身旧衣服，转回路边。

要不说呢，丈母娘疼女婿那是真格的，老太太一抬屁股站起来，"行，不能让他们过啊，我给你擀面条去"。

"想死妈做的茄子猪肉丁打卤面了，这仨月盒饭吃得我浑身没力气，走路都打晃。"

"茄子，菜园子里有。大酱咱家刚卖完，我去村西头那超市瞅瞅。猪肉丁？那得五花的。行，我去老葛头家看看。"

老葛头养猪也兼卖猪肉。

眼望丈母娘走进一条巷子不见影了。躺着的郝国庆，立马坐起来，招呼道："乡亲们，该吃晌午饭了吧，都散了吧。这位石油同志、小葛助理，咱们抓紧时间，家里事儿我能做主。"

……眼望土路上，人、车散得干干净净，郝国庆掏出手机，给老婆打电话。

老婆在镇办服装加工厂上班，最近厂里引进一条新生产线，作为技术骨干的老婆，正加班加点跟厂家来送设备的工程师学咋使用呢。

郝国庆刚说一句："老婆，我回来了……"

"我后天就回去，四号，等着我啊。"老婆急匆匆挂断了电话。

"这整的，比我还忙。"郝国庆喃喃道。

等丈母娘回来一看，家门口路上的大车队没了，人群散了，郝国庆和那把破躺椅也不见了。

老太太右手拎着一条五花猪肉,左手捧着一瓶黄豆大酱,差点掉地上。

"妈,您看看我的擀面手艺咋样儿?"郝国庆系着丈母娘的花围裙,举着擀面杖站在厨房门口,咧着大嘴叉子乐呢。

车呢?

走了。

钱呢?

给了。

给了?多少?

一万啊。

"真的啊?"可不是真真的嘛,新崭崭的一摞票子,正躺在炕上呢,丈母娘满脸的褶子都笑开了。

"还是我女婿行。当警察就是管用。"丈母娘竖起大拇哥。

"妈,您可别再嚷嚷了。我就是辅警,回头再让派出所给我开了。"郝国庆小声说。

"辅警不就是警察?穿的衣服都一样,干的活也一样。我在电视上全看见了。"

"两码事儿,人家那是正规军。"郝国庆汗颜道。

"我不管,反正都一样。这钱妈替你们攒着,将来有了孩子,花钱的地方多着呢。"丈母娘喜不自禁地把一万块钱收进柜子里,夺过郝国庆手里的擀面杖,高高兴兴进了厨房。

"十一"那天替路胜利值班,二号赶回来,又连夜把小卖店墙壁上的裂缝都修补好了,三号在地里收了一天玉米秆,"明天就是四号了,老婆回家的日子。"

掰着手指头细算,郝国庆心里美滋滋的。

一大早起来，他把房前屋后和院子收拾得一尘不染后，钻水龙头下洗个凉水澡，清清爽爽，准备再烧一大锅热水，给老婆预备着。

不等他哼哼完"咱老百姓啊……"手机"嘀"一声，派出所工作群里有一条微信通知。

因辖区发现一名入境人员核酸检测阳性，现在要求所有休假人员立即停止休假，返回工作岗位……

立马查看去莲城的长途大客车班次，只剩一趟了，中午十二点的。

"咋就这么寸！"郝国庆挠着头皮，老婆昨晚说今天大概中午十二点到家！

"收到，按时归队。"尽管无奈，还是马上回复了一条微信。

因安保、疫情等工作太忙，停休这三个月，自己不抽烟不喝酒，天天锻炼跑步，除了是为省钱，最主要的任务是封山育林啊，为了这个难得的假期孕育下一代啊……

啥也别说了，再磨叽就赶不上回莲城的大客车了。简单收拾几下，郝国庆去后院跟正忙乎摘西红柿、豆角准备午饭的丈母娘道别。

"疫情？那可是大事儿。"丈母娘虽然有时小心眼、偶尔犯糊涂，大多数时候还算明事理，她没拦着，赶紧张罗煮了几个鸡蛋和几棒老玉米，用屉布包好，让他带着路上吃。

拎着比回来时重了许多的双肩背包，郝国庆踏上离家的土路。迎面一队运输石油设备的大车轰隆隆驶过来。他掏出手机，用大车队做背景，自拍了一张露出满嘴白牙的照片，给老婆发过去。

"十一"那天，趁着把丈母娘调虎离山之机，谈赔偿金，他没要，"石油打出来，造福国家和社会。咱不能揩国家的油，不能助长这股不劳而获的不良风气。我就在油田辖区派出所当辅警，这个觉悟咱还是有的。"

"大娘不答应咋办？"眼镜男和小葛助理异口同声道。

"咱有招儿啊。"郝国庆得意道。他的办法是，把原本想给老婆的惊喜，三个月攒下的一万块钱工资，都给丈母娘，就当是赔偿金了。

"那能行吗？"眼镜男问。

"行——吗？必须行啊。"郝国庆拉长音，拍拍结实的胸脯，自信满满。

末了，反复叮嘱眼镜男和小葛助理，千万保密，"反正家里俩女人，给谁都一样，肉都烂在自家锅里了"。

"嗨，瞧我这假休的，简直是人财两空嘛。对了，还得给老婆交代一下。"郝国庆嘿嘿笑起来，打通老婆的手机，声音无比温柔，抒情道："领导啊，我跟您汇报一件事儿，啊不对，是两件事儿，人财两空的事儿……"

迎着正午灿烂的秋阳，郝国庆迈开长腿，向田野里那条宽阔平坦的大路走去。

钟必胜坐在值班室，肖黎站在他身边鼓捣手机，正要打开钟必胜推送的那篇小说《人财两空》阅读，罗唆踱步进来了，调侃道："你俩亲亲热热干啥呢？"

"罗所长，钟必胜的文章……"肖黎举起手机道。

"我拜读了，写得不错。我是问你俩有啥进展啊？"

"我俩?"他俩相视一愣,遂异口同声道:"她是我兄弟!""他是我姐妹!"

"兄弟""姐妹"?!这都什么鬼啊?!罗唆一时呆住了。

从罗唆身后进来的路胜利,白了他一眼,道:"当红娘不是没门槛,那得有点儿水平,眼拙可干不了。乱点鸳鸯谱!"

"那他俩还穿着情侣服。"罗唆指着钟必胜和肖黎道。

"大哥,拜托,那是警服好不好?"路胜利翻个白眼,"照你这么说,那咱俩穿的还是情侣服呢。"

"唉……"钟必胜和肖黎一起叹口气。

"我这不是想着'肥水不流外人田'嘛。"罗唆继续无力地辩解着。

"快拉倒吧,还肥水别外流?你当我们都是院子里的花花草草啊。"路胜利摇头叹息,"去趟局里吧,童局刚才把找你的电话打到我办公室了。"

罗唆一走,路胜利招呼钟必胜,说:"我得叫你钟师父了。钟师父,这篇文章写得真好。我不记得在哪里看到过一位文学大师说过的话:'好文如桃,桃内有核,核里有仁,仁中有味,味后有余。'大家都爱吃桃吧,就相当于爱看你这篇文章,而且大师总结的精髓,你这篇全占了,尤其是味后有余,的确回味无穷。你平时是不是一直留意观察周围的人和事?真是个有心人。你实现了我的梦想。"

"路哥说哪去了,咱们都是追梦人。幸福里派出所离开谁都行,就是离不开你这位大内总管。你能干的,我们谁都干不了。"钟必胜道,"我说的对不对?肖警官。"

"那还用说,我路师父可是全能型选手,静如处子动如脱兔。

出警处警，一个顶俩；写材料更行，下笔如有神……"

"罢，罢，罢，快打住吧，我就多余挑起这个话题。钟师父、肖师父，二位师父快别忽悠我了，我早晚得被你们两位师父拍在沙滩上。"路胜利转身夺门而逃。

"我没说错吧，动如脱兔。"肖黎的俏皮话带着笑声，冲着路胜利的背影追过去。

五、"阿庆嫂"

经过几个月紧锣密鼓的施工，幸福里社区停车难问题终于即将彻底解决。

其间，派出所、社区党组织、居委会、业主委员会和物业管理公司，几家坐在一起，制定出了《幸福里社区车辆行驶及泊车秩序管理办法》，全部都是按照物权法和国家、省、市三级物业管理条例一条一条制定出来的。所采取的措施都是按照法律程序操作的。

随后召开业主大会，由业主委员会主任主持，全体业委会委员和物业相关人员参加，在派出所、社区党组织和居委会的监督下进行，最终形成了社区机动车辆管理的决议。同时，把停车收费标准向物价部门进行了报备。

万事俱备。

停车场建在采油厂西侧，与幸福里社区一墙之隔，在进出停车场的门口设置了一"进"一"出"两个车道，社区车主开车通过时，监控系统识别出是本社区车辆后，自动放行。

停车场与幸福里社区之间是铁栅栏围栏，围栏上开了一个只允许人员出入的门，车辆不能进入幸福里社区，原先在社区里乱停乱放的车辆都挪出去后，采油厂的大院子里整洁规范，更敞亮了。

参加完停车场监控门启用剪彩仪式，集体参观"献礼"工程——三层高的立体停车场，果然是向空间要车位，工作人员当场演示了如何自动停车、取车，纸上的蓝图落地了，耳听为虚眼见为实，大家大饱眼福、叹为观止。

停车场顺利启用，为此，还解决了好几个用工岗位。

派出所的各位同志们，提心吊胆了好几个月，这下心里的石头总算落了地，大家都长出一口气。

这里还有一个插曲。按照公安局刑事技术部门的要求，对莲城全域常住人口和外来人口都要进行指纹采集入库工作，常住人口的采集工作早就完成了，外来人口的指纹采集，采取的是"谁来采谁"的原则。

从康石头带队的施工队，到建设"幸福大街"和建成立体停车场的两家公司的施工队，无一遗漏，凡是到了幸福里派出所辖区内的外人，都由钟必胜和肖黎前去采集了所有人员的指纹，上传给了公安局刑事技术处的小乔。

刑警一中队在侦办一起入室盗窃案时，现场提取了半枚指纹，经由小乔比对，发现与幸福里派出所提交的其中一枚指纹吻合，一查指纹所有者的姓名，是建设"幸福大街"那支施工队里的伍某。

苗得雨立即带队前来将其抓捕，经审讯得知，伍某对所犯罪行供认不讳，究其原因，原来家境一般，长得瘦小枯干的伍某，好不容易定门亲事，女方开口就要十万块钱彩礼。他一个四处打工的人哪有这笔钱，就想出歪门邪道，幻想靠赌博致富，不谙此道的他，像不会游泳也不带救生圈就义无反顾往大海里跳的二傻子似的，谁也拦不住，没多久又欠下巨额赌债。彩礼钱没凑出来，又整出赌债这个大窟窿。而且，赌友们可没那么客气，早就换了脸色，个个凶神恶煞似的，天天上门要债。走投无路之际，伍某只好铤而走险了，起了入室盗窃的贼心。多行不义必自毙，伍某最终鸡飞蛋打，把自己送进了监狱。

停车难问题解决了，借着改造施工的东风，幸福里社区活动中心挂出告示，上书要进行装修，在冬季供暖试水之前，拆换所有暖气管，换成质量更优性能更好的新材质散热器，还有一些其他杂七杂八的装修工程，工期预计三个月时间。

一群爱好戏曲的大爷们，没了去处，只好插空聚在社区的楼头，天好天坏都出来聚一下。有拉胡琴的，有敲锣的，有爱吼两嗓子的就吼两嗓子。

但老是被举报，说扰民。弄得几个老家伙东躲西藏的，总是不尽兴。

一接到举报电话，罗唆就派老杜去处理。

每次出这样的警，老杜都不骑自行车，他走着去。老远就听见社区里咿咿呀呀的唱腔，走着走着，老杜就会慢下脚步，忍不住跟着哼几句。

快到跟前了，立马刹住嗓子。老杜没忘自己是干啥来了。

这警也好处理，劝慰几句就散了。

报警人说家里有老人，病在床上，神经脆弱，怕吵。这谁都理解。若不理解，继续唱，那不是讨人嫌了，是要人命了。

按照莲城市政规划，在油田的东边建好了雁翎公园，对外开放。公园面积不小，有广场、假山、池塘、树林子。广场上有橘红色磕头机（抽油机，莲城有个油田）形状的雕塑，池塘里有鱼，树林子里花红柳绿有模有样，假山上还有凉亭。

公园离采油厂有十多里路程，老家伙们发现了新大陆，乐坏了，尤其是看见磕头机雕塑更高兴，退休前都是钻井队的嘛。老哥儿几个嗓子痒痒了，吆喝一声，相跟着蹬上三轮车，一猛子扎到公园深处，爱咋吼就咋吼。再没人报警扰民了。

过些日子没听见社区里的吼声，老杜还有些想了。

那天，老杜接邱大妈报警，说丢人了！再仔细询问，得知是那几位爱唱戏的老家伙过了饭时还没踪影，打谁手机谁都不接。邱大妈和家属们急了眼，这才想起报警。

邱大爷、花伯伯、老耿叔啊，谁能偷几位老掉牙的爷？也就老太太们当宝吧，老杜暗自哂笑。撂下电话，骑上自行车踅摸到雁翎公园，一进门就隐约听到胡琴声，被牵引着找到公园树林子深处的假山旁。

仰头望，假山上的凉亭里，嘿！老几位唱得欢着呢，也不觉着饿。

"……遇皇军追得我晕头转向，多亏了阿庆嫂她叫我水缸里面把身藏……"

假山脚下，老杜嘿嘿乐了，忍不住摇头晃脑起来："垒起七星灶，铜壶煮三江，摆开八仙桌……"

嗓子还挺尖，有些阿庆嫂的味道。

老杜合拢嘴，掏出手机打电话，给"丢宝"的邱大妈她们报平安。

随后，噔噔几步抢上了凉亭，连说带劝，把正来劲儿的老几位送回家，收工。

谁承想，还是出了事儿。

一天，老哥儿几个在假山上唱得忘乎所以之际，被两个小伙子劫了！抢了手机、手表、手串！

手机是苹果的，邱大爷的；手表是瑞士的，老耿叔的；手串是沉香的，花伯伯的，花伯伯那串菩提籽手串，打从上次丢了一回，再不敢戴出来了，严严实实藏在了家里。

这几样奢侈品都是各家儿女孝敬的，担心老家伙们气个好歹，立即再买，再孝敬。

但让老家伙们生气的不是那几样，而是那把被一起劫去的蒙着蟒皮的胡琴，多年陪伴在侧的东西特有感情，再说了没它就跟战士上战场没了枪似的！老家伙们气得纷纷病倒。

嗯，这几样加一起价值不菲，属刑事案件了。

莲城地处白洋淀旁，水秀人灵，热爱文艺者不在少数。各种自由组合的唱戏团体，更是不胜其多。

这天，莲城西北角一街心花园偏僻处，几个老文艺爱好者，悠然自得其乐地"智斗"呢。

其中，唱"阿庆嫂"的那位可有看头了，白发苍苍，胡子一把，胸前挂着一块和田白玉的平安扣，大金手链子箍在手腕上，指头上套着大金镏子，大粗腰上系着一块小蓝花布围裙，鼻梁上架着一副小墨镜，捏着嗓子在唱："……开茶馆，盼兴旺，江湖义气第一桩……"

俩骑摩托的年轻人站在一旁，看得津津有味，其中坐在摩托车后面的那个健壮的小伙子骗腿儿下了摩托，慢慢靠近"阿庆嫂"……

说时迟、那时快，只见那小伙子从怀里猛然掏出一把亮闪闪的刀具，眼看就杵到"阿庆嫂"的脖子了！

不等他再进一步，"阿庆嫂"的脑袋往后一仰，猛一甩，小墨镜"嗖"地飞了出去，露出两只炯炯有神的眼睛！飞起一脚踢在小伙子拿刀的手腕子上，趁那家伙一愣神的瞬间，紧跟一脚踢在他的要害处。

"阿庆嫂"一猫腰，从小蓝花布围裙里掏出一副锃亮的"银手镯"，"咔嚓"戴在了那家伙的手腕子上，束手就擒。"阿庆嫂"一手拽着"银手镯"，一手扯掉头套和白胡子，露出老杜那张汗津津的脸。

一旁观战的那个同伙见势不妙，不等他起身逃窜，几位老家伙早就各自拿出暗藏的棍子将其团团围住，协助几位飞奔过来的刑警，瓮中捉鳖了。

原来，蹲在不远处修自行车的、游手好闲的几位，都是刑警一中队的苗得雨他们装扮的。

专门打劫老年人的飞车抢劫犯，双双落网。

"诱敌"方案是罗大所长制定的。几个老家伙听了罗唆的安排，"病"立即没了，精神抖擞地从床上爬起来参战，按照罗导演的剧本，排练相当认真。

"和田白玉平安扣""金手镯""金镏子"是老杜在幸福大街"星星"饰品店，请小熊用塑料做的，镀了一层金色的，不仔细看，难辨真假。

"出摊"不到三次，就抓住了抢劫犯，告捷。

老年活动中心装修完毕，老哥几个有了安身之处，邱大妈跟几位大爷的家属也彻底放了心。

那把蒙着蟒皮的胡琴追回来了,但已破损。为此,老杜专门跑了一趟北京西单乐器城,比照破损的胡琴,自掏腰包买了一把极其相似、音质更好的,送给老家伙们。

罗唆知道后,说今年所里处理废旧报刊和破烂的钱,都归老杜。

老杜笑着摇摇头,说他乐意。

偶尔路过社区老年活动中心,老杜便抬脚进去看看。老家伙们一见他,就叫:"欢迎'阿庆嫂'!"随即把曲子换成了《沙家浜》。

老杜眉飞色舞,跟着唱两嗓子:"……相逢开口笑,过后不思量……"

有人在采油厂院子里见着了,就戏谑地喊老杜"阿庆嫂"。

老杜一改唱戏时的模样,恢复了一张扑克脸,理都不理,目不斜视地骑着自行车急匆匆而过。

"阿庆嫂"是谁都能随便叫的?嘁!真够没眼色的了。

再说了,老杜多忙呢:"……我有心背靠大树好乘凉……",哪有工夫闲磕牙?"

比起唱歌跑调的罗唆和路胜利那两位,老杜的嗓子正经不错,谁能料到他那相当于五菱宏光的外壳,内里却暗藏着一台法拉利的发动机呢。

六、"百合花"

自从苗得雨得了路胜利的指示,去追严有智了,但最终跟严有智到底咋样儿了,却彻底没了音信。蒋美好忍不住问了他好几次俩人有无进展，路胜利表面上回答再等等，心里也是有些没底儿，担心俩人又出什么幺蛾子，果不其然，这次着实吓了他和蒋美好一大跳。

路胜利的爷爷奶奶前几年陆续过世，老人在莲城中心地带留有一处方方正正结结实实的小院子，院子里搭着葡萄架，相当漂亮，出门就是莲城医院、市民公园、超市、银行，生活就医非常便利。各家都有房子，因此小院子空置了好几年，严有智抽空大兴土木，把它重新装修一番，取暖换了新的暖气管，制冷换了两台大功率空调，绝对冬暖夏凉，还在院子里盖了一个小花房，从花卉市场购置了一些好活易养的绿植，层层摆放好，既养眼又给老人找点轻省的活儿干。

放完味儿，严有智就把她的父母和路胜利的父母都接到小院子里住了，当然是事先征求了四位老人的同意，称其为"抱团养老"。这敢情好，平时年轻人都忙于工作没时间照顾他们，住在一起大家互相照顾，尤其是离莲城医院近，严有慧和蒋正义两口子在医院工作，有个大事小情他俩能及时赶过去照应。

这些事情都是完工后，乔迁之喜时，路胜利才知道的，他惊喜地看着眼前的一切，伸手点着严有智的脑门赞叹道："你的嘴可真严！这事儿办得太好了。花了多少钱？我怎么也得出三分之二吧。"

不等严有智开口，小姑妈便笑着道："不用你们出钱，我们把楼房卖了，还剩下不少呢。"

"是吗？小姑妈真是大手笔啊。"路胜利更惊异了。

"我们打算把房子出租了，租金足够贴补这里的开支，况且我们四位老同志还有退休金，虽然不多，但在这个小院子里养老绰绰有余，实在动不了了再雇个保姆照顾。"路胜利的母亲嘴里拨拉着算盘珠，噼啪响。

路胜利听了十分惭愧，两家的老人已把养老生活都安排得妥妥帖帖，他作为晚辈却没想那么多，那么远，实在是太粗心了。

蒋美好满眼艳羡地说："要是我的父母也有一个这样的小院子多好。"

路胜利听了，搂着她的肩膀说："有机会可以在周边找找类似的院子，到时候咱们也可以搬过来跟你父母一起住。面包会有的，一切都会有的。"

蒋美好的眼珠子忽然一转，悄声道："咱们表妹就凭她一个人，能干出这么大的事儿？"

"什么意思？"路胜利看着蒋美好一脸的狡黠坏笑，不明所以。

"我怀疑背后有人帮她忙。"蒋美好说。

"有人？谁？"

蒋美好不说话，只是意味深长地笑笑。

"你说是，苗……"

"秒懂吧？"两口子搂着腰鬼鬼祟祟地一起看向满院子"扑棱扑棱"乱飞一气的严有智，相视一笑。

"若真是这俩家伙联手，总能闹出不同凡响的动静，打小就是。看来还是老婆大人有慧眼。"路胜利拍的马屁精准落在蒋美好的身上，换来她亲昵地剜了他一眼。

好啊！路胜利心里更高兴了，若果真如蒋美好所料，那么充分说明苗得雨和严有智的关系是有进展的，而且还在往他所期待的良好方向发展，真好！

采油厂大礼堂前的广场上，一年四季从早到晚，总有一群人在跳广场舞，当然了，下雨下雪刮大风等极端天气除外。广场舞真是个好东西，几乎风靡全国，男女老少咸宜。时不时流行几首广场舞舞曲，听上去欢快喜庆，真挺好。

路胜利骑着老"飞鸽"路过时，被人喊住了。

"哎，路警官，等一等。"从那群人里冲过来一位穿得像朵巨型向日葵的女人，手里还舞着一条红绸子彩带。

路胜利定睛一看，哦，是那个姓诸葛的采油女工，诸葛大姐，满脸是汗，热气腾腾的。

"那件事，我们家人到现在还不知道。一直想谢谢路警官，改天请你吃顿饭表示心意。"

"别，别，别，那倒是不用。怎么样？车买了吗？"

"买了买了，十万，国产新能源车，充电，不用油，可省钱了，还皮实。孩子的电脑也换了。"

"噢，不错不错。"路胜利口里应着，往她拿着红绸子的手上扫了一眼。

诸葛大姐举起手，手指上光秃秃的，笑着说："那玩意儿没买，没啥用，不当吃不当喝，洗菜做饭还碍事，留着那钱，冬天够我们全家去海南过年了。"

"知足常乐。行了，您哪，赶紧跳去吧。看，那边是不是招呼您呢？"

说起来，这事儿发生在半年前，路胜利接了一个报警。采油厂职工诸葛大姐，五十岁，干了三十年采油工，刚退休不到半年，背着家人，把家里的所有钱都用来炒股，不到三天时间就赔了四十万！这大刺激可真能要人命，她跳楼的心都有了。

259

"先别跳楼。"路胜利问面色惨白的诸葛大姐道:"咋炒的? 每天跌停,也就损失百分之十,也没见哪只股票天天跌停啊。您这三天工夫就赔了四十万?"

诸葛大姐放下自己抱来的电脑,沙哑着嗓子指着屏幕说:"就在这上面炒的股。说三天就能翻番。"

"三天? 翻番? 您这脑子,咳咳咳。"路胜利心想,这位诸葛大姐比起她的前前前辈诸葛孔明先生那可是,可是,可是半天没想出一个合适的词儿,也是,两人完全没有可比性嘛。

他凑到电脑屏幕前,一看,嘿,啥玩意儿,香港什么龙公司,不像是正经炒股平台啊。他拿起桌子上的金嗓子喉宝,撕开包装挤出一片丢进嘴,看一眼诸葛大姐起皮的嘴唇,递给她一片。

"什么文化?"

"我? 石油技校毕业,学采油的。"

"喔,嗯。过程,炒股过程,细细说一遍,从头到尾,啥也别落下。"路胜利找出纸杯,倒杯水放在诸葛大姐面前。

退休后,没啥事,除了家务活,剩余时间多起来,感到很空虚。听以前一起工作的同事说,炒股可以赚钱,弄得好,比上班挣的工资还多,"等于每月挣两份钱"。

两份钱? 谁不喜欢。再说了,若能真如此,这退休生活岂不太美好了。

对学历有要求吗?

没有!

"我这智商?"

"没问题! 看见没,社区看大门的大爷都会炒,你还不如他?"

瞥一眼门卫大爷满是褶子黢黑的脸,自信心就跟高烧后体温计上的数字似的，立马飙升。

还说啥啊，开户！注入资金，十万。股是开始炒了，比预期的还刺激，一会儿赚三十二块六，一会儿赔一百五十三。眼珠子盯着大盘，跟着红红绿绿的。还添了新毛病，买啥都喜欢红色的了，看见绿色就绕开。赔了咋办？咨询炒股的同事，上网查资料，就差买本书看了，想想有难度，作罢。被同事拉进一个炒股群，一百多人天天叽叽喳喳，交流经验、介绍股票，加好友。这样一来，退休的日子不再空虚，可充实了。

忙乎了俩月，还是赔。

愁得没办法，炒股群里一位加了好友的叫"百合花"的大姐，跟她私聊。

"在群里看你说的炒股经历，跟我以前完全一样，我也是赔了不少钱呢。"百合花开门见山道，"也是咱姐俩有缘分，看你老实巴交的，你要是信我，就把你拉进我现在进的一个群，里面都是炒股高手，可以带着你把以前赔的钱全赚回来。用这个钱，再一起做香港恒生指数，保证能赚到翻倍甚至 N 倍的钱。"

全部都能赚回来？这个诱惑太大了。

"当时我就想，不指望翻倍和 N 倍，只要能回本就行。"诸葛大姐对路胜利说。

"嗯，继续。"路胜利又递给她一片金嗓子喉宝，往她杯子里续上水。

诸葛大姐把股市里的钱全部取出来，按照百合花的指示，登录一个网址，重新注册开户，下载操作软件，注入资金。

"全部都由我自己操作，还设置了密码。一进去我就赚了一部分钱，炒的是黄金。"

一高兴，就憋不住跟引路人百合花分享。

百合花说，尝到甜头了吧，一看你就有发财的命。不过，炒期货比炒黄金挣得还多。说着，她把自己挣钱的截图发给采油女工看。嗬！投入了一百万，挣了三百万！都是闪闪发光的真金白银啊。

看着百合花的头像，那是一块满绿的翡翠无事牌，价值好几百万呢。百合花说，那就是她自己挣钱买的。

想到丈夫一直想买辆车，孩子想换一台笔记本电脑，她呢，也想给自己买个大钻戒，亮闪闪的多好看，好几个要好的老姐妹们粗壮的手指头上，都明晃晃地能闪瞎人的眼。另外，要是全家冬天过年时再到海南玩一圈，朋友圈里晒晒照片，那更来劲儿啊！这些美好愿望是不错，但都需要钱，钱钱钱！

本大利宽，啥也别说了。诸葛大姐把家里余下的三十万分三次全部投了进去。

"百合花让我把钱通过一个网址转入这家香港'什么'龙公司，不到三天，账上的钱就全部被取走了。"诸葛大姐的眼泪流了下来。

"别急，慢慢说。"路胜利给她杯子续上了水。

"我赶紧跟百合花联系，忽然发现她已经把我拉黑了。她给我的那个网站也进不去了。我到银行查卡上流水，才发现所有的钱并没有进百合花所说的恒指平台，而是作为消费进入了北京一家公司。"

"公司?！名称?"

查！网上显示，这家公司在北京朝阳区，叫某某金融公司，有地址、有电话，有注册资金，貌似很合法。

按照留下的电话号码，打过去，一个男人接了，一问三不知："有三笔资金注入我公司？绝对没有。谁？百合花？不认识，我公司没有此人。"

随后是逐步升级的"三不"主义。

首先，不承认。"没这事，我们是正经公司，正经买卖，做环保，有实体。"

其次，不见面。"没时间啊，我在国外呢。哪国？美国，加利福尼亚。干啥？警官大人，您的问题比较多吧，对不起，商业机密，无可奉告。"

最后，"还钱？没收到钱还什么？不可能。"

说完，挂掉电话。再打，关机。继续打，嘿，瘪犊子玩意儿，停机了。

"怎么办？百合花不见得是女的，极有可能是假扮的。"路胜利皱着眉头分析道。

"啊，我的钱追不回来了？那我也不活了！"话音未落，诸葛大姐就往窗台冲！没想到大姐还是个行动派。

"哎！"路胜利跳起来冲上去拦腰抱住她，"我们警察有办法，你这不是报警了吗？我管，我管，我管到底！你要是真跳下去，我就真没办法了。"

好不容易把这位诸葛大姐安抚好，劝走，送到派出所大门外。路胜利回过头一看，自己办公室在一楼啊，一楼跳个什么劲儿？这位诸葛大姐不是气糊涂了，就是对自己使用了一计——激将法。

路胜利打电话给苗得雨，俩人开始分析研判。要说还是苗得雨在刑警队见多识广，他说诈骗类案件，留下的信息绝大部分是虚假的，但是资金流向绝对是真实可靠的，紧紧抓住这一条，顺着资金流向肯定能找到那朵"百合花"。

既然如此，那就马上行动吧！立案后，苗得雨追到北京，公司地址果然是假的。银行流水显示，诸葛大姐打钱那几日的三笔资金全部进入了北京一家叫"万利"的金融公司，到工商部门找到这家公司注册时留下的电话号码，查找到法人区强，按照他身份证上的地址，追查到云南某县。来到区强居住之地，已被拆迁！找到当地警方协助，追查到拆迁办，找到区强留下的手机号。以拆迁款有补偿为由，打电话请区强来取款。

满脸胡子拉碴的区强落网！

敢情这朵有毒的"百合花"是个糙老爷们儿，好在结局不错，诸葛大姐的四十万如数追了回来。

"你小子立大功了啊！"路胜利捶了苗得雨一拳。

跟诸葛大姐广场偶遇后，路胜利心想，干了一辈子采油工作，多辛苦劳累，节衣缩食攒点钱真不容易。人啊，别这山望着那山高，满足当下，现在每天跳跳广场舞，再琢磨琢磨三餐怎么给丈夫孩子变着花样做点好吃的，这样的退休生活，滋润。

七、邢家姆妈

当师父的路胜利不在所里，遇到眼前这前所未闻的怪事儿，警龄短、见识也短浅的小民警肖黎同志有些手足无措，不知道怎么处理，急中生智只好悄悄给罗唆发微信，请他赶紧到内勤室来，有个棘手问题。

罗唆端着保温杯踱步过来了，声音到了，人也到了门口："什么事儿啊？肖黎同学。"

话音未落，抬眼一看，屋子里还有一位妇女同志端坐着，雪白的脸上有些面红耳赤。

"您? 啊，是邢家姆妈啊!"看清楚人，罗唆嗓音高了几度，伸出双手去招呼，差点丢掉手里的保温杯。

眼前这位邢家姆妈，罗唆不但认识，曾经有一段时间还有过很多亲密接触呢，但当下顾不上忆旧。罗唆上前，弯下腰殷勤地问道："邢家姆妈，您有什么事儿? 打个电话跟我说就行，不用您受累亲自到所里啊。"

"是强强呀，就是要找你呀。姆妈有个重要的事情，必须办呀。"

眼瞅着这出熟人相见的戏码，原本发蒙的肖黎同学听到那声嗲嗲的"强强"二字，愣了一下，这才想起罗唆原名叫罗坚强，显然是乳名了。她只好使劲儿憋着笑，耳朵发起烧，不敢抬眼去看满脸娇憨媚态的所长大人，随手端起自己的水杯，仓皇逃出了办公室。

屋子里，罗唆已经被一只苍白枯干的手拉住，亲亲热热坐在了邢家姆妈的身边。

邢家姆妈是罗唆母亲家的邻居，原先在采油厂卫生所做护士，那是三十年前的事情了。

罗唆小时候很爱到邢家姆妈家里玩，她家五岁的小弟弟邢海宁特别可爱，虎头虎脑的，长着一双黑葡萄一样的大眼睛，白白的小脸上老是挂着笑容。邢家姆妈把海宁打扮得干干净净。罗唆一去，海宁就拉着哥哥给他讲故事、搭积木，或者用废旧的针管当水枪，玩滋水，特别乖。

邢家姆妈是那种很要强的女人,过日子特认真,还有洁癖。一年四季老是穿着一件灰色的小翻领的卡上衣和灰色的裤子,板板正正、一尘不染的样子,单眼皮、眼眉细长,面庞清秀,直直的短头发像挂面一样,搭在肩上。

她穿的鞋子即使是从下过雨的屋子外面回来,也溅不上一星半点的泥呀土呀什么的,家里收拾得窗明几净,床单总是平整得让人不敢坐。

那时罗唆十一二岁,正是淘气的年纪,找海宁玩时,邢家姆妈会给他塞一把从上海带回来的大白兔奶糖吃。

邢家姆妈是上海人,平时说普通话,听不出她是哪里的人。但有时候邢家姆妈和邢叔说话,罗唆就听不懂了,叽里咕噜,发音怪怪的,但挺好听。

邢叔是海宁的爸爸,邢家姆妈的爱人,是辽宁人。

二十世纪七十年代中期,冀中平原腹地发现了石油,搞会战时,全国各地油田人都来建设,所以各地方言在这里也是大荟萃了。光罗唆家住的那个大家属院子里,就有四川人、甘肃人、陕西人、湖南人、江苏人、江西人、广东人、黑龙江人、天津人等,河北人就更不用说了,基于本土优势,几乎占了一半。

听大人聊天说,邢家姆妈和邢叔是在火车上认识的,也不知道怎么俩人就谈上了,结婚后邢家姆妈跟着邢叔到了油田。估计中间有好些曲折的事儿罗唆不得而知。

那时的居民区还没有像现在大片大片的楼房,大家都住平房,一排一排的。罗唆家住在其中一排东头的屋子里,西边和邢家姆妈家紧挨着,共用一个小院子、一个厨房。

用罗唆母亲的话说,"关起大门是一家人",两家平时来往特别多。

罗唆家要是做了什么好吃的东西，比如红烧肉，母亲就给邢家姆妈家端一碗过去。邢家姆妈还碗的时候，里面可能就是满满的一碗炸带鱼。反正，还回来的绝不会是空碗。

邢叔是典型的东北大男人，大大咧咧的不拘小节，嗓门也特大。邢叔在钻井队上班，他出野外时，邢家姆妈家特静。邢叔休假一回来，家里就人来人往地热闹起来。

记得那时每逢邢叔回家休假，邢家姆妈家里就三天两头地请客。客人都是邢叔井队上的人，清一色的男人们，不管老少都叫邢家姆妈"嫂子"。邢家姆妈也"哎哎"地答应着，面色比平日红润许多。

男人们聚在一起喝酒、侃大山、打扑克，每天都闹挺晚。

邢家姆妈怕吵海宁睡觉，就把他放罗唆家睡。海宁老尿床，母亲还乐呵呵地给他洗。

罗唆有时混进邢家姆妈家去看他们喝酒，邢叔就给罗唆抓一把他们下酒的油炸花生米，丢一颗到嘴里吃，又酥又脆，可香了。

邢家姆妈更贤惠了，她腰上系个漂亮的小围裙，一会儿给邢叔他们倒酒，一会儿去屋子外的公用厨房给他们炒个鸡蛋，加个菜什么的。

而这时的邢叔则脸红红的，嗓门也格外的大，招呼他的工友们喝酒。

还让罗唆去叫他爸来喝酒。罗唆说他爸不在家，去办公室加班了。邢叔就给他的工友们说罗唆爸是知识分子，会找石油，有文化，吃香。

邢叔喝多了酒就睡觉，大家散了，邢家姆妈还要忙半天，收拾桌子碗筷，打扫卫生，绝不让家里乱七八糟地过夜。

夏天，各家各户都开着门窗睡觉。有时，罗唆睡梦中迷迷糊糊地可以听到西屋的邢叔在打呼噜，而邢海宁在罗唆床上打呼噜，邢家姆妈却还在院子里的水龙头下"哗哗"地洗东西，罗唆也就又在"哗哗"的水声里，翻个身，睡着了。

那年暑假，邢家姆妈跟罗唆母亲说，她想带罗唆和海宁去邢叔的井队玩两天，在邻县的郊外，母亲答应了。

罗唆和海宁高兴坏了！临去井队那天早上，海宁抱个大皮球，罗唆带着自己洗换的衣服和牙具，邢家姆妈领着他俩坐上邢叔他们井队回基地拉给养的卡车，去了井队。

井队由十来栋铁皮房子组成，围成一圈坐落在一片野地里，院子里养着一群从附近老乡家里买来的鸡，"咕咕""咕咕"叫着，到处溜达着找食吃。

周围都是草地，大片的庄稼，还有小树林。

草地里各种各样的野花多的是，这在油田基地家属区的院子里是看不见的。

花儿有红色的、黄色的、紫色的、蓝色的、粉色的，到处飞着"嗡嗡"叫的蜜蜂和美丽的蝴蝶，罗唆高兴得扑倒在草地里就不想出来。海宁甩着两个胖乎乎的胳膊，一会儿抓蚂蚱，一会儿逮蛐蛐，忙得不亦乐乎，俩人浑身上下粘的都是草棵子，小脸上东一道泥、西一道土，跟花猫似的。

邢家姆妈忙着给邢叔洗衣服、床单，晒被子，收拾完邢叔的宿舍，又给其他叔叔们洗衣服、拆被子、褥子。

有时候，她的鬓角还插着一朵漂亮的野花，不知道她什么时候摘的。花儿随着邢家姆妈洗衣服时身体的起伏，在她耳朵边儿上一晃一晃的，给灰色的井队增加了许多艳丽色彩。

每天井队的空场子上都拉几根绳子，上面晾满了邢家姆妈一天的劳动成果。

晚上，大家聚在一起在院子里吃饭。院子里拉了一个二百瓦的大灯泡，照得满院子特别亮，小蛾子和一些不知道名字的小昆虫一群群地往灯上撞。

晚饭吃的炖鸡肉和馒头。鸡是井队上自己养的，厨师特地杀了几只，炖了一大锅，香得要命。

罗唆和海宁吃完饭，丢下碗筷，就跑到各个铁皮房子里东窜西窜地淘气，又在固定在铁皮房子里的上下铺上闹半天，才累得躺下休息。睡在充满阳光味道的被子里，梦里都是阳光、鲜花和欢笑。

在井队待了两天就回家了。因为邢叔他们的井队要搬家，搬到比这远得多的地方，有多远罗唆也不知道，那时光顾着玩了。

那次短暂的旅行给罗唆留下了很深刻的印象，那是罗唆第一次离开家人外出，离开父母的庇护和监督，完全自主、自由自在放松地玩。而且，那也是罗唆第一次去井队，第一次看见钻塔、打井平台，是罗唆在油田长这么大唯一的一次。

参加工作后，由于学的专业不同，罗唆再没机会去井队了。关于井队的所有印象就是记忆深处留下的那些影像——铁皮房子呀，井架子呀，窄窄的铁床呀，鲜花呀，等等，还有一群"咕咕"叫着到处觅食的鸡……

等到采油厂盖起了居民楼房，大家都从平房搬进了新家，罗唆家就和邢家分开了。

罗唆家住北区，邢家住南区，两家的来往少多了，一年到头

269

也见不到几次。

等罗唆参加了工作，又有了自己的家，一周才回母亲家一次，更见不到邢家姆妈他们一家人了。有时向母亲打听邢家的事，才知道海宁初中毕业考上了莲城卫生学校。

而邢叔没有竞聘上井队队长，提前退了休。退休后的邢叔更爱喝酒了，天天找过去的工友一起酒喝，或者出去喝，脾气还挺大，喝多了回家乱吐不说，搅得四邻不安。

邢家姆妈爱干净，气得也收拾不过来，有时候还得半夜到处去找喝多了躺在马路上睡觉的邢叔，再连拉带拽地把邢叔整回家，够闹心的。

就为这些破事儿，邢家姆妈还跟邢叔到法院闹了好几次离婚，都被调解了没离成。

罗唆问母亲，怎么会这样？

母亲说，老邢在井队养成爱喝酒的毛病，酒瘾太大。老了老了，也不知道控制自己，都快喝傻了，天天晕晕乎乎的，精神上也没有什么寄托。真是让你邢家姆妈累心。

再后来，邢叔真在喝酒上出了事儿。

有一年清明节，邢家姆妈请假回上海给她父母扫墓，邢叔晚上跟工友喝完酒骑车回家，结果掉路边的水沟里淹死了！

海宁当时在家玩电脑，也没像邢家姆妈平时那样，看邢叔喝酒回来晚了就出去找找，结果邢叔硬是被半米多深的水沟淹死了！

第二天早上被早起晨练的人发现，报了警，才知道出了这么大的事儿。

据当时看到现场的人说，如果邢叔那天晚上摔到沟里时略微清醒些，也不会出事儿。他喝得烂醉，根本无法自救。

邢家姆妈从上海赶回来，受了邢叔死的刺激，神经上有了些毛病，卫生所怕她工作上有闪失，再出点儿医疗事故什么的，就让她病退回家了。

有一天，罗唆领儿子走在回母亲家的路上，那时他还没离婚。迎面驶来一辆摩托车，车上是个摩登女郎，烫得像瀑布一样的长发披在肩上，戴个大墨镜，上衣是绿色的皮夹克，下身是黄色的豹纹紧身裤，足蹬一双黑皮靴。

到罗唆面前就刹住了车，女郎一脚蹬在车子上、一脚支在地上，叫罗唆的小名"强强"。

罗唆奇怪得要命，脑海里检索一番，不知道这是谁。

后来她把墨镜摘下来，我的妈呀！这不是邢家姆妈吗？吓罗唆一跳，小脸抹得真白，嘴唇贼红！拉了个双眼皮，眼睛比以前大多了，好像特意睁得大大似的，大却无神。身材倒是一直跟小姑娘似的苗条，南方人显年轻，但她毕竟也是奔六十岁的人了呀。

罗唆赶紧把儿子拉过来说："快叫奶奶。"

儿子奇怪地看着邢家姆妈，在他那个年纪的认知里，奶奶应该是白发苍苍、满脸皱纹、慈祥微笑着的，哪里见过这样"年轻"摩登的奶奶？

于是，突然冒出一句："阿姨好！"

邢家姆妈一听乐坏了，一笑，脸上的皱纹全显出来了。她拍拍儿子的脸说："乖宝贝呀，真乖！"

那只手倒是雪白，只是青筋暴露，瘦骨嶙峋，儿子赶紧往罗唆身后躲。

到家后，跟母亲说路上见到邢家姆妈的过程。母亲叹口气说，自从邢叔死了以后，邢家姆妈就一直神神道道，人也彻底变了样儿了，打扮得妖精似的。有的时候明白，有的时候糊涂，说话着三不着四，病退后也没闲着，她在商业街开了一家保洁公司。说是保洁公司，就是平时给人洗洗衣服、床单、汽车车套什么的，按件收费。听说她又处个对象，不是油田的职工，是莲城地方的，才三十多岁，比她小了十多岁，没工作，个体户，卖汽车配件的。两人一直同居着。

罗唆听了，唏嘘不已。问母亲，邢家姆妈怎么会变成这个样子？

母亲面色凝重，说，兴许是因为她过去活得比较压抑，受了巨大的精神刺激后，想过一种与以往截然不同的生活，所以就像换了一个人似的。

……

刚才邢家姆妈找肖黎改户口，要求把她的年纪改小点儿。

肖黎接过她递过来的户口簿，问："为啥改年纪？"

"有急事需要呀。"

"那想改成多大？"肖黎顺嘴问，主要是好奇，她翻看户口簿时，发现眼前这位是户主，户口簿里还有一个人，与户主的关系一栏，写着母子。肖黎按照上面登记的出生年月日，心算了一下，这儿子眼下是三十六岁。

"那就改成二十六岁吧。"

闻言肖黎吓一跳，抬眼仔细看了她一眼，一头黑色披肩发，涂脂抹粉，烈焰红唇，黄色风衣没系扣敞着，里面是一身豹纹紧身衣，足蹬一双黑色高跟皮靴，这身时尚打扮，就像马上要登米兰时装节 T 台去走秀似的，模样与派出所环境和整个采油厂，乃至莲城，都不搭。

五十九岁的女人了，这么时髦前卫，与那些跳广场舞的大妈们比起来，除了年纪，毫无相似之处，不知道是该侧目还是应该竖起大拇指赞叹，肖黎同学纠结了，不过眼前的大妈的确勇气可嘉。

"小姑娘，赶紧改呀，阿拉还有重要事体唻。"

上海老阿姨，真不是盖的，牛。

罗唆得知来意，只得耐心道："邢家姆妈，户口不能随便改的。所有常住人口信息，在登记之初就已经与每位居民认真核对完毕，随后就录入了户口管理系统，而且这是全国联网的，绝对不能改。"

"那就一点办法都没有吗？"

"没有，一点点办法都没有，找到公安局局长、莲城市市长都没用。"罗唆回答道，坚决地摇摇头。

邢家姆妈一副失落的表情，罗唆毕恭毕敬送她出了派出所大门，只见她骑上一辆电动车远去。还行，不是以前的摩托车了，这样安全多了。

不了解实情的人，仅看她背影，那还是挺像窈窕淑女的。

直到看不见她的背影，罗唆这才怏怏地转身，踱步到小花园，看着眼前的花花草草发起呆来。

当初在刑警队时，几次受伤后，师父在家里摆了酒席，就请了他一个人，酒至酣处，说出了心里话，师父建议他到派出所工作。罗唆虽然百般不舍，但师父罗列出的理由也是无法驳斥的，况且师父是代表组织找他谈的话。

喝完酒杯里的最后一滴酒，他流了泪，师父也流了泪，结局就定了下来。

当时有好几个派出所可以选择，既然决心已下，罗唆毫不犹豫地选择了幸福里派出所，师父大为赞赏。不只因为他从小就是在采油厂大院长大，虽然经过几十年变迁，大院早已不是当初的样貌了，但到处都是亲切的，无论是人还是一些保留下来的老建筑物，在这个大院里，罗唆如鱼得水。采油厂各科室、单位都有熟人，即使不熟悉，几句话聊下来，就能找到共同认识的人，派出所开展各项工作很顺利。

罗唆对这里的一草一木都有着无比深厚的感情，前妻让他离开这里背井离乡奔赴异国，哪知他与采油厂大院早已血脉相连，怎么能一根根割断与这里的千丝万缕离开呢？

最重要的是，师父当初还给他布置了一个重要的任务，多年萦绕于心，让他寸步不想离开这里。

停留在树梢上叽叽喳喳鸣叫的几只麻雀，惊醒了沉思中的罗唆，他迈步回了办公室。

第六章　梅傲凌霜

一、郝思嘉和瓦尔瓦拉

办好手续，肖黎和苗得雨刚在拘留所提审室坐定，门就被推开了。

一个被铐住双手、戴着白色口罩的干瘦的人低头走进来，抬起头，口罩上方露出的一双大眼睛迅速看了肖黎一眼，仿佛两道光在幽暗的审讯室里闪了一下，随即垂下眼帘，光不见了。

"女的?!"肖黎竭力压住嗓音，小声问一旁拧钢笔帽的苗得雨。

"嗯。"

看向那个低着头的女人，一头蓬乱的棕红色卷发挡住了她的面部，头顶处一丛刺眼的白发就像一块难看的补丁，上身橘红色马甲套着一件浅红色短袖，下身是一条白色七分裤。再往下看，只见她的十个脚指头上涂着粉色荧光指甲油，趿拉着一双深红色坡跟皮拖鞋。

肖黎记忆里，没有这个人……

上午临下班，苗得雨给肖黎打电话，说他有个案子里的犯罪嫌疑人要见肖黎,如果下午有时间,让肖黎跟他去一趟看守所。

"啥人?男的女的?为啥要见我?"肖黎很奇怪。

"具体情况见面说。你跟我去一趟,支持一下我们工作。"苗得雨说完撂了电话。

一起案件的犯罪嫌疑人指名道姓要见肖黎,这还是大姑娘上轿头一次。

中午翻来覆去没睡着,肖黎估计这个想见自己的人,肯定是熟人,或者是认识自己的人,否则不会说出肖黎的名字,要拿肖黎当救命稻草吗?到底是谁呢?

直到坐进苗得雨的猎豹,接过他递来的一瓶冰红茶时,肖黎的脑子里塞满大小不一的问号。

"马鹏飞。认识吧?"苗得雨不苟言笑,手把方向盘目视前方。

"马……马鹏飞?"

眼前猛然闪现出一匹长着一双翅膀腾空飞跃的黑色骏马。

肖黎晃晃脑袋,迅速在记忆里检索,马群、马跃、马腾、马奔、马壮,甚至想起初中时一位数学老师叫马奋蹄,淘气的男生们给他起外号叫马粪球。

"不认识。"肖黎摇摇脑袋。

"人家可说得明明白白,你的姓名、性别、年龄、在哪儿上的警校、在哪儿上班,爱吃卤猪蹄子,嗯,略,略胖吧……"苗得雨快速瞥肖黎一眼,最后的那个结巴尤其伤人。

心里咯噔一下,肖黎赶紧收腹,拽拽紧贴在身上的警服。

看来这马鹏飞不但认识肖黎,还相当了解肖黎。

"啥案子?"肖黎另辟蹊径。

"非法集资,一百多万。"苗得雨惜字如金,多一句都不说。

得，肖黎也不问了，反正马上就要到看守所了。肖黎不再说话，她望着车窗外的蓝天白云，还有驶过的田地，秋收已过，露出黄色的土地。

看守所到了，肖黎跳下车，扭开冰红茶的盖儿，咕咚咕咚喝下水，透心凉。

……

苗得雨开始讯问。

"姓名?"

"马鹏飞。"

"曾用名?"

"马疆，边疆的疆。还用过一个名字，马江，长江的江……"

天啊，是她！肖黎惊愕地瞪大眼睛，一个长着自来卷，苹果脸，喜欢穿红裙子的笑眯眯的小个子女生一下子蹦到眼前！就像多年前那个夏季午后，她转学到肖黎就读的石油子弟中学初二年级，第一次出现在肖黎面前时的模样。

"我叫马疆，边疆的疆。"她站在讲台上大大方方地自我介绍。

"我以前还用过一个名字，马江，长江的江……，因为我妈妈姓江啊。后来我觉得马怎么能在长江里呢? 骏马应该奔驰在辽阔的边疆，那才对劲儿。"那是她们熟悉之后，课间时，马疆坐在课桌上仰着一张圆圆的苹果脸，笑眯眯地告诉肖黎。

肖黎笑起来，巧的是，她的名字也是由爸爸和妈妈的姓组成的。

也许因为名字的共同由来，也许因为坐前后座，反正女孩子之间的友谊迅速升温，互相提示背课文、背单词、背公式，一起分享小零食和小秘密。肖黎说喜欢啃卤猪蹄，马疆说她爱吃大苹果。偶尔攀附在教室外楼道栏杆上谈谈彼此遥远的理想。

肖黎说:"我的偶像是《飘》里的郝思嘉,漂亮勇敢,百折不挠。"

马疆说:"我以后就想做《乡村女教师》里的瓦尔瓦拉,教书育人,受人尊敬。以后叫我瓦尔瓦拉吧,多好听的名字。"

肖黎说:"我要挣多多的钱,可以买很多很多漂亮衣服。还可以买很多很多的大苹果,给你吃!你当乡村女教师一定很清苦,瓦尔瓦拉老师。"

哈哈哈……

那些清脆欢快的笑声,伴随着上课的铃声就像一阵儿风,瞬间不知飘到哪儿去了。她们在一起的初中生活仿佛只有一秒钟,眨眼就不见了,留在了遥远的十年前。

中考后,肖黎上了油田一中,马疆考上石油学校。肖黎读警校时,马疆已在采油厂工作。肖黎毕业分配到幸福里派出所工作,马疆停薪留职下海了……偶尔几次在莲城商场、电影院、马路上碰到,她们赶紧停下匆匆的脚步,站在路边聊几句。

马疆参加工作早,结婚也早,又离婚了,因为家暴;马疆停薪留职在莲城商场开个服装店,特别挣钱,换了大房子;马疆认识了一个比她小十岁的钻井工,死命追求她,帅得一塌糊涂让她头晕目眩,她在考虑要不要再婚……对了,她在莲城郊区挨着白洋淀附近买了一栋别墅。

"有空去我家玩,咱们可以坐在院子里一边啃你最喜欢的卤猪蹄子,一边荡秋千。"

她俩哈哈大笑起来,不顾往来行人的侧目,声音宽厚,不复年少时的纯真与清脆。

马疆笑起来真好看，以前圆圆的苹果脸不见了，变成了流行的锥子脸，一袭低胸 V 领的无袖红色真丝裙很美丽。笑完，马疆登上旁边那辆进口白色越野车，按了两声喇叭，远去。

推着自行车的肖黎站在路边，遥想当年她们各自的理想。肖黎没有成为郝思嘉，成了警察，没有很多很多的钱和衣服，常年换来换去只有警服和几套灰突突的便装；马疆也没有成为她梦想里的瓦尔瓦拉，那位教书育人受人爱戴的乡村女教师。

显然，她们的现实与年少时的理想相差万水千山。而岁月倥偬，渐行渐远的她们，再无交集……

眼前，肖黎将回忆中马疆的过去与当下连接起来。

"瓦尔瓦拉。"肖黎轻轻叫了一声。

对面的女人抬起头，口罩上方那双干枯大眼睛泛起一层水汽。

"郝思嘉……"

服装店行业竞争厉害，为了降低成本，马疆关了实体店，疫情来临之前开了网店。马疆和那个钻井工男友没有结婚，只是同居，男友是独生子，他的父母同住在她的别墅里。

三月时，一位打交道多年的朋友说手里有一批外贸服装，因疫情不能销往海外，以极低的价格转内销，如果马疆能入股一起买下这批外贸服装，转手就能赚三倍。同时，朋友把服装样式图片、各种出口手续等资料的复印件快递给她。基于以前与这位朋友成功合作过，对此，马疆深信不疑。疫情期间，网店生意也不太好，凭多年商海沉浮打拼的经验，她觉得这是一个赚钱的机会。

但去年在江西老家给退休后回去颐养天年的父母换了一套大房子，她手里余下用于周转的资金显然不够。

马疆立即在商场朋友圈以百分之三十的高息借款一百万，准备汇给那位朋友。

没承想，男友网上赌博，被境外赌博网站骗取一百余万元，通过朋友借了一百万的高利贷后继续赌博，又有去无回。他见马疆陆续筹集了一百万，便寻机挪用了这一百万，想快速翻本。结果不言而喻，肉包子打了狗。

背上巨额债务，男友心情抑郁，加之到期后放高利贷的人天天追债，他开始酗酒。

发现一百万不见了踪影，马疆这才知道小男友背着她在网上赌博一事。当天，趁男友酒后半夜归来，俩人吵架，为了不惊扰他的父母，去了别墅地下室。男友辩解说，他赌博也是想快速发财，帮她渡过难关……争执中，马疆推了他一把，没想到酒后的他控制不了自己，顺势倒下，脑袋磕在大理石茶几一角，当即昏死过去……

"当年和第一任丈夫离婚后，我找算命先生改名为马鹏飞，以为从此大鹏展翅一帆风顺。谁承想，唉……"马疆叹口气，说不下去了。

男友连夜被送到莲城医院抢救，一直昏迷不醒。已是主治医生的蒋正义说，也许能醒过来，如果醒不过来，最坏的结局就是植物人。

如雷轰顶的马疆付完医药费，不知道后续的治疗还需要多少钱。

外贸服装生意泡了汤，而男友借高利贷赌博一事儿传到社会上，那些借给马疆钱的朋友都误以为马疆借款是为了给男友提供赌资，纷纷上门要账，说不要那百分之三十的利息，本金退给他们就行。内忧外患如在火上炙烤的她，哪里还有钱还账。

未果，有人到公安局刑警队报警，告她非法集资，用于男友网上赌博。

捋清楚了马疆近几年的经历，尤其是最近几个月经历的事儿，肖黎无言以对。

"郝思嘉，再见。"马疆举起戴手铐的手，摆了摆，走出审讯室。

肖黎僵在那里，半晌，冲着走廊深处那个瘦弱的背影喊道："瓦尔瓦拉！我们还会再见！别忘了你的梦想，还等着你去实现！"

那个瘦弱的背影暂停了几秒钟，继续前行，在走廊尽头右拐，不见了。

"马鹏飞的问题可以先解决一部分，只要她答应把别墅抵押后，把那一百万借款还了，她可以取保候审出去。至于她男友网上赌博和欠下高利贷，如果属实，我们会继续侦办。不过他至今昏迷不醒，不好取证。这位瓦尔瓦拉，命运多舛。"苗得雨站在肖黎身后说。

"请多帮帮她。"

"这不消说。我得谢谢你，郝……思嘉同志。上次讯问时她说，这次只要看见你就什么都说。"

"我也替她谢谢你。"

"别。我们刑警一中队正在编写典型案例，给莲城和油田辖区群众做宣传，你要不要去社区大讲堂讲一讲'郝思嘉和瓦尔瓦拉'的故事？还有，那个法治进校园活动，可否拨冗参与？"

"责无旁贷。"肖黎道，"我去网上找那本《乡村女教师》。下次若再去看守所，帮我送给瓦尔瓦拉，可以吗？"

"责无旁贷。"苗得雨回答得郑重其事。

二、大表姑奶奶

可能是因为上火的缘故，罗唆的左眼睛长了一个麦粒肿，一开始没注意，以为很快就好，谁料越来越严重，肿得有些睁不开眼睛了，他这才去莲城医院眼科看病，正好邢海宁在门诊值班。

他一看是罗唆，本来略显冷漠的脸立即变得生动起来，跑前忙后地给罗唆检查，开药，又领罗唆去药房取药，告诉罗唆怎么怎么用，特亲切。

罗唆问他邢家姆妈最近怎么样了。

邢海宁说他妈回上海了，那里有他妈的一个娘家寡嫂子得了偏瘫，他妈去伺候她。

罗唆又问，邢家姆妈开的保洁公司不经营了？她处的那个对象呢？

邢海宁说，公司转手给别人接着干呢。那位叔叔跟邢家姆妈回上海了，两人领了结婚证，目前看样子对他妈还不错，这样他妈老了也算有个伴儿，互相照应着。自己在这边也放心了。

罗唆想起邢家姆妈找他改年纪的事情，听了心里感觉不那么踏实，不知道邢家姆妈以后还会闹出什么事儿。

回忆起多年前的邢家姆妈，鬓角上插着一朵漂亮的野花，给井队的工人们洗衣服时的模样，仿佛就在昨天。

斗转星移，物是人非，而邢叔早就化为尘土，与大地融合在了一起。

罗唆的心里特别难受。但愿她一切顺遂吧。

冀中平原的秋天是很美的，既是丰收的季节，也是草木最为绚烂的季节，枫叶红了，银杏黄了，白杨树叶更绿了，藤类的爬山虎叶子更是红黄绿相间，美得像油画一般。

双休日，钟必胜邀约大家一起去白洋淀，顺便带着大家欣赏田园风光和白洋淀秋色。罗唆因为眼睛上的麦粒肿还没有彻底治愈，他提出在所里值班。

听了钟必胜的建议，肖黎第一个拍手同意，路胜利、老杜几个人当下说定，干脆在白洋淀找个能住宿的度假村，住一晚上，换个环境散散心，是很不错的好主意。钟必胜说他知道哪里住宿干净还便宜，于是大家说走就走。车子一到淀边的停车场，钟必胜路上联系好的渔家早就划着木船等在淀边迎接了。

上船，沿着芦苇隔出来的水路进淀，风有些凉，大家心情很愉快。

这水路，和陆地上的道路是一样的，所不同的是没有路标和路名，若不是常年生活在白洋淀里，是弄不清楚每条水路都是通向何方的。而船只就像陆地上的车辆，是水乡白洋淀的交通工具。

沿途，不时可以看见不知姓名的水鸟低翔，掠过淀面。有的伫立在低矮的小树上，机警地四处张望。路过一片开阔的水域时，一大群雪白的鸭子漂在淀面上。仔细看，有的鸭子在凫水，脑袋伸进水里，大概是在寻找小鱼小虾；有的鸭子扑棱着翅膀，煽动着四周的水面，可能是想飞上天；还有的鸭子只是漂浮在淀面上，一动不动，也许在思考……

一路观景，时间过得飞快。小船走了一个多小时后，到了小渔村。小渔村真小，只有几户人家，依傍在淀里一个比较大的岛子旁。

大家雀跃着，离船登岸，上了小渔村，来到一处农家院，安排好食宿，钟必胜就划船带着几个人去了一个小岛上。

四处观望一番，看到一座坟孤零零地堆在不远处，看上去很朴素，但也洁净，看来时常有人来清理杂草。坟堆前立着一块最普通的青灰色石碑，上刻"张氏之墓"四个字，出生时间不详，卒于十多年前。

钟必胜上前鞠躬后说："这是我大表姑奶奶的坟。她有一个女儿，很多年前去了日本。大表姑奶奶去世时，没来得及回来。至今，也从没回来扫过墓。每年清明都是我代表亲人来祭拜。"

老杜夸钟必胜仁义。钟必胜面有悲色，并未多言语，或许回忆起亲人在世时的某个温情场景，其余人不便探问。

按照规矩，路胜利、老杜和肖黎也都在大表姑奶奶的墓前各自鞠了一躬。

天色渐晚。夜色下泛舟淀上，别有一番风景，天是蓝的，铺天盖地的芦苇，白天看上去的绿色，在夜色下已经变成了灰黑色，远处有鸟鸣声传来，就像《渔舟唱晚》里跳跃的音符。

白洋淀的夜晚静谧安详，似乎亘古未变。

回到小渔村，农家院里已经拉上了电灯，钟必胜建议把晚餐安置在木船上，就着白洋淀的月色进餐，肯定风味独特。

这个建议绝妙，大家立即拍手称快，齐动手把炖好的一大盆喷香的酱杂鱼，白洋淀特产红心咸鸭蛋，玉米面贴饼子，和他们自家酿造的烧酒，连同一张小木几，一一搬上了木船。

大家重新上船，围坐在木船中间的小木几周边，撇开平日里的拘谨，也不再议论时事和单位里的人事，吃鱼喝酒。不时有晚风拂面，令人十分惬意。

　　半晌没吭声的钟必胜一直在摇船桨，他把木船重新划到白洋淀里，动作十分娴熟。

　　船桨拨动着白洋淀里的水，发出"哗哗哗哗"的水声，特别好听。

　　这时候，远望水天一色，小渔村已经隐在黑夜之中，几户人家的灯光与天幕上的星星连接在一起，偶尔有犬吠声传来，越发衬出水乡的幽静。

　　钟必胜停下船，端起一杯酒喝掉，开口道："感谢。其实这次邀请各位来白洋淀，是想给大家讲讲我今天祭拜的这个大表姑奶奶的故事。"

　　"噢?!"肖黎很好奇，叫道，"好啊，好啊! 啥故事? 快讲吧。"

　　泛舟淀上，听几个发生在白洋淀的故事，用来佐酒，想必是非常不错的。

　　"大表姑奶奶的故事是我听家里老人讲的。说起来，这位大表姑奶奶是我父亲的表姑，比我父亲大十多岁。白洋淀闹鬼子时，大表姑奶奶已经定亲了。

　　"鬼子得到情报说，他们走失的一个鬼子被隐匿在小渔村。于是，鬼子们在一个雨夜袭击了小渔村。鬼子们没有找到他们走失的人，一气之下，血洗了小渔村……

　　"去亲戚家串门的大表姑奶奶，躲过了那场灭顶之灾。得信后回到小渔村，大表姑奶奶看到被父母家人鲜血染红的一片水域，大叫一声晕了过去……

　　"醒来后，就有些痴呆了。

　　"是小渔村的乡亲们，帮她掩埋了父母家人。

　　"受了巨大刺激的大表姑奶奶有些精神失常，被接到我家休养了一阵子后，她非要回到岛上去，说要陪父母。无奈，只好把她送回那个只剩她一个人的家，留在岛上继续生活，托付其余几户人家帮助照看。打那以后，大表姑奶奶经常立在淀边发呆。

"有一天，大表姑奶奶在淀边割芦苇，准备编席子，忽然看到远处漂来一个仿佛被一片红云托举着的大木盆。

"大木盆漂近后，大表姑奶奶这才看清楚，那片红云居然是一群红色的大鲤鱼！每一条都有两尺多长！要知道，白洋淀很少看到红色的鲤鱼，何况是那么大的一群。

"红色有些刺眼，大表姑奶奶轻微地晕眩了一下。她站稳后揉揉眼睛，再仔细看时，那片红云不见了，大木盆停靠在离她不远的淀边上。

"她走过去一看，大木盆里躺着一个熟睡的小婴儿！大表姑奶奶抱起婴儿，发现那是一个女婴，包在雪白的绸缎被子里，旁边放着一些花纸片。

"这个婴儿从哪里来的？谁又丢弃了她？这些都不得而知。

"大表姑奶奶看着婴儿粉嫩的小脸，她的眼神清亮起来，似乎不那么痴呆了。原本死气沉沉的农家院，恢复了一些生气。

"不久，与大表姑奶奶定亲的男方家里来人，要接大表姑奶奶去成亲。发现大表姑奶奶的父母家人都已经被害，家里却多了一个女婴。

"大表姑奶奶已经完全从失去家人的痛苦中解脱了出来，她说了女婴的来历。

"男方拿着那些花纸片，去县城找学校里的先生寻问那是什么东西。

"回曰'日币'。

"'日币'?

"先生说，就是日本钱。

"男方吓得不轻！急急忙忙跑回小渔村，让大表姑奶奶赶紧把那女婴丢进白洋淀里去喂鱼！千刀万剐的日本鬼子留下的种儿，留她何用?！

"大表姑奶奶不同意。

"不同意? 那，那婚事就得黄。男方态度很强硬。

"大表姑奶奶不再吭声，她低垂下脖颈，摇着一把蒲扇，给睡在炕上的女婴扇风，顺便扇扇不时落在女婴身上的苍蝇，时而抚摸一下女婴藕节般雪白肥嫩的胳膊和小腿。

"胖乎乎的女婴不知梦里看见了什么，露出了微笑。大表姑奶奶的脸上，也露出了微笑。

"男方一看，二话没说，招呼一起来接亲的亲友，转身走出小院，上船离岸，再没回头。

"没人能猜出大表姑奶奶心里在想什么。

"打那以后，大表姑奶奶没再成亲，她谢绝了所有来提亲的人。一个人靠在白洋淀里打鱼卖鱼，编芦苇席卖钱，艰难地把女婴拉扯大，起个名字叫鲤子，还送她去渔村小学读书。

"中日邦交正常化后，大表姑奶奶告诉了鲤子她的身世。

"其实，之前小鲤子就隐约知道自己不是白洋淀人，在镇上读完初中，她回到小渔村陪着大表姑奶奶度日。打鱼晒网，卖芦苇席，二十多岁也未成家。

"在从大表姑奶奶口中确定自己是日本人的后代之后，鲤子找到有关部门，辗转回到了日本。在日本就业，结婚，成家。

"若干年后，鲤子领着一家人从日本到白洋淀寻亲，跪在大表姑奶奶面前谢恩，要带大表姑奶奶去日本，说给她养老送终。

"那年，年事已高的大表姑奶奶，看见鲤子一家人和和美美，她不喜不悲，拒绝了鲤子的邀请。

"打那以后，回到日本的鲤子，每年春节都给大表姑奶奶邮寄钱物。

"大表姑奶奶独自一人的生活简单俭朴，她把收到的食品和衣物都分给了小渔村里的各户人家，自己不留一星半点儿。钱呢，一分没动，全部捐给了渔村小学，用来资助贫困学生和修葺校舍。

"又过了很多年，大表姑奶奶九十岁高龄时，她大约感到自己大限已到，便央求渔村小学的老师给鲤子写封信，让她别再邮寄钱物。

"没多久，大表姑奶奶无疾而终，被人发现时，身无分文。

"小渔村的乡亲集资埋葬了她，还买了一块墓碑。给墓碑刻字时，才发现居然都不知道大表姑奶奶的名字，鲤子每次来信都写着'张氏'收，查户口簿，上面也写着'张氏'。

"渔村小学的老师们，觉得有必要告知一下远在日本的鲤子，便给她写封信。

"得信的鲤子没有回白洋淀，她把收件人改成了渔村小学，又邮寄了几年食品、衣物和钱，就再也没有了音信。

"小渔村的人猜测，大概那个日本女人过世了吧。"

路胜利他们早就忘记了吃喝，都被大表姑奶奶的故事吸引住了，脑海里全是钟必胜讲述的画面——大群的红鲤鱼、木盆、女婴、大表姑奶奶由青春到白发孤独的身影、芦苇、蓝天……

钟必胜幽幽地叹口气道："请你们来白洋淀玩，我是有私心的。我觉得，要是不把大表姑奶奶的故事告诉更多的人，再过些年，谁还能记得她呢？老人一辈子连张照片都没留下来，就化成了尘埃。"

四周悄无声息，木船停滞在白洋淀上，轻微地晃动着。

眼前曾经发生过无数故事的华北明珠白洋淀，深邃幽静，几十年前的刀光剑影、枪林弹雨、血雨腥风都不见了踪迹，白洋淀好像包容了一切，又隐藏了一切，把所有发生过的故事都深深地葬在了淀底，从不诉说，也永远不会忘记。就像那群神秘的红色大鲤鱼，再也没有出现过，谁也不知道它们是从哪里来的，又消失在了哪里。

一年又一年，白洋淀时而沉静安详，时而碧波荡漾，准时在每个夏季里开出成千上万朵美丽的荷花，白的纯洁，粉的娇嫩，挤挤挨挨重重叠叠，吐露芬芳……

大家默默端起酒杯，不约而同洒向白洋淀，祭奠所有在白洋淀逝去的魂灵。

夜深了，"哗哗哗哗"的水声响起，钟必胜继续开始划桨，他辨别一下方向，向远处闪着几点亮光的小渔村，驶去。

天上的星星，倒映在白洋淀上，仿佛淀里漂浮着无数大大小小的夜明珠。

白洋淀，真美……

感慨之余，职业习惯所致，路胜利心中又生出许多问号来——

当年，是谁给日本鬼子提供的情报？

日本鬼子们血洗大表姑奶奶家所在的小渔村，是不是为了找寻被老钟和老毕亲手灭掉的那个鬼子？

若是，那么惨剧发生后，老毕请老钟当媒人，去找大表姑奶奶提亲的行为，是不是因为她的父母家人皆被鬼子因寻人不遇杀

289

害，老毕产生了深深的愧疚和同情？

白洋淀里大大小小的岛屿有很多，到底在哪个小岛上埋葬了那个曾经怀揣着一张女子照片的日本鬼子？小照片上的女人，到底是谁？在哪儿？她有什么样儿的生活经历？

埋葬了鬼子的小岛，目前是否还存在？

被大表姑奶奶抚养大的那个女婴鲤子，她的亲生父母是谁？是日本鬼子吗？她为什么被遗弃在一个大木盆里？鲤子回到日本后，有过哪些经历？她是怎么生存下来的？

疑问太多，曾经亲历过那段历史的所有当事人，都已经化为一抔黄土，被尘封在无尽的岁月和浩瀚的白洋淀里了，虽然有些陈年旧事已经随风消散，但坚信有些故事将会在白洋淀世世代代永远流传下去。

回到所里，钟必胜挑灯夜战，写了一篇文章——《大表姑奶奶》，投稿给了《莲城》杂志，很快就刊登出来了。

路胜利再次捧着崭新的杂志认真拜读一遍，尤其是作者"钟必胜"那三个铅字，来来回回看了不知道多少遍，都快被他热辣辣的目光烧穿出三个洞了，心里"咕嘟"一声冒出一个大大的"服"字，暗叹：I 服了 YOU。

他是真的服了。

三、幸福里大街

苗得雨给肖黎打来电话，说马鹏飞答应把她的别墅抵押了，一百万借款也还给了朋友们，她已取保候审出来了。她那位昏迷不醒的小男友更奇特，其间醒过来几天，承认自己网上赌博并欠下了巨额高利贷，随后却又昏迷不醒了，好在把马鹏飞摘了出来。

"那马鹏飞现在在哪儿？"肖黎关切地问，"有她的联系方式吗？"

"没有，她跟我说要去江西老家住一阵儿，陪陪父母。她随身带着你送她的那本《乡村女教师》，让我告诉你，她以后没准儿就去贫困山区支教了呢。"

放下苗得雨的电话，肖黎的心情略好一些，为曾经的好朋友能重新获得自由，她没有抱怨马鹏飞没跟自己联系。她想的更多的是，人这一生会遇到很多人，在一起走一段路，有的人走的时间长一些，有人的走的时间短一些，大部分人走着走着就离散了，这也是很无奈的。

罗唆从局里开完会，立即召集全所人员召开会议，他在会上传达了局里对近期工作的部署以及会议精神。

最后一项，重点是针对郝国庆和朱大黑说的，罗唆道："辅警是公安工作的重要辅助力量，作用不可或缺。咱们所的工作就离不开国庆和大黑两位同志的辅助。近年来，全国各地公安机关陆续出台了警务辅助人员管理条例，为辅警等人员开通便捷入警通道。比如上海市公安局，出台了《上海市公安机关警务辅助人员管理条例》，可以从特别优秀的辅警中定向招录人民警察；山西出台了《山西省警务辅助人员日常管理暂行规定》，明确优秀辅警报考公安机关人民警察职位的，按照国家有关规定执行，通过单设职位和定向招录等方式，畅通优秀辅警入警渠道；还有海南、四川等地都出台了相应的办法和规定。目前咱们省虽然还没有相关规定，但这是一个信号，你们俩都是从部队上转业回来的党员同志，平时做好分内的工作之余，还要加强法律方面的学习，参

291

加自学考试，机会是留给有准备的人的。"

郝国庆和朱大黑都严肃地点点头。

幸福大街的"阳光十字绣"店里发生了纠纷，路胜利接报警后和他的老"飞鸽"飞驰而至。

"阳光十字绣"原先也在采油厂的老商业街上，开了好几年，是位提前内退的采油工聂大姐开的，里面出售的十字绣，有大小不一的挂件，有装饰沙发的罩布、桌布、靠垫等，摆在家里，美化居家环境，挺好。聂大姐除了自己绣，也接订单，根据顾客要求绣，比如"百福"字，"百寿"字等，红底金字，简直不要太漂亮了哟。

纠纷因一幅"千里江山图"而起，而"千里江山图"却不是聂大姐出品。

照应一个店，聂大姐一个人忙不过来，便雇了一些有此喜好的妇女们帮她一起绣，按照件数给提成，一次一结算。

那"千里江山图"是谁绣的呢？是马姨绣的，对，就是马雯雅的妈妈马姨。老伴前几年去世了，不仅少了一个伴侣和帮手，家庭收入也减少许多。于是，照顾有病的独生女马雯雅之余，她一直想干点啥，增加一下家里的收入。四处找寻一番，发现十字绣最适合她，可以在家工作，时间自己掌握，最重要的是还不耽误照顾马雯雅。

十字绣不复杂，主要需要的是细心和耐心。细心和耐心，马姨最擅长，当了一辈子会计就靠心细，照顾女儿，没耐心哪行？

马姨上手很快，聂大姐交给她的活儿，都能保质保量按时完成交件，属于金牌绣娘。

"千里江山图"是一位开文化用品公司的老板定制的，开价很高。聂大姐接了订单和定金后，首先想到了马姨。

马姨果然不负期望，辛辛苦苦绣了三个月，按时交活儿。

聂大姐对马姨绣的绣品非常满意，给了马姨颇高的报酬，转头给那位老板打电话，让到店里来取。

老板耽搁了几日，来店取时，遇到了马姨在店里跟聂大姐求情。马姨竟然说，那幅"千里江山图"不卖了，她买下来。

这是什么道理？聂大姐不同意，那位老板更不同意，他说，刚装修好的办公室墙上早就留出了"千里江山图"的位置，就等着"千里江山图"上墙的那一刻，满室生辉、招财进宝呢。

那马姨为什么要买这幅"千里江山图"？还是因为马雯雅。马雯雅天天看母亲绣这幅十字绣，特别安静，坐在一旁默默地看，似乎被青山绿水吸引住了，也不捣乱。

那天马姨交完活儿，回到家，马雯雅忽然闹起来，嚷嚷着"要看那个好看的画"！

马姨细声细气地安慰、劝说，都不奏效。发展到今天早上，马雯雅不起床也不吃早餐了。马姨这才意识到那幅"千里江山图"对马雯雅的重要性！赶紧急匆匆跑到"阳光十字绣"，想买回那幅绣品。

那位老板兴冲冲来取，马姨却按着不让拿走，马姨说她买下来，可以给那位老板一定的精神损失。

哼，瞧不起谁呢，人家是差钱的人吗？这年头花钱买的就是一个舒心、喜欢。那位老板坚持要把绣品拿走。

于是场面一时僵持住了。

这时蹦出来一个高亢的声音，说："那幅绣品我要了！多少钱都行，开个价吧！"

半路杀出一个程咬金,好大的口气。这不是瞎捣乱嘛。来者不是别人,是薛老铁。报警电话也是他打的。

薛老铁跟马姨家是对门,当年马姨和马叔吵嘴,就是薛老铁冲进去把马叔揍了一顿。没那次酒后闹事儿,估计薛老铁也坐不上轮椅。马雯雅是薛老铁从小看着长大的孩子,乖巧漂亮,学习还好,却得了这让人闹心的病,他心里也很不好受。本来去"滕记百年馄饨"吃完早点,他坐着轮椅在幸福大街四处溜达呢,看见马姨急匆匆赶到"阳光十字绣",就跟过去把前因后果听了满耳,看见那位老板不退让,他肯定站在马姨这边啊,就喊了一嗓子。

路胜利了解了事情原委,很久没有捣乱的后槽牙开始隐隐作痛,怎么办?公说公有理,婆说婆有理。"千里江山图"到底应该何去何从?实际上,路胜利是偏向于马姨一方的,但怎么劝说那位老板放弃呢?那也是人家支付了定金,期盼已久的啊。

聂大姐不吭声,马姨死死按住绣品的袋子,也不吭声。

路胜利想了想,还得打感情牌。他把那位老板叫出店门,把他对马姨和马雯雅的了解一一道来,"你看,这幅绣品能救两条人命!"

那位老板眼睛一瞪:"有那么严重吗?真的?"

"你要相信我。我是幸福里派出所民警路胜利,党龄十年,这是我的警号,你可以记下来。我敢肯定,要是马雯雅看不到那幅绣品,神经大受刺激,病情就得加重。女儿病情严重了,那还不得要了她妈的命?"路胜利拍拍自己的胸口道。

"这个……"那位老板做沉思状。

"我们都为人父母,你有孩子吧?"路胜利见对方点点头,继续道，"孩子的事儿再小，在父母眼里也是最重要的事儿。孩子想要星星，我们是不是都恨不能登梯子上天去摘？"

路胜利没孩子，为引起共情，他认为善意的谎言是可以撒的。

"嗯，是的。"那位老板点点头。

"那咱们就让一步？男子汉大丈夫，能伸能缩。"

"唉，行吧。我也是看那位母亲可怜啊。"

事情终于有了转机，路胜利和那位老板回到店铺里，大家都侧耳听着呢，气氛一下子缓和了，都活泛起来。聂大姐赶紧按照路胜利的吩咐拿出图谱，耐心翻开介绍，请那位老板选，看来看去，选了一幅"万山红遍层林尽染"。

"好眼力！大气、气派，气吞山河！"路胜利赞道，"这要是挂在办公室，绝对能彰显老板你博大的胸怀！就这格局，做生意没有不发的。"一番话说得那位老板心花怒放，面色潮红。

聂大姐建议绣品还是交给马姨绣。

马姨却摆摆手道："不，不，不，我怕万一孩子又喜欢上了咋办？我就绣一些小件吧，最近眼神也不太好，绣大件太费眼睛，也累。"

纠纷顺利调解，几方都很满意，完美。

幸福里社区有人举报自家楼上三更半夜不睡觉，响动还不小，扰民。

路胜利带着郝国庆出警一看，被举报的是小田家。

租住小田家两间房子的是一对儿小夫妻，跟在幸福大街开"滕记百年馄饨"的老滕一样，原先的裁缝铺也开在莲城商场里，疫情之后生意实在不好做，为减少支出，就退了店铺，在采油厂院里租房住下。坐吃山空一阵儿，两口子眼见着存款越来越少，决定生意还得继续做，但得改变思路。怎么变？

两间房子，一间做了工作间，一间当卧室。

工作间摆着缝纫机、裁剪台、熨烫机等物，丈夫小陈的手艺是在南方学的，很不错，各式各样的衣服、裤子、裙子都能做，来料加工、改衣服都行。妻子小周给他打下手，默契、麻利，很勤快。

疫情一来，很多人都捂紧了钱袋子，在衣食住行方面尽量节约。但爱美之心还是有的，尤其是姑娘们，换季时总要买几件可心的衣服。

那些在莲城商场做生意时积累的顾客，都留有联系方式，又找到他们，微信沟通，把想要的衣服样式和布料送过来。小陈手快，两三天就能做出来，顾客一试穿，很漂亮，很满意。

顾客满意了，小周不满意。一件衣服做下来，费事费力，挣得并不多，一个月的开销用度支付出去，几乎不剩下啥钱了，要是这样，翻新老家房子的钱什么时候才能攒出来啊？他们结婚时，小陈父母没能力给盖新房，小周也没抱怨，唯一的要求就是把老房子翻新了。

小周动起了脑筋，看到有的顾客发来的衣服样式图片，无意中在某宝上搜索到了，再看价格，非常便宜。于是，想到一个绝妙的便捷方法，小周在某宝上搜寻一些时尚流行的衣物，购买后，剪去商标，由她做直播，穿在身上展示。

这样的做法，就把被动的来料加工，被顾客牵着走，变成了主动牵着顾客走。

小周面容姣好、身材苗条，一开播还真吸引了一批粉丝，干巴瘦的小陈在旁边裁剪，更显得是独家定制了。

一时间，生意很好，有时衣服刚展示完，就能收到好几个订单。每天取快递、直播、发快递，成了小陈和小周的主要生活。

直播一般是在晚上，因为很多人只有晚上才有时间看直播。小周换装，跟粉丝互动，声音的确不小。

路胜利要求他们十点后就不能直播了。小陈和小周当场答应了。

直播时间的确是在晚上十点前结束了，但他们所谓的"个性定制"毕竟是弄虚作假，时间一长，难免露出马脚。

一次，小周给一位顾客发快递时，没有仔细查看，其中一件衣服上的商标没剪掉。顾客收到后，发现了问题，产生了怀疑，也上网搜寻，找到网店，点击进去一看，跟手里的衣服一模一样的一件衣服，价格低廉了很多。顾客很有心，下单网购了一件，拿到后跟小周发给她的那件独家定制一对比，简直完全一样啊！顾客发微信找小周闹，要求按照衣物的价格假一赔十，另外还要精神损失费等。

一开始小周就不承认，嘴还很硬，说是网店仿照他家的衣服做的。顾客被激怒了，于是到幸福里派出所报了警。这位顾客不是别人，正是严有智。

这次是老杜带着朱大黑出警，到了小田家，问明情况，把小陈和小周带到派出所询问。

看着严有智拿出两件面料、款式和颜色一模一样的衣服，以及小周的直播视频，他们的聊天记录、付款截图，某宝网店的链接，证据链条十分完整，事实胜于雄辩。一见之下，小陈和小周一声不吭了。

"扰民的升级版,还学会欺骗消费者了?"老杜严肃道。

的确他们有错在先,承认错误的态度很诚恳,也有悔意。鉴于此,经过老杜的调解,赔付了严有智两倍的价钱,而不是十倍,双方都表示满意并和解了。

路胜利听说后,也觉得严有智有理,没再说什么。

严有智把赔偿的钱买了一堆消毒物品给派出所送来,说:"没别的意思,那两口子也不易,知错就改、原价退赔就行。多出来的赔偿我不要,慰劳辛苦为民的警察同志们了,别嫌弃。"

"你这表妹,做事真讲究。"大家看见路胜利都竖起了大拇指。

路胜利脸上有光,一高兴在家庭群里说了这件事,还专门艾特严有智,给她发了一个红包,几乎被她秒抢,皆大欢喜。

小田正好休假回来探望父母,一听说出了这样的事情,赶到派出所了解了情况后,回到家皱着眉头让小陈和小周赶紧收拾一下搬走,提前预交的租金退还给他们。

无奈之中,小陈和小周夫妻俩搬离了小田家,神情落寞地回老家去了。

为此,罗唆让路胜利起草了一份通知,不允许在居民家中直播扰民,一经发现给予警告等治安处罚,随后发到"幸福里社区管家群",要求管家们挨家挨户通知到位。如果派出所再接到因直播扰民的报警电话,连同"管家"一起处罚。

四、深藏不露的高人

采油厂厂办秘书小秦最近这段时间有些反常。

最先发现问题的是他妻子。比如,以前同在机关大楼上班的俩人一起下班，一起回家，路上有说有笑的，现在每次回家上楼，秦秘书动作都特别快，急得妻子在后面喊："咋的了？后面有狼追你啊！等等我！"

不仅如此，平时饭量挺大的秦秘书，现在吃两口就撂筷子，也不说是菜不合胃口啊还是哪儿不舒服，反正进嘴那两口米饭三片菜叶子，比成天嚷嚷减肥的妻子吃的还少。

夜里更甚，以前一沾枕头就着的秦秘书居然失眠了，躺在床上翻来覆去跟烙饼似的。影响妻子也睡不踏实，问他是不是有心事？他可好，却又闭目假寐，不吭声了。

第二天一早，夫妻俩都戴着黑眼圈上班去了，一连好几天都是如此。妻子心里免不得嘀咕起来。

这天老杜刚进办公室，就接到秦秘书的电话，说想找他聊聊。

老杜正忙着，于是说："秦秘书好。有事吗？没啥事啊？哦，我现在特别忙，那就等有空再说，最近公安局在搞专项行动，我是二十四小时连轴转，忙过这一阵儿我找你去，可劲儿聊。"

"你说的那行动，是不是关于收缴枪支弹药的？"秦秘书小心翼翼地问。

"是啊，你看见通告了？自从外地发生一起执枪打死人的案件后，这都宣传半个月了，莲城和油田电视台每天滚动播出，整个莲城辖区的办公区、家属区、各类公共场所全部张贴了通告。"

"噢，看见了，看见了。你忙吧，那就以后再说。"说着秦秘书先挂了电话。

没过两天，老杜刚出派出所大门，就被秦秘书堵住了。

"秦秘书，有事儿？"老杜问。

"是，是有点儿小事。"秦秘书脸色不大好，拉着老杜走到僻静处，站住了。

"啥事儿？这么神秘。"

听老杜这么问，秦秘书反而不说话了。

忽然，老杜的脑海里闪现出一个问号，秦秘书找我是不是跟枪支弹药有关系？

秦秘书是个言行都很利索的人，是采油厂机关办公室的笔杆子，上上下下都夸他做事雷厉风行。认识秦秘书好几年，依老杜对他性格的了解，是个爽快人，眼下变得吞吞吐吐犹犹豫豫，有些反常。

为了验证自己的猜测，老杜故意说道："没事？那就别浪费我的时间了，我多忙呢。"

说完，老杜故意走出去几步。

"别，别走啊！我说，我说还不行？"秦秘书在老杜身后开口道。

"那就快说。我还得赶紧去局里汇报收缴枪支弹药的情况，离最后期限不远了。"

"杜警官，是这样的，我父亲前一阵去世了，我收拾父母的老房子时，发现一杆猎枪，没开封，新的，还有二十几发子弹。父亲生前，我从来没有听他说起过这事，也不知道他有这么一杆猎枪。"秦秘书停顿一下，继续道，"本来我也没太在意，半个月前，在我家单元门上看见了你们派出所张贴的《关于收缴非法枪支弹药依法严厉打击涉枪违法犯罪活动的通告》后，我的心里就不安起来，每天进出家门都看一遍，几乎都能背下来了。"

老杜看着紧张不安的秦秘书，想起他父亲秦大爷生前把十万块钱装到咸菜罐子里，埋到小菜园子地里的那件事儿，一边心想

"秦大爷啊！您老还真能藏东西"，一边听秦秘书继续说下去。

"我想知道这杆猎枪是不是得上交你们派出所呢？"秦秘书问。

"秦秘书，你不是说《通告》几乎都能背下来了吗？《通告》第一条就说到这个问题，个人储存猎枪和子弹是非法的。你说应不应该上交？"

"呃，是，我是觉得应该上交。我想知道的是，我这样会不会受到处罚？"

看到秦秘书说出了顾虑，老杜赶紧解释："当然不会了。这大可放心，只要你在《通告》通知的限期内把猎枪和子弹上交公安机关，并书面说明猎枪和子弹的来历，就不会受到处罚。"

"太好了！我现在就回父母的老房子里去取，马上交给您。"听了老杜的话，秦秘书的情绪大好，腰板都直了一些。

最终，公安局通报这次共收缴各类非法枪支三十余支，子弹百余发，管制刀具一百余把，已经按照省厅要求在指定地点全部销毁，为维护莲城治安消除了一部分隐患，同时要求还有隐藏枪支弹药的人民群众，主动及时上交。

秦秘书终于恢复了正常，跟妻子一起下班也不再抢先上楼了，夜里也能睡个安稳觉了。

老杜呢，忙完一件事儿，不得喘息，又来一件事儿。他连续收到物业管家发来几个社区居民微信群聊天截图，又有狗叫扰民现象出现了。

逐条看下来，老杜归纳整理了一下，矛盾主要发生在居家办公的甲女和养狗的乙女之间。

甲女："您家狗还是在家狂叫，哀嚎，声音很凄惨，每隔十分钟就叫。我因为工作性质要在家办公，都快被搞得神经衰弱了。

跟你们见面也沟通了，之前也提出过这个问题了。说我电视声大，其实我就是为了盖住你们的大声说话声和狗叫声，只要你们安静了，我从来不会开大声。我也是爱狗人士，也懂得你们养狗的乐趣，可是你们不能把自己的快乐建立在别人的痛苦之上啊，您既然要搬家，那就把狗送到新家啊，留它们在家打扰别人是为什么啊，现在听到您家狗叫哀嚎我就头疼，心跳加快，这已经严重影响我的身心健康了，这么久的打扰从来没有任何歉意，反过来还说是我在为难您，为难物业和居委会，可不可以认真反省下？但凡有点素养的人会这样不管不顾地做事吗？"

"您听吧，这只是每五分钟的一段。"后面附上了一段三十秒的狗叫录音。

"这么鬼哭狼嚎的谁受得了！"

"请尽快解决！"

"还不解决我只能选择报警了！！！"

被艾特了半天的邻居乙女，总算回话了："抱歉，我在家的时候管着不让它们叫，白天非休息时间我也上班，没办法管，新家装修不能带它们过去。您可以测一下分贝有没有超法定标准，不能因为您是居家办公，就要求我把它们搬走吧？我没有说过您家电视声音高，我说的是下午直播声音高，我也尽量忍着。上午八点半以后装修都允许了，不能不让我屋里有声音吧，楼里隔音不好，我窗户都尽量关着，有更好的办法可以提出来。"

甲女："这么长时间难得听到一声抱歉，从隔壁隔着一堵墙录音都能清晰听到，您说超没超标？严重影响他人即是扰民。我在家直播上课是工作需要，没有哪条规定说不能在家工作吧？为了不影响邻居，我都是戴着耳机压低声音，稍有和学生的沟通也是无意为之，您这狗天天叫得这么凄惨是在刻意折磨他人了。您既然爱狗，这样做也是在变相虐待啊，听着很凄惨。您不在家永远听不到它们叫得有多惨，是哀嚎。要是不信，您出门了返回自己听一下有多吵。网上有止吠器，您可以考虑怎么解决一下，而不是放任自流，尽是让别人包容和忍受。"

乙女不干了："竟然说我刻意折磨人……您是觉得我故意让它们叫了？还是觉得我虐狗了？止吠器是对狗狗电击，这才是虐待，我知道没有规定不能在家工作，也没有规定不能养狗，不能白天让狗出声吧？如果让我给狗狗用止吠器，我只能抱歉了，不接受！"

甲女："说实话，这个楼里养宠物的人家很多，都是个人喜好，我也很爱狗，以前也养，是因为狗离世伤心了不敢再养，我对养狗本身无意见。可是别人家的狗，真的没有像您家狗这么依赖人这么能叫，偶尔叫叫就算了，它们几乎今天一直在叫。我真的已经忍了很久了，实在不想和邻居有太多冲突。可是实在是太吵了，昨天早上吵得我头疼一天，只能去外面溜达避难。今天又这样，心跳都到了 105 了，您又说要搬家了，可是还在继续打扰别人。您也好好想想，搬到新家难道就不打扰人了？您还是得解决这个问题啊！"

乙女回复："晚上休息时间，我在家肯定会管好它别出声，别打扰到邻居休息，或者您居家性质需要更安静的环境，也可以考虑其他办法，有更好坏境的隔音更好的。我也是为了赶装修进度，附近找的这个房租便宜的租下来暂住，没想到隔音这么差。我养狗好几年了，确实第一次有说我家小狗声音大的。"

甲女："租房住在这里可以理解，养狗也能理解，不能做到对宠物的呵护和陪伴也是无奈。但是我住这里多年，从未感受到隔音差，否则这一个楼的人岂不早就疯了？估计这个楼也得拆了重盖吧。我不止您一个邻居，怎么就没@过人家呢，因为有修养的还是多数。"

乙女回复："不同的楼，不同的结构，隔音不一样，这是常识，请不要极端理解。您理解的对宠物呵护陪伴就是二十四小时待在家？还是用止吠器？我配合在家的时候把它们管好，白天我实在无能为力，有需求你可以提出来办法我配合，前提是得合理，不能伤害到它们。一直阴阳怪气地说修养啊虐待的，是成年人解决问题的思维？"

甲女："用正常人的思维解决问题的前提得是同等思维，否则确实有难度！您的狗在扰民，被扰的人替您想办法？确实奇葩，不是同等思维，确实沟通有难度！"

乙女回复："可是目前只有您一直在说小狗叫的问题，如果还一直说阴阳怪气的话，那我好像也没必要冒着吸甲醛的风险配合提前搬了。"

甲女："我只能呵呵了。冷静一下，再看看您自己发的好不好笑。"

乙女回复："抱歉，我还得上班，没这么多闲工夫，有实际性办法可以商量，浪费时间扯犊子就算了。"

甲女："家里没人小狗还叫，会不会是有什么不干净的东西啊？小狗没跟着搬家，不踏实，怕不要它们了，孤单了就小狼叫似的那种，不是咬人的犬吠。个人理解养宠物应该是有闲有钱的人，在不影响他人的基础上，有能力丰富自己的生活！给别人带来困扰，就降低了自己的生活水平！"

乙女没再回复。截图的下半截是另外两个人的聊天：

"姐妹，歌声很好听，麻烦稍微小声一点儿哈。"

"对不起哈，就调试一下。下周有演出。"

"嗯嗯，祝演出顺利。"

"谢谢啦！姐妹。"

相比上面甲乙两位"您您"的唇枪舌剑，后面这俩姐妹文明多了。

不管怎么说问题得解决，幸福大街有一家宠物店，老杜去打听了一下，寄养需要收费，四只小狗一晚上两百元，怪不得不想寄养，这要是寄养一个月，花费六千块钱，可是一笔不小的开支。

老杜向罗唆汇报情况。

罗唆说："这就属于漏网之鱼。咱们不是有幸福里社区宠物犬台账吗，肯定没有登记，这一点还需要督促居委会的老白主任拾遗补漏。"

"是的，是的。"老杜连连点头。

路胜利一旁听了，说他有个好办法，能解决养狗引起的邻里矛盾。

路胜利去幸福大街"大庄小面馆"找到大庄，把情况一说。大庄立马答应，他说小狗们可以暂时寄养在附近村子他家的院里，狗主人只需买好狗粮送过去，大庄的父母帮忙每天早晚喂两次。

问题解决了，不再扰民，两全其美。

老杜很高兴，为了感谢路胜利，很大方地花费巨资请他在"大庄小面馆"吃了一大碗加料的肥肠面，喝尽碗底的最后一滴浓汤，俩人一抹嘴，相视一笑，都很心满意足。

回所路过采油厂广场，一群花花绿绿的大妈们跳得正欢。咦，万花丛中一点黑，那里面混着一位张牙舞爪的大爷，穿着一身黑绸衣，举着两把大扇子，扭得就像一股活泼的水银。怎么有些像那位薛老铁呢？

路胜利和老杜纳闷地驻足观望，那秃脑袋瓜子、那大脸盘子，可不就是薛老铁嘛！不对啊，他咋站起来了？他的轮椅呢？

三人视线一对，薛老铁扭着过来了。

老杜和路胜利相视一看，齐声道："薛老铁！"

"哎呀！路警官，杜警官，一直想去看你们，这不一直没抽出空吗？这帮老娘们儿说要参加明年正月十五的闹元宵游行，缺了我不行。"

"我不是说这个，你的轮椅呢？"路胜利眼睛瞪直了问。

"唉，我这老脸！好吧，我也不装了。当初我酒后失德，闹得下不来台，我也是小心眼，怕老马秋后算账，就，就，就一直，一直，那，那，那啥……"

"装瘫？"老杜都被气乐了。

"对，就是那意思，你们不也都看见了吗？"薛老铁一脸的汗珠子，从黑里透红的大脸上流了下来。

"那怎么又不想装了呢？"路胜利不解道。

"嘻，老马不是没了三年吗？我再装下去也没啥意义了。"薛老铁冲着那群大妈望了望，又"扑哧"一乐，道："残疾人到哪儿找这乐子去？我好胳膊好腿的，还能蹦跶个十年八年的呢。"

"行啊，老铁叔，你这演技真够炸裂的，太能装了，骗了我们这些年！我看奥斯卡金像奖都欠你一个小金人！"路胜利感叹道。

"我一个开油罐车的老粗，哪有这脑子？有高人指点。"薛老铁环顾一下四周，压低嗓门道。

"高人？谁？"老杜和路胜利相视一看，俩人满眼都是问号。

"这得保密。两位警官，不耽误你们二位宝贵时间了。我得蹦跶去了！'蓝脸的窦尔敦盗御马，红脸的关公战长沙，黑脸的张飞叫喳喳，啊啊啊啊啊……'"

真没想到薛老铁居然能站起来，虽然被骗了好几年，但真是一件好事情啊。路胜利觉着自己的心情咋这么好呢，他甚至都想立马冲到大妈们的群里扭几下了，于是笑着说："老铁叔，去吧，尽情蹦跶去吧。"

"小心别闪了老腰！"老杜幽幽跟了一句。

跟薛老铁愉快地道了别，俩人并肩骑车一起回了派出所。

派出所小花园里站着一个人，个子高高的，背对着他们望着那棵片叶皆无的石榴树，一动不动，不知在想什么，颇有些玉树临风的味道，气质这块拿捏得死死的。

"哎，罗……"不等路胜利喊完后半截话，老杜捶了一下他的腰眼，闷声闷气道："高人。"

"啥？"

"你猜，你猜，你猜猜猜。"老杜面无表情说完，停稳自行车，"噔噔噔"进楼里去了。

路胜利鼻子"哼"了一声，冲那个背影道："高人！可真高啊。干得漂亮！"随后停稳老"飞鸽"，也"噔噔噔"地进楼里去了。

五、喧嚣与繁华

老滕慌慌张张跑到派出所来报警，说他女儿滕青青离家出走了！

派出所就这样，每天一上班就有各种各样的事儿，没个消停时候，好在大家早就习惯了。

"别着急，慢慢说。你女儿不见了？多大了？啥时候发现的？多长时间了？"路胜利询问道，郝国庆在一旁"噼里啪啦"敲键盘做记录。

"油田一中高三学生，十七岁。她留了一张纸条，说去南方了，让我们不要再找她了。"老滕颤抖着手从口袋里拿出一张纸条，递给路胜利。

"什么原因？最近跟家里闹矛盾了？还是早恋了？"路胜利一旁分析。

老滕说："昨晚也是闲聊天，阿拉跟女儿说，家里的百年馄饨铺将来让她继承，女儿不同意，她说要去欧洲留学，学画画。我们就争吵了几句，她回自己房间去了。阿拉以为，女孩子闹闹脾气也正常，过一会儿就好了。谁知道，今早阿拉和她妈妈去店里了，半截给她打电话，关机，打几次都关机，平常她是不关机的。她妈妈就回家去看，女儿却不在家，就留了一张纸条。一个行李箱不见了。手机还是关机，这可怎么办？阿拉只好来报警了。"

"去南方了？会不会回你们老家了，老家还有亲戚吗？联系方式给我。给她班主任老师打电话，还有她平时要好的同学、朋友都打电话！"

"老家没亲戚了。阿拉有她班主任电话。"老滕从手机里找出滕青青班主任的手机号，发给了路胜利。路胜利叮嘱班主任老师先不要在班级群里问，他和郝国庆按照班主任提供的通信录挨个联系。

这时又有一人跑进来报警，说："警察同志，我女儿不见了！

快帮我找找啊！"

路胜利一见，认识，是跟马姨争夺"千里江山图"十字绣的那位老板，姓金。

金老板揩一把额角的汗，说："我家金园园出走了，都因为我媳妇生了儿子。"

"那不是好事儿吗？事先没沟通？"路胜利问。

"不是。园园她妈妈几年前病故了，儿子是我第二个媳妇生的。"金老板无奈道，"我媳妇对园园挺好的，她说不要孩子，就把园园当亲生的，是我不同意……"

"那金园园为啥离家出走？咋回事儿？"路胜利问，这家的情况还比较复杂。

"我们昨天准备去影楼给儿子照百天照，还有全家福，叫园园一起去，她不去，说不照。我一想如果就照三口人的全家福，挂在家里，不好看，还是叫她一起去，她就是不去。我们只好去影楼给儿子拍了一组照片，三口人的全家福也没拍。回到家我说了她几句，今天就不见人影了，手机关机。"

路胜利捋清楚了，滕青青不想被她父亲自己梦想缔造的百年老店拴住，而要实现她自己的学艺之梦；同一屋檐下，父亲和后妈、小弟弟新组成的一家三口，让正值青春期的金园园心里不爽。

路胜利还获取了一个重要信息，金园园和滕青青都是油田一中的高三学生，在文化宫同一个美术班学习画画，她俩是好闺蜜。

那么两个女孩子基于不同的两个原因，都觉得家里不能继续待下去了，会不会合谋离家出走呢？

班主任老师回电话说，问了几个和滕青青和金园园要好的同学，都不知情。但听说，她俩一直想结伴去北京，参加一所美院的考前辅导班，准备春季艺考。

"消息准确吗?"路胜利问。

"我们已经收到通知了，明年 1 月中旬，美术生参加艺考。"班主任老师回答。

"那就好办了，她们如果住宿，肯定要用身份证，就能知道她们住在哪里了。"路胜利赶紧给苗得雨打电话，请他跟北京的同行联系，及时获取滕青青和金园园的住宿地点。

时间过去了一天，苗得雨回话，还没有两个女孩的消息。

老滕夫妇馄饨铺也不开了，天天到派出所打听；金老板天天来报到，眼见着眼窝深陷，消瘦了许多。

路胜利叮嘱郝国庆一直坚持轮流打她俩的手机，只要开机，就想办法跟她俩说上话。真被郝国庆打通了几次，不料她们根本就不接，直接挂掉后又关机了。由此分析，滕青青和金园园只有需要打电话时才开机。

苗得雨说，一直查不到她们的住宿信息，会不会住到熟人家里了?

路胜利问老滕和金老板，知不知道两个女孩在京有无熟人?

两位心力交瘁的父亲都摇摇头。

一晃又一天过去了，随着时间的流逝，所有人都跟着着急上火，女孩子失踪失联，很容易让人担心再遭遇别的不测。

路胜利急匆匆赶到幸福大街"阳光十字绣"店，聂大姐给他打电话，说有要事儿要当面讲。

一进店，聂大姐放下手里的十字绣绷子，招呼道："路警官，不好意思，店里走不开，只好把你请过来了。"

"没关系，聂大姐。你刚才电话里说，有两个失踪女孩子的线索，怎么回事儿?"

"你跟我上楼来。"

幸福大街新建的商铺是两层楼，一楼是店铺，二楼也是店铺，但也可以住人，有的店就把员工安排在二楼住。

路胜利跟着聂大姐登上二楼，推开其中一间房子，只见屋子里面的墙上挂满了绣品，房间一角坐着一个男青年，正在画一幅人物肖像，见有人进来，停下手里的工作，抬头看着他们。

"这位是?"路胜利问。

聂大姐指着男青年，对路胜利说："路警官，这是我儿子聂远，让他跟你说。"

那男青年站起来，没有去看路胜利，嗫嚅道："那个滕青青和金园园，在莲城。"

"在哪里?! 你怎么知道的?!"路胜利瞪圆眼睛，一步跨到他跟前，高声问。

"她们在我好朋友家。"聂远后退了一步道。

"仔细说! 前因后果!"路胜利的脸色稍有缓和。

"滕青青和金园园在文化宫学画画，教她们的女老师是我好朋友。她俩跟家里闹得不愉快，就想离家出走，被她们的老师劝住了。滕青青不想被她家的馄饨铺拴住，就说还是想吓唬吓唬她的父母，别再逼她。正巧金园园跟她父亲和后妈也有矛盾，金园园说她亲妈是被气死的，她特别恨她父亲和后妈，看他们三口人那么幸福，就想给他们添添堵。"

"然后呢?"

"然后我就出主意让她俩分别离开家，手机关机，躲在我好朋友的画室里，让她们的家人着急，以后就不会逼着她们去做不喜欢的事情了。"

"你现在就带我去找她们!"路胜利焦急道,毕竟耳听为虚,眼见为实。

……

两个女孩子终于找到了!

两家人在派出所相见,老滕老婆一把抱住滕青青号啕大哭起来,老滕抹着眼泪当场表态,再也不会逼着女儿接手家里的馄饨铺了。

路胜利问:"那滕记百年老店的梦想就此放弃了?"

"不,决不放弃。"老滕凝神道,"我争取让我老婆再生一个接班人。如果不行,就找一个有缘人继承。"

一闻此言,一屋子人都懵住了,人一旦有了执念,的确很难放弃啊。

滕青青倒是挺高兴,说:"那可太好了。反正我不继承。老爸,来,拉钩上吊一百年不许变!"

老滕的手倒是伸得很快。

"我再也不强迫园园做不喜欢做的事情了。"金老板搂着金园园的肩膀说道,"不过孩子,当着派出所警察叔叔和大家的面,我得跟你说明。你妈妈的确是因病去世的。你小时候,咱们家境不好,我一直在外打拼,你妈妈照顾一家老小,积劳成疾,等我刚干出点成绩,她却离世了。你现在的妈妈,是你妈妈去世三年后,经朋友介绍认识的,她不是第三者。你别再恨她了。"

金园园伏在父亲的怀里呜咽起来,抽抽噎噎道:"爸爸,对不起,我错了……"

送走了两家人,大家心里的石头都落了地。

路胜利没闲着，他心里有事儿，于是骑着老"飞鸽"去了幸福大街，找聂远。

"聂远，我怎么看你眼熟得很，咱们以前见过吗?"见了聂远，路胜利把心里的困惑说了出来。

聂远一低头，小脸浮上一层赭红，他不好意思地小声说："见过，夏天时，那个夜里裸奔的，就是，就是我……"

"哦，我说呢，那时候你满脸胡楂儿，留着长发，也没穿衣服，怪不得没认出来。记得你跟我说你叫聂丹青，聂远是……?"

"对，是的，我户口簿上叫聂远，爹妈起的名字。丹青是我自己起的笔名，我画画都用'丹青'签名。"聂远道。

"哦，明白了。"路胜利笑道。

"这浑小子给你们添了不少麻烦，实在对不住了，路警官。"聂大姐用一次性杯子接了一杯水递给路胜利。

"谢谢聂大姐，你这儿子是个人才。"路胜利接过杯子，既是赞叹，又是调侃。

聂大姐无奈道："人不人才的不重要，别再给我惹乱子了就行，我这心脏也不好，受不了那刺激。"

有了闲心，路胜利瞅了一圈，看到店里增添了一些人物肖像类的十字绣，便好奇地问："这些都是真人吗?"

"是的，都是我儿子画的。"聂大姐指着墙上的一幅十字绣，介绍说，"路警官，你看这幅，就是我。"

"哎呀，看出来了，还真像，几乎一模一样。"路胜利想起那个裸奔之夜聂丹青的梦想，于是转头问道，"我记得文化宫主任说，要邀请你参展，作品准备得怎么样了? 不耽误你搞创作吧?"

"哦，不耽误，主任已经通知我了，我和莲城、油田书画家们的作品线下展,将在春节期间如期举办,到时欢迎路警官前去批评指正。"

"好嘞。那你现在是……?"

"嗯,我有了新想法,我觉得不能让艺术与生活对立,要让艺术和生活密切联系起来,让普通大众都参与到艺术生活之中去,这是我身为艺术家的责任。但以什么为切入点呢?由此,我就想到了由我来画、我妈来绣的办法。刚才你看到的那幅十字绣,就是我和我妈合作的作品,挂在那里相当于做了广告,我也在我自己的微博、公众号等自媒体发布了这幅作品构思、创作的过程。目前看,宣传效果很好。很多粉丝到店里打卡,要求画肖像,并绣出来。"

"哦,创意真不错。"路胜利由衷地赞叹,现在的年轻人的确有想法,还能付诸行动,有干劲儿。

"欢迎路警官有时间过来,我给你画一幅,让我妈绣出来,挂在家里绝对漂亮。"

"好啊,有时间一定请你画。"路胜利高兴地说道。

告别聂家母子,出了"阳光十字绣"店门,路胜利推着老"飞鸽",走在幸福大街上,一家家商铺看过去,跟大庄、甄老板、小熊那些熟人打着招呼,满眼都是一派欣欣向荣的景象,比起老商业街,这里宽敞洁净,使人心情很舒畅。

牛奶宋和烧饼崔见着他了,一个非要给他拿几袋奶,一个利索地装了几个烧饼,丢在了他的车筐里,见实在推托不掉,路胜利只好笑纳,连说了几声谢谢。

看到"井氏中医按摩"店的招牌,路胜利停好老"飞鸽",拿起车筐里的那几袋牛奶和烧饼,抬脚就进去了,撩开厚厚的门帘道："小井，很久没过来看你了，生意怎么样?"

屋里挺暖和，有仨人，一位坐着，一位站着，一位躺着。一位从未见过的姑娘坐在唯一的那把靠背椅上，胖乎乎的脸上挂着不安，神态扭捏；老井站着，一脸焦虑；按摩床上躺着的是小井，背对着那两位，蜷着身子。

一见路胜利，老井赶紧招呼："路警官来了，快坐快坐。"

路胜利有些纳闷，把手里的牛奶和烧饼递给老井，另一手接过老井递过来的木凳坐下来，开玩笑道："怎么了? 是不是因为我很久没来，小井生气了。起来吃芝麻烧饼，刚出炉的，还热乎着呢。"

"不是。"小井大概是躺不下去了，摸索着从按摩床上坐起来，低声道，"谢谢路警官。"

"谢谢路警官，老惦记小井。"老井接过话茬说道，"我来说吧。小井今年虚岁二十六了，在我们村子，像他这岁数的小伙子几乎都结了婚，有的都当俩孩儿的爹了。小井眼睛那啥，他妈着急我也着急。我们年纪都大了，将来总得有个人在他身边，做个饭照顾他……"

"不用，我叫外卖，'大庄小面馆'他们天天给我送饭。"小井打断老井道。

"放屁! 看把你能的，你就吃饭呀? 有个头疼脑热病了，谁管你? 衣服脏了不洗啊?"

"我管我自己。"小井的声音也高上来。

路胜利好像明白些了，那位坐着不吭声的姑娘，大约是老井给小井找的对象，于是说道："老井，好好说，别急别急。"

"路警官，你说我说的在不在理? 说句不该说的，我还想抱个孙子呢,这熊玩意儿不知道个好歹。"老井从裤兜里掏出一盒烟,想想又塞回去了。

"在理。但是老井,小井也是有思想的人,你的心情我理解,你得提前跟小井沟通好,征得他同意再操持这事儿。"路胜利耐心劝解道。

"路警官,咱们借一步说话,来。"

路胜利跟着老井走出店铺,站得离店铺远一点,老井掏出烟盒,示意一下路胜利,路胜利摆摆手:"我不抽。你说。"

老井点上一根烟,猛吸了一口后说道:"不瞒你路警官,那姑娘有些残疾。"

说着指了指自己的嘴,"哑巴。小井不愿意,说没法交流。小井情况你知道,要不是眼睛那啥,啥样好姑娘找不到?不就是咱们硬件不硬气吗?好马配好鞍,破锅配破盖。他哪有资格挑人。唉!"

路胜利认真严肃地想了想,组织了一下语言,说道:"老井你不把我当外人,我就说句家里人的话。咱们小井爱听收音机,知道外界的信息很多,脑子好使,有自己的思想,能判断事儿。这样他就需要跟伴侣交流,说说话,互相讨论一下,对于他来说,这是生活在一起很重要的一个条件。还有,我不知道店里那位姑娘的哑巴是天生的,还是后天造成的?如果是天生的,你得考虑一个问题,万一啊,我说万一,万一他俩结婚了,生下的孩子也哑巴,咋办?我不是吓唬你,这是科学,父母的有些病可能会遗传给孩子。"

"噢……"老井听得入神,手里的烟顾不上吸,烧到了手指头,惊觉后丢在地上,抬脚踩灭,又捡起来装进自己裤兜里。

路胜利看一眼不远处的警示牌，上面写着"幸福大街靠大家，美化环境你我他"。

"路警官，我明白了，我再打听打听，看看哪里还有残疾姑娘，哑巴除外。"

路胜利拍了一下老井的胳膊，说道："可怜天下父母心。进屋好好跟人家姑娘说，也跟小井好好沟通，我就不进去了。有事儿打我电话。"

老井点点头，进了按摩店。

路胜利在心里叹口气，推起老"飞鸽"继续往前走。路过一家新开的店铺，路胜利看了一眼店名，叫"金顶针"，仔细一瞅，噢，是裁缝铺。正想着呢，里面有人走出来跟路胜利打个照面。

路胜利一瞅，咦，这不是那谁吗？他一下子没想起来人家姓啥。

"路警官好。是我，小陈啊，裁缝。"干巴瘦的小陈乐呵呵地说道，"路警官没事儿转转？"

"是的。小陈好，你们什么时候回来的。"路胜利问，想起他们两口子被小田退租后，就回老家了。

小陈解释说，有一条通往雄安新区的高速公路从他们家所在的村子过，村子被拆迁了，他们得了一笔拆迁款，于是两口子就返回莲城，购买了一套商品房居住，在幸福大街租赁了店铺，把他们的裁缝铺开了起来。

"在哪里跌倒的，就在哪里爬起来。"小陈笑着说。

"好，说得好。"路胜利赞道。

"路警官有时间带嫂子来做衣服吧，量体裁衣，个性化私人订制，绝无撞衫可能，童叟无欺。"小周走出店铺，热情招呼着，笑颜如花。

"好，有你们这句话就行，童叟无欺。祝生意兴隆啊。"

路胜利一路走一路招呼，心情老好了。

六、黎明过后是曙光

秋收过后，天气渐凉。田地里春种秋收暂歇，忙忙碌碌一整年不得闲的农人，总算能歇下来了。不行！趁着农闲，还得张罗儿女婚事。

老耿叔家的胡婶子，村里娘家侄子结婚，她自己回了保定一趟，参加了一次小范围的家庭聚会，当时市区各大小饭店已经禁止堂食。

她坐大巴回到莲城的当夜就发烧了，老耿叔睡得比较沉，不知道。第二天早上不见胡婶子起来做早饭，这才发现不对劲儿了，一摸她的脑门滚烫，赶紧向社区报备，请核酸检测机构上门给胡婶子做了检测，结果出来后呈阳性。

胡婶子居家隔离。

老耿叔和胡婶子待在家里，俩人也隔离起来，一人一间屋子，见面都戴着口罩。老耿叔翻抽屉找药给胡婶子吃，发现家里没有退烧药，打电话给居委会。居委会赶紧准备了几种退烧、消炎、止咳的药，送了过去。

折腾几天，胡婶子退烧了，老耿叔又倒下了，也是发高烧、嗓子疼、咳嗽不止。

胡婶子给耿乐乐和耿欢欢他们几个挨个打了电话，他们网购了不少吃的用的，快递到家门口，请胡婶子给老耿叔做着吃。

这十几天熬下来，可把老耿叔和胡婶子折腾不轻。老耿叔接孩子们的电话时，声音还是虚弱的，说："这高烧、无麻醉开颅、刀片嗓、水泥鼻，简直要了我的半条老命。"

刘淑荣给老杜打电话说，她今天上门去给花伯伯做饭，花伯伯的眼睛看东西模模糊糊的，用筷子夹菜都在盘子外夹，走路就撞墙，找不到门在哪儿。她联系不上花蕊，花蕊关机了。问咋办？

老杜汇报给罗唆，罗唆赶紧给莲城医院眼科的邢海宁去电，请他上门出诊。

检查完后，邢海宁说，花伯伯是糖尿病引起的并发症，如果不吃药、饮食不忌口也不加以控制，有失明的可能。

老杜终于打通了花蕊的手机，她说刚下飞机，到南方出差，去一所高校做学术交流。一听老杜说花伯伯眼睛出了问题，当场就哭开了，说她马上买票飞回来。

老杜道："别着急，你先处理工作。药都给花伯伯用上了，饮食方面需要注意的各种问题，我打印在一张纸上，跟刘淑荣说了。"

"谢谢杜警官。刘大姐还要照顾她自己的丈夫，我担心她记不住那些注意事项。"花蕊还是不放心。

"是，放心，我会每天打电话提醒她的。"

"太谢谢你了，杜警官，我尽快赶回去。"电话那头的花蕊，眼里禁不住浮起一层湿气。

花伯伯和花伯母年轻时都是采油厂的技术骨干，两人一心扑在工作上，花伯母四十多岁高龄时才生下女儿花蕊。花蕊从小冰雪聪明，加上花伯母在家精心培养，小学连跳两级，初中跳了一级，高考以油田一中第一名的好成绩考入北京一所著名的高校，读完研究生留校后又读完了博士，成为大学里最年轻的教授，继而在导师的介绍下，和一位同校的同事相恋，结了婚。

孩子各方面都出类拔萃，青出于蓝而胜于蓝，做家长的自然都是很自豪的。就有一个问题，父母年纪大了，需要照顾时，孩子三十多岁，事业正在上升期或关键时刻，顾此失彼，只能选择一方面，只能忠孝不能两全。

花家就是这种情况，他们分住在两个城市。花伯母养病期间，花蕊想把父母接到北京，在身边照顾，家里两室的房子，实在没办法再住进去两位老人了，花蕊又想在她家小区里租一套房子给父母住，一打听，跟她同户型的房子月租一万二，相当于她一个月的工资了。身在象牙塔里的她，被吓住了，就此打消了把父母接到身边的想法。只好有时间时，再开车往莲城跑，来回奔波。

"实在不行，要不先送养老中心？那里毕竟有医护人员，一日三餐合理搭配。刘淑荣不可能二十四小时照顾花伯伯。花蕊即使回来了，也不可能在家长待。"听了老杜的汇报，罗唆皱着眉头安排道，"住在家里唯一的好处就是舒服，现在考虑到其他不利因素，还是去养老中心吧，生命胜于一切。"

"这得征求一下花伯伯和花蕊的意见吧？"老杜问，"否则送养老中心，家属签字这块，咱们替不了。"

老杜的顾虑不是没道理。

"行，我先问问养老中心戴主任，看看还有没有房间，如果有，我再去做花伯伯的工作。"

罗唆打完电话，告诉老杜道："没问题了，戴主任说有。咱们双管齐下，我去找花伯伯，你抓紧时间跟花蕊说明情况，让她写份授权书，签名后，用手机拍照传过来，咱们就可以操作了。"

"行，我跟花蕊沟通。"老杜领命。

花伯伯被安排进了社区养老中心，他的病情稳定后，花蕊也回到了北京。学校却因疫情突发开始封闭式管理，不允许任何人进出，这也是出于对学生们的保护。花蕊实在没办法了，只好托付老杜帮忙处理所有与花伯伯有关的事情。

一天深夜，一辆救护车突然驶进幸福里社区。是老耿叔，原本以为已经阳康了，忽然又发起烧来，开始说胡话，胡婶子给他一测量，39.9度！慌张中立即给老耿叔的孩子们去电，马上叫了120救护车，接上老耿叔送到莲城医院急诊室，当晚老耿叔进入重症监护室，三天后因呼吸衰竭，去世。

老耿叔的丧事一切从简。回到家里，胡婶子收拾好自己的东西，环顾四周，这里曾经是她的家，有个知冷知热的老伴儿，现在老伴儿没了，家就不是她的了，她也该走了，打开房门，外面站着两个人。

是罗唆和耿欢欢。

耿欢欢眼圈红红的，胳膊上戴着孝，上前一步抱住胡婶子就叫了一声"妈"，紧接着哭了起来。

罗唆站在一旁没吭声，心情也很沉痛。等娘俩的哭声停下来，才道："胡婶子，我是受老耿叔的几个孩子委托，来看看您，请您节哀顺变；另外，想跟您商量一件事，中秋节那天，耿欢欢说她儿子明年要上高中了，想考油田一中，如果耿欢欢一家搬回来住，有利于她儿子中考，你们之间互相也有个照应。如果您不同意，他们就不搬回来，这事儿由您决定。"

胡婶子抹了一下眼角的眼泪，指了指地上的行李箱，说："谢谢罗所长。也谢谢孩子们惦记。我今天就走了。欢欢，你们搬回来吧，桌子上是家里的燃气卡、供暖卡、电卡、水卡、房门的两套钥匙、房产证、户口簿。"

耿欢欢又抽噎起来，道："妈，您别误会，我爸去世了，您还是我们的妈。您不能走，您不能让我们刚没了爸，就都真成了孤儿。呜呜呜……"

"是啊，胡婶子，您不能走。"罗唆劝解道，"耿家孙子辈们也不能没有姥姥和奶奶。几个孩子都跟我说了，把您当亲妈，给您养老，我是证人。我也是老耿叔从小看着长大的，我不会撒谎，您还不相信我吗？"

哭声又起来了，稍后，胡婶子平复了一下，道："谢谢孩子们不嫌弃我。我愿意跟欢欢一家住在一起……"

罗唆下得楼来，走了几步驻足抬眼向楼上望去，每一扇窗户后面，都是一个个家庭，温馨的、幸福的、冷漠的、可怕的，等等，说话声、钢琴声、嬉笑声、电视声，各种声音从不同的家庭传出来。他想起一句话：幸福的家庭是相似的，不幸的家庭各有各的不幸。

他掏出手机，给前妻发送了一条微信："你好。儿子最近怎么样？"

半晌没回。

收起手机，他往派出所走去。刚进办公室，手机响了，是前妻的视频请求。他关好房门，同意视频，只见儿子胖乎乎的小脸出现在屏幕里："老爸，我想你了，你想我了吗？"

罗唆笑着说："你说呢小伙子，老爸当然想你了。最近怎么样？学习好不好，听没听妈妈的话？"

"老爸放心吧，我学习可好了，我也听妈妈话。你什么时候来看我们?"

"等有机会吧,现在老爸特别忙,没有时间休假。你照顾好妈妈,有时间要锻炼身体,等咱们见面的时候,老爸要看你长没长个子,长得结实不结实。"

"好,那咱们比赛!"

······

视频通话了半个小时,直到挂断也没看见前妻露脸。那也好,否则也不知道该说什么,对了,他得建议一下,给儿子配一部手机,以后他就直接跟儿子联系了,不用前妻在中间传话,买手机的钱他出。

幸福大街上除了大庄的面馆、老滕的馄饨铺、牛奶宋、烧饼崔、老驴几家还坚持营业,其余与餐饮无关的店铺几乎都关门了。

罗唆边走边瞅,一家家看过去,没有几家亮着灯。

这个十二月过的,几乎都居家隔离、居家办公中。采油厂厂区里无比安静,缺少环卫工人打扫卫生,大院里的破塑料袋和包装纸被寒风吹起,满院子乱飘,落下来后,堆积在墙角、树根等处,显得到处都是杂乱无章和肮脏的,采油厂办公大楼里,时不时就听到此起彼伏的咳嗽声,无论是室内还是室外,人们互相见着了,都躲着走路。

罗唆的师父,一位退休多年的老刑警,没有躲过这次凶险至极的疫情,加之身体的"三高"和冠心病等基础病,去世了,家人没有举办葬礼。罗唆未能到场告别,躲在办公室悲痛欲绝。在公安局,警队的传统是团队协作精神、师承,老警察带新警察,师父带徒弟,手把手传帮带,在这个过程中,师父不仅仅手把手教授徒弟怎么进行业务工作的开展,把自己的经验和技巧都传给徒弟，还教徒弟怎么做人，怎么做一名合格的警察。虽然在刑警队工作时间不长，但一日为师终身为父，罗唆对师父的感情很深，不仅逢年过节前去拜访探望，平时也经常给师父打个电话问候。现在师父去世了，罗唆失去的不仅是一位人生道路上的领路人，失去的还是一位挚爱的亲人……尤其想到师父还有一件未了的心事儿，罗唆愈加悲伤。

所里也不容乐观，肖黎病倒后，在家休息康复中；老杜、钟必胜、郝国庆、朱大黑纷纷倒下，隔离在各自的办公室里，大家都是一个症状，高烧退后咳嗽不断，等着转阴。

罗唆的症状较轻，低烧后很快就转阴了。

最为幸运的是路胜利和范师傅，在如此环境下居然没阳。尤其是范师傅，每天买菜做饭，一日三餐照顾大家，忙得不亦乐乎，大圆脸眼见着消瘦下来。

谁也没留意，栽种在派出所院子里一隅的三棵蜡梅花，居然在严寒中悄然绽放了。一清早，罗唆出了办公楼就闻到一股若有若无的清香之气，他的目光在小院子里逡巡着，很快就发现了那棵最早开花的蜡梅，明黄、淡雅。它们是罗唆在铲除荒树林时移植过来了，原本并没指望它们当年就开花，却没想到可爱的花儿们给了他一个大大的惊喜。积郁于心的雾霾立即散去，他赶紧掏出手机拍了几张蜡梅花的照片、录了一段小视频，发到派出所工作群里，大家看到了，都特别高兴，齐呼："蜡梅花都开了，春天还会远吗？"

元旦前的天气阴冷阴冷的，罗唆和路胜利戴着 N95 口罩，并肩在辖区的各处巡视、查看、走着。罗唆忽然感觉额头一凉，他仰头望去，只见一朵、两朵、三四朵洁白的雪花就像一个个六角形的小精灵，纷纷扬扬从天而降，不一会儿工夫就把眼前高高低低的建筑和地面染上了一层雪白，好像给大地戴上了一个巨大的口罩。

望着漫天飞舞的雪花，罗唆和路胜利并肩而立，他们的心情虽然依然十分沉闷，但他们也清楚地知道并坚信，曙光就在前面了。

从远处望去，两个雪人矗立在采油厂大礼堂前的广场上，好像他们一下子就从青葱岁月并肩走到了白头。

第七章　春回大地

一、忙乱的一月

岁聿云暮，一元复始。

一眨巴眼，元旦到了；再一眨巴眼，元旦过去了。

罗唆给自己的微信签名改了一个数字，把原先的"怀念"换成"……"，变成了"2022 年过去了，我很……它"。过去的一年，经历了那么多，他不想怀念它，也不那么喜欢它，估计也不会忘记它，反正用哪个词都不能准确表达出他百感交集的复杂心情，只好省略了。不是他多矫情，他是每年都整这一出，惯性使然。没微信时，就写在日记本的扉页上。这毛病，打从他看了那部叫《甲方乙方》的贺岁电影以后就感染上了，二十多年了，始终未痊愈。

幸福里社区居委会老白主任找到季老，为祝贺"警察节"请季老给派出所写一幅字。季老欣然接受，挥毫写就，由居委会负责装裱好，送到了幸福里派出所。

大家恭恭敬敬接过去，慢慢揭开包装一看，是"人民警察为人民"，漂亮！立即挂在大厅警容镜的旁边。

为了迎接 1 月 10 日"警察节",公安局举办了各种活动,最带劲儿的是大家集体穿上新发的警礼服和锃亮的新皮鞋,参加升警旗仪式,个个精神抖擞、飒爽英姿。

惹得围观群众举着手机录小视频、"咔咔咔"一顿猛拍,还有的流着口水吱哇乱叫"哇,我男神,都是我男神!""威武!""帅啊!""我也要当警察!""彩彩彩"(这位绝对刚追完电视剧《大秦赋》,得了后遗症还没走出来呢)……

公安局宣传处提前一个月在全局征文,主题是"我的警察梦"。

肖黎得知消息后,第一时间告诉了钟必胜,钟必胜摩拳擦掌,志在必得。

优秀征文评选结果出来了,钟必胜的文章获得一等奖。肖黎也榜上有名,她的文章获得优秀奖。出乎大家意料的是,获奖名单看到最后,还有一位获优秀奖,那就是路胜利。

全局获奖征文二十篇,幸福里派出所就有三篇,获奖征文将陆续在公安局公众号上刊出。

心情压抑了很久的罗唆,脸上总算见到笑容了,他呼完"后生可畏",又呼"老当益壮",大喜过望道:"咱们所今年头一个月就开门红,大吉大利啊。"

他跑到院子里去小食堂找范师傅,吩咐道:"范师傅,辛苦一下,中午加几个硬菜!我请客。必胜爱吃的白洋淀熏鱼,肖黎喜欢啃的卤猪蹄,胜利同志最爱的肥肠面,全整,都招呼上。"

"好嘞!"范师傅应道。

"这几样,不用麻烦范师傅,幸福大街都有,全是正宗的。我跑一趟全齐活儿了。"朱大黑说道,乐呵呵飞身上了自行车,往院外奔去。

"大黑大黑！我微信给你转钱哎，我请客！"罗唆冲他背影喊道。

越临近春节时，派出所的事儿越多。

按照所务会安排，钟必胜、肖黎、郝国庆，朱大黑几个年轻人一起到社区去做消防、反诈和禁毒宣传。

为此做了十多块展板，在幸福里社区的社区活动中心大厅展示，请居委会要求各家各户都派代表到现场学习，并发送了宣传材料。

消防方面的展板是消防队提供的，内容很全面，包括消防安全常识、引起火灾的三十个"一"、发现起火怎么办、家庭失火的逃生和自救、火灾自救十二招、怎么使用灭火器和消火栓、校园安全指南、消防安全标志图解、火警电话 119，等等。

其中还有一个改装电动车后引起火灾的案例，图文并茂。某小区发生火灾，经消防部门扑救后发现，因一男子对自己的电动车篡改限速引起电机持续高功率工作、电池大电流输出，导致电池电线发热引发燃烧，继而发生火灾。一般情况下，电动车限速每小时二十五公里，改限速后可以时速四五十公里，甚至更高。

随后，在采油厂查找出了三辆改了限速的电动车，加上居民主动承认的，共计七辆，若不是及时发现，都是火灾隐患。

反诈展板的内容更是五花八门，什么是电信网络诈骗、电信网络诈骗的特点、常见的诈骗手段有哪些（冒充公检法类诈骗、冒充客服类诈骗、代办信用卡或贷款诈骗、猜猜我是谁、虚假购物消费诈骗等）、如何防范电信网络诈骗，等等。

同时列举了很多例子，提醒社区人民群众擦亮眼睛，谨防上当。

禁毒宣传展板多次进社区，还没发现有吸毒人员。

消防、反诈和禁毒宣传，除了进社区请群众观展，还拍摄了小视频，发到以居民楼为单位的微信群中，力求做到宣传不漏一人。

郝国庆和朱大黑抽空去幸福大街给家人置办年货，一个小子悄悄跟上他们，悄声问他俩要不要烟花爆竹，他有货。

朱大黑刚要说什么，被郝国庆拉住了，问道："我要，有多少？在哪儿呢？"

为了逛街方便，他俩特意没穿制服，怪不得那个贼眉鼠眼的家伙找他俩拉生意。

来到幸福大街一个拐角处，那家伙拿出一个纸箱子，打开给他们看，里面有几个样品，那家伙说："你们想要的话，周六一早在采油厂南三里处一家驴肉火烧店见面。"

郝国庆和朱大黑回到所里向罗唆做了汇报。

"那就按时赴约。"罗唆一拍桌子道。

为了不引起对方的怀疑，按照约定的时间，依旧由郝国庆和朱大黑去了那个驴肉火烧店。在幸福大街见过的那家伙，把他俩带到火烧店的后院，撩开院子一角被破苫布罩着的几个箱子，打开看，一箱二踢脚，一箱几盘一千响的小钢炮，一箱杂七杂八的小烟花。

郝国庆满不在乎地问："就这点儿货啊？也不够放的啊，还有没有？"

"有，有，你们想要多少？"那家伙以为拉来了大客户，忙不迭地道。

"就这样的二踢脚，再来五箱，回村给几家亲戚分分，上坟祭祖用都不见得够。"郝国庆老到地说。

"是，我也要三箱。"朱大黑跟了一句。

"那要是这样的话，你们跟我回家去取一趟，不知道方便吗?"

郝国庆和朱大黑坐上那家伙的小面包车，来到莲城南边的一个小村子里，到了那家伙的家里，进入后院的一个黑屋子里一看，是个私人小作坊，屋子里生着一个火炉，那些做鞭炮的原材料离火炉很近，这要是着起火来，后果简直不堪。

郝国庆跟那家伙周旋，朱大黑打开手机的录音功能，趁机拍了几张烟花爆竹堆放的照片以及定位，一起发给了罗唆。

罗唆立即联系小村子所在地派出所，及时赶到现场，一举将这个生产烟花爆竹的私人作坊取缔，原材料全部没收销毁，消除了一个安全大隐患。

郝国庆和朱大黑回到所里，被罗唆狠狠表扬了一番，"干得漂亮!"

蒋美好给路胜利打电话说，苗得雨开始装修房子了，他带着严有智去逛建材市场，被她撞上了。

看样子苗得雨和严有智的好事儿将近啊。路胜利放下电话，心里很高兴。

老杜接到举报电话说有人聚众赌博，就带着朱大黑去出警，到了幸福里社区一看，是邱大妈家。

一问方知，因为天气太冷，闲来无事，邱大妈、邱大爷和楼上的邻居老两口聚在一起打麻将，麻将桌摆在了邱大妈家的客厅里了，输赢就拿小本子记一下，不玩钱。按照邱大妈的话来说，就是活动活动手指和脑子，免得老年痴呆。

这种事情，派出所一般不会管，打麻将也是老年人娱乐活动的一种，跟在外面打门球或跳广场舞一个意思，既不破坏安定团结又没制造出治安案件，根本用不着派出所出警。

不过既然来了，老杜还是问了一句："怎么还被举报了呢？"

"谁举报的？有电话号码吧？"邱大妈脑子快，问道。

"电话号码有，我不能告诉您呐。"老杜笑笑。

邱大妈说："我知道是谁，准是楼下那俩老家伙。"

"你别张个大嘴胡咧咧。"邱大爷瞪眼道。

"小杜，是这么回事儿。"邱大妈不理邱大爷，冲着老杜道，"原先楼下那俩老家伙，叫我和老邱去他们家玩麻将。我家老邱爱上厕所，人老了毛病就多。几次之后，那家老娘们就叨叨，嫌弃老邱用他家卫生间，费水什么什么的。我就不爱听，拉着老邱回家了。待了几天，老邱还想玩麻将，我就把楼上两口子叫下来一起玩。楼下那俩老家伙肯定眼红了，呸！"

说完，邱大妈又"咣咣咣"跺了几下脚。

老杜低头一瞧，嘿，邱大妈在家也穿了一双厚皮底子的棉鞋，怪不得声音那么大，于是问："咱这暖气多足，家里挺热啊，咋还穿棉鞋呢？"

"我就是……"

不等邱大妈说完，邱大爷带着气打断道："你就是故意的，给楼下听声，制造矛盾。我说你不听，被人举报了就舒服了吧？大冷天还麻烦小杜他们跑一趟。对不起，小杜、小朱。"

"没关系，顺便看看您几位，好好玩吧。对了，邱大妈您换双没声的拖鞋呗？"老杜笑着说。

"行！我就听小杜警官的。你们坐下喝杯热茶。"

老杜赶忙摆手道:"不了,不了,改日。我再去趟楼下。再见。"

"再见。来玩啊。"邱大爷把老杜和朱大黑送到门口。

敲开楼下那家的门,老杜和朱大黑进去跟老两口聊聊天,半晌没听见楼上有什么响动。

老杜便道:"扰民,有纠纷,可以报警。但不能报假警,一是浪费警力,真有事儿了我们派出所派不出警力出警,小事儿变大事儿,大家都有责任;二是邻居之间要友好相处,远亲不如近邻,有啥事儿还得互相帮忙。对吧?"

说得那老两口连连点头。

回派出所的路上,朱大黑说:"杜哥,咱们婆婆妈妈的哪还像警察啊?"

"哎,大黑,这话可不对。保证群众安居乐业,处理好邻里纠纷和矛盾,化大事儿为小事儿,化小事儿为无事儿,往大里说,是每一位公民的责任,往小里说,就是我们派出所的职责,谁不希望辖区平安无事儿。"

"嗯,当辅警这么久,我还一直摆不正自己的位置,今晚受教了。"朱大黑道。

还有个好消息,范博被公安局招录成辅警了,在交警队工作,小伙儿警服一穿,真精神,跟以前一比,判若两人。

范师傅领着范博去感谢罗唆。

看到穿着一身警服的范博,结结实实精精神神,罗唆高兴地说道:"不错不错,好好干。目前我国有些省市公安局已经出台政策,特别优秀的辅警经考试可以被招录成正式警察。你的文凭不够硬,还得加强学习,从自学法律类大专开始,再到本科,一起读下来,不能松劲儿。有句话怎么说的?噢,想起来了:每一份坚持都值得期待，每一分努力都不曾被辜负。记住了？"

"记住了！"范博响亮地答道。

"还有，交警队的工作很辛苦，直接跟人民群众打交道，也很容易犯错误，当事人求办事，请吃饭，送个礼品这种事经常会遇到，你记着，莫伸手，伸手必被捉。另外，前几天局里通报了几起跟辅警有关的事件，一是某所的一位辅警，酒驾，现已被开除；二是机关某科室的辅警，利用警用网络的便利条件，为社会上的朋友调取了他人的信息，造成严重后果，不但被开除了，还将负法律责任。这都是血淋淋的教训，你一定要牢记在心。"罗唆不厌其烦地叮嘱着。

"是！"范博严肃地点点头，挺直身体，给罗唆敬了一个礼。

范师傅在一旁看着个子比自己高出一头的儿子，既激动又感动，眼底渐渐升起一层雾气，假装捋一把头发，顺便擦了一下眼角。

在"靓发"理发店做学徒的康壮，一时脑子发热，把顾客遗留在理发店椅子上的手机，悄悄装进了自己口袋里。

顾客微信付款时发现手机不见了，立即回座位来找，未果，到幸福里派出所报了警。

罗唆来处理，三言两语，说手机能定位啥的，别等那时候再交出来，问题就严重了。主动和被动，处罚结果是有轻重区别的。

没想到站在角落里的康壮站出来了，承认手机是被他揣起来了，说着掏出了一部手机交给了罗唆。

手机半旧不新，作价五百块钱，够治安拘留。罗唆给顾客做工作，念康壮初犯，赔礼道歉就别追究了。

理发店的曲老板很严肃地说，要杀一儆百，以儆效尤，康壮这月的工资就扣了，写份检查当众宣读，如果认识深刻，过完年还可以回来在店里继续当学徒。

康壮痛哭流涕，肠子都悔青了。上个月的工资早就花完了，这个月的工资又扣了，没了路费，他不知道怎么回家过年去。

罗唆给康壮做的笔录，算了一下日子，说他保证康壮三十那天能赶上到家吃年夜饭。又让他把一脑袋的蓝色头发，染回黑色。

前面提到，康壮补范博的缺，在采油厂干了一阵儿保安，三个月的试用期到了，新鲜劲儿也过去了，觉得没啥技术含量。于是他又去找罗唆，说想学理发。罗唆只好把他安排到曲老板的"靓发"理发店当学徒工。康壮留在莲城不到半年时间，换了仨工作，还属学理发坚持的时间最长，最有耐心。

苏裕得知后说，艺不压身，多学点没坏处。

罗唆没想到康壮还出了个"顺手牵羊"的事儿。这要是换成别人，罗唆不会那么客气，早就按照《治安管理处罚法》拘留了。就因为是苏裕托付给他的，念是初犯，手下留了情。

罗唆想了想，也没把这件事告知苏裕。既然康壮还在"靓发"店里，罗唆觉得可以给他一个改错的机会，况且目前他是康壮的监护人，康壮出了问题，他也有一定的责任，他得负责把康壮教育好。

二、团圆年

清晨 5 时 10 分，天还没亮，幸福里派出所的值班室报警电话骤然响起。出租车司机魏某称，采油厂东大门南侧马路上发生了一起重大交通事故，他的车底下躺着一位老人，昏迷不醒，生死不明。

值班民警路胜利带着郝国庆立即赶赴事故现场。清冽的寒风中，只见一辆出租车停在马路东侧，车下躺着一位老人，有血从车底流淌出来，已经凝固。

路胜利赶紧拨打120。救护车疾驶而来，随车医生跳下车俯身探了探老人的鼻息，又用听诊器听了听老人的胸口，站起身冲路胜利摇摇头："已无生命体征。"

出租车司机魏某则在一边慌了神，事发突然，他已紧张得语无伦次，连称自己是夜班出租车司机，自4时送完一个乘客之后就没有继续营运，而是将出租车停在路边，自己躺在车里睡觉，睡得正迷迷糊糊时被一个中年男子叫醒。男子告诉他，他的车底下躺着一个人，并叫他赶紧报警，随后那名男子驾车离去。

魏某随即下车查看，发现一老人躺在他停放在路边的出租车下，遂立即报警。

路胜利先向公安局指挥中心进行了汇报，请求查找老人的家住哪里。随后让郝国庆赶紧回派出所拿警戒线，并向罗唆汇报现场情况。

随后，路胜利对现场进行了初步勘查，根据老人倒地的位置以及现场遗留的痕迹，确定出租车不是肇事车辆。由于莲城每辆出租车上均安装有GPS定位系统，路胜利调取行车记录记载的行车轨迹，可证实魏某确实自凌晨4时之后没有再动过车，证明了魏某出租车不是肇事车辆。

经过对现场的进一步勘查，路胜利发现现场遗留了部分车辆撞击后的碎片，并根据这些碎片判定肇事车辆可能是一辆某牌子的小面包车。

没多久，查到了老人的信息，姓刘，他是位于采油厂南侧某村的村民，公安局指挥中心已与村干部联系，并告知刘大爷的家人。十多分钟后，一群人吵吵嚷嚷来到现场，被挡在警戒线之外。

罗唆已赶到现场控制局面。面对死者刘大爷的家人，即他的儿子儿媳、女儿女婿，一方面安抚安慰，另一方面答应他们尽快找到真正的肇事者。

7 时许，公安局指挥中心根据路胜利提供的线索，查看沿途监控，将那辆肇事逃逸的小面包车定位在一建筑工地内。路胜利和郝国庆赶过去一看，发现了一辆车号为冀 H××××8 号的小面包车，车身右前侧损坏严重，玻璃已经完全破碎。破损特征与撞了刘大爷的现场遗留残片完全相符，确定此车有重大嫌疑。

冀 H××××8 车主封某的联系方式很快查清楚了，路胜利立即与封某联系，并责令其前往幸福里派出所配合调查。

未料，封某却在电话里告知路胜利，那辆小面包车当时并不是他开的，而是他公司一名姓尹的司机所开。当天早上，尹某驾车带着农民工到达工地后，找他说明了情况，目前已前往交警队投案。

据尹某交代，当天早上 5 时 05 分左右，他驾驶着小面包车经过采油厂东大门南侧的马路时，由于车速较快，将一名在路边慢跑的老人撞倒。当时撞击后发出了巨大的声响，随后尹某下车查看，看到老人已倒在路边停放的出租车旁边，而出租车司机正在车上睡觉。

"我看到出租车司机正在睡觉，人又刚好在他车下，就心存侥幸叫醒出租车司机报警，想嫁祸给他，让警方以为是出租车撞的人。"尹某说，"看到那位出租车司机下车后，我就驾车离开了现场。"

那辆小面包车核载 7 人，据尹某交代，他当天清早驾驶此车时，车上有 13 名农民工，属于严重超员。经走访，乘过车的农民工们说，当时天黑，他们也不知道具体发生了什么事情，只知道车停了一小会儿，就继续走了。

询问尹某当时车辆是否超速，尹某说速度并不是很快，时速在五十到六十公里。从调取的监控视频上看，尹某所说属实。

"当时刚起床没多久，也不觉得疲惫什么的。"尹某说，回到工地后不久，自知闯了大祸的他，迫于心理压力到交警队去自首了。

而被撞身亡的刘大爷，今年七十八岁，身体较好，习惯了每天沿着马路慢跑晨练，却未料遭此噩运。

根据相关法律法规，虽然尹某有自首情节，可在一定程度上减轻处罚，仍因涉嫌交通肇事罪被刑事拘留，接受法律的制裁，并给予死者刘大爷的家属一定数额的赔偿金。

忙忙碌碌中，一年中最寒冷的时刻到了，也意味着一年一度的春节悄然而至，这是中国人独有的节日，也是团圆的日子，所有离家的人都归心似箭了。

往年的春节值班，几乎都被罗唆和老杜两位单身汉承包了。罗唆父母家离得近，随时可以回去探望老人。老杜呢，则属于无家可归。

刚过腊八，罗唆接到老家的叔叔电话，说今年春节要祭祖。罗唆父母年事已高，不能长途奔波，罗唆决定自己跑一趟。罗唆跟老杜说好了，他初三就赶回来值班。老杜让他别着急回来，难得回趟老家，就多待几天。

于是，罗唆赶紧跑商场买了一大堆衣服、食品做礼物，特意换了新票子装了红包，准备回老家时送给长辈和亲戚家的孩子。

钟必胜回家过年去了，郝国庆也回家了，他俩路远，腊月二十八那天就放他们走了。郝国庆猴急猴急的，他说国庆节时没见着媳妇，一晃这又分开了三个多月，这次回家过年，说啥也得把孕育下一代的任务完成了。

路胜利、老杜、肖黎和朱大黑没休息，连续在所里值班。

腊月二十九那天，罗唆带着染回一头黑发的康壮上路。路上，罗唆问他，拿人家手机时咋想的？

不问还好，一问，康壮倒是哭起来了，好不容易平息，这才抽抽噎噎地说了缘由。他爹的手机太旧了，不能上网，他就不能跟爹妈视频，那天看见顾客落在椅子上的手机，脑子一抽就拿起来揣自己兜里了，想着过年回家时把它送给老爹，下载注册一个微信号，以后他不在家的时候，随时能跟爹妈视频联系了。

罗唆听了半天没吭声，开口时道："不是自己的东西绝对不能伸手，伸手必被捉。记住没有？"

"记住了。"

"年后回莲城，我有一个旧手机给你用。以后想让爹妈过上好日子，就得踏踏实实的，勤劳致富，没有捷径。明白吧？"

"嗯，我明白了。"康壮说，"我也想当辅警。"他加了范博的微信，范博在朋友圈发的穿警服照片，让康壮羡慕不已。

"那就别想了，你初中毕业这条就不符合招录条件。胳膊上是不是还文了一条龙？这也不行。你就踏踏实实学好理发这门手艺，争取早点出徒。做人最忌讳好高骛远。别这山望着那山高，必须脚踏实地。"

沿着大广高速走,再换到京承高速,奔波了四五个小时,把康壮送到承德崂峪沟村的家中。

罗唆昨晚就给苏裕打过电话了。苏裕说他也是一大早回老家过年,两人见不到。

在高速服务区休息时,罗唆抽空瞅一眼手机,看到徒弟朱大黑发的朋友圈,得知牛强因为脚踝骨折,哥俩不能回康保县了,立即打电话了解详情,随即决定去朱大黑老家探望他的奶奶和弟弟小黑,陪他们过一个团圆年。

当一个路标上熟悉的地名出现时,罗唆踩了一下刹车,高速路出口快到眼前时,那是往他老家拐的高速辅路,他却目视前方加大油门,笔直地往北疾驰而去……

前年,莲城公安局招辅警,当过兵的郝国庆和朱大黑各方面素质不错,被录取后分派到幸福里派出所。老杜先当师父,带着他俩走街串巷下片。

其中那个老家张北的朱大黑,勤快、机灵,罗唆的老家也是张北的,就对这个小老乡很喜爱,一直高标准严要求。朱大黑干得不错,今年底还被评为优秀辅警呢。

罗唆对朱大黑的家庭情况很了解。朱大黑的母亲生下弟弟小黑后,体弱多病,没多久就去世了,父亲借酒浇愁,一天夜里失足跌下壕沟,也走了。留下年迈的奶奶,带着大黑和有些智力缺陷的小黑一起过日子。转业后的朱大黑原想带着奶奶和小黑一起到莲城打工,奶奶不答应,她说小黑智力有缺陷,到莲城会被笑话,在村里上学,乡里乡亲们都能关照,另外她也放心不下家里老宅子和猪啊鸡啊什么的。

去年，朱大黑老家的表弟牛强到莲城投奔他，牛强管朱大黑的奶奶叫姥姥。

罗唆帮忙联系，牛强应聘到幸福大街一家快递公司，当起了快递小哥，每天起早贪黑、风里来雨里去，特别忙。

表兄弟俩干劲儿十足，平时各自忙，都想趁年轻多挣点钱，给自己未来成家立业打个经济基础。元旦过后，表兄弟俩合计回家过年一事。牛强父母在北京一家医院当护工，早就说春节太忙，回不去了，正月十五再回，他俩就提前买好了腊月三十上午回老家的火车票。

年前快递包裹多得像天上的雪花，老板请快递员们加班，争取放假前把所有包裹都送到客户手中。

腊月二十九那天上午，已经送了五十多份快递的牛强，给一位住在六楼的住户送包裹时，已经很是疲惫了，一个不留神，一脚踏空从楼梯上滚了下来！朱大黑闻讯赶来把他送到医院。

拍完片子，医生说右脚踝骨骨折，打石膏固定后得卧床静养。

眼瞅着牛强上厕所、吃饭都需要人不离左右地照顾，朱大黑急得嘴里长出俩大泡，喝口水都疼，口袋里的那两张明天上午乘车回老家的火车票，坠得心里沉甸甸的。

……

罗唆一路想，一路奔驰，快傍晚时才到达张家口北部康保县的这个小村庄。

找到朱大黑家，进了院子见到一老一小，介绍了自己是谁，就开始忙乎。垒好塌掉一角的猪圈，屋里屋外大扫除，院子大门、家门口两侧全部贴上红艳艳的春联。经过一通不沾地的拾掇，过年的气氛一下子溢满了这个农家小院。

靠炕沿儿刚坐下歇息，喝下朱奶奶递给他的一缸子白糖水，屁股底下一股热乎乎的暖意和浓浓的困意一起袭上罗唆的脑袋，他身子一歪，倒在炕上睡了过去，不一会儿，嘴里跟吹哨似的打起了小呼噜。

窗外忽然一声炸响，打破了屋子里的宁静，罗唆一下子醒了过来，在炕上坐正了，打眼一看只见昏黄的灯光下，一张炕桌摆得满满当当，四大盘子饺子和一只烧鸡、一盘猪头肉冒着热气和香味，肚子"咕噜咕噜"叫起来。

罗唆一下子觉出自己饿得前心贴后背，为赶路一天没进食的肚子发出强烈抗议了。

"醒了？可是累着我娃了。"炕边上站着的朱奶奶，递给罗唆一个热手巾。

罗唆赶紧坐起来。

紧接着，朱奶奶从炕桌上拿起一双筷子，夹起饺子、猪头肉，就往罗唆眼前的碗里放，眼看碗里装不下了，直往外出溜。

罗唆忙放下手巾，拿起筷子拢住逃窜的白胖饺子，嘴里忙不迭地用半生不熟的当地话应付："好我的奶奶哩，满了满了溢满了，快住手。"

朱奶奶笑眯眯说："吃吧，吃吧，这要是大黑在，两大碗早下肚了。看你这身子骨，比大黑壮多了，至少得吃三大碗。"

"饺子饺子，三大碗。"旁边坐着的一个十二三岁的小男孩指着饺子大叫，嘴角边挂着一道涎水。

罗唆一抹脑门子上的汗珠，扯开衣领，道："奶奶哟，这就吃不下了，还三大碗？那不得把我的裤腰带崩断了，肚子撑爆了。

小黑，你吃你吃。"

说着端起眼前的那盘饺子，往小黑面前的碗里拨拉了半盘子。

"别管他，亏不着他的嘴。你干半天活儿了，这点饺子不算啥，也不顶饿，多吃多吃。"说着劝着，又往罗唆的碗里夹了一只鸡大腿，罗唆赶忙夹起来放到小黑的碗里。

"哎呀，差点忘了大事儿，奶奶，想不想见您老的两个大孙子？"

"咋见？"朱奶奶急切地问。

"咱有高科技，这里见。"罗唆说着，掏出手机，刚要点开微信，抬头看一眼朱奶奶，忽地一骗腿儿下炕穿鞋，推开门走到院子外面，打开车子后备厢，抱出一个大纸箱子和旅行箱，回到屋里。

两个箱子敞开，"哗啦"摊开一炕，新衣服、新鞋子、新帽子，吃的喝的……

换好新衣服的朱奶奶，重新出现在罗唆面前，那张饱经风霜的脸被身上的红色羽绒服映衬得多了几分喜色，仿佛年轻了好几岁。老人可能是怕脏着袖口，还在两只胳膊上各套了一个半旧不新的蓝色套袖。

再看小黑，也穿上了一身绿色迷彩服和新棉鞋，新崭崭的，脏兮兮的小脸也被抹得干干净净了，很像一株冒出绿意的小松树。

上下打量一番俩人，罗唆满意地点点头，这些衣物原本是他为老家亲戚准备的，现在看着眼前的一老一小穿在身上，他很高兴，道："穿新衣，过新年，这才是过年的样子嘛。"

说完，罗唆点开微信视频，一张黑脸出现在屏幕里。罗唆立即拢住朱奶奶和小黑，冲着屏幕看，只见又闪现出一张黑脸，是牛强，他和朱大黑搂在一起，咧开嘴大呼小叫地："罗所好！奶奶（姥姥）过年好，我们给您拜年了！小黑小黑，看这里看这里，听奶奶话没有……"

"咱们说茄子，对，茄子，新年快乐！"罗唆比画着胜利的手势，站在俩人身后，笑得眼睛眯成一条缝儿。

朱奶奶很惊异，双手接过手机，紧紧捧着说："啊呀，好着呢好着呢，新衣服都穿上了，红包也收到了。黑呀强呀，吃上饺子没有？……"

村里此起彼伏想起了爆竹声，撩开门帘，罗唆一步跨到院子里，冷风携裹着一团雪花扑到脸上，瞬间凝成了水珠，他缩缩脖子，屋里的欢笑声和远处传来零星的鞭炮声交织在一起，充斥着他的耳膜，暮色苍茫中，心里涌出百般滋味和无限感慨。

屋里传出的欢快笑声，惊扰着雪花越发欢快地飘舞起来。

罗唆身上落了一层洁白的雪花，他看一眼手表，家族祭祖的时间到了。刚才取行李箱时，他拨通叔叔家电话，说明情况。叔叔没吭声，撂了话筒……

想到这里，罗唆冲家乡张北县方向，弯下腰，深深鞠了三个躬。

屋门打开了，一道光照射在罗唆身上，朱奶奶拿件棉大衣给他披上，递过来手机，屏幕上，老杜、朱大黑、牛强一起冲他敬礼。

罗唆打个立正，缓缓抬起右臂，右手五指并拢，中指尖直抵右脸颊上的太阳穴……

屋里，电视上，春节联欢晚会的音乐骤起。

他掏出手机，给儿子发送视频请求，很快就接通了，儿子在视频里喊："老爸，祝你新年快乐！Happy new year！"

"祝儿子学业有成，健康快乐！"

他给童警花发了一条微信："你来人间一趟，你要看看太阳；和你的心上人，一起走在大街上……"

"……"童警花的微信秒回！是一串省略号，后缀了一个害羞的表情。

罗唆同志顿时大悦，此情此景，他真想吟诗一首，在院子里转了两圈，搜肠刮肚也不知如何表达此时此刻的巨大喜悦，只好双手拢在嘴边，干号了两声："嗷吼！嗷吼……"

唉，那熊样儿不是猩猩胜似猩猩。这要是平时多读点书，肯定能吼出一两句贴切的词语或诗句，何至于关键时刻只能返祖呢。

三、第一书记苏裕

年过得很喜庆，热热闹闹的喧嚣总要归于平静，走向正轨，探家的人们又陆续踏上离家的路，奔赴各自的工作岗位，为创造美好生活奔波着。

这天中午，老杜拿着一罐没开封的臭豆腐走进小食堂，抓起一个雪白的大馒头掰开，夹出一块灰绿色的臭豆腐往里一放一合，咧开大嘴，"吧唧吧唧"声刚起，骤停，再吧唧时声音降低许多，老杜胡乱嚼几口咽下，拿起装臭豆腐的罐子，眯缝着眼瞅商标。

他"呼"地起来，把椅子都带倒了，慌慌张张跑出了小食堂……

把躲在远处捏着鼻子吃饭的肖黎吓一跳。

老杜站在罗唆面前，面红耳赤。

"确定?"罗唆仔细瞅着手里的那个臭豆腐瓶子，神情肃穆。

"嗯，那个味道很特殊，跟我记忆里一模一样。"老杜一扫委顿模样，眼神发出明亮的光，腰板也挺直了，平添些许英武。

十六年前，孤儿小杜在乡里读高中，同桌女生家里开酱菜园，总给他带臭豆腐，小杜吃着特别香。

毕业后他上了警校，那女生啥也没考上。

警校快毕业那年春节，他回老家喝表哥喜酒时，小杜发现新娘子居然是他的同桌女生！

当了表嫂的女生啥都好，家里家外是把好手，临街开个小铺卖自家做的酱菜，最拿手的是臭豆腐。小杜每次去，表嫂都给他装一大罐子。给钱，不收。

谁承想表哥好上赌博，输红眼，为翻本把表嫂输给了牌友！

表哥死在床上，不见表嫂踪影。

经法医鉴定，表哥胃里有大量农药。

现场找到一张表嫂留给小杜的纸条，称她得知自己被输给了表哥的牌友后，想喝农药自杀，不料装在矿泉水瓶子里的农药却被酒后口渴的表哥误以为是水，喝了，死了！她不想发生误会，只好潜逃……

那时的小杜坚信表嫂不是杀人犯，这是十年前的事儿。老杜每月的工资，大部分都给表哥父母邮寄去了。

肖黎把网上店铺地址抄下来，在贵州。给贵州警方发了协查通报和老杜表嫂的照片，确定她在贵州某地后，老杜给老家公安局刑警队报了信，同赴贵州。

"……如果未婚，无罪，我娶她；有罪，劝她服法，我等……"老杜站在火车站的进站口，对送行的罗唆道。

罗唆凝神挥挥手，火车"呜呜~~~"吼叫着，一路南下，逶迤而去……

立春那天，在承德贫困山区当了两年第一书记的苏裕，任期已满，按时归队。

公安局召开了全局民警的线上会议，有三位参加省厅扶贫工作队的民警在会上做了主题汇报。

轮到苏裕汇报时，他说，他当第一书记的崂峪沟村在承德的深山沟里，五十多户，常住人口一百多人，以老弱病残为主，各家各户的青壮劳力大部分都走出山沟，到城里打工去了。村子所在地地势山高坡陡，山地占百分之九十以上，可耕种土地极其稀少，而且缺水，当地以种植玉米为主，在山上见缝插针种植，山上杏树、栗树为多，可以变现的还有各类山珍蘑菇、松子、榛子等。

刚到崂峪沟村时，什么情况都不清楚的苏裕，首先进行摸底调查，他带领驻村工作队逐户分析致贫原因，结合"一达标、两不愁、三保障"脱贫标准，与群众共商脱贫路径，有针对性地制定"一户一策"帮扶整改措施，完善建档立卡"一户一档"资料。

按照脱贫政策，要使崂峪沟村脱贫，首先就要解决产业扶贫、吃水难、组组通公路、教育医疗住房三保障。苏裕发现，崂峪沟村不仅出行难，还有饮水难、用电难等问题。那咋办？只能挨个解决。

苏裕带领扶贫工作队四处找项目，首先将村里有劳动能力的男人们，介绍外出务工（比如那个在"靓发"理发店的学徒工康壮），推荐去林业站当公益性岗位护林员，每年有了固定收入；又为村里争取了建设生猪养殖、溜达鸡养殖基地等项目，一户势单力薄，就鼓励几户人家联合一起干，还有补助；其余农民按季节上山采摘野菜、蘑菇、松子、榛子等物，由城里的农贸公司按等级收购，为村民增加收入。靠山吃山，靠水吃水，组织实施荒山造林、退耕还林等项目。

苏裕向上级有关部门申报实施饮水改造、电网改造、"组组通"公路、串户路、太阳能路灯等民生工程。

吃水问题确实难搞，在深山里打井很不现实，就得靠天吃水，借鉴各地扶贫经验，除了各家各户的小水窖，又在村里建了两个大蓄水池，并安装了管道，将平时下的雪雨储备起来，定期消毒，供应村里人畜吃用。

崂峪沟村村民的住宅全部散落在一面山坡上，错落有致，上下落差百米，连接每户之间的道路都是土路，晴天尚好，雨天道路则泥泞不堪，凹凹凸凸，人走尚且费劲儿，完全不能通车。

苏裕因地制宜，制定具体规划，最终实现家家之间都是一米五宽的水泥路相连，雨雪天气均不再影响人、车通行。以前，从山外进到山里的崂峪沟村，需要步行一个多小时，修好路后，驾车仅需二十多分钟，大大缩短了崂峪沟村与外界交往的距离。

加上电网改造、宽带安装等工作的完成，以前下雨就停电、停电就断网的问题基本解决。

尤其是宽带安装好后，苏裕组织村里的党员干部，开起了网上商店，统一收购各家各户的土特产，把大山里的无污染绿色食品、山珍，通过网络销售到大山以外去，以此增加村委会和村民们的收入。

教育扶贫也是重中之重,苏裕引导、帮助就读中职以上贫困户子女办理教育补助,确保建档立卡贫困户学生 100%享受教育补助政策;不让一名适龄儿童因贫失学。对于辍学在家的学生,入户动员。大力鼓励和支持义务教育阶段外的学生入读职业学校,让贫困孩子学有一技之长。

医疗保障方面。没有参合就不能脱贫。为不让贫困群众因病致贫,苏裕组织村两委干部抓好新农合征收工作,宣传落实国家健康扶贫政策,协助群众办理医疗报销。

通过开展安全住房大走访大排查工作,苏裕带领驻村工作组对村里所有房屋进行了全覆盖排查,透风漏雨房屋得到彻底整治,实现群众安全住房有保障。

对于无劳动能力、无经济来源、无法定赡养抚养的人员,纳入五保,实行民政兜底。通过纳入五保,领取国家特困供养金,实现吃穿不愁,生活无忧。

两年的扶贫工作结束,苏裕冲着前来送行的村民们挥挥手,最后侧耳聆听几声清丽婉转的鸟叫,驾车沿着他自己争取资金修建的山路出村,一转弯,再回头,隐藏在白雪皑皑的群山之中的崂峪沟村看不见了。

"夏天时,大家可以去避暑。历史上,承德就是皇家避暑胜地。我们崂峪沟村的一部分村民,开起了民宿,发展旅游业,山里的人走出去,山外的人也可以走进去,感受一下大山里的山民生活,亲密接触大自然和祖国大好河山,是不错的人生体验。"苏裕总结陈词。

中午食堂吃春饼,范师傅炒了几个菜,有韭菜摊鸡蛋、炒豆芽、青椒肉丝、酱粉条、素合菜、芹菜香干,都是卷饼菜,范师傅烙春饼更是一绝，几张面饼之间抹上一层油，擀得薄薄的，上屉一蒸，熟后取出，一张一张揭下来，又薄又筋道，再卷上菜一吃，叫"咬春"。

范师傅忙得不亦乐乎，大家吃得乐不思蜀，连呼"过瘾"。

一脑袋汗淋淋的范师傅，看大家爱吃，更高兴了，他乐呵呵地说："今年有两个立春，也叫'双春年'。我们小时候听老人说，双春年不咋吉利。不过那是迷信，你们不要信。"

钟必胜、肖黎、郝国庆和朱大黑他们年轻人不明白是什么意思。肖黎立即掏出手机上网查看，原来两个立春都在癸卯年，一个是农历正月十四，一个是腊月二十五，民间称这种现象为"一年两头春"。

"我查到，网上说'逢双春是大福'。"肖黎抬头道。

"这个东西，信则灵。"范师傅一旁说。

"大福"很快降临。没几天，苏裕被调入公安局治安处，任副处长，立即上任。

私下里，罗唆悄悄跟路胜利透露说，他前期找童局沟通，就是为了举荐苏裕，"让有才能的同志到更高更大的平台上去施展拳脚，咱们所就是人才孵化器。孵化，懂吗？"

原来如此，看来坊间传说也有不准确的时候，罗唆忙乎半天是为他人作嫁衣啊。

"所长大人，我这么一个闪闪发光的巨蛋在您老眼前晃悠，看不见啊？咋不孵化我这个蛋？我也是有点儿才能吧。"路胜利几乎要哭了，他还没忘记自己那渐行渐远的刑警作家梦呢，虽然比起钟必胜差了那么一大截，说这话时心也有点儿虚。

"你嘛，你肯定是颗巨蛋，没跑。不过你是哪吒，哪吒他妈怀他好几年呢,掐指一算,你出世的日子还没到。"罗唆旋开保温杯,喝一口枸杞水,嬉笑道,"你就适合在派出所工作,幸福里派出所是展示你才华最好的地方。"

也许罗唆说得对,路胜利扪心自问,自己空有一腔刑警作家梦,除了自怨自艾,却并没往那个方向努力,看人家后浪钟必胜,悄咪咪地写,低调地发表,他背后付出的努力肯定是外人看不见也难以想象的。如此一比较,还真不好意思抱怨了。

路胜利又想到一个问题:"那你给童警花献殷勤,就是为了给苏教铺垫?"

"既然话说到这儿了,我再给你讲个故事吧。"罗唆面色一沉,少见的严肃,道,"当年我从刑警队下到派出所,是我师父建议的。在刑警队两年,我受过三次伤。一次解救人质,我的右手筋被持刀歹徒挑断,接好后却再不能开枪了,即使后来在医生建议下揉钢球、玉球、核桃,各种抻拉锻炼,也没完全恢复;另一次抓捕网上逃犯,是盗窃石油团伙的老大,很彪悍,人被抓住了,我的肋骨被他打断了三根,其中一根伤着了肺,经过治疗卧床康复了半年多;第三次,拦截一个骑摩托车的抢劫犯时,被急速行驶的摩托车碾轧过去,致使左小腿骨折,又休养了三个月。两年里,我因受伤就休息了九个月!没有强壮的身体、敏锐的反应、强大的自我保护能力,就不是一个合格的刑警,刑警各方面都要有极好的素质,因为面对的都是最穷凶极恶的亡命徒。三次行动留下三次创伤,我显然不适合继续做下去了,师父遗憾地说事不过三,得知师父的决定,我也不甘心啊。可刑警队不养病号,我不能占着一个坑,挡兄弟们的道。后来的事儿,不用赘言,你都知道了。三次受伤,以至于你看到的我成天端个保温杯,活得像个退休的老干部。

"至于童警花，她是我在刑警队的师父的外甥女，我师父跟童局是出生入死的战友，就是这样一个关系。我之所以一直没下决心追她，一是比人家大十多岁，有老马吃嫩草的嫌疑；二是还没放下我前妻。想着万一哪天她带着我儿子回来找我，我就在这儿等着……"

罗唆顿了顿，继续说道："春节时，看我前妻微信朋友圈，她已经交了新男友，发了九宫格各种花式秀恩爱的照片，配的文字也甜甜蜜蜜的。我想或许她的某些朋友圈，是故意特定给我一个人看的，她不明说，给我一个暗示吧。也好，这样我就断了念想，彻底死心了，有句话怎么说的来着：'白头并非雪可替，相逢已是上上签。余生即便是自己，此生一程已足矣。'我感谢我前妻跟我相伴的那些年，我更感谢她给我生了一个大儿子，缘已尽，我真心实意祝福她。"

说到此，罗唆停顿了一下，又道："我这个年纪找伴侣，是奔着白头到老去的，不着急，慢火炖，一切向好。听说你们背后把我和童警花叫'10'？"

"什么？什么十？不知道你在说什么。"话题转得太快，罗唆的长篇大论让路胜利听得如痴如醉，思路一时没跟上，没明白罗唆说的是啥意思。

"这个比喻我喜欢，挺好，十全十美嘛。"罗唆莞尔一笑，略显羞涩。

一番推心置腹的话，听得路胜利无言以对，一段情了了，还能真诚地祝福对方，是最好的结局。他举起手里的玻璃杯，碰了一下罗唆的保温杯，一杯白开水一饮而尽，一切尽在不言中了。

四、私奔

随着天气逐渐转暖，采油厂大院恢复了往日的生机，一个冬天都蜗居在家里的大爷大妈们纷纷出了门，又聚在广场上跳起了舞。这景象，让人看了心里着实欢快。

大院里，路胜利遇上了急匆匆送外卖的苟富贵，打声招呼正想走开，苟富贵却停下来摘下头盔叫住他："路警官，有件事儿，我也不知道当说不当说。"

"啥事儿？要结婚了？"路胜利停下脚步问。

"不是那件事儿，我还没攒够结婚的钱呢。"苟富贵凑近路胜利说，"我最近接的单，总是给幸福里社区一位田先生送餐。"

"辛苦辛苦，现在大家都离不开你们快递小哥了。买东西不用出家门，太方便了，尤其是那些行动不便的老人和居家办公的人，更离不开你们。"路胜利感激道。

"不是，我是觉得这位田先生不对劲儿。"

"哦，哪方面？"路胜利见苟富贵疑惑的神色，便道，"没事儿，有啥说啥。"

"这位田先生，我认识，就是总在咱们这儿附近捡垃圾的那老田头。他最近一直一日三餐都定外卖，量挺大，品种挺多，三个菜四个菜的，不像一个人能吃完的。再是家常菜，每餐都得七八十块钱。我觉得老田头不像能消费得起的人。"苟富贵一口气说完，停下来了。

"噢，是不是他儿子回来了？把他妈从养老中心接出来回家住了，一家三口吃的？"路胜利分析道。

"啊，是这样啊，我明白了。再见啊，路警官。"苟富贵长出一口气，跨上摩托车刚要走。

路胜利又把他叫住了："不过你也留意一下，是谁开门取餐。"

"没人开门，每次配送方式都选择的是无接触，就放他家门口。"苟富贵说，"路警官再见，我再不走就超时了，拜拜！"

"拜拜！"

路胜利看着苟富贵的背影，想了想，没回派出所，拐了个弯，抬脚往幸福里社区养老中心走去。

找到负责人戴主任，他问了问花伯伯的情况。戴主任回话说还挺好，吃住都习惯，糖尿病也控制住了，医生定时来测血糖。

"最近有老人入住或出去的吗？"

戴主任说："入住了两位，是老两口。没有出去的。"

"哦，那位田大妈怎么样？"

"她的情况时好时坏，这病是不可逆的，能控制住，不要再往严重发展就可以了。"戴主任答道。戴主任原先是采油厂卫生所的所长，退休后被返聘到养老中心当主任，所有入住人员的身体情况都在他脑子里装着呢。

告别了戴主任，路胜利回到所里，立即打电话找到小田所在采油站的站长，问他小田最近是不是在休假？

站长说："等一下，我查一下。"

过一会儿回话道："他春节休完假了。现在站里搞检修，不让带手机作业。有事儿找他？我去叫。"

"不用，站长，别告诉他我找他的事儿。保密。"

"那还用说，我也是老党员了，放心。"站长道，"但是如果他有什么问题，先跟我们站领导通个气，行吧？"

"有问题肯定先告诉你们领导。"路胜利说完撂了电话,起身去了罗唆办公室。

"会不会是租客订餐?"罗唆问。

"我向幸福大街中介公司打听了,自从那对儿裁缝搬走后,小田没有再出租房子。"

"会不会是亲戚朋友借住?"罗唆继续分析。

路胜利看了一眼手机,忽然说:"有办法了,刚刚居委会通知,下午要入各家各户灭蟑螂,我顺便去看看。"

下午,路胜利穿着便服戴着口罩,跟在防疫人员身后,在小田家敲了半天门才打开,开门的是小田他爹老田,防疫人员说明来意后就进厨房、卫生间灭蟑螂。

路胜利一看,客厅里一半地方堆着老田捡来的废纸壳、饮料瓶、破桌子、烂椅子旧家具,就知道老田捡破烂的习惯还真改不了,但比起以前显然节制了许多。

他望着另外两个房门紧闭的房间,问老田家里还有什么人?

"没有人。"老田回答得有些犹豫。

路胜利说:"每个房间都要放药,蟑螂不好灭除,你家堆的乱七八糟东西太多,就招蟑螂,一定要清理干净。"

老田只是点点头,没回话。

回到所里,路胜利跟罗唆汇报了情况:"在小田家没看见外人,有两个房间关着门。不能贸然闯进去,万一是不法分子,会有危险。我的看法是,正面接触一下小田吧。他肯定是知情人。"

罗唆同意了路胜利的提议,让他立即带着郝国庆跑一趟小田所在的采油站。

在采油站站长办公室,路胜利见到了小田,于是开门见山道:

"你家里的租客是什么人?"

小田说:"是一对儿小情侣,家都是临城的,私奔到咱们这里的。"

"噢,怎么租了你的房子?"路胜利问。

"莲城有个租房网站,注册进去就可以发布出租信息,我留了联系方式,他们主动给我打的电话。"小田说。

"他们的身份证查看了吗?租多久?"

"我有那个男的身份证复印件,他们说一年,租金是一次性付清的。"小田说,"复印件在我宿舍,我去拿。"

路胜利按照身份证复印件上提供的信息,发给了肖黎,请她查一下。

不一会儿,肖黎反馈回来,是个假身份证。

"假的?"小田一听吓一跳,焦急地问道,"那咋办?我爹一个人跟他们住一起,会不会有危险?"

路胜利凝神说道:"这样吧,你跟我们一起回去。你回家后别锁门,跟他们见上面后给我发个信息,我们再进去,确保你和你爹的安全。"

当晚,路胜利收到小田发的微信"请进!"后,带着一起等在楼道里的钟必胜、郝国庆、朱大黑破门而入。

果然是一对儿情侣。两人恋爱多年,女青年的父母嫌弃男青年太穷,要把女儿嫁给一个老婆去世的毛巾厂老板。老板五十岁了,很有实力。临城的支柱产业是毛巾、被服类家居产品,远销全国各地,有很多人因此发家。

女青年不同意,据理力争,却被父母关在家里不允许外出,无奈她只好假装同意,跟父母去商场购买结婚用品时,找机会甩掉了父母，跑去找男青年，俩人就私奔到莲城来了。

"那个假身份证哪来的？"路胜利问男青年。

"是我捡的，一直没扔，放在家里。当时想着，私奔时万一能用上呢，就带着了。怕用真的身份证被她家人找到。"男青年说。

站在男青年身后一直没说话的那个女青年，忽然冲向卫生间，"嗷嗷"呕吐起来。

几个大男人面面相觑，不明所以。

"怕不是有娃了吧？"老田在一旁道。

还是老田说到点儿上了。路胜利和郝国庆虽然结婚了，但没孩子、没经验，钟必胜、朱大黑两人没结婚，更没经验了。

男青年低下头说："是的，四个月了，我去提亲，她家不同意，我们就想生米煮成熟饭。没想到她家把她关起来了。她要是不逃出来，被发现有了孩子，她家人会把她打死的。"

"那你们这样东躲西藏也不是办法，想办法找个中间人去女方家里说和说和。"路胜利说。

"是呢，我们想等孩子生下来了，抱着孩子再回去，她父母不可能不同意了。"男青年说。

钟必胜当场查验了两个人的身份信息，路胜利跟临城警方联系，请他们做了一番调查，确定了他们的确是因恋爱不被女方父母认可而私奔到莲城的。

危险解除，虽然他们不是违法分子，但也给派出所带来了一定的负面影响，说明辖区治安环境还是有死角的。

罗唆跟路胜利商量说："那对儿未婚男女继续租住在幸福里社区，将来还是个隐患。你想想，如果女方的父母得知了他们的住址，万一找上门来，后患无穷。还有那位毛巾厂的老板，要是他觉得失了面子，更不知道会做出什么过激的事情。将来擦屁股的事儿还得咱们派出所来做。要防患于未然。"

"那怎么办？"罗唆的分析不无道理，路胜利也有些犯愁了。

"你看，要不要告知临城妇联？或是女方父母家的居委会？请他们出面做工作，一是跟那位毛巾厂老板退婚，二是接纳目前这位准女婿，毕竟俩人都有孩子了，尽量面对现实，和平解决问题。"

路胜利思考一番，同意道："好像也没有别的更好的办法了。"

由幸福里派出所出面联系，请临城警方牵线搭桥，临城妇联、女方父母、男方父母、俩当事人，几方面人马终于坐到了一起，至于那位毛巾厂老板，根本没有露面，他得知新娘跟人私奔了，自觉颜面扫地，立即主动提出退婚，另觅佳偶了。

事已至此，没有比成全小两口更好的办法了。男青年态度很诚恳，他膝盖一软，"扑通"一声跪在女方父母面前，发誓一辈子对他们的女儿负责。女方母亲哭闹一场，得知女儿已经怀孕，最终心疼地站在了女儿一旁。那位眉头紧皱的准岳父，从始至终黑着一张脸，只在最后时刻冲两个年轻人喊了一句："回家吧！俩丢人现眼的败家玩意儿！"

花好月圆了。

路胜利给小田打电话，叮嘱他："房子出租一定要找正规中介公司，他们收取一定费用，但能替房东把关，这很重要。"

电话那头的小田连连称是。

为此，罗唆带队，协同物业公司、居委会，三方一起检查了幸福里社区的所有出租房屋，对租客逐一进行查验。同时要求，辖区所有房东出租房屋时，必须同时到派出所和房屋中介登记，并建立台账，定期入户核检。

在采油厂院子里，遇到急匆匆送外卖的苟富贵，路胜利特意叫住他，说了田家发生的事儿，最后冲他说了一声"谢谢"。

整得苟富贵满脸通红，表情扭捏，两只牛眼却放射出两道晶亮的光来。

五、漫长的回家路

公安局刑警一中队会议室，一对儿六旬有余身材清瘦的夫妇坐立不安地等在那里，两人神色紧张，两双满是鱼尾纹的眼睛一直盯着会议室的门口看。

当苗得雨和罗唆带着一家三口人走进会议室的大门时，那对老年夫妇哆嗦着站起来，踉跄着扑向前去，老男人一下子跪在了年轻的少妇跟前，俯下身子号啕大哭起来，年轻的少妇木呆着一张沧桑的脸，好像对眼前的一切视而不见，那位老妇人"啊"地惊叫一声，当场晕厥了过去……

……

采油厂门卫打电话给派出所，说厂子大门外来了一家三口人，说一口很难听懂的外地话，只有"警察"两字能听明白，问怎么办。

朱大黑接的电话，就去请示罗唆咋办。

"咋办？去把人接过来问问不就清楚了？"罗唆指示道。

一家三口人站在派出所大厅，罗唆上下打量着他们，男人的个子不高，四十多岁的样子，穿得很普通，牛仔裤夹克衫旅游鞋羽绒服，女人的个子比男人略高一些，打扮得跟男人的差不多，还有一个女孩子跟着他们，大概十多岁，一脸怯样儿，躲在那女人身后，地上放着一个风尘仆仆的旅行包。

"你们是寻亲？还是……？"罗唆问。

那男人直勾勾地看着女人不说话，女人的脸颊上各有一团高原红，瞪着一双呆滞的大眼睛，望着罗唆，吭哧半天道："找饿大饿妈……"（西北方言，"饿大饿妈"意为"我爸我妈"）

"你们是哪里人？有身份证吗？我看看。"罗唆一听口音，判断大约是西北人，至于是甘肃人还是陕西人，需要进一步确认。

身份证上显示他们来自甘肃西北部一个边远的小县城。

带三口人到值班室落座，罗唆让朱大黑把路胜利叫来，他懂方言。

经过一番交流，路胜利整明白了，眼前这位叫冯红英的女人是多年前被拐卖到甘肃的，男人叫冯秋民，当年是他的父母做主买了冯红英，给他做了媳妇。现在，冯红英到莲城寻亲来了。

冯家祖辈生活在甘肃西北部的一个穷山沟里，到了冯秋民这辈，他的父母生养了五个儿子，给老大和老二娶了婆姨之后，家里穷得叮当响。排行老三的冯秋民当时十六岁，父母再也张罗不起他的婚事了。当时从山外来了一个带着小女孩的男人，说走亲戚迷了路，借住在冯家。那男人背着小女孩问冯家父母，想不想要这个女孩？他说自己的婆姨生了好几个闺女，就想生个儿子，两口子商量好了，把这个闺女卖掉，五百块钱就行。

冯家父母看小女孩五六岁的样子，就想，买下来也好，将来给老四或老五做婆姨，能省下不少钱。他们东借西借凑够了钱交给那个男人，就把小女孩留了下来，起名叫冯红英。

冯秋民小学毕业，识字不多，那时已经懂事。作为哥哥，他对家里出现的小女孩很喜欢，经常带她玩。老四老五长大后，到山沟外打工，没再回老家。已经快三十岁的冯秋民还是娶不起婆姨，就由父母做主把刚满十九岁的冯红英嫁给了他。

直到冯秋民的父母前一年分别过世后，冯秋民这才告诉冯红英她的身世，拿出一件皱巴巴的蓝色绣花小罩衫，对冯红英说："这是你到饿家时穿的衣裳，一直藏着呢。"

没有上过学的冯红英傻呆呆地拿过罩衫，婆娑着。

此时，他们已经从山沟里搬出来了好几年，在小县城边上租了一个小小的农家院住，冯秋民跟着早就在县城落脚的两个弟弟以收破烂为生，冯红英在家整理那些破烂，分门别类捆好，再卖给废品收购站。

自从知道了自己的身世，冯红英就一心想找到亲生父母。当年那个把她卖给冯家的男人家住哪里，是哪里人，一概不知，想找到亲生父母无疑等于大海捞针。

在电视上看到寻亲节目后，冯红英更加心切，她并非对自己的亲生父母有什么感情，她对自己来冯家之前的事情几乎没有任何记忆。她就是想知道自己是谁？姓啥？真名叫啥？家里还有些什么人？

他们的女儿冯莹莹，刚上小学五年级，看见妈妈经常拿着一件小衣裳发呆，还以为是自己小时候穿过的衣裳，拿过去翻看，发现罩衫上那朵蓝色的花里绣着几个字，由于年代久远，没有很好地保存，绣花线已经有些脱落，只能隐约看到"采由厂力儿园"几个模糊不清的字。

拿给左邻右舍看，有位在小学教过书的退休老师说，这很可能是"采由厂幼儿园"的意思，也许是那个幼儿园的小朋友统一定制的罩衫，或者是家里人自己做的，又在上面绣了花朵和幼儿园的名字。

那这个"采由厂"在哪里?

……

听到这里,罗唆的心里一动,问道:"那件罩衫你们带来了吗?"

冯红英点点头,从破旧的旅行包里掏出一个塑料袋打开,从里面拿出那件蓝颜色的罩衫。

罗唆第一眼看到罩衫,就愣住了,他接过去仔细辨认上面花朵里绣的几个字,的确是"采由厂力儿园"。在他记忆深处,母亲家的旧相册里,有一张他小时候穿着这种罩衫拍的照片……

他想起师父未了的心愿,那是多年前发生的一起数额巨大的盗油案。

一群犯罪分子在青纱帐的掩盖下,在采油站的输油管道上钻孔盗油,卖给私人炼油厂,以此获取巨额利益。当时那个以霍达财为首的犯罪团伙为了长期盗油并万无一失,有意结识了一位叫杨俊峰的采油站采油工人,想拉他下水,里应外合,从而达到安全盗取石油的犯罪目的。

一开始,杨俊峰不知道霍达财他们的真实意图,只是单纯地以为他们想和他交个朋友,业余时间经常跟霍达财他们一起打麻将、钓鱼、玩耍和吃吃喝喝。时间一长,霍达财对他的家庭情况了如指掌,等他觉得时机已到,便把真实目的说了出来,他要求杨俊峰在采油站值班时,把他们放进采油站,再从存放在采油站的储油罐里直接放油,灌到他们带去的油罐车里,就可以轻松获利了。至于因放油短缺的亏空,可以往储油罐里放水来抵重量。

杨俊峰这才明白,吃人的嘴软、拿人家的手短,打麻将赢的那些钱,都是霍达财有意输给他的。那些钱都已经被他寄回山西老家，给爹妈翻盖了房子，退还不回来了。面对霍达财咄咄逼人的眼睛，他不敢不听霍达财的话，但他更不敢按照霍达财的要求从储油罐里放油。面前的两条路，无论选择哪条，都不会有他的好果子吃。

经过几天的思想斗争，杨俊峰选择了第三条路走，他把结识霍达财前前后后发生的事情，以及被霍达财逼迫去做的盗油一事儿，全盘抖出向采油站领导做了汇报，采油站领导立即向公安局报了警。当时是罗唆的师父带队赶到采油站，让杨俊峰假意答应霍达财的要求，而罗唆的师父和一群刑警假扮采油工潜伏起来。

约定放霍达财他们进采油站的时间到了，在夜色掩护下，等到霍达财他们刚刚打开储油罐的阀门准备放油时，罗唆的师父带队冲了出来，一举将霍达财犯罪团伙一网打尽。清理现场时，发现头目霍达财并不在其中，据其他人交代，霍达财没有进站，而是躲在暗处，果然是一只狡猾的老狐狸，他担心与杨俊峰的初次合作出纰漏，就没有亲临现场。

随后，发生了杨俊峰五岁的女儿被人从采油厂幼儿园接走、失踪的重大案件，霍达财从此也不见了踪影。

等到罗唆从警校毕业，被选入刑警队，跟着师父搞案子，就听师父讲过这起案件，找不到小女孩成为师父的心病，每每想起都会长吁短叹一番。

而备受打击的杨俊峰和悲伤至极的妻子，后来一起调走了，调到另外一个油田工作，远离伤心地。

罗唆的肋骨被打断三根，就是抓捕网上逃犯霍达财时，被穷凶极恶的霍达财打断的。在讯问霍达财杨俊峰女儿去向的问题时，霍达财拒不承认孩子是他从采油厂幼儿园接走的。霍达财最终被判了十五年有期徒刑，师父多次去提审，都未果。在狱中，霍达财不改争强好胜的本性，很快就聚拢了一帮小弟围在身边，当上了牢头狱霸，最后终因打架斗殴，被更年轻的犯人打成重伤，病死在了监狱里。寻找杨俊峰女儿的唯一线索断了，这起案件就此成为师父心底永久的痛……

回忆至此，罗唆强打起精神，眼前的冯红英是个不识字的农村妇女，唯一能确认她是否是杨俊峰女儿的办法，就是进行脱氧核糖核酸分析，即 DNA 检测，可杨俊峰夫妇在哪里？

罗唆操起电话，给刑警一中队打过去……

苗得雨通过公安内部查询系统，获悉了杨俊峰目前所在油田单位，与他取得联系后，杨俊峰夫妇很快就赶到莲城。

经 DNA 比对，可以确认，冯红英就是他们多年前失踪的女儿！

其实，即使没有 DNA 技术，明眼人打眼一看，杨俊峰的老伴和冯红英长得几乎一模一样，一模一样的脸型、丹凤眼、厚嘴唇、溜肩膀，稍微有些外八字的走路姿势，无一不在向世人说明，她们是亲亲的母女俩。原本以为杨梅早就不在人世的杨俊峰夫妇，紧紧抱住失而复得的女儿，再也不松手了……

后来据冯红英说，自从得知自己的身世后，她茶不思饭不想，拼命地回忆自己五岁之前的生活在记忆留下了一些什么。她只记得跟着一位叔叔走了很远的路，坐了很长时间的火车，又走了很久的山路，一路上叔叔让她叫他爸爸……在此之前的生活场景，却什么也想不起来了。

直到有一天，她租住的院子外，传来一位小贩的吆喝声："杨梅！卖杨梅！新鲜的杨梅！好吃的杨梅，酸甜可口的杨梅嘞！"

这一连声的清脆吆喝,仿佛一道闪电,忽然一下子照亮了她五岁前的那团记忆模糊的黑暗!

"杨梅,快来跟荷花拍张照片!"

"杨梅,快看,水里好多好多的鱼啊!"

"杨梅!杨梅……"

……

她想起曾经有人就叫自己"杨梅"啊!那是她的爸爸妈妈吗?记忆中,似乎有两个面目不清的男人和女人带她乘坐一条小船,在一片很大的水面上玩,那里长着特别多特别好看的大朵大朵的花,对了,就叫荷花!

"从莲城开往……"噢,莲城!莲城!那个地方叫莲城!又一道闪电从冯红英的脑海里划过!隐隐约约之中,沉睡已久的记忆逐渐清晰起来,她被一个男人抱着登上了火车……

冯红英抱着自己的脑袋号啕大哭起来,她想起了五岁之前的一些模糊的生活场景!

丈夫冯秋民看着她难受的样子,不忍直视,他抿着嘴带着冯红英去找邻居那位退休的老师,请他帮忙找找莲城在哪里。那位老师从网上查到莲城在冀中腹地,那里有个白洋淀,还有一座油田。

"噢,采由厂可能是采油厂吧?"那位老师想起蓝色罩衫上绣的字,若有所思地说道。

寻亲的方向和目的地都有了,经过几个月的准备,冯秋民,这位老实厚道的西北汉子,终于带着妻子冯红英和女儿冯莹莹踏上了去往莲城的路,那是一段多么漫长的回家的旅途啊……

时隔二十多年,杨俊峰夫妇终于和女儿一家团聚了,令人百感交集。二十多个春夏秋冬过去了，杨梅已经成了一个不折不扣的农妇，她没有文化，没有一技之长。杨俊峰夫妇早已退休，他们最终做了一个重要的决定，准备把在远方那座油田的一套住房卖掉，重新回到莲城安家，冯秋民一家三口也不回西北那座小县城了，他们在莲城安顿下来，彼此血浓于水的亲人，既是陌生的也是亲切的，从此没有任何力量能使这一家五口人分离了。

罗唆请苗得雨找出霍达财档案里的照片，拿给冯秋民看，问他是不是这个人当年把杨梅卖到他家的。

冯秋民拿着照片眯着眼睛仔细端详半晌，最终摇摇头说："不记得了。"

杨梅当年到底是如何从东到西几乎跨越了大半个中国，被人带到了甘肃西北部那个穷山沟里的，似乎并不难推断，但没有证据就不能轻易下结论。为此，苗得雨做了大量的工作，找到当年"霍达财盗油团伙"中被判刑后刑满释放的几个人，询问他们是否有来往过密的甘肃籍人员，他们都说没有。说起霍达财这个人，他们的看法倒是一致的。此人精明能干、心狠手毒、心思缜密、报复心极强，阅读过大量法律类书籍，具有一定的反侦查能力等。

罗唆仔细翻看了苗得雨递给他的厚厚一摞询问记录，沉思良久后说："走，跟我去一个地方。"

……

"师父，我记得您跟我说过，真相也许永远不会自己浮出水面，但它一定会在某个地方等着被发现。"罗唆带着苗得雨来到师父的墓前，脱下自己的警帽，端坐在师父的遗像前，轻声道，"师父，杨俊峰的女儿杨梅回来了。您可以瞑目了……"

语毕，哽咽声起……

苗得雨表情肃穆，默默向眼前遗照上这位目光坚定、望向远方的前辈，缓慢地举起右手，敬礼，致敬！

六、事关幸福，人人有责

派出所小花园里的两棵迎春花吐出了花蕾，开出第一朵迎春花时，离开派出所南下二十多天的老杜同志回来了。不是他一个人，带着他表嫂，就是那位让他心心念念若干年的高中女同学常秀文，也是那位送他钢笔的人。文文静静的一个人，眉头紧锁也掩饰不住清秀，多年的逃亡生活在她身上体现出的气质就是四个字——忧郁、紧张。

老杜有些消瘦，倒是满脸喜色，他向罗唆汇报，此行收获极大。到贵州后，老家刑警队的同行们，按照肖黎获取的网店地址，在当地警方的配合下，很快就找到了还是单身的常秀文。

随后他们一起回到老家，刑警队重启旧案，当时的现场勘查材料保存完整，但怎么证明表哥的确是误喝了装在矿泉水瓶里的农药百草枯而亡的？瓶子表面上的掌纹和大部分指纹均为表哥所留，经比对另外几枚是常秀文的指纹。到底是误喝还是蓄意谋杀？当时表哥在酒醉的情况下，意识清醒的常秀文完全可以把装有农药的矿泉水瓶递给他，完成谋杀。所以，仅凭常秀文一面之词无法证明她的清白。

案件出现转机，有证人证明就是误喝，不是常秀文谋杀，证人是表哥的父母。他们当时与儿子儿媳住在一起，当晚儿子酒醉回家后误喝农药时，常秀文大喊着去抢他手里的矿泉水瓶，他们在隔壁房间听到了全过程，震惊之余，跑过来查看，已经晚了！

常秀文匆匆忙忙留下一张纸条，说去请村里的医生来抢救，就连夜逃跑了……

当时虽然他们知道常秀文被儿子赌博输给了赌友，但失去儿子的悲痛大于一切，刑警队办案人员询问时，就有意没有说常秀文从儿子手里抢夺矿泉水的细节。

现在之所以能站出来证明常秀文是无辜的，一是想通了，人死不能复生，何必再冤枉死另一个人呢？二是感动所致，自从儿子去世，近八年老杜一直坚持按月汇款给他们，让他们的老年生活衣食无忧，同时也让他们明白了一个道理，不能享用真诚善良馈赠的同时，却还一直怀着恶意不善和毁人之心。

常秀文的冤屈彻底洗刷干净了，老杜多年的坚信、坚持、坚守和寻觅，足以打动所有人，何况常秀文。

一见之下，大家都很激动，罗唆急三火四交代路胜利赶紧整了几个硬菜，召集所里人在会议室聚会，给老杜接风。他还请了两位特邀代表，一位是刚刚到治安处上任的苏裕副处长，另一位大家都猜得到，是刑警一中队的苗得雨同志。

老杜木讷的脸上难得有些羞涩，他端着茶杯站起身道："我和秀文领了证，完成了所长年初提出的要求，敬大家。"

大家吵吵嚷嚷纷纷端起茶杯，敬老杜和他那位秀文。

钟必胜站起来说："我也完成了任务。"

大家哄笑起来。

路胜利疑惑地问："哪家的姑娘啊？咋一点儿都没透出风？保密工作做得太好了吧。"

"就是，就是她呗。"钟必胜扭捏起来。

"好，好，好，哈哈哈，打电话叫来！"罗唆大手一挥。

施施然飘进幸福里派出所一个纤细的身影，长发飘飘、瓜子脸、杏核眼、樱桃小嘴，身材凹凸有致，就像一个行走中的漂亮花瓶。

大家的目光都被吸引了过去，视线织成的网团团罩住花瓶，再定睛一瞅，谁啊？面生，不认识。

肖黎不用看就知道她是谁了。中秋节的那天晚上，她给钟必胜讲了自己情窦初开的往事，作为等价交换，钟必胜也给肖黎讲了追求眼前这位姑娘的过程。

其他人不明白，没看见开花就"咔嚓"一下子结出了一个大硕果，任谁都迷糊，太跳脱了吧，过程呢？

架不住大家起哄，钟必胜言简意赅地交代了一句："相遇总是猝不及防。"

自打雁翎宾馆闹了一出"女诗人自杀"的乌龙后，钟必胜奉命到医院探望施然，就是女诗人，补充询问材料时，一来二去不知怎么就拨动了他心里的那根情弦儿。好巧不巧的是，施然也那啥了，俩人居然同时来了电，噼里啪啦一阵电闪雷鸣火花闪烁，产生了剧烈的化学反应，一见钟情了，两情相悦了，三番五次，四目相对，五脏六腑，七上八下，就九九那个艳阳天了，"十八岁的哥哥呀爱上了小英莲"。经过几个月的暗中接触、交流、沟通、磨合、默契，最终达成共识，今天算是正式公开了俩人的关系。

真是应了那句话——踏破铁鞋无觅处，得来全不费工夫。

"大家都知道我喜欢写文章，其实每篇写好后，施然都是第一位读者，更是指导者。"钟必胜有些害羞，两眼泛光，望向施然道，"谢谢你。"

施然的脸上浮现出一抹幸福的微笑。望着两人甜蜜互动的样子，在座知道实情的人心里都犯起了嘀咕，施然有条腿是假肢，这个……

也许是猜出了大家的心理，钟必胜又道："遇见没有早晚，也没有对错。缘分没有长短，只有深浅。我一点都不遗憾没有在最好的时光遇见你，因为在遇到你之后，我们最好的时光才开始。入目无他人，四下皆是你，我见众生皆草木，唯独见你是青山。这是日本漫画家宫崎骏先生原创，在此借用，表达我对施然的心意。"

大家惊呼着"哇！""真感人！""泪目了，泪目了。"……

"说得真好，典型的神仙眷侣嘛。从必胜的发言来看，咱们所落实公安局要求的'文化强警'卓有成效。不要求大家出口成章，引用名人名言也很好，重点是，都要多读书、重学习。"罗唆点评道，"我公布一个最新消息，年前省厅征文，咱们必胜写了一篇《奉法者强则国强》，获得优秀奖。我想，这里一定也有施然姑娘的心血。"

"哇！"大家继续惊呼着，"哗哗"鼓起掌来。

"是的。"钟必胜感激地望了施然一眼，又期期艾艾道，"大家都知道，我老家是白洋淀的，年前我报考了雄安新区公安局，昨天收到通知，被录取了，明天就去报到。"

"啊?!"众人皆哗然，"这么刺激吗?! 我们脆弱的小心脏可受不了了。"

"各位亲爱的同事们，相处的一年多时间，我在你们每一个人身上都学到很多东西，罗所长的睿智、顾全大局，苏教的吃苦奉献精神，路师父的博爱、博学多才，杜师父的克己、足智多谋，肖黎同学的内敛善良好学，郝国庆和朱大黑的厚道实在，都是我学习的榜样。我记得有位名人说过：日常的平淡能杀灭所有的志气，做难事必有所得。一定要做困难的事情，干自己没有干过的，否则要被平淡所淹没，就是要不断地学习、不断地提高、不断地自我挑战，没有挑战就创造挑战，人的生命在这个过程中才能真正地绽放。就是基于这句话，我才想做一些困难的事情，挖掘一下自己的潜能。也把刚才那句名人说的话分享给大家，与大家共勉。"

"说得真好！"罗唆鼓掌道，"必胜同志，我代表全所人员表个态，你即使离开咱们所了，也要把这里当作你的大后方和娘家，有困难找我们，帮你解决，有喜事更得跟大家分享，喜上加喜。"

"是啊，好事成双！"路胜利大喜过望，"人往高处走水往低处流，咱们派出所是铁打的营盘流水的兵。哎呀，不过这也是咱们所的重大损失啊，人才流失了，肥水流了外人田。咱们所的人才流失的现象尤为严重，这必须得补充新人啊，否则警力真的严重不足了。"

"童局已经答应了，会给咱们所派来新人的，大家都放心吧。不过路胜利同志，格局要打开嘛，还记得那句话吧——天下公安是一家。雄安新区公安局是新成立的单位，在全省招贤纳士，不仅是必胜想报考，我还想报考呢，可惜年龄超标、水平不够。那边也来挖必胜，一开始必胜有些犹豫，跟我和局人事处商量怎么办，我是支持他的，人事处也支持。雄安新区是国家千年大计，平台广阔，那里也是必胜的家乡，能为雄安新区输送人才，也是我局的骄傲。去那里继续发挥你的专业特长，书写美好的雄安新貌。希君生羽翼，一化北溟鱼。"罗唆情绪饱满，慷慨激昂。

"什么什么鱼？"大家互相望望，交换了一下疑惑的眼神，都愣住了。

"我发现最近咱们所长特别爱用成语，受啥打击了这是?"路胜利率先提问，说出了大家内心的共同疑惑。

"你们太管窥蠡测了，我将继晷焚膏。"罗唆还来劲儿了。

"说人话!"大家异口同声。

"你们对我的观察和了解很狭隘，很片面，我将继续夜以继日地勤奋学习和工作。格局要打开啊! 同志们。"

好吧，好吧，大家的格局都打开了，纷纷鼓起了掌。

"加上老杜和秀文同志新婚，咱们所三喜临门。"罗唆满脸兴奋，双颊涌上一片潮红。

"咳咳咳……"苗得雨在一旁直咳嗽。

"怎么回事儿? 阳康后遗症还没好?"路胜利关切地问。

"四喜，四喜。"苗得雨的声音就像蚊子在哼哼。

"四喜丸子? 今天没有，改天请范师傅给你做。这满桌子的硬菜还不够你造的?"罗唆道。

逡巡一眼满会议桌上的花生、瓜子，肖黎举起手机拍了一张照片，下面配了一段文字: 敢信? 我们堂堂罗大所长的硬菜就是这个。那杏仁露也没花钱，是苏裕副处长免费赞助的。"咻"一声发了出去。

"咻"一声微信秒回，"绝世好男人啊! 我喜欢 (后缀一个色眯眯的小表情)。"

"切!"肖黎能想象得到，微信那头的童警花已经美成啥样儿了，她抓起一把瓜子，窸窸窣窣嗑起来。

"不，不，不是……"平时说话干巴脆的苗得雨还结巴上了，"我也……我也那啥，脱，脱，脱单了。"

今天聚会信息量太大，大家一时消化不了，不过还从来没见过身经百战的刑警苗得雨同志有如此羞涩腼腆的时候，众人禁不住哄堂大笑起来。

"嗨，怪我怪我，把苗大刑警的喜事给忘了。对，对，对，好事必须成双嘛！"罗唆赶紧举起他那个起了包浆的蓝色保温杯道，"我自罚一口，一口枸杞决明子水。"

嘿，罗大所长挺爱惜自己，枸杞水里还加料了。

可不是，严有智已经接受了苗得雨的定情物，就是那半块刻着"得雨得智人生幸事"的石头，跟她保存的刻着"友谊常青"的那半块石头，合二为一了。两人已见过双方家长，结婚日都定下来了，就在今年的国庆节。

"去年咱们罗所长下达了什么任务？"听了半晌，同为特邀嘉宾的苏裕，一直懵懵懂懂跟着鼓掌起哄，这时丈二和尚一时摸不着头脑了，赶紧插空问了一句。

老杜一扫往日的木讷，嘴尖舌快道："咱们所长去年初在所务会上提出的要求是：所里的所有单身人士，都得在一年内脱单，人人有责。"

"行啊，老杜，人逢喜事精神爽啊，都会抢答了。人设崩了哈！"罗唆眉飞色舞，心情简直好到爆，啰唆劲儿也上来了，"苏教，啊，苏副处长，是这么回事儿，童局私下跟我说，有人反映咱们幸福里派出所又叫'光棍所'，说我一个光棍领着一群光棍。这顶帽子咱们能戴吗？对不对？"

"哦，呵呵呵，明白了。绝对不能戴。"苏裕大笑道，"不过，与我无关。我是安分守己的已婚人士。"

"还有我。"路胜利嗫嚅地举起右手。

"还有，每年三八妇女节，局里表彰最美警花、最美警嫂，咱们所从来没推荐过，这项空白得填补。"罗唆一本正经道，"还有最美双警家庭，咱们所也没有。这个，我责无旁贷、率先垂范。"

苏裕环视一周，目前老杜、钟必胜、编外所员苗得雨的脱单任务已经圆满完成，至于罗唆和童警花的事情，他已经听说了，虽然进展缓慢得就像蜗牛在爬，还是暗戳戳有些蛛丝马迹可寻，明眼可见的是，童警花办公桌上摆了一张她泛舟白洋淀的玉照，笑得跟朵大荷花似的。毫无疑问，拍摄者就是罗大所长。如此一来，罗唆的脱单任务也大有希望完成。

"看来只有你没着落了，拖了咱们全所的后腿。表个态吧！小肖同学。"苏裕把"枪口"对准了肖黎。

"苏教，啊不对，苏副处长。我，我当前的主要任务是，一心一意全力以赴配合我师父路大警官，干好分内工作，保住咱们所'优秀派出所'的荣誉称号。"肖黎面不改色心不跳。

"我徒弟有正事儿。对啊，着啥急，我们肖黎毕竟才二十四五岁，大把的美好时光，足够她仔仔细细认认真真去寻觅属于她自己的那份幸福。"作为师父，路胜利绝对是站在自己徒弟这边的。

"好，好，好，在座的男同胞们给小肖同学打个样儿，让她知道什么样儿的真爷们好男人才是值得托付终身的，一定要学会鉴别渣男。咱们幸福里派出所的人，就得人人幸福，这算是教育整顿后的一个成果。不但咱们自己幸福，还得让幸福里社区的人民群众都幸福。那首歌怎么唱的来着：幸福在哪里，朋友啊告诉你……"

罗唆双眼闪闪，深情款款。

罗大所长的本事在于，那调儿都跑到南极洲了，还自我感动陶醉中。好好的歌被他唱得不忍卒闻，不明真相的人肯定以为他给旧歌谱了新曲。

"OH，NO！买疙瘩！"大家可不买账，何必呢，好好的日子不过，平白无故地让自己遭这份罪，顿时纷纷捂起耳朵，做呕吐状，夺门而逃。

唉，可惜了罗大所长，外表五谷丰登，张嘴寸草不生。

七、又是一年龙抬头

众人闹哄哄地刚跑到院子里，派出所大门外进来俩人，是幸福大街"靓发"理发店的藏族姑娘卓玛，另一个是康壮，卓玛的小徒弟。

见着路胜利他们，卓玛便笑盈盈地迎上前说："曲老板让我俩今天上门为社区养老中心的老人和各位警官服务，义务的。我们就先到派出所来了。"

"谢谢！明白了，今天是二月二，龙抬头。"老杜反应神速，一语道破天机，还真是一个小机灵鬼。看来罗唆说得没错，心里的疙瘩解开了，老杜恢复了本性。

那边康壮已经把随身带来的包打开，各种理发的家伙什应有尽有。

"烧水烧水，理龙头喽。"罗唆出门一看，立即一迭声道。

肖黎不解道："我们女的不需要理龙头吗？"

卓玛笑着说："我们曲老板说了，'三八'妇女节那天请肖警官去店里美发，曲老板亲自设计修剪。"

"哇，好期待。谢谢你们曲老板了。"肖黎的眼里冒出一堆小星星，很开心。

"妇女确实能顶半天。"钟必胜伸出大拇指道。

边看卓玛熟练的动作，路胜利边跟她聊天，问什么时候回老家开店。

卓玛手上利索，嘴上也没停，她说，很快，等多吉学成了，他们一起回去。

多吉，路胜利知道，就是那位去年"二月二龙抬头"那天流浪到此地的藏族小伙子。

去年年初，"星星"饰品店的老板小熊去北京进货，受路胜利委托，顺便带着多吉去看天安门。同去的还有卓玛，小熊叫上她相当于请个翻译。一路说说笑笑，小熊先带他俩去了饰品原材料批发市场。多吉一看，嘴里叽里咕噜一通说。卓玛翻译过来就是，多吉说他老家盛产绿松石、玛瑙、藏银、牛角，价格比批发市场便宜多了，绝对一手货，没有中间商加价。

小熊一听，很感兴趣，他在职业技术学院学的是首饰设计，不但会改旧首饰，还能个性定制，按照顾客要求作出独一无二的饰品，因此他的店生意很好，加上网店，有时订单太多还忙不过来呢。如果原材料成本再降低一些，回报的利润就能更丰厚一些了。

卓玛翻译给多吉，多吉很开心，说没问题，他回老家就给小熊发货。

一来二去，作为翻译的卓玛和多吉交流沟通的时候比较多，在这个过程中两人不知不觉就产生了感情。多吉再次来到莲城，说一是不想异地恋了，顺便学说普通话；二是想跟小熊师傅学首饰设计，学成后，他也在家乡开个"星星"饰品店的分店，还可以把小熊师傅的首饰、"甄珍珠"的珍珠饰品、"阳光十字绣"的绣品都卖到西藏去，既增进了民族友谊，也增强了文化艺术交流。

这话说得真善美、高大上，漂亮！卓玛很喜欢。如此一来，卓玛干脆给父母说明情况，要求跟那位大龄的工匠退亲。

她和多吉都商量好了，以后一起回多吉的老家，她在多吉的"星星"饰品店西藏分店旁边开个小理发店，共同致富。

路胜利很开心，衷心祝福他俩心想事成。

路胜利的头发刚理了一半，蒋美好的电话过来了，她正在医院检查身体，医生说她怀孕了！胎儿一切正常。

"苍天啊！"激动万分的路胜利一猛子站立起来，吓了卓玛一跳。

确认信息无误后，路胜利赶忙让蒋美好回家躺着，他来伺候她。说完又分别给父母、丈母娘、小姑妈等长辈们报喜，挨个通知完后，路胜利总算坐了下来，再次接受大家的祝福。新冠病毒肆虐之际，核酸和抗原检测一直呈阴性的蒋美好和路胜利两位"阴险小人"（一直阴性，处境危险，小心翼翼的人），居然迎来这样一个天大的喜讯，几乎可以称作是奇迹了，实在难得。

"一切，都是最好的安排。"罗唆左手端着蓝色保温杯，右手揉着俩核桃，脸上挂着蜜汁微笑，样子颇为佛系。

好不容易理完发，路胜利一把拽住苗得雨，低声问："我那表妹咋样儿？"

"好得没法说……"苗得雨脸一红，掩口小声笑道。

"捡着宝了吧？啥时候能正式叫你一声表妹夫？"

"就在那鲜花盛开的季节！"

"好！"路胜利捶了苗得雨一拳，严有智有了最好的归宿，令他心情大好。赶紧跟一院子人匆匆告别，骑上老"飞鸽"往家里赶，路胜利要立即马上去见亲爱的老婆大人蒋美好。

还没出幸福里社区大门，一个低头匆匆走过来的小伙子差点撞在路胜利的老"飞鸽"上。路胜利一拐车把，一只脚触地上，站稳了，疾呼道："哥们儿，看着点！想啥呢？"

那小伙子一抬头，一见他的脸庞，路胜利愣住了："咦！路华北，你怎么跑这儿来了？"路华北一路从石油院校本科读到研究生，再到读博士，就是不愿意离开学校，即使放假回家也是闷在自己房间里不出来，说是在研究什么元宇宙课题，都快变成大门不出二门不迈的旧时大家闺秀了。

这会儿突然出现在眼前，路胜利很纳闷。

还没等到他的回答，路胜利只听到身后传来一个女声兴高采烈地喊："你是我的！你是我的！"

路华北瞥了路胜利一眼，没有理他，直接奔他身后而去！

路胜利回头一看，路华北已经跑上前去把迎面扑过来的那个女青年一把抱住了！嘴里喊道："马雯雅！"

嘿！瞧这事儿闹的！瞅着眼前的形势，路胜利的脑子里迅速地转了好几圈！怪不得马花痴，哦，不！是马雯雅！怪不得马雯雅的母亲说，路胜利长得像她女儿的恋人！敢情路华北就是始作俑者，没想到这颗地雷竟然是他这个混蛋小子埋的。

不远处，只见马姨和薛老铁并排站在远处，两人一起笑眯眯地望着这边，没过来。

啥情况啊？瞧两位老同志那股毫不掩饰的亲热劲儿，好像很有些别有用心的意思哈。

不过，此时的路胜利路大警官根本顾不上琢磨这里面因为什么所以什么的逻辑关系,他还有天大的事儿要去办呢,于是赶紧冲着路华北的后脑勺恨恨道:"小子!等我回头再找你算账!"

"叽喳,叽喳,叽叽喳……"白杨树上站着几只喜鹊欢快地鸣叫着。

路胜利忽然记起马姨曾经跟他说过,马雯雅得的是心病,如果心病好了,精神就好了,精神好了人就会正常了,如此一来,眼下大概又多了一桩,不!两桩!两桩喜事吧。他脑海里闪现出马姨和老铁叔慈眉善目并排站立的模样。

路胜利仰头望了一眼树上的喜鹊,笑着喃喃道:"嘿嘿,你们可真是报喜鸟啊!我这也是龙抬头了……"

言毕,骑上老"飞鸽"继续往自家奔去,嘴里忍不住哼哼起来:"幸福在哪里,朋友啊告诉你……"

字正腔圆,唱得倒是比罗大所长强点儿,可惜有限,也没完全在调儿上。

附录

2023 年"新时代中国法治文学精选"丛书入选作品名单

长篇小说

《另一半真相》（原名：《插翅难逃》）　　　作者：易卓奇

《阿波罗侦探社》　　　　　　　　　　　　作者：蔚小健

《正义者》　　　　　　　　　　　　　　　作者：裘永进

《幸福里派出所》　　　　　　　　　　　　作者：李　阳

《风口浪尖》　　　　　　　　　　　　　　作者：楸　立

《女警姚伊娜》　　　　　　　　　　　　　作者：宋瑞让

中篇小说

《七天期限》　　　　　　　　　　　　　　作者：楸　立

《该死的人性》 作者：洪顺利

《薪火相传》 作者：贺建华

《蜂王》 作者：疏 木

短篇小说

《千丝万缕》 作者：少 一

《重塑》 作者：骆丁光

《无处躲藏》 作者：奚同发

《警徽闪烁》 作者：魏世仪

《垃圾街》 作者：阿 皮

《麻辣师徒》 作者：程 华

《新月》 作者：王 伟

《雾霾》 作者：任继兵

《夺命陷阱》 作者：罗学知

报告文学

《"寻人总司令"隋永辉》 作者：艾 璞

《村里来了警察书记》 作者：罗瑜权

《采访汪警官手记》 作者：张 明

《激流勇进铸忠诚》 作者：张建芳

《平凡英雄》 作者：王改芳

《中成，你是我们的兄弟》 作者：程 华

中国社会主义文艺学会法治文艺专业委员会

2023 年 12 月 31 日